司馬中原

經典
復刻版

司馬中原

狼煙

卷上

司馬中原 著

狼煙

卷上

目錄

自序

司馬中原

《狼煙》這部書的題材，在我內心足足孕育了十年之久，從時空背景上看，它發生在抗戰期間的淮河流域，正好是《狂風沙》那一時代的延續，所不同的是《狂風沙》所述寫的年代，在我誕生之前，我只能憑藉若干零星的傳說，用想像連綴它們。而《狼煙》卻不；《狼煙》是我童年期真實存活的世界，這世界，是萬千陷區同胞共同存活、並共同感受的。也許由於那種魔魘般的世界帶給我的沉重壓力，它使我對於若干崛起於鄉野上的英雄人物，有著極強烈的嚮往，像《荒原》裏的歪胡癩子，《狂風沙》裏的關東山，《淩煙閣外》裏的牛得勝都是。同樣的，在《狼煙》這部篇幅浩大的書裏，我將用筆舉出另一個傳說中的英雄人物——岳秀峰。

而在基本上，《狼煙》是一部寫群的作品，它述寫一群混世走道的邪門人物，所費的篇幅極多，這些形形色色的人物，打家劫舍的有之，流血拚鬥者有之，當漢奸作走狗者有之，販軍火、售煙土者有之，無需我費神架構，他們活生生的存在過，像一剎時奔騰湧匯的黑色雨雲，給人以寒冷和潮濕的生存環境。反過來說：沒有他們的存在，也就顯不出岳秀峰來了。

我無意順隨傳統的表現方法，在作品中強調「正」和「邪」。並造成兩者之間劇烈的衝突，若有，也只是這民族實際生存面貌中本然的參差，我想，凡經歷那種苦難的人，會或多或少的同意我的看法。事隔三十年，當我再提筆述寫那些曾經囂張已極的邪門人物時，我的憎惡早已化為一片悲憫；神州陸沉，苦難方殷，而那些跋扈囂張的亂世人物早已埋骨蒿蘆了，他們憑血氣，逞橫暴活著，殺伐著，爭奪著，所得是什麼呢？

不知哪一年冬天？在朋友的壁上見過這樣的條幅，寫的是：

「讀史常懷千古恨，舉杯每念故人稀！」

變色的古老牆壁，走動著龍蛇飛舞的兩行醉草，曾給我極大的撼動，我雖沒到髮蒼蒼而視茫茫的年歲，但這種刻骨的悲情，算是微能領略了，無論是正是邪，是英雄或是渣滓，他們都曾與我在同一時空中共同存活過，那些晃動的臉，仍常在夢境中魘壓著我，識與不識，都可算是「故人」了；他們的存活，他們所構成的參差，將是民間歷史的真容。當然，我所述寫的人物並非是鄉野人物當中的張三或李四，但無可否認，我是憑藉一些人物給我的印象為基色，逐漸塗濃的，我綜合了那些共相，而創造了我筆下的人物。

不知為什麼？我總為我所愛的民族杞憂，我察覺我們的歷史進向，並非勇往直前的，而是一種禪續不休的、悲劇性的輪覆，在治亂交替中，糾結著，滾轉著，重覆顯露它被撕裂的傷口，而每一代善良人們的血液，便從那裏流溢出來，染紅了他們生長並且生存的土地。我多次閱讀明末的歷史，我覺察出李自成、張獻忠等輩的血液，竟會注入到無數橫行鄉野的草莽人物的身上，他們有多大的機會，就會實現他們多大的流寇式的願望，直到今天，在赤燄橫流的時刻，使我更有了堅信，視人命如草芥的邪勢，是有著它一脈相承的歷史源流的；那是人性之弱點的暴露，它像一匹人的怪獸，浮潛於歷史的洪波上，等待一飽。也許是這種近乎原始的儆醒和恐怖，促使我繼續面壁，苦寫《狼煙》的罷？我雖懼怖，但從未絕望過，因為英雄人物，一樣輪現不休！

我不敢奢望《狼煙》所描述出的影廓，能帶給人什麼樣的感受，至少，它能釋放我內心巨大的痛苦感覺，使我獲得短暫的安然。

第一章．烽火

民國廿七年。秋天。亢旱的季節。

在月光裏走夜路的一撮人，牽著兩匹短鬣的軍馬，橫過龜裂的旱河，斜向西南去。眼前的曠野地很荒涼，遍地是圮塌的塹壕，蛛網似的交織著，由於久旱不雨的緣故，壕背和壕心，都是一片軟軟的流沙。雖說還沒到深秋葉落的時辰，那些熬不得亢旱的樹木，早已經落了葉子，露出瘦稜稜的枯枝來，月光描出那些枯枝的黑影子，奇形怪狀，像受難人臨死前痙攣的手指。一撮人向西南摸索的走著，灰濛濛的月亮描出他們肩著槍的影子，也描出兩條發光的、聳動著的馬脊和皮鞍來。七雙草鞋在沙裏跋涉，沒有誰開腔說話，偶爾有槍托碰擊刺刀鞘的聲音和馬匹的噴鼻聲，領頭的班長便停住腳，回身關照說：

「輕些！紥在官家廟的全連弟兄的命，就依靠咱們了，探路當斥堠，要不靜肅，搞砸了，還想突破封鎖嗎？你們這些沒頭腦的！」

怪得了粗壯黧黑的班長發火麼？跟在後面的那幾個弟兄全明白，這半個月在火線上的日子，莫說是血肉凡人，換是鋼筋鐵骨，也會叫磨迸出火星兒來了，在連雲市西南角的雲台山，上面單留下岳秀峰這一個連，掩護大軍轉進，打總算，也不過百十來條穿草鞋的漢子，硬頂著一個師團在連雲登陸又轉朝西犯的鬼子，咬著牙熬了十一晝夜。

天曉得這十一晝夜是怎麼挨過來的?!天氣亢旱到那種程度，平地挖井全挖不出水來，莫說是山上了；雲台山沒草沒木，全是一塊塊巨大光禿的石頭，叫秋頭上的日頭曬得噴煙，鬼子的機關炮掃在石塊上，火星四迸。打著，轉著，在山石背後捉迷藏，即使在黑夜裏，也不敢升起炊火，乾糧吃完了，就生啖馬肉，喝馬血，喝人溺和馬溺。從血裏火裏熬過來，全連的官兵只剩下七十三，其中還有不少掛彩帶傷的。

在那種樣的辰光，也只有岳秀峰岳連長還能把隊伍翻山撤離戰場，弟兄們不把他當凡人看，全都把他看成當世的岳王老爺。不過，精疲力盡的弟兄們拖帶著傷患，行動迂緩，撤至官家廟那種荒涼的地方，業已陷在鬼子的包圍網裏了。換是旁的連隊，準會把傷患改了裝，交給當地村莊的百姓，其餘的，也埋起槍來，化裝突圍，打散了溜出這塊絕地。但岳秀峰這個連不一樣，班長王朝宗，這些年一直跟著連長幹，他願意領著這個缺員的一班人，趁夜朝西南踩路，打算從鬼子防線的空隙裏鑽過去，回到津浦路西去歸建。

真的，岳秀峰連——蘇北荒野上最後一個中央正規軍連，勢必要轟轟烈烈的歸建，哪怕突圍不成，拚至最後一個，也決不埋掉槍枝散溜，事情成敗，就看這一班斥堠了，班長能不爲噪音動火麼?

一行人在塹壕裏悄悄蠕動著。

月光隔著霧一般的沙塵，異常的蒼白朦朧，他們繞過一座新被大火焚燒過的無人村落，在麥場前蹲下身子，仔細的察看著，彷彿在搜尋什麼。

「又是空村子。」班長說：「這一帶鬧旱鬧得兇，土井和池塘全涸了，鬼子兵捲過來之前，老百姓全逃旱災去了。鬼子雖點火燒了村子，卻沒殺得著人。」

「看這些東洋馬的蹄印和炮車的輪印還很清楚。」一個瘦削的兵指著鬆浮的沙地：「估量他們開過去還沒有幾天。」他說話時停頓了兩三遍，想盡力聚一點兒唾涎咽下去，潤一潤他乾裂得沙啞的喉嚨。

「對對地圖瞧瞧。」另一個把臉埋在帽簷的陰影裏說：「看咱們如今是在哪兒？」

班長抬頭望望天頂上那些渾沌的星。

「要緊的還是能找著一兩個當地人，問問前面的動靜，那比窮翻地圖管用得多，要是沒有當地老百姓的指點，任由咱們閉著眼瞎摸，萬一一頭栽進鬼子的懷裏去，那可整砸了鍋啦！」

「若果方位沒錯，這村前就到三叉路啦！」機槍兵何順五扛著他那挺已經斷了柄的輕機槍說：「朝西北是燕塘高地，正面該走鄭家集，斜向西南十來里，是蒿蘆集附近的孫家驢店，咱們該走哪一條？」

班長手抱著大槍（即步槍），擺出出野恭的姿勢蹲在沙地上，另一隻手一會兒翻弄帽舌頭，一會兒又打後腦勺費力的盤算著。過了好半晌，才抬頭說：

「遍地都在鬧大旱，高地缺水，人更不會朝哪兒逃。鄭家集是要道，依我想，鬼子會扼守那個地方，唯獨蒿蘆集那一帶窪地能有水源，又荒僻些，咱們留下標記來，奔西南，五更天之前，得趕到孫家驢店，找水，買乾糧，還得先覓妥藏身的地方。」他用舌尖舐著乾裂的嘴唇說，「只要能引著連長所帶的弟兄，越過蒿蘆集到湖邊，咱們就脫困了！」

何順五站著噓了口氣說：

「班長，我心裏有幾句話，今夜不能不跟你說：按道理，咱們突圍穿過封鎖地，是趁夜翻荒最好，人煙越少的地方，越安全。」

「這還用講？」王朝宗說：「要不是鬧大旱，我就該選燕塘高地走了。咱們不能不想想，打腳下到津浦線，有幾百里長路，晝伏夜行，少說要走十多天，一路上沒人煙，沒糧水接濟，一樣到不了，這種危急的辰光，咱們離開老百姓，就像離水的魚蝦——寸步難行，我選蒿蘆集這一線，也是情勢逼著，不得而已呀。」

「班長說的不錯，老百姓向著咱們的。」瘦兵說：「難道還會有沒心肝的人，肯替鬼子扒灰倒水?!」

機槍兵苦寂的搖搖頭說：

「當然，一般的老百姓全恨鬼子，這可不能說一定不出漏子……還有些土字號兒的龜孫雜種，想拖咱們的後腿打繳械呢！只要碰上一股，咱們就有大麻煩了！」

何順五只輕輕推開拇指和食指，比劃了一個手勢，幾個人的臉上就結了一層霜。空氣立刻那樣不自然的僵凝下來，死寂寂的，再沒有一絲聲息。連班長在內，沒有誰真能弄懂他們所提到的那一群人，他們彷彿是些夜出的梟鳥，恆常在夜暗裏活動著，當中央大軍跟鬼子激戰的時刻，他們專在後邊噬食散兵游勇，吞沒那些彈藥和槍枝，岳連長形容他們是些惡叫化子，陰魂不散，專纏中央軍的後腿，此時此刻，何順五一提這個，真把做班長的王朝宗給難住了！

「管它娘的，」他終於咬牙說：「到這種辰光，誰想磨算咱們的槍，咱們就要他的命！……轉彎抹角幫鬼子的，咱們不認他們是中國人！」

「對，班長，風險總是要冒的。」另一個一直沒開口的兵說：「雲台山那種火裏燒、血裏煮的日子，咱們全熬過來了，難道不怕閻羅還怕小鬼？走罷，——三星都當頂了啦！」

他們站起身，撫摸著馬匹，重新上路斜奔西南，走向朦朧的月光照不亮的遠處，不一會功夫，人和馬匹的背影，便在宏大的野原中消失了……。

雞叫頭遍的時辰，孫小敗壞在他的磨屋裏打了個睏盹的呵欠，要不是跟胡大吹約好了，今夜三更天在屋裏等著北燕塘那邊貧農團的黃隊長，他早就該睡了的，也不會揉了多少遍乾澀的眼，空打了多少遍歪嘴呵欠，把壁洞裏的小燈乾點在那兒耗油了！

既然耗油點燈乾熬夜，就只好玩玩老婆消遣。小敗壞照例把老婆剝得精赤條條的，推倒在高粱桿鋪成的鋪上，兩隻手上上下下像炸油條的筷子，把老婆的髻餅兒全拖散了。外面還沒聽見狗叫。

男人就它娘是這種貨，玩女人像端飯碗吃飯一樣，沒有乾的喝稀的，一樣心安理得，喝得有滋味，一旦吃慣了精米細麵，再掉回頭灌稀湯，就覺得既沒滋味又不足搪饑了！

當年老婆初進門，孫小敗壞不是沒把她當成一塊寶，可是打遇著丁大頭的老婆萬大奶子之後，老婆就像走了氣的薄酒，怎麼品嘗也嘗不出原先那種味道來了。萬大奶子是欠了自己十塊錢賭債，沒錢好還，自己才霸王硬上弓，登床去討債的，丁大頭這個活武大，既沒本事管著老婆不上賭場，憑什麼吃醋？弄到捉姦不成反而討打的地步?!……萬大奶子這段露水夫妻的情分，總是自己捨了十塊錢賭債買來的不是？

想著萬大奶子，不由便想起春天所受的冤氣來了。

丁大頭挨了打，竟敢哭告到蒿蘆集的鄉長喬恩貴那兒去，喬恩貴是趙岫谷岫老的開山門徒弟，安慶幫江淮衛的門裏人，自己呢？不也央人跟岫老遞過一張記名帖子？雖還是一腳門裏、一腳門外，名分上，跟你喬恩貴總是有同門師兄弟之誼罷？……平常老大老大的奉承著他，一到有事，他竟翻臉無情，向著外人，對自己動了辣手，說是自己犯了姦淫，要按照幫規行事，……你打我家法板子八十下，我不記恨你，割掉我孫小敗壞兩隻耳朵，該怎麼說?!岫老病著不見面，裏外事務由你喬鄉長當家，你一手遮天，把我孫小敗壞整了，你以爲鄉團握在你手裏，人多勢大？我小敗壞有口氣，輕易會和你甘休？

說真箇兒的，鄉長喬恩貴對四鄉混世闖道的窮哥兒們，也像對自己一樣的不留情，胡大吹早年在鎮上不過開設一間大煙鋪兒，喬恩貴就派鄉團去把煙鋪給砸了，又飭令胡大吹捲起鋪蓋滾離蒿蘆集，永遠不准回去。北地黑道上的朋友葉大個兒，在蒿蘆集北街酒館裏醉酒亂性，用一柄鐵杓頭打破跑堂的腦袋，爲這宗案子，喬恩貴追緝他五、六年不肯放鬆，有一回，三桿大槍釘著葉大個兒猛蓋，他要不跑來孫家驢店，躲進自己的驢屋，只怕有三條命也被姓喬的拘走了。

大吹說的不錯：

「老夥計嗳，旁的不怪，只怪咱們沒錢沒勢沒槍枝，才脫不了姓喬的手掌心，聽憑他欺侮玩弄，獨佔了蒿蘆集那塊肥地盤。我相信沙灰總有發熱的時辰，哪天，天下大亂亂下來，嘿，那就是咱們哥兒們發跡的時候。」

名如其人，真它娘沒錯，胡大吹那種嘴舌言語，硬比得蘇秦，賽過張儀，沒有哪一句話不說進人的心坎兒裏去，東洋鬼子打過來了，自己當初摸不透，還有幾分惴惴的，大吹他就說：

「孫大哥，你一個混世的窮光蛋，怕啥？頭上頂著山茅草，腿襠夾了根黑驢屌，還怕東洋人搶走你的?!咱們這撮子人，唯恐它娘的天下不亂，天下亂了，咱們這幾根窮骨頭，才得翻翻身。……不整倒蒿蘆集上姓喬的，咱們只好當一輩子縮頭的烏龜，休想打甲殼裏伸出頭，去瞧瞧花花世界……。」

「出頭究竟是怎麼個出法？」

自己心裏正把這話盤算著沒出口呢，胡大吹就侃侃的談開了：

「咱們可不像蒿蘆集上那些富戶，花得起上百擔的糧食去買槍換火，天下若是不亂，咱們就有天大的神通，一個個空著兩手，絕混不出氣候來。如今中央軍後撤，那些當兵吃糧的外鄉佬，從火線上被打散了，三三兩兩，零星過境的多得很，只要下得了狠心，弄槍可容易得很；拿人家貧農團的黃隊長來說罷，幾場繳械一打，就弄到幾十桿洋槍在手上，這種機會多來上幾回，還怕淮河大隊拉不起來？」

自從爲了萬大奶子那個迷人的婆娘，被喬恩貴割去兩個耳朵，一把憂勃勃的仇恨的悶火，便埋在孫小敗壞的心裏，日夜思量著要報復。如今這把火被胡大吹用言語一撥弄，更加旺燃起來，在黑裏冒出火苗。旁人入安慶爲的是什麼，且不去管它，自己當初跟趙岫谷拜師投帖，原是想藉著趙老頭兒的名聲好混世的。孫小敗壞在孫家驢店這一帶地方，好歹也是個驢行的東家，有些檯面上小小的風流，只爲搞個女人，就玩掉了兩個耳朵，這個仇，要比殺身之仇還重些，天塌下來可以不管，不整倒喬恩貴這廝，後半輩子真算白活了！

披上白小褂子，把壁洞的小燈剔剔亮，騎在老婆身上喝她這碗沒滋沒味的稀湯，閉上眼，想的不是老婆，卻是豐滿滑膩的萬大奶子，兩隻耳朵可以不要，那個女人可不能就此放手。

大吹他說的是實話，亂世闖道兒，槍就是老本，腰裏沒有槍枝，就像男人去了勢，打哪兒硬得起來？就算日後有那些散兵游勇路過罷，空手奪槍太擔風險，萬一蝕了本，划不來，思前想後，託胡大吹到北邊去，約妥那個貧農團的黃楚郎黃隊長帶一支小蛤蟆（手槍名），自己打算用兩匹走騾換它，這年頭，槍比走騾更能替自己生財，可是不消說的，如果機會好，一本萬利，自己也拉起一幫氣味相投的充老大，先整垮蒿蘆集的喬恩貴，再把萬大奶子接過來，自封三齊王，還不過癮嗎？

這樣想著想著，竟在老婆身上打起盹來了。

「噯，沒耳朵的，你這敗壞頭子！」精赤條的女人把小敗壞搖醒，一臉煩怨的神色說：「今夜你是發瘋癲了，把人折騰半夜不讓睡，北邊半邊天全在過鬼兵，天全崩塌掉，虧你還有這種心腸……我麻盹一會兒，就要牽驢上磨了，你不讓讓人闔眼？」

「我跟大吹約妥了，要等個人。」

「你等夜遊神？這麼深更半夜的。」老婆無力的乾瞪他一眼：「他要是個人，白天不會上門？要點燈耗油等著他？鬼魔鬼祟的八成不是好人。」

「妳女人家，甭管那麼多，」小敗壞說：「今天我約的是北邊貧農團的黃楚郎，想跟他談談買槍的事，妳該清楚，蒿蘆集的喬恩貴跟土八路水火不相容，黃楚郎白天怎敢闖這兒的地界來？」

小燈盞裏約莫是缺了油，紅紅的燈燄舌，總是一青一黑，撲突撲突的閃跳著，亂髮蓬鬆的女人的頭，仰靠在老藍布縫成的，滿是油污的草枕上，平頭塌鼻的一張油黃臉，一剎間，被內心的恐懼和憂愁揉得皺皺的，微紅帶濕的眼裏，透出已經凝固了似的，平靜的，甘心認命的悲哀，嚥了口吐沫說：

「小敗壞，你就是隻賊船吧，我踏上這隻船，是好是歹十來年了。你想想，孫家驢店，早年生意多麼旺盛，你不圖守業，狂嫖濫賭過日子，把祖上一點基業全敗壞光了……你跟萬大奶子弄得不清不楚，我不是沒勸過你，兩隻耳朵全賭掉了還不醒迷，反聽胡大吹的撥弄，一心把喬鄉長恨上，你一個開磨坊的人，好好的要買那種凶器幹甚麼？想跟蒿蘆集作對，小敗壞，你只怕活不長了！」

「儘說些洩氣話，妳這蠢婆娘！」孫小敗壞說：「妳簡直把我的××都給氣軟了！依妳說，我這兩隻耳朵，就算白送給喬恩貴了？」

「強霸人家的老婆，那不是你自找的？她究竟是什麼樣的窟窿眼子，使你執迷不誤的？」老婆淌下淚來，咽哽著：「聽說趙岫老最近就要開香堂議事了，你要肯聽我的話，你就買把香，雙手舉在頭頂上，三步一跪，兩步一叩，去求岫老，求他寬容你，給你改過的機會，人，哪能沒有錯呢？只要岫老他老人家點個頭，不退你的帖子，喬恩貴還是你的師兄……這可是我們夫妻一場，我最後這麼勸你，你要不要聽，日後我凡事都不再說了！」

「妳說完了罷？」孫小敗壞沒好氣的哼說。

「說完了。」老婆一臉懇求的神色在等待著。

孫小敗壞沒答話，一抽身離開老婆，趿著鞋下床，又扔過一床小被把精赤的老婆給蓋上了，他穿起內褲時，老婆轉臉朝牆，把頭埋在枕角，傷心的抽噎著。

她哭。她爲甚麼不哭？跟小敗壞這種人過日子，她不知傷過多少心，淌過多少淚？挨過他多少頓毒打？但她還是死心塌地的愛著他，巴望他有回心轉意的一天，夫妻倆關上柴笆門，平平靜靜過幾天安心日子。如今她才明白，他那顆心業已中了邪毒，再也挽不回的了。

她哭泣著，命運是座黑坑，當初她是大睜兩眼跳進坑來的；她是徐家沙溝人，小時候跟媽走親戚，中途經過孫家驢店，雇過如今她丈夫家的驢子，小敗壞他爹，那時是個很淳厚的半老頭兒，抱著她上牲口，很多年來，她總不能忘記他那張臉，和臉上開朗的笑容……孫家驢店，一個很奇怪很好記的地名，在她記憶裏，風光也是很奇特的，驢店是幢灰牆老瓦屋，前簷外，舉著六七棵枝幹清奇的老樹，一大片碧綠的蔭涼，覆在常有人來往的路上；瓦屋的六角窗，窗櫺塗著黯色的朱紅漆，好一塊卍字花紋：門廊下面，掛著個巨大的黃葫蘆，「孫家驢店」四個字，就寫在油光光的葫蘆上。

兩年後的清明前後，媽又帶她走過那裏，又雇孫老頭兒家的驢，難得那老頭兒好眼力，好記性，笑呵呵的抱起她，用泛白的鬍子擦著她的臉說：

「小姑娘，行船過路，碰上了都有緣，兩年前妳來過，兩年長高了一個頭，差點兒不敢認了，這回攫住妳，要留妳當兒媳婦，肯不肯？」

就這麼從一句玩笑話說開了頭的，他說他老伴兒去世了，跟前有個黑不溜秋的小小子，正想跟他找個媳婦兒，問明媽的住處，不久就託人來提親。媽問自己允不允？自己也不知怎樣回答，只是癡癡的笑。當時沒曾想過旁的，只想著春天的孫家驢店。那幾棵老樹，遠看疑是空枝，近看卻是一片綠意，枝上迸茁著新芽。天很陰。溫溫寂寂的風像棉花團兒似的軟柔，沒有雨意，但原野滿是撫人的濕潤，多好的六角窗。多好的黃葫蘆。多親和的那張凹皺的笑臉啊……誰知道花轎抬來，遇上這個男人，日子會變成又深又黑的陷坑？

兩耳招風的小敗壞，沒有一點像死去的公公，驢店的瓦房，是他一場牌九輸掉的，十幾匹牲口，這些年每年都賣掉兩三匹，人們譏諷他是屬狗的，他卻洋洋得意，說他是天狗星降世，日後定是個亂世的人王。

初嫁到孫家來，眼前這個男人也對自己好過，——不當人的那種好法，及至後來，賭場和酒館以及他那幫子狗肉朋友就把他拉了去，三天兩日的不回家了，要不是自己巴死巴活，如今哪還會留下三匹牲口，一棟茅屋，和一盤石磨來？眼看著家業被他敗壞光了，他還不肯回頭。想跟喬恩貴貴爺鬥，他這條命只怕也沒多久能活了，撇下她一個沒兒沒女的人，她怎能不傷心？

她哭泣著。孫小敗壞點上洋煙捲兒，木木的吐著煙。他弄不懂這個成天跟在驢屁股後頭辛苦照管磨房的女人，爲什麼總是哭哭啼啼弄得他心煩？既然跟她扯不清，唯一的辦法就是不開口，看她能擠出多少眼淚？

狗在遠處吠叫，胡大吹他們該來了罷？他想。

一高一矮兩條人影子，從一片枯萎的高粱田裏溜出來，穿過光敞的月亮地，又隱在一棵乾裂得脫了皮的大樹後面去了。

「孫家驢店就在前面了。」矮的一個指著前面黑糊糊的村莊說：「你瞧，那邊單獨一幢矮屋，透著燈火亮的，就是孫小敗壞的磨坊啦！說真的，你黃楚郎要想在這兒插進一腳，非先利用小敗壞這種人不可。」

「不是我要磨算蒿蘆集，大吹。」高的一個說：「委實是喬恩貴這傢伙逼人太甚了！前些時，他們抓著我隊上的人，全拿當土匪辦掉了，這個封建毒蟲不除，我連睡覺全不敢闔眼。」

「我是吃過他虧的過來人，哪有不知道的？」胡大吹縮著脖頸說：「若按我的心願，恨不得慫恿你立刻糾合槍枝，硬把蒿蘆集的鄉團連根拔掉。不過，眼前他們的聲勢正盛，你跟他們硬拚硬耗還不是時候，遠不如拉孫小敗壞一把，讓他們師兄弟鬩牆去，小敗壞即使一時鬥不倒喬恩貴，也會牽住他的鄉團，耗去他的實力，白白的讓你漁翁得利就是了。」

「法子倒是不錯。」那個說：「不過我總疑惑著，一個開磨坊的傢伙，究竟能不能聚眾拉槍捻成股兒，能抗得了喬恩貴的鄉團？」

「嗨，小敗壞這個人，我清楚得很，黑道上的幾把手，全跟他有交情。」胡大吹說：「你想想，喬恩貴笞他八十棍，又割掉他的兩隻耳朵，他能不記這個仇？……他要買槍，就是打算日後殺喬恩貴用的，這筆交易，你非做不可，哪怕價錢差些也合算。」

倆人又低聲計議了一陣兒，這才跳下田埂，摸奔透著燈火亮的茅屋去。炮聲在很遠的地方響著，月夜裏聽來，像是遠天響著的悶雷，估量著鬼子兵是在燕塘高地北邊，不知又朝哪座可疑的集鎮開火了。

摸到磨坊屋後，胡大吹剛叫了一聲孫老大，趿著鞋的孫小敗壞就推開柴笆門迎出來了。

「是大吹嗎？」他朝黑裏說：「黃隊長他……帶了短傢伙來了沒有？」

「喏，這不就是老黃？」胡大吹從簷陰下鑽出來說：「快些進房談罷，叫人見著你跟黃楚郎黑裏打交道，把這事情轉到姓喬的耳朵裏去，你在孫家驢店就待不下去了，——你總不願再貼上腦袋罷？」

三個人鑽鼠穴似的進了屋，把柴門關上，黃楚郎兩眼溜溜的打量著這座屋子，孫小敗壞卻打量著這個來賣手槍的貧農團頭目。這一刹雖沒說什麼，各人可都盤算著各人自己的心事。

昏黯的小油盞吐著黑煙，不清不楚的照亮這一方很擁擠的矮屋；屋子的中間放著一盤石磨，磨那邊的暗處，挨擠的拴著三匹牲口，這邊半間屋，鋪了一張高粱桿的實鋪，靠窗放著方桌和條凳，桌肚下面就當成雞窩，黃楚郎剛拖著條凳坐下，一伸腿就踢在雞身上，使那隻受驚的母雞，像生了蛋似的叫了十幾聲。

精赤條身子蓋在被裏的女人，不願見這兩個使她丈夫走邪路的惡客，只有閉上兩眼裝睡。

「還是由我這個中間人開門見山，把事情說了罷。」胡大吹掀掉帽殼兒，抓抓稀毛腦袋說；「他是貧農團，你是混世的，我做煙土買賣，咱們雖不在一條道兒上，但全是朋友，全跟蒿蘆集姓喬的是對頭。孫大哥你要的小蛤蟆手槍，外帶四十粒槍火，黃隊長他業已隨身帶過來了！黃隊長他要的兩匹牲口，今夜也可要牽走，其餘的話，今夜先不說了，咱們繞路來的，這就得繞路回去，再晚走，遇上姓喬的人槍，那可不穩當。」

「孫老大。」黃楚郎兩眼瞇瞇的從腰裏摘出一個黑布的小包來，在桌面上打開，手槍和槍火全在裏面，他說：「今夜咱們初會，不妨交個朋友，日後互相幫忙的機會正多，同心對付喬恩貴，咱們是在一條線上。」

「好罷。」小敗壞把手槍收拾起來說：「既這樣，我也不再留你們兩位，我來幫你們把牲口牽出屋，巴望你們一路順風就是了。」

來客牽著孫小敗壞的兩匹牲口，在神秘的月色裏，悄悄的匿遁了，孫小敗壞一個人就著燈火，把這支靈巧的小蛤蟆槍把玩了很久，他臉上泛起一種陰森的，被恨火燒得有些扭歪的笑容。女人還是閉著眼，她眼角新湧出的淚顆子，再不是爲著擔心小敗壞，卻只是爲著兩匹牲口而流的。

「砍頭鬼，敗家精！」她心裏恨恨的罵著：「你索性再把一匹驢和一盤石磨也敗光算了，我寧願撞牆跳井死在你頭裏，可不願光著屁股爲你守寡討飯了。」

而孫小敗壞可沒餘閒去想到老婆所懷的心思。如今，他總算買著了一支手槍，甭看這烏黑的小玩意兒，它卻是混世人的翅膀，沒有它飛不上天去。明天，明天他得去找葉大個兒、朱三麻子，商議著用這支槍幹點兒什麼。老婆剛剛提醒他，蒿蘆集，趙岫老要擺香堂議事了，趙岫谷那老頭兒擺香堂，明說議事，其實凡是這一帶的事務，還是聽喬恩貴的主張。看樣子，自己這夥弟兄將來必有麻煩。如果在蒿蘆集這一帶蹲不住身，那該怎麼辦？……這種事，非要在姓喬的發動之前，先商議妥當不可。

算時辰，真該歪倒身子睏一會兒了，孫小敗壞吹熄了燈，連衣躺到床上去，正恍恍惚惚的要入夢，村頭的狗又吠叫起來。

隔不上一會兒，就聽有人在外面輕拍著柴笆門，有人操著北邊的口音叫說：「老鄉親，老鄉親，麻煩您開開門好吧，咱們是老中央，問路來的。」

孫小敗壞怵然一驚，醒了過來，頭一件事，就是把那隻黑布小包塞到身下的高粱桿裏去，然後才應聲說：

「請等等，我摸火掌上燈就來了。」

下床摸火時，先閃至小窗洞邊朝外張望，月亮早已落下去，昏黑的五更天，他什麼也望不見，卻聽到馬匹噴鼻的聲音。早些時，鄉野邊上常過兵，有些是山東侉子，有些是湖南蠻子，看起來笨頭笨腦滿和善的，有一回，一個官兒請他帶路，他領著大兵們走了一夜，賺過他們一塊洋錢、兩包煙捲和一帽殼的硬饅頭。……要真有一個兩個那樣的散兵找上門來，那真容易對付得很，胡大吹教過他好些法子，能弄到他們手上的槍枝。

他劃了一支紅頭火柴，把壁洞裏的小燈給點上。

等到孫小敗壞開了柴笆門，這才發現來的不只是一兩個散兵游勇，而是七八條武裝整齊的漢子，另外還牽著兩匹短鬣的軍馬。他手裏的小燈原就很昏黯，再加上迎門的小風刮溜著，燄舌飄飄搖搖的，使他只能約略見著端槍的黑影子，連他們的衣衫臉孔都看不甚清楚。但領隊那個像班長模樣的漢子就站在柴門外邊，孫小敗壞看得出，對方生得粗黑結壯，一張半露在帽舌下的方臉，滿是斧劈般堅硬的稜角，腮邊唇上，長著一片青密的短鬍髭，看上去有些威猛懾人的味道。

「老天爺，」孫小敗壞裝出很熱乎的樣子叫說：「果真是老中央的大軍樑子！做夢也沒料到，在這種辰光還會見著你們。」

「奇怪嗎，咱們在鬼子兵的肚子裏朝外闖呢！」

「嗨呀，老總，你們真有膽量。打哪嘿下來的？」

「雲台山火線上……這之前，咱們在台兒莊，曉得東洋鬼子不是三頭六臂，不用怕他。」那個說：「我姓王，幹班長，這些全是我班裏的弟兄，增補了又增補，還是缺了一半，你想想火線上熬人熬得多厲害?!保土衛民，可不光是嘴上說說的事，得拿多少的血肉去填草溝！」

「進屋來歇著再說罷，老總。」

「真是，」王班長憨樸的笑著：「五更天，黑青青的敲門麻煩你，真不好意思。」

「哪兒的話，」孫小敗壞好歹是個混世的青皮，嘴舌滑溜慣了，說起話來甜得很：「軍民本是一家人，還用客氣什麼的？請罷，索性把馬匹也牽進來，我來拌馬料，再提桶水來飲飲牠們。」

雖然不好意思煩擾百姓，但遇著這種突圍的辰光，人又饑渴，馬又困乏，不得不找處地方歇腳，何況遇上這樣熱乎的老百姓，扯著人朝屋裏央呢！

「那何順五，把機槍架上，留兩個放哨，其餘的，進屋討點兒水喝。」王朝宗這樣吩咐著，抓下他滿是灰土油膩的帽子，彎腰鑽進低矮的柴門。

四個漢子和兩匹軍馬進了磨坊。炮聲仍然在遠處響著，給人一種看不見的震撼。小敗壞的老婆不知何時摸著衣裳穿了下床的，她正在牽驢上磨。對於進屋來的兵士和馬匹，她漠然的望了一眼，彷彿沒見著一樣。……不裝聾作啞又如何呢？

她只是一個鄉角裏長大的婦人，這些年來，孫小敗壞沒聽過她一言一語，沒把她當人看待過，她終年活在這座磨房裏，眼裏看什麼，全是灰沉沉黑忽忽的，心也染上眼裏的光景，變得灰沉霉黯了，驢蹄聲，籮篚聲，嗡隆嗡隆的石磨聲，把她的歲月掩蓋在裏面，活著，她能有的僅僅是這些，管它兵來也好，馬來也好，都跟她沒有關聯了。不過，當她看見那匹短鬣軍馬的時候，不禁想起剛剛被小敗壞用來換槍的騾子，那兩匹牲口跟她在一道兒活過好幾年，她常對著牠們嘮嘮叨叨的說些沒有倫次的言語，牠們被那個叫「黃鼠狼」的傢伙牽走，使她心裏有著說不出的難過。——彷彿連心也叫人給挖走，只留下一片空白。

「我說妳，慢點兒套驢上磨。」孫小敗壞說：「西牆角土甕裏還有幾升豆子，替我扒出來，拌上麩料，先把老總們的馬給餵飽，我這就打水飲馬去。」

「真是，這樣的麻煩你們，心裏實在不安。」班長王朝宗有些訥訥的說：「大旱的年成，粒糧如金，咱們本當拿錢買馬料，再添些乾糧。……火線上撤下來，什麼都沒了……。」

「不要緊，」孫小敗壞說：「老總們一路饑渴了，我等歇關照我女人，替你們預備烙餅，——到磨坊裏來，哪還用愁吃的？這兒的地勢低，水源足，雖說年成旱，一季欠收成，但還不像北邊鬧得那麼厲害，些許小事，老總們千萬甭掛在心上。」

幾個兵士們掛著滿臉感激的笑容，把槍枝靠在柴門後的黃土牆上，大夥兒全噓出一口氣來，心裏寬鬆得彷彿到了家似的。誰說這兒是陌生的地方？他們從班長起，都是在農村裏長大的，扛槍之前，也是抹牛尾巴踩大糞的莊稼漢子，不管人到哪裏，老家的影子全在心窩上亮著。這座黯沉沉的磨屋，柴笆兒編成的屋頂，青灰色的磨盤，沾著白麵屑的籮筐，不就是家鄉磨屋的那種味道？尤獨是空氣裏鬱著的那股驢騷味，使人嗅著了就舒坦，彷彿這種日子才算是人過的日子，這種地方才有一種暖進人心去的熱勁兒。

那個不聲不響的婦人照應了牲口，又鑽進灶屋去張羅飯食去了。灶屋跟磨坊連著，人坐在這屋，能望得見那屋窗口紅火的跳動。不一會兒功夫，孫小敗壞端上一桶熱燙燙的麥仁兒茶來，從亢旱的地帶熬著過來的幾個大兵，一路上巴望的就是弄口水潤潤喉，他們解下腰間帶的小磁碗，舀著熱茶，在灶火閃跳的紅光裏，嘶呀哈的喝著，烙餅的香味使他們的肚子咕咕作響。

「咦，老哥，你這耳朵是怎麼弄的？」班長這才留意到坐在對面燈下的孫小敗壞兩耳的疤痕。

「噢，這個，不能提了！」小敗壞轉動眼珠說：「還不都是蒿蘆集那些傢伙害的，蒿蘆集的鄉團跟北邊的貧農團勾結在一起，前些時把我們的牲口全給搶走了！我罵他們是一窩強盜，就貼上兩隻耳朵，總而言之，老民百姓難做。」

孫小敗壞當然不會跟這幾個過路的兵勇提起萬大奶子的事，自掀尾巴根兒；正因他記恨喬恩貴，只要攫住機會，即便是無中生有，也非得中傷他不可，也許這種借刀殺人的計策會奏效，讓姓喬的糊里糊塗跟老中央的軍隊對上了火，讓自己冷眼看著他喬恩貴大栽觔斗，好歹也消一消自己心裏積著的怨氣。

「鄉團跟土匪勾結？這可是真的？」

「瞧罷，班長。」孫小敗壞苦笑著，攤開兩手說：「我哪天說過假話來著？……你們要想穿過蒿蘆集，喬恩貴那傢伙，非繳掉你們的槍不可！」他這樣隨口編出話來，一邊說著，一邊偷眼窺瞥那些靠在牆上的槍枝。

這種兵荒馬亂的年頭，槍枝槍火，在混世走道的人物的眼裡，遠勝過金銀財寶，偏生在這種荒僻的地方，槍械缺乏得很，喬恩貴的那個鄉團，儘管有家財萬貫的趙岫老在後面撐腰，他們買槍，花下大本錢去，也只能買著老套筒兒、湖北條兒、紅銅鋼、土溜子之類的雜牌槍，哪會碰上新的捷克式和比國造?!

而靠在牆上的這幾支步槍，全是烤藍沒褪的緊口捷克式，三五支土造槍也抵不過一支這樣的好槍，無怪黃楚郎他們那把子人，專門收拾落隊單行的散兵，這些槍枝實在太誘惑人了，想當橫行的螃蟹，沒有槍就像斷了鉗子，誰瞧著這些槍不眼紅罷？

「嘿嘿，」班長笑笑說：「這個你放心，咱們可不是沒經過大陣仗的鄉窩老土，把槍枝當著燒火棍兒玩，鬼子的炮火，在雲台山煮熬咱們十一晝夜，咱們死活也沒扔下一條槍，憑那屌毛鄉團，想繳咱們的械，那它算是做它娘的黃粱大夢。」

「老總，」小敗壞說：「不是我說……你們就算是強龍，還壓不了地頭蛇呢！何況乎你們究竟只是幾個人，幾桿槍，也甭先把對方給看扁了。」

當兵吃糧的這些老總，說他們粗豪爽直是沒錯兒的，若說他們腦瓜裡沒有迴轉的紋路，也是不爭的事實，機靈狡猾的孫小敗壞順著話音兒要起激將法來。果然，幾個傢伙激憤得脖子發了粗，那精瘦個兒搶著說：

「想拿咱們當散兵游勇吃，那可左透了！咱們只是先行探路來的，要突圍穿封鎖啊，奶奶的，……咱們部隊還在後頭呢！」

「部隊？」孫小敗壞兩眼發光，伸著頭說：「什麼部隊還敢留在鬼肚子裏？中央軍不都早在半個月前朝西開拔了麼？」

「咱們是殿後的。」王班長說：「對著好老百姓也不必瞞你，雲台山那一戰，一個連損失了一半人，留下的一半，還有好些掛彩帶傷的現今紮在官家廟，咱們的岳連長，打算趁鬼子腳跟沒立穩的時辰踩通一條路，趁夜拉回鐵路西去歸建，這事，你得多幫忙……。」

「該當的，該當的，」孫小敗壞說：「餅烙好了，你們且先吃了飯再講。如今鬼子沒走這一路，你們只要衝過蒿蘆集這一關，朝西再沒阻擋了。」

第二章・河岸

俗說：人是鐵，飯是鋼，幾個兵勇狼吞虎嚥的啖下一大疊烙餅，原是十分疲憊的臉，便煥發出生動的光采來。班長王朝宗問了好些有關蒿蘆集上的事，孫小敗壞一味敗壞姓喬的，又把蒿蘆集鄉團的實力，大肆誇張了一番。

「實在說，姓喬的只是心計多，槍上的功夫倒很平常。」小敗壞說：「但在他的左右，有兩個傢伙很難纏，那就是鄉隊長趙澤民，人都管他叫趙黑子，當過兵，吃過糧，極有膽氣，鄉隊附袁震和，一手匣槍精得很，真是指哪打哪兒，沒走過手的。……腳下離蒿蘆集不到十里地，你們若再貼近，他們眼紅這幾桿槍，那準有麻煩。」

「土窟裏的老鼠想跟貓鬥嗎？」機槍兵何順五剛踏進屋，聽著這話就說了：「他們也沒豎起耳朵打聽打聽，東洋鬼子聽著咱們全豎汗毛，休說小小的蒿蘆集上的那撮子毛人了。」

「啊！那當然。」小敗壞說：「我沒說你們怕他，老鄉。不過呢，逗著這種辰光，何犯於跟他們去鬥，槍一響，把鬼子引了過來反把事情弄砸了。」

王朝宗有些憤懣，極力壓制住了；岳連長在自己臨行的時刻一再交代過，說是情勢險惡，要自己凡事小心謹慎，連上弟兄的性命，全在自己肩膀上扛著，小不忍則亂大謀，若真出了岔子，叫自己怎麼交代？

「依你看，咱們該怎麼辦呢？」他說。

「這個麼？我看您先甭急，」小敗壞說：「你們把馬匹牽進驢槽，人就在我磨場裡等著，大白天，你們這一身的軍裝太惹眼了，我先替你們探探路去。」

「也好，」王朝宗說：「那得請你快點兒回來，情勢太緊迫，咱們後面的大隊不能再等了。」

「那當然，我這就收拾了動身，絕不會耽誤你們探路的時辰。」

孫小敗壞說走真的就走。他揹著糞箕兒，手拎著糞杓頭，扮成個拾大糞的莊稼老土的樣子，卻悄悄的把那支剛買到手的小蛤蟆手槍揣在懷裡。臨走的時刻，煞有介事的交代老婆說：

「你小心招呼著這幾位老總，我替他們探探路去！」

她是個實心眼兒，怎麼也沒疑心到小敗壞會起邪心對付這夥子人。孫小敗壞出門時，她心裡還在嘀咕著，想不透小敗壞竟然會這樣熱心熱腸的替人辦事！她總以爲那個不爭氣的丈夫，也許在貪圖幾文帶路的錢了！

雞在黑裡喔喔的啼叫著。

離開磨屋之後，小敗壞摸黑走得很快。當然，遇上這種很難辦的大事情，腦筋動著了，主意卻沒拿得定。首先得跟葉大個兒商量，那傢伙個頭兒雖然高大笨重，心思卻夠精細的，他也許會想出好主意來。……對！……找他去，他拐過屋後的棗木林子後，就斜斜的一路踩荒，朝荒蕩的田野當中的那座廢窯走過去。

那座磚瓦窯，早在十多年前就廢掉了，如今被一片密扎的野林子和無數生長在窯塘裏的蘆葦掩覆著，人在遠處，看不見窯身，除了當地的住戶，誰也不知道那兒還有座窯。最先有些逃荒的借住在那兒，後來又有幾個叫化子把那兒當成花子堂，不知怎麼弄的？叫花子自相毆鬥出過命案，那兒被鄉人看成恐怖的地方，經常有鬧鬼的傳聞，叫化子離去後，便一直空著。

孫小敗壞利用這個機會，要葉大個兒搬進廢窯去，開了個秘密的賭場，葉大個兒那種人，當然不會單靠幾文水錢過活，只是暫時避避風頭，藉著這個賭窟交結些走黑路的朋友，替日後打點出路，換句話說，也是替小敗壞修蓋人王廟，——在葉大個兒的眼裏，小敗壞才是個足智多謀，心狠手辣的亂世人王。

人在家根，路徑摸得透熟，不一會兒，小敗壞就摸到那座廢窯的門口了。炮聲是狂敲的大鼓，轟隆轟隆的響了一夜，如今一旦沉寂下來，反而靜得怕人。孫小敗壞伸手試試，窯上的那扇柴笆門拴得緊緊的，黑燈黑火的不透亮，估量著葉大個兒一覺還沒醒，便拍門叫喚說：

「起來開門啦，大個兒。」

叫了半晌，裏頭才傳出葉大個兒懵裏懵懂的鼻音，懶洋洋的，帶著睡意的不耐。

「哪方來的夜遊神？深更半夜亂撾混，吵得老子睡不成覺，賭局早就散啦，想贏錢明晚再來罷！」

「你快起來！我有要緊的事，找你打商量來了！」

「是驢店的孫大哥？」葉大個兒算是醒了迷，聽出是孫小敗壞的聲音，急忙下床趿鞋說：「我這就來了！」

打火掌燈開了門，小敗壞進了窯洞，拖條板凳坐下，瞧瞧散放在賭桌上的牌九和骰子，又使腳尖撥撥地上的煙蒂，問說：

「昨晚上，誰在這兒推牌九？」

「沒旁人，還是那幾張熟面孔，西南堆頭上的朱三麻子、雷家墳的蕭石匠、野鋪裡胡三胡四兄弟倆，賭到三更天才散局。您有什麼事，大哥。幹嘛要問這個？」

孫小敗壞望著鐵油盞的棉捻子爆出的燈焰，起夢的眼裡，又彷彿瞧見了那些靠在黃土牆上的烏亮的槍枝，那些起家的混世的本錢，他說什麼也止不住那種急欲攫獲的貪婪了。

「我打算辦件大事，」他說：「這宗事情單憑我一個人辦不了，也許得要更多的人手……。」

「噢，我明白了！」葉大個兒陰陰鬱鬱的斜起兩隻眼珠，曖昧的笑著：「老大，您是想幹一票，啃一隻肥羊？……俗說，馬無野草不肥，人無橫財不發，這倒是個好主意，您這個油屁股眼兒，我舐定了！」

「你真聰明，」孫小敗壞說：「只可惜是聰明過了頭，把事情想左了；你沒想想，在喬恩貴的眼珠子底下，咱們空著兩手，能做那種沒本生意嗎？——沒有槍，咱們只能當縮頭烏龜，油缸倒了，咱們也沾不著半滴油花兒。」

「嗨！」一提到槍枝，葉大個兒就萎頓下來，嘆口氣說：「您說得不錯，沒硬傢伙在手上，咱們是出溜過的驢屌，昂不起頭來；假如有槍有火……，光景就不同了！」

「這就對了題了！」孫小敗壞說：「如今，我攫住個難得的機會………」他咬住葉大個兒的耳朵，把要說的話這麼一說，葉大個兒的兩眼就發了光，不過，也只興奮了一刹功夫，眼裏的異光又黯了下去。

「不成，這事太棘手了！」葉大個兒咂著嘴唇，手指很不安的在膝頭上點動著：「對方不是三個兩個，大半個班的實力，有馬匹，還有機關槍，咱們就算長有鐵牙，也未必啃得動他們！」

「瞧，你這塊頭兒不小，怎麼生成老鼠膽子?!」孫小敗壞惱火說：「我並沒要你上去硬搶硬奪，只是來跟你商量拿主意，看看用什麼樣的法子最妥善，能把這些槍枝截留下來?……那個姓王的班長，被我拿話團住了，如今還盤在磨坊裏等消息呢！」

「我看這樣罷。」葉大個兒也被小敗壞形容的那些廣造槍枝蠱惑住了，恰像餓狗咬住了熱饅頭，想鬆口，又捨不得，想一口吞下去，又怕燙著：「咱們不如趁黑到堆頭去，找著朱三麻子，再約集蕭石匠到胡家野鋪去，人多好拿主意。」

「也好，」小敗壞想了一想說：「不過要快當些，等到那幾個兵變了主意，咱們可再沒機會了！只要有了這批槍枝，咱們也它娘沙灰發發熱，顯幾分顏色給蒿蘆集那幫傢伙看看，出出這一肚子的怨氣！」

不怪葉大個兒遇事溫吞，委實這事不好辦，萬一弄豁了邊，怕不把幾條小命倒貼上！

不過，孫小敗壞早已打定了主意，非把這些槍枝弄到手不可，俗說：三個臭皮匠，賽過諸葛亮，能跟朱三麻子、蕭石匠他們打夥商量，倒是個辦法，好歹也得商量出個計較來。

倆人離開廢窯，天業已微微透亮了，灰青青的天頂上，流捲著幾朵逐漸擴散著的絮雲。停歇了一陣的炮聲，又咚隆咚隆的響起來。葉大個兒沒喝酒，一到清早也有些醉裏馬胡的樣子，彷彿還沒醒透，走路一腳高一腳低的，不斷用手揉著眼睛；孫小敗壞雖是一夜沒睡好，忍不住一連串的呵欠，但他心裏念著那些槍枝，仍然打起精神走在前頭。

遍野的交通壕縱橫相連，牽牽結結的，像張起一面巨大的蛛網，這些壕塹，還是一年多之前，地方政府動員鄉野地方的人伕挖掘的，主壕有一丈多寬，七尺來深，每隔三五步地，就掘有半圓的散兵坑，間夾著機關槍掩體；支壕淺狹一些，可也挖掘得很整齊，不過，這些壕塹並沒派得上用場，有些地段的地質鬆軟，全是沒有黏性的黃沙土，雨水一泡，就有好些坑壁崩塌了，再加上春來這一旱，坑崖上的積土全變成陷沒人足踝的浮沙，坑底更是如此，人走在上面，像走在新棉花胎子上似的，沙灰全灌進人鞋幫子裏去了。

「喬恩貴那個傢伙！把老中央頂在頭上呵奉，就差沒抬上供桌，」小敗壞跳進一條坑壕裏走著，想起什麼來，跟葉大個兒說：「想當初，各鄉各鎮挑壕溝，人家只是好歹挖上幾條應應景兒，他卻督著人豁命幹，口口聲聲叫著打鬼子，這好，如今鬼子找上門來了，咱們就是不動手報復姓喬的，日後他也沒好果子吃，不信你瞧著罷，他絕佔不了蒿蘆集，——鬼子非吃掉他的鄉隊不可！」

「鬼子會不會也吃咱們呢？咱們也有槍在手上的話？」葉大個兒說。

「這個你放心，」小敗壞說：「這一回，若是得手弄到這些槍枝，咱們也得先把它下窖，等到風勢順當了，再起槍。像你我兄弟這種蹚渾水的人，哪有怕局勢亂的道理？越亂越有撈頭。喬恩貴那傢伙當令時，我它媽混掉了兩隻耳朵，天塌地陷我全不管，這個仇，我是非報不可！」

「當然，當然。」葉大個兒說：「麻袋裝不住鎚子，你孫老大總會露頭的，這些年裏，咱們受喬恩貴的氣受得太多了，在蒿蘆集這一帶，簡直混不下去，只要你有這份心，咱們決計跟著你幹！」

他們一路談說著，太陽初出就到胡家野鋪。

老黃河乾旱的河槽兩邊，聳起兩條高堆，蒿蘆集一帶的人們，都管它叫夾堆；事實上，黃河奪淮，業已是千百年前的事了，淤黃河寬闊的河心，是一片淺平的沙地，亂堆著奇形怪狀的薑石，往昔的河堆，也已變成林木蒼蒼，有些村落，沿著堆頂，散散落落的迤邐著，有幾條橫過河床的野路，使其中的村落繁盛起來，變成小小的街集，堆頭的胡家野鋪，更是南來北往的行人匯聚歇腳的地方，它座落在堆頂上，背靠著一處鬧塘，面前的凹路通向乾旱的河心去，堆頭的兩排老柳樹，以無數的垂枝覆著凹路，野鋪前後，更是老樹參天，滿具荒涼的野趣。

野鋪是由已經過世的胡老頭兒開設的，老的死後，落到胡三胡四弟兄倆的手上，鄉野地上長大的人，沒念過書，進過塾，這兩弟兄，一個是土牛，另一個就是木馬。逗上荒亂年月，混世走道蹚渾水的人多，一個個槍呀馬呀的透著蠻橫的威風，這倆弟兄瞧著眼紅，也跟著順水蹚上了，只不過這倆人天生不是當混世大爺的材料，胡三是個生性風流的花花公子，愛玩愛賭，隨便交結些走黑路的傢伙，貪的是浮面上那點兒意思。胡四呢？跟他哥不一樣，他生得黧黑結壯，有一把蠻力，只是腦瓜裏欠缺幾條紋路，是非黑白全分不清楚，卻迷著拉槍張勢，在地方上充個爺字輩的人物，嚐嚐逞凶潑橫的味道。這麼一來，他們就巴結上北地來的惡煞朱三麻子了。

三麻子是個滿身血腥的傳奇性的人物。傳說三麻子他爹朱隆武，一輩子不講理，卻又專愛跟人打官司，而且常常打贏。他自己常對人誇口，說他不講理，只是不講正理，卻講歪理，因為歪理比正理好講，一口咬定了歪纏到底就成了。朱隆武靠著他這套歪死纏的功夫，半輩子纏下來，不錯，的確是纏到了幾間草屋，幾畝田地，連個老婆也是打了一場官司纏來的。老婆生了好幾胎，只成了一個三麻子，就連這個孩子，也被一場天花弄得滿臉坑凹。

朱隆武不怕老天施罰，歪官司還是攪著了照打，最後一場官司，他跟鄰村陳老實打了起來，起因是他唆使三麻子把牛放進陳老實的禾田裏去吃青禾，作踐了陳老實的莊稼。陳老實這個人，真的是老實透頂，偏偏跟朱隆武這個歪死纏做了鄰居，平素不知受了對方多少磨難，全忍著氣沒敢吭聲，不過，陳老實家有六個兒子，都已長大了，他們早就看不慣朱家父子倆這種欺人的嘴臉，一個個磨拳擦掌的，要跟朱隆武去理論。

陳老實見著了，反而捺住兒子說：

「俗語說得好；好漢怕賴漢，賴漢更怕歪死纏。朱隆武那種陰魂不散的纏勁，連官府衙門遇上了都鬧頭疼，你們千萬不要逞一時血氣去鬥他。」

「爹，」大兒子說：「咱們並不要跟他鬥，咱們總不能眼睜睜的看著那牛蹧蹋咱們的莊稼，再說，朱隆武父子倆得寸進尺，您再這麼縮頭忍讓下去，有一天，他們會把屎拉在咱們的鍋台上！」

「對，咱們不跟他鬥，只是把朱家的牛給趕出去；」二兒子說：「這樣，看他能用什麼樣的爛膏藥貼到咱們的頭上?!」

「好罷！」陳老實說：「我老實一輩子，也被人欺壓了一輩子，如今我不能強著你們跟我一樣的忍氣，你們記著，出去只是趕牛，別跟朱隆武父子倆糾纏動武！」

得了這番言語，陳家六個兄弟，就帶上木棒出門去，把朱家那條牛給趕走了。當時，朱隆武並沒怎麼樣，可是過不了兩天，朱隆武的老婆割草回去餵牛，那條牛發狂，一角頂在她小肚子上，把她高高挑起，重重的摔下，這一摔，使她立刻翻眼嚥了氣。朱隆武藉著這機會遞上了狀子，控告陳老實父子同謀，給那條牛下了瘋藥，才造成這宗命案，換句話說，就是硬栽陳老實父子蓄意謀殺。但這場官司遇著了一個精明縣長，朱隆武的官司沒打贏不說，那蓄意謀殺的帽子反而倒扣到他自己的頭上，——衙門裏找著確實的證據，證明瘋藥灌牛的事，是朱隆武自己幹的，他被囚在牢裏，沒等處決，他自己氣得嘔血死了。

那時朱三麻子才十五六歲年紀，跟他爹一樣蠻不講理，不怨他爹心計歹毒，卻怨起陳老實一家人來，蹦呀跳的捲起行李離家根，說是要去幹土匪，日後回來，就把陳老實一家殺光。陳老實聽了這話，怕得不得了，旁人卻都拿話勸慰他，說是三麻子只是個乳臭未乾的半樁小子，就算他真的掄槍混世，也橫不到哪兒去，陳家的六個兒子都比三麻子高大壯實，站出來像一排木樁，他不敢當真找上門來的。

晃眼過了四五年，三麻子離家一直沒音訊，沒人以爲他會再回來了；陳老實家原以爲朱三麻子會來報復，花了不少錢，添槍購火防著他，但日子過得久了，慢慢的鬆弛下來，也沒再把這事當成一回事。

那年秋天，各莊各戶忙著秋收，陳家六個兄弟，有五個分在三處田裏砍高粱，一個留在打穀場上，太陽火炙著，高粱和玉蜀黍田地的熱氣蒸熨著，使人渾身發汗，像坐進猛火上的蒸籠。

這時候，一個穿白小褂子的年輕漢子，頭戴一頂寬邊的竹斗篷，在高粱地出現了。這人就是四五年前離家的朱三麻子。

朱三麻子出門混了四五年，氣候沒成什麼大氣候，卻總混著了一支七成新的三膛匣槍，足帶百發槍火；有了這支槍，朱三麻子頭一件事，就是回到家窩來盲目尋仇，硬要拿陳老實一家試槍。

他是土生土長的人，對陳老實家的情形瞭如指掌，趁著陳家幾個兄弟下田收莊稼的時刻，分別動手，一傢伙就撂倒了四個，然後撲到陳家的宅子裏，前門進，後門出，一共弄出十七條人命。

打那之後，朱三麻子就變成了紅眼的瘋狗，渾身騰著一股橫暴的殺氣，他獨來獨往，沒跟誰捻過股兒，他混世混得毫無章法，他幹殺人越貨的勾當，連黑道上的人他也照吃不誤，誰要稱他一聲朱三爺，請他喝頓酒，送他些錢財花用，他就把對方當成朋友；誰要稱他朱三麻子，不肯買他的賬，他就翻眼咬牙吐出殺聲來，總而言之，他生成就是一條尾巴上帶鉤子的毒蟲。

有些傢伙摸清了朱三麻子的脾氣，儘給他戴高帽子，慫恿他當打手，幹那種白刀子進、紅刀子出的行當，這種事，極合朱三麻子的胃口，不久，他就成了以橫暴聞名的職業兇手——他那「紅眼狗」的綽號，就是這麼來的。

殺人殺得多了，到處牽仇結怨，有人想把他給做掉，頭幾回，想做掉他的人跟他動槍，反被朱三麻子佔了上風；對方知道他心兇膽惡，槍上又有準頭，不願跟他豁命來明的，便差人暗中吊住他，欲圖出其不意，一傢伙把他窩倒，誰知朱三麻子異常機警，壓後一回，他宿在姘婦家裏，半夜叫人堵住了，前後十幾支槍開火，他居然脫身跑掉，沒傷著一根汗毛。

經過這一回圍襲，朱三麻子也曉得蹲不住了，這才避到蒿蘆集附近來。蒿蘆集這一帶地方，喬恩貴那支鄉隊雖說極有實力，但他們也只保持鎮街平靖，至於鄉下，蹚渾水的各幫人馬，反而傍著大樹遮蔭，拿這兒當成抗風避難的地方。

也是趙岫老太寬和，屢次交代喬恩貴，對外來的黑道人物，只要告誡他們不在這塊地面上惹事，就不必過分爲難他們。朱三麻子來時，正趕上東洋鬼子大肆入侵，人心惶惶，沒人過來追查舊案，他便蹲穩了身子，交結了葉大個兒和小敗壞。

葉大個兒極佩服朱三麻子那種胡天胡地的闖勁，小敗壞心計深沉，既撿著了這顆棋子，便打算留到日後好將喬恩貴的軍，哪肯輕易把他放掉？他在胡三胡四弟兄倆人的面前，略一形容，半帶誇張，就把紅眼狗朱三麻子說成亂世梟雄，胡家弟兄倆想混世，當然願意拿三麻子來替自己撐腰，三麻子也是暫時落難，就在胡家野鋪裏白吃白住，當起太上保鏢來了。

小敗壞和葉大個兒來到野鋪，朱三麻子正跟胡三胡四在院子裏練拳，瞧見對方便停手說：「老大今兒怎麼來的這麼早？是替大個兒撐腰扳本來了？昨兒晚上，大個兒手風不順，差點把褲子脫掉！」

「今兒不談賭錢，我有要緊的事要跟大夥兒商量。」孫小敗壞說：「胡三爺呢？」

「還在屋裏睏著咧！」胡四說。

「叫他起來！」葉大個兒說：「順便煩你去叫蕭石匠，一道兒過來好說話。」

清早，野鋪裏沒有旁的客人，小敗壞交代把門給關上，幾個人頭聚齊了，圍在一張桌面上，聽小敗壞把怎樣遇著一夥散兵，怎樣拿話把他們暫時穩住，怎樣去找葉大個兒拿主意弄槍的話，仔細說了一遍，壓後他說：

「咱們如今是在喬恩貴的手掌心裏握著，他的指頭鬆一鬆，咱們還有酒好喝，有錢好賭，自以爲還混得很抖，但他只消把指頭緊一緊，咱們就成了戴上緊腦箍的猴子，只有打滾求饒的份兒……咱們當真怕他姓喬的嗎？喬恩貴那夥人有啥好怕，只是他手底下槍多火足，咱們想單靠朱老三這一支匣槍，造不出局面來的。」

「對！」朱三麻子蹦起來說：「這批槍，非留下來不可，咱們要是不留，也白便宜了黃楚郎。送到嘴邊的油水，沒有不吃的道理。」

「我雖沒有主意好拿，」葉大個兒說：「但我跟著孫老大幹，隨他怎麼做法，我算一份。」

「好。」小敗壞說：「大個兒跟朱老三跟我，決意幹定了，咱們哥三個是亡命之徒，寧願砸堆也不願縮脖子窮耗，你們三個願不願趕這趟渾水，由你們自己。」

「嗯，這事得要好好的商議商議了！」蕭石匠陰鬱的說：「槍，當然想留，但則咱們留槍必得留人，這幾個當兵吃糧的老總，他們走過的橋，要比咱們走過的路還多，恐怕不容易打發！」

「這個你放心。」小敗壞說：「俗說：明槍易躲，暗箭難防，就算他們夠強項的，擋不得咱們暗中下手，事情還有辦不成的?!」

「我的孫大爺，依我看，這種事情可千萬玩不得。」胡三聽出點兒端倪來，搖頭說：「並不是我膽小怕事，幾位沒想想，咱們若真留下槍來，殺人滅口，就算一時有得混，留下這一屁股臭屎，日後怎麼能揩得乾淨？」

「有什麼揩不乾淨?它娘的！」朱三麻子翻起滿佈血絲的紅眼說：「老中央退走啦，他們哪天再能回來?咱們既然豁命蹚渾水，管不了那麼多了，日後的話，且留到日後再講。」

「我說老大。」蕭石匠想了想說：「幹這事，擔了極大的風險也是真的，咱們就是幹，也要幹得乾淨俐落，人不知鬼不覺的，就把那幾個傢伙給埋下土，即使連附近的人，也不讓他們得著半點風聲，日後就算中央再回來，沒證沒據，沒人追案，天大的事也化沒了。」

「還是石匠有主意，」胡四說：「弄死人不比捏死螞蟻，怎樣才能不走漏風聲呢？」

小敗壞的眼珠轉動著，忽然，臉上顯露出陰鬱鬱的笑意來，旋轉著他面前的茶盞說：

「我倒想出一個主意來了，不過，這事得由胡老三出面。」

胡三的膽子原來就不夠大，一聽孫小敗壞要他出面，更嚇得臉色青白，連那身裹在橫羅衫褲裏的排骨架兒，也索索的打起抖來。

「孫老大，您甭怪我不識抬舉，」他說：「你們打頭陣，讓我跟著敲敲邊鼓，我還勉強玩得，若說讓我獨當一面，我哪兒敢？」

「咦，老兄弟，在座都是自己人，我的話還沒說完呢，你客氣什麼來著？」孫小敗壞說：「我又沒要你跟對方翻臉動手，玩武的，只要你以野鋪的主人身分出面，把他們穩住。怎樣放倒他們，是我的事，只要咱們先在這兒計議妥當了，今夜晚，我就把他們引到這兒來動手！」

「還是先說說你那主意罷，」朱三麻子脾性急躁，伸長頸子，迫不及待的說。

「好！」孫小敗壞咬挫著牙齒，迸出一句話來：「咱們既沒法子跟他們硬鬥，只有……下……毒！」

「下毒？」幾個傢伙幾乎是異口同聲的啊了出來，楞楞的互望著。……下毒？虧得孫小敗壞能想出這種歹毒的法子，在這種情勢下，也可說是唯一可行的絕法子，不用揎拳抹袖的去冒險拚鬥，一傢伙就可把對方全數放倒。朱三麻子和葉大個兒楞了一楞，立即說這是個好主意，蕭石匠心裏想著槍枝，無可無不可的沒什麼，胡四到底是個腦瓜裏缺紋路的粗人，人說怎麼幹他就怎麼幹，只有胡三嚇得心慌撩亂，有些手足無措。

「咱們幹這一票，太險了。」他硬著頭皮吐出心裏的話來：「無論如何，這蕎蘆集仍算喬恩貴的地盤，咱們就算真弄著幾桿槍，一時也抗不過他，這宗事只要有一絲風聲刮進蒿蘆集，這兒咱們可就再也蹲不住了！」

「我說，胡老三，虧你還是在世面上混的。」朱三麻子手捺在匣槍柄上，顯得很不耐煩了：「瞧你遇上事這種雞巴鳥囉嗦的勁兒，誰它娘要你前想八百年，後想八百年，挖根刨底想個透來著？孫大哥他說幹，咱們就幹，凡是在座聽見這番話的，不幹也得幹，咱們非圖個全黑不可，要不然，事情就會傳出去。」

「我……我可沒說不幹！」胡三更抖索得厲害了：「我只沒經歷過這等的陣仗，有些心虛膽怯是真的。再說，遇事多盤算盤算，並不壞呀，你讓孫大哥說說看，我是不是囉嗦？」

「好啦好啦！」孫小敗壞說：「朱老三是個急驚風，偏偏你胡老三是個慢郎中，事兒還沒辦呢，你倆個全不用頂嘴了，咱們一步一步朝下商議。」

「用不著再商議了！」朱三麻子粗聲豪氣的說：「你孫大哥就發號施令，一意安排好了！」

孫小敗壞瞧光景，事情決計可行了，便也不再客氣，把他盤算到的各點，跟那幾個說了一遍。他接著又叮囑各人說：

「石匠先去藥鋪買砒霜，胡老三準備著把它摻在滷汁裏，先把菜給滷妥。天一黑，大個兒你就跟胡老四去刨坑，刨得深深大大的，準備給他們來個一坑埋！……這些事弄妥了，我就回去把他們引過來。」

也許真的是邪神當令，一切全如孫小敗壞所算計的，他們把王朝宗和他所率的幾個弟兄，當天夜晚就放倒在胡家野鋪的客堂裏了，這些異鄉異地的兵士，走南到北，經年在火裏熬血裏滾，他們在台兒莊，在雲台山，那樣的槍林彈雨中熬出的一條命，做夢也沒想到會結束在孫小敗壞的暗算上。

初升的月亮黯黃消瘦，迷迷矇朧的一張受驚的病臉，堆頂上的林木，在黝黯的月光下堆起的黑影，靜肅又詭秘的窒壓著人。葉大個兒和胡四把大坑刨在閘堂背後，靠近陡削的土塹，坑口磨盤大，足有一丈四五尺深，當他倆人渾身黏著濕土，拖著鐵鍬回屋時，屋裏已七橫八豎的躺下一大片，機槍手何順五中毒後想去抓他靠在牆角的機槍，朱三麻子認準他的腦袋砸了一木槓子，由於用力過猛，使對方的腦殼迸裂，腦汁一直迸濺到土牆上。

如今，一盞吊掛在客堂木柱上的白鐵油燈，藍糊糊的焰舌映照著這屋裏淒慘可怖的景象，孫小敗壞等幾個傢伙卻視若無睹，只管查驗他們新弄到手的槍枝。

「五支捷克式，一支比國造。」孫小敗壞說：「還有這挺機關槍，——喬恩貴的鄉隊裏也沒有這玩意呀！」

「老大，」胡四說：「這事辦成了，這些槍枝，咱們怎麼分法？」

「這樣分。」孫小敗壞說：「咱們一共六個人，這六支步槍，每人分一支，這挺機關槍，總沒法子把它砸爛了當廢鐵分，我看，還是由我暫時保管著，自己弟兄，胳膊連著胳膊混，你們不會多這個心，以為我會獨吞這挺槍罷？」

「不會，不會。」葉大個兒說：「其實，咱們這些老土，沒人會用機槍，這截留槍枝的主意是你想出來的，你就留著，咱們也沒話說。」

「槍是這樣分了，那兩匹馬怎麼區處法兒？」朱三麻子說。

「馬不能留。」孫小敗壞說：「這些短鬣的軍馬不是一般的牲口，牠們屁股上烙的有火印，你就牽到騾馬市上去賣，也沒有人敢買，日後若叫鬼子查到了，更脫不掉一場麻煩。我看，只有把牠們殺了賣肉，——這算是送給胡老三了。如今，咱們還是先把這些屍首埋妥了要緊。」

天到初更尾，二更頭了，幾個傢伙忙著把七具屍體趁黑揹了出去，到鬧塘那邊掩埋了，孫小敗壞怕有人認出新土的痕跡，特意在新土上加補了一層草皮，等他們埋妥了屍，宰殺了馬匹，再把客堂打理乾淨，天就快到放亮的時辰啦。

「兄弟夥，咱們可要切記著。」他說：「從今天朝後去，大夥兒只當沒出過這回事，誰也不能吐露一個字出去，各人分得的槍枝，先進窖藏起來，總得隔一段時辰，再起出來使用，免得惹人生疑！」

「這個你放心。」蕭石匠說：「你孫大哥就是不吩咐，咱們也會這樣做的。」

孫小敗壞幹完這事，心裏著實透著得意，他原沒料到事情會辦得這麼順當，人不知鬼不覺的，就把半個班的兵勇吃掉了，攫獲了他夢想已久的槍枝，這些烤藍沒褪的捷克式，看在人眼裏，藍汪汪的起夢，就憑這批槍，使自己在蒿蘆集一帶，足可跟喬恩貴的鄉隊抗衡，盤倒姓喬的，論混，我孫小敗壞該豎在大拇指上搖晃，那時候，嘿嘿，我它娘真可說是綾羅的褂子——見風抖啦！

他把槍枝埋在磨坊後面的三棵老桑樹下面，然後敲開門，跟老婆打謊，說是把那些兵士引路送走了，打著呵欠倒上床，呼嚕呼嚕的補了一覺。

四架雙翅膀的輕航機從雲眼裏鑽下來，沿著被亢旱摧殘得面目全非的北六塘河的河岸低飛著。明顯的，日軍不會忘記在雲台山一戰所受的挫折，他們不相信中央這支擔任掩護的孤軍，能夠脫出他們的封鎖，他們要圍襲這支驃悍的隊伍，以沖淡他們內心的羞惱。那四架輕航機飛得那樣低，機腹幾乎能擦著河兩岸的樹梢，充分表露出鬼子們有恃無恐的驕狂！——他們明曉得這支孤軍沒有對空火力，甭說沒有高射炮了，連高射機槍也沒有一挺。

被形容爲秋老虎的太陽，烈炎炎的燒烤著這一片黃沙沌沌的野原，在一些低矮的村落裏，人們抬起頭，能望得見機翼上漆著血紅的太陽。即使是莊戶人家那些泥腿子老土，也都曉得那太陽不是太陽，而是一塊使人驚怵的血斑，……不久之前，抗戰救亡隊的那些學生們的腳印子，印遍了北六塘兩岸荒涼的土地，用鍋灰、木炭、白堊粉，畫成無數救亡的圖景，在橋頭上，黃沙粉刷的牆壁上，土地廟的影壁上，也出現過這樣的飛機，血紅的太陽標誌，投落的炸彈，以及隨著紅火和硝煙迸飛的殘肢、碎肉和血雨，那許多鋼片撕裂的，正是中國人的血肉。

如今，這惡魔般的飛機真的飛到頭頂上來了，那使他們不能不相信早先許多恐怖的傳說，人人都有了天塌地陷的感覺。這四架輕航機從官家廟上空飛過去，廟裏邊，岳秀峰連長和他的弟兄們不禁焦急起來。

鬼子的戰線，按照時間計算，早該推展到津浦路東，這兒業已算是他們的後方，按道理，前線上正在激戰的時辰，他們不會派遣多架航機到荒野地上來打轉的，他們這樣做的用心很明顯，是專門認著自己所率的這一個連來的。

岳秀峰連長計算過，雲台山那場連續十一晝夜的血戰，自己所領受的掩護任務，早已充分達成了，自己這一連人，就是鋼打鐵澆的，也已精華耗盡，在熊熊的烈火上化成鋼渣鐵汁了。從後山翻遁，脫離戰場，到官家廟喘息整頓，全連活出的七十三個，除掉帶傷掛彩的，只夠編成一排，槍械雖不短缺，槍彈卻沒幾百發了，對於這樣一支殘兵，鬼子沒道理小題大做的差遣飛機來偵察，除非因為這個連在雲台山打得太兇猛，使進攻的鬼子死傷累累，丟盡面子，對方的指揮官含怨報復，非要把這連人掃數殲滅不可，當然，心胸狹窄又懷有極度怨毒的鬼子，是會這麼做的。

「喬排長！」當飛機飛過去之後，他喊說：「你過來一下。」

應聲站到岳秀峰面前來的喬排長，是個黧黑粗壯的漢子，他的多稜多角的黑臉，像是一塊笨重的石頭，眉心眼凹，顴下和腦後，凸露出厚實的骨骼來，彷彿他整個的人都那樣鈍重厚實，又帶著一股子原始的野性。

「報告連長，雜種飛機又來盯咱們的槍了！」他挫響著牙盤說：「只要您吩咐一聲，我就架起機關槍打空射，先揍下它兩架來。」

岳秀峰連長微鎖起眉頭來；若果在平常時日，喬排長不說，自己也會這樣做的，但如今臨著這種形勢，卻冒失不得。當然，托起機槍對空掃射，確能打中這種低飛的航機，可是這麼一來，也就暴露了自己這連人隱藏的地點，官家廟左右，有不少散落的村莊，鬼子若是大舉報復，開來濫殺無辜，那更會使弟兄們心裏不安，自己身為連長，有責任在任務完成後，帶著弟兄們橫越津浦鐵路歸建，這不是逞血氣之勇的時刻。

「王朝宗的斥堠班有消息沒有？」

喬排長搖搖頭：

「報告連長，沒有消息。他們出發兩天了，到目前不見人影兒，會不會在半路上出了岔子？」

「這樣罷，你傳告下去，關照弟兄們不要妄動，今天夜晚，咱們向西行動，雖說一時無法突出鬼子的封鎖，總得挪挪地方，朝前探著，想法子跟王班長連絡。」

喬排長敬禮退下去，岳秀峰連長雙手插在頭髮裏，陷進沉思。照鬼子飛機的偵察線路看來，他們業已猜測到自己這一連人撤出後的行進方向了，官家廟雖然荒僻，終竟無法再駐紮下去。這只是建在六塘河北岸黃土層上的一座小廟，不久前被鬼子飛機投彈轟炸過，廟牆崩塌了半邊，後殿也叫炸彈掀飛了一個角，看廟的廟祝業已捲起行李逃難去了，廟宇附近缺水源，還是自己用覆盆法，——把鋼盔放在好幾處凹地上過夜，天亮前取盔查驗盔裏的水氣，揀地掘井，這才使弟兄們能有一些泉水潤喉，另從這座無人的廢廟，找到一簍生霉的薯乾，幾笆斗餵牲口用的乾薯葉，兩串做種的紅玉米，加上槍殺了一匹負傷斷腿的馬匹，才能勉強撐持，就憑這點兒食物，每人束緊腰帶苦忍受熬，也只能夠熬它三五天，為了求活，非得朝西去，巴上較大的村落，向當地百姓求援不可！

中央軍是魚，老百姓是水，當年在黃埔學來的訓示，唯有到危難的辰光才能深切的體會出來，平時自己所率的隊伍，在大的戰列裏，無慮補給匱乏，是從來不去擾民的，幾個月前，在台兒莊戰場，無數民眾自動投入，協助運輸和救護的感人情景，還歷歷在目，這使岳秀峰連長相信，西邊的民眾，仍會盡力協助自己脫離困境。使他困惑不解的，是王朝宗的這一班人，怎會一去就沒有了消息呢？在全連的班長中，王朝宗是最精明幹練的一個，早先派給他不知多少次任務，他都從沒出過毛病，如今，時機異常緊迫，他無法坐等了。

一個部隊失去斥堠，就像一個人失去兩眼，平時摸索著拉動部隊已經夠冒險，何況目下是陷在狼窟裏，這實在太緊要了。

鬼子的航機飛進西邊的雲堆裏去，隔不上一會兒功夫，又從另一面的雲堆裏竄出來，發出嗡昂嗡昂的巨響，陰魂不散似的，繞著黃土斷層上的這座廟宇打轉，廟宇實在太小，只有三間前殿和三間被炸毀的後殿，有些用木槓臨時紮成的擔架，就放置在走廊上，一排都是包著頭、紮著腿、渾身殷血的傷患，被陽光蒸出的血腥味，惹來很多芝麻粒子似的蒼蠅，這些傷患一瞧著鬼子的飛機，就咬牙切齒，一條嘈的罵開了。

「咱日它箇洋熊祖奶奶！」一個說：「對付咱們一個連，也它娘犯得上出動陸海空軍——北六塘若不是乾旱見了底，怕他們不把鬼炮艇開的來！」

「架起機槍朝天打！把這些驢雞巴操的弄下來，讓咱們打頓鬼肉牙祭！」

「甭嚷嚷了，兄弟們。」岳秀峰連長過來說：「咱們不是打不下他們，你們要曉得，在這兒打落一架鬼子的飛機，日後他們報復起來，會燒殺十里，咱們沒道理拖累這一方的百姓，……俗話說是：忍字頭上一把刀，能忍才是英豪，如今咱們是咬牙苦忍的辰光……」他說到這兒，滿眼噙淚，再也說不下去了。

「報告連長，」一個滿臉生著鋼硬鬍髭的老傷兵說：「您的難處，咱們全曉得，掩護任務完成之後，上級要您帶著咱們脫離戰場，平安歸建。您是鐵打的漢子，可不能爲著顧惜咱們，忍這種窩囊氣！」

「對！」另一個說：「咱們橫豎走不了啦，莫如轟轟烈烈在鬼窩裏炸著幹，也讓鬼子曉得，無論人多人少，咱們是寧折不彎，站著一個人，睡倒一座墳！」

「我曉得。」岳秀峰連長深沉的說，「話得說回來，假如咱們能歸建，部隊就添份力量，弟兄夥都有這顆心，你們傷癒了還怕沒仗打？萬一無法突圍，我岳秀峰生死跟大家攪和在一起，寧爲玉碎，不爲瓦全就是了！」

「成！」傷患們齊聲說：「有您一番話，咱們就沒得說的了！」

「求生不辱命，求死得其所，」岳秀峰連長呆呆的朝遠天凝望著，那四架塗著紅太陽的日軍航機，終於飛走了，他獨語般喃喃著，唸出這兩句話來，這使那些農民出生的兵士困惑的望著他。他們雖不能理解他在唸些什麼？但他們全都信得過他們這位鐵漢長官，把生死榮辱的前途，都交付給了他。

岳秀峰比誰都清楚這些，事到如今，全連活著出來的官兵，沒有誰不挖心剖肺的信任他，正因這樣，千斤擔子壓下來，他也要一肩挑，不能讓弟兄們憂心掛慮。想當年自己初出黃埔校門，分發到這有歷史也有強烈偏見的老部隊來時，全團只有自己一個見習官，當時團裏那些老兵油子，全部斜眼瞟著自己，沒把自己這個軍校出身的年輕人放在眼裏。

波上浪上的日子，晃眼五六個年頭了，這期間，自己把整個身心擲在這些粗野豪爽的夥伴們的身上，總算使他們改變過來，不再輕視黃埔這塊招牌，這不是偶然的，自己除了槍法、戰技有著超群的表現，最重要的是用內發的誠摯和德性，替代了多少帶有矯情意味的恩威，在那些剿土匪、靖地方的戰鬥裏，自己身先士卒，出生入死的拚搏，嚴謹周密的規劃，留下好些被全軍傳誦的故事，日子一久，傳說的本身增添了若干誇張的成分，變得更多彩更神秘起來，岳秀峰這三個字，被那些頭腦簡單的兵士們神化了，但自己全連的弟兄應該曉得，岳秀峰沒有旁的，一條命，一顆心，全放在弟兄們的身上，只求做到俯仰無愧罷了！

爲了怕鬼子的飛機偵察出跡象，岳秀峰連長下令滅去炊火，同時把連上僅餘下的五匹馬和三匹載重的騾子拴進廟裏來，傳告部下的弟兄，準備天黑時行動。

時辰在焦灼的等待中，顯得異常緩慢，人在高高的廟基上，穿過那倒塌的圮牆朝西望過去，黃色的沖積平原是遼闊荒凄的，滿現著嚴重的旱象。北六塘的河心不見一滴水，數十丈寬的河床底部，全是細粉似的流沙，遠處的林木，大部分都枯脫了葉子，挺著灰褐和紅銅交雜的樹幹，朝天紛亂的交疊著椏杈；太陽略略的斜向西南角了，王朝宗的斥堠還沒有消息回來。望遠鏡在岳秀峰連長的手裏上上下下的，業已舉疲了手腕。

軍用地圖攤放在一方展開的油布上，圖角壓著磚塊，排長喬奇和特務長方士豪，這兩個連上僅剩下來的官長，正站立在連長旁邊，仔細研究著地圖。

「王班長也許是走岔了路了？」方士豪說：「咱們吃虧在地形不熟悉。」

「這不是問題。」岳秀峰連長說：「地圖很詳細，儘管咱們沒在西邊駐紮過，有了圖，就和眼見一樣的沒有差別，王朝宗臨出發的時辰，我叮囑過他，想穿過鬼子封鎖的夾縫，只有三條路可走，朝西北，是燕塘高地，正西，走鄭家集，西南，要走蒿蘆集；三條路裏，以西南那一條最妥，王班長是精明人，不會弄錯的。」

「那可就怪了，」排長喬奇捏起他瓦鉢般巨大的拳頭，敲擊另一隻手的手掌：「他們走蒿蘆集，會出什麼樣的岔子？」

「按理是不會有岔事的，」岳秀峰說：「我曾跟當地士紳詳細談論過，蒿蘆集那一帶，雖是大湖北岸的荒僻地方，但蒿蘆集上有位趙岫谷老先生，卻是地方信任的正派人物，地方政府西遷之前，得他鼎力協助的地方很多，我想，士豪，你先帶兩個兄弟去趟蒿蘆集，跟那邊連繫上，查查斥堠班的行蹤，我帶著部隊，隨後就到！」

方士豪率著弟兄走後，天色起了變化，傍晚時，刮起黃風來，在乾旱多沙地帶，一起風就刮得沙雲滿天，黃沌沌的像張上了霧網，這種使得天地玄黃的風沙，民間俗稱它叫黃風。

黃風一起，岳秀峰連長立即改了主意，命令全連弟兄抬著擔架上的傷患，動身上路。當然，頂著這樣猛的沙風行軍，是極爲艱難的，但沙煙是極好的遮障，即使鬼子的輕航機再飛來偵察，也難以發現沿著河堤蠕進的隊伍。依照圖上的測斷，從官家廟到蒿蘆集，是一百一十華里，若在早些時，一夜的強行軍就可抵達，但如今人困馬乏，又得拖帶擔架，照顧傷患，這段路得分成兩夜走，今天能趁著沙霧的遮障提前出發，明晨天亮前，能趕到孫家驢店東北角的曹家窪，那片窪野邊緣，有幾座戶數較多的大村落，駐紮方便，也容易取得糧水給養，有些重傷患不能再拖帶了，假如能商得當地民眾合作，託給他們延醫照料，改換裝束，日後傷癒，仍有歸回建制的機會，自己身爲連長，不能不這樣苦心籌算，顧惜弟兄，若果讓這些傷患白白丟命，那就勇而無謀了。

隊伍在黃風裏朝前跋涉著，兵士們扯下帽簷上的風鏡護眼，怕風沙堵塞槍膛，槍枝一律倒掛在肩上，槍口加上布塞子；黃色的飛砂像急驟的陣雨，潑得人透不過氣來。

只上路一會兒工夫，每個人的臉上和身上，就積了一層厚厚的沙粉。環境是極險惡也極艱難的，在受領任務的當時，岳秀峰和他所屬的這一個連，早已決心以身許國了，雲台山這一役，打得天昏地黯，石頭冒煙，百十人槍，硬阻住鬼子蜂湧西犯的大軍，如果能重回戰列，那算是賺的，到這種危急辰光，一個沉著鎮定的指揮官，真是太要緊了，他必得在最險惡的環境裏，作最好的籌謀。

依照估計，徐州失陷後，湧入蘇北地區的日軍，已出現的有兩個師團的番號，連同後續的登陸部隊，總數應達六萬人以上，自己這幾十人槍的一點兒實力，無論如何是不成比例的，究竟能不能直透封鎖，突圍而出，和大部隊匯合，只有憑藉運氣，萬一不巧遇上日軍，那只能放棄突圍的想法，放手拚搏，流盡最後一滴血，拚至最後一個人，上報國家了。

斜西的夕陽隔著沙霧，斂盡了它的光芒，白裏透著微紅，虛虛的懸吊在那片渾黃裏，像一塊烤熟了的烙餅，即使是秋季的黃昏很長，估量著離天黑也不到一個時辰了，隊伍正越過河堆邊稀落的林子，走到一片開闊的平地上，嗡隆嗡隆的機聲又從背後響了過來。

「瞧，還是那四架白天來過的鬼飛機！」

岳秀峰在一個弟兄的吆喝聲裏抬起頭，果然是那一度來偵察過的輕航機，四架分成兩隊，平平的低飛過來，沒有時辰讓他多作選擇，他知道，鬼子的偵察機上，設有直接和地面聯絡的無線電，他們一旦發現這支進行中的隊伍，立即就會報告出所在位置，這樣一來，自己率眾突圍的最後希望就完全破滅了。……時間是這麼緊迫，連疏散和尋覓掩蔽都來不及了，他只有高聲喊出：

「注意，實施第三號計劃！」

這個連，在這樣一個黃埔出生的傑出軍官的教導下，真不愧是一支百煉的精鋼，就在鬼子輕航機急掠而來的那一剎間，他們在原地放下擔架床，以五個爲一組，圍繞著擔架，成環形跪下，每個人都深深的埋下頭去，肩膀鎖連著肩膀，以土黃色軍裝的脊背部朝天，一動不動的凝固在那裏，這在高處朝下看，哪兒是一支隊伍？而只是一簇簇黃土的墳丘。

飛機就這樣一無所獲的掠過去了。

「日它個奶奶，」喬奇粗魯的罵了起來：「雜種硬是盯上咱們了，我說，連長，好在弟兄們都沒想留命過千年，咱們乾脆橫了心，在鬼子肚裏爆它一顆開花彈！」

「不錯。」岳秀峰連長咬了一陣牙齒，決定什麼似的說：「照這樣看，鬼子業已判斷出咱們的位置，他們不但連續派出飛機，恐怕地面部隊也開始行動了，咱們的處境越來越艱難，到最後關頭，免不了作殊死一戰，保全咱們軍人的氣節了！」

薄暮終於落到這亢旱的沙原上來，隊伍又恢復了緩慢的進行，遠方的荒涼景物，在暮色掩映中逐漸模糊，化為斑斕的黑影，一綹綹的沙煙，捲成扭動的蛇形，在人眼前起落不定的飛揚著……。

岳秀峰連長牽著馬，和黑塔似的喬奇排長並肩走在隊伍的前面，默默的沒再說話。薄暮的光景落在亢旱的沙原上，融入人當時的心境，顯得悲壯而又蒼涼，晚霞在西天熾燃著，透過乾亢的、缺乏水分的秋天的大氣，呈現出異樣的橙紅，那種熱烈、絢爛、壯美的色彩，彷彿暗示著，也激動著人去把握住什麼！即使狂風怒捲，驟雨急臨的時辰就要降臨了，但眼前的黃昏仍是安詳靜謐的，這對於一群在戰場上捨死拚搏的軍人來說，真是極美好、極難得的片刻，允許他們沉思默想，瞻顧和矚望。

黃昏是一幅火紅的壁畫，每一筆觸，都那樣的熾熱，整個民族浴血抗戰，就如同顯示在天空的情境，火在燃燒，血在迸流，凡是在這廣大民族土地上生長存活的生靈，都處在同一情境當中了。岳秀峰連長眼望著滿天的霞影和遍野的沙煙，一隻手不自覺的按在他所佩的軍人魂短劍的劍柄上。有很久他沒有讀詩了，眼前的情景，卻使他記起詩裏斷句來，這正是黃埃散漫風蕭索的光景，當初立誓報國，不辭千里跋涉投身黃埔，如今，捨身報國的時辰已經到了，人生原就是短暫的，即使林泉終老，樂享太平，也不過數十寒暑，比較起來，做一個奔馳沙場的軍人，生命可能更短，今晚在行軍趕路，誰也不知能不能見著明天的太陽？但人生的長短是一回事，活得有沒有意義又是一回事，是像沙上的腳印蹄痕，經不得一陣風就盪平了呢？還是像晚霞那樣，發出奪目的璀璨然後隱沒呢？當然，自己早就選擇了後者。

這柄軍人魂短劍，是校長　蔣公手賜的，自己每觸及這柄佩劍，雙肩就像壓上了泰山一般的沉重，自己身爲連長，即使肩頭擔子再重，也得挺胸昂首的挑起來，以求無負他的訓言，即使暴骨沙場，也朝天瞑目了！……什麼算是悲慘呢？無人收廢帳，歸馬識殘旗的壯烈光景，落在萬千百姓的眼裏，不是更能激起全民抗敵的意志？？義無反顧的犧牲，一樣是有代價的。

而人畢竟是人，儘管自己處之泰然，可是，一想到這些跟隨自己好幾年的弟兄們，就要跟自己一樣的赴死時，心裏不禁有些淒惻，說來說去，總得怪到東洋鬼子頭上，他們不來這兒逞兇施暴，這些憨樸的漢子，怎會落到這種命運？人到世上來，總要過段像人的日子，人心不是鐵打的，哪能忍受得了長年在戰場上那種朝朝死別和夕夕生離？平常忙碌中，也許還不會念及這些，如今面迎著黃昏落日和浩浩風沙，一剎沉默裏，真觸動了一個英雄性格裏的千古愁情。

也許是一聲不忍的喟嘆驚觸了粗豪的喬奇，他抬眼望著岳秀峰連長雄昂的影子，楞了楞說：「報告連長，好端端的，您嘆什麼氣來著？」

吃他楞裏八嘰的這麼一問，岳秀峰反而笑了起來，真的，不能怪喬奇楞著問這個，自己這些年來，即使天塌下來打在頭上，也沒當著部下的面嘆過一口氣，要不然，弟兄們怎會把自己當成鐵漢看待來著？

「我是始終掛慮著王朝宗那班人，」他說：「方特務長快馬加鞭趕去蒿蘆集，約莫也該到了。」

「您也甭為這個牽腸掛肚，連長。」喬奇說：「今夜咱們能巴到曹家大窪，找著當地的百姓探問探問，自然會找出些蛛絲馬跡來，實在弄不清楚，方士豪會在明早天亮前趕回來報告的。」

「看來也只好這麼辦了，」岳秀峰望著逐漸黑下來的天說：「喬排長，這兒究竟是陌生地方，夜晚視線不清，你這就挑幾個弟兄，在部隊前頭擔任前衛，散開來搜索前進，遇著情況，隨時傳告回來。」

星光在鉛灰色的天空裏逐漸躍現出來，風吼和沙吟交織著，彷彿在夜暗中吐述什麼樣的神秘，命運的網罟，也像星網般的幽密微黯，時時會觸著絆著人，每朝前摸索一步，就充滿了不可預測的危機。饑餓和困乏的蟲子，在人心裏嚙咬著，軟軟的流沙地，使跋涉的腳步更加滯重起來，但他們仍強打精神，走向更深更黑的夜的野原，不管那邊潛藏著些什麼，岳秀峰連長就是他們的信託。

隊伍就這樣沙沙的走過去了。

五更天，他們趕到了曹家大窪。正要通過那片盆形的窪地奔向村落時，一項突如其來的緊急情況，使他們被阻留住了，短把子紅銅軍號的號音一聽進耳，就知道遇上了日軍，岳秀峰略一研判周圍的地形，就曉得一場激烈的緊急遭遇戰業已無可避免，而己方的隊伍又處在極端不利的地位，幸好窪地當中有交通壕可以利用，他立即傳下命令，著全連弟兄躍入壕塹，展開部署，準備戰鬥。

這時候，喬奇排長所率的前衛裏，一名尖兵回來報告說：

「報告連長，前面高地上，扯前搭後一片都是鬼子，他們越野朝西開，喬排長約略數算過，至少有一個聯隊，單是炮車，業已滾過十多輛了。」

岳秀峰舉眼看看天色，已到曙光微露的時辰了，根據當前的狀況判斷，這支日軍是路過窪野向西挺進的，偏巧和自己這連人碰上了，他沒有必要先向鬼子開火，使弟兄們白白的遭受傷亡，即使惡戰無法避免，也得佔據有利地形，否則，一開戰，己方的弟兄全部都會被鬼子的槍火封死，連抬頭的機會全沒有。

「你趕快去告訴喬排長，立即利用地形掩護後撤，」他命令說：「我們得儘快撤到曹家大窪北邊去，守住那些斜坡上的墳塋堆子。」

等岳秀峰和喬奇會合，撤守到墳塋堆子那一線，穩住陣腳，天已經大亮了，岳秀峰舉起望遠鏡四面一瞭望，這才發現，散佈在沙原各處的鬼子，何止是一個聯隊？而是規模更大的西進軍力，早在兩個月前，北方的軍事重鎮徐州業已陷落，不用說，這批日軍是從連雲港陸續登陸的後援部隊，想開過省界去，支援西犯正陽關的日軍。他們暫時佔據了窪野四面零散的村落，埋鍋造飯的炊煙，拴在半枯焦的疏林間的馬群，排列成陣的炮車，一簇簇架起的槍枝，都在望遠鏡中清晰的呈現出來。

「真它娘有些霉氣！」喬奇說：「世上事就有這麼巧，——走夜路真的碰上了鬼！早一步，咱們闖過去了，晚一步也不會撞上！」

「到了這種辰光，說什麼也沒有用了」岳秀峰說：「不用很久，他們就會發現咱們的，咱們如今連騰挪的餘地全沒有了。」

「您說的是！」喬奇的黑臉帶著一股沉重堅決的神情：「如今咱們只有一條路可走，殺鬼子撈本，然後取它一個轟轟烈烈的成仁！」

岳秀峰緩緩的點點頭，默許了喬奇所說的話。微帶寒意的秋晨，小風刮動著，這面臨生死的一剎間，岳秀峰連長握著軍人魂短劍的劍柄，心裏非常的平靜。這裏連傷患在內，共有六十幾個人，接火後，全部子彈最多能維持到三四個時辰，這真是一場「以一當百」的戰鬥。即使在最後關頭，他也得運用謀略，儘量把這一火打得比雲台山更壯烈，更漂亮，用它來震懾敵軍的心膽。

戰鬥是在太陽初出時開始的。——一隊穿行窪野的鬼子，發現墳場有支那的軍隊，立即響號示警，並且架起擲彈筒和小鋼炮，沒行試射，就來了一陣盲目的猛轟，而岳秀峰連長，早把能夠戰鬥的弟兄分成兩股，各抬著輕傷患，順著交通壕溜到墳場的兩邊，真正據守墳場的，只是三個斷腿重傷患，和兩挺輕機槍。

這種猝然開火，使窪野四面的日軍部隊騷亂起來，他們根本摸不清當面的狀況，不敢朝窪野中胡亂發炮，作支援轟襲，恐怕傷著了自己的部隊，所以，陷到窪野中的約莫一個中隊的鬼子，只好單獨應付這種情況了。

依恃著強大的火力，在一個拖洋刀的鬼子哇哇叫喚聲裏，他們炮擊那片墳場遍佈的斜坡足有半個時辰，驚天動地的巨響，搖撼著遠近的土地，炮彈迸發時所騰起的黑色硝煙，在乾燥的大氣裏，急速滾動著，朝四面擴展。那在日軍驕橫的眼裏，是充分毀滅的象徵，在一百多發炮彈轟擊那片墳場後，拖刀的日軍軍官亮出刀來，霍霍揮動著，藉彈幕的掩護，來了一次衝鋒。

一群姿態笨拙的鬼子，仰著臉衝上那面斜坡，距離墳場只有百十來步地了，忽然間，兩挺捷克式輕機槍嘩嘩叫的，像潮水般的潑起火來，那揮動洋刀的日軍軍官首當其衝，頭一個中彈翻滾下去，緊跟著，人仰馬翻倒下一大片，有的掙扎著朝回爬，有的疊壓在同伴的屍體上，那些迸灑在黃沙上的血跡，零零落落的，像扶桑島上春殘後，凋謝了的櫻花。

在飄散的硝煙中俯身握住機槍槍柄的傷兵黃得勝，和他的戰友丁永和，咬牙操縱著機槍，打出準確的掃射，使氣燄囂張的日軍在首次衝鋒中挫頓，留下十多具遺屍。黃得勝看上去四十多歲了，滿臉的灰沙仍掩不住條條縱橫的皺紋，他長得很瘦弱，在連雲老堆頭那一役就受了重傷，整條腿被炮彈炸折了，再加上一連串激戰，行軍的折磨，使他患上了赤痢，成天十多次滴膿拉血，使他瘦得僅剩皮包的骨架。

一雙眼的眼窩深陷下去，有好幾回，他用近乎哀懇的聲音，請求岳秀峰連長把他扔掉，因爲他自覺沒有希望好轉了，留著拖累其餘的弟兄，反使他心裏不安，而岳連長總堅決的搖頭說：

「死活咱們都在一塊兒，我絕不拋棄任何一個負傷的弟兄！」

人雖孱弱到極點，記憶還是很分明的，徐州陷落前，隊伍夜行軍穿過隴海路東段，鬼子的飛機竟在夜間出動，施放照明彈，並認準隊伍轟炸和掃射，全軍當時只有六門平射炮，沒有高射武器，只有伏在鐵路的路基兩邊挨打，那不能算是雙方面的戰鬥，而是單方面的野蠻的屠殺，打那起，自己就下狠心要找機會，在地面戰鬥時殺鬼子，誰知第一火自己就負了傷，人這一輩子，命只有一條，如今有大半條命業已不在自己身上了，留下這丁點兒殘命，日後即使傷癒，也只是個不能行動的殘軀，今天攫機會不容易，不換它一個轟轟烈烈哪兒成？

丁永和負傷負得也不輕，他跟黃得勝抱著同樣的想法，這一回，岳秀峰連長沒有拒絕他們誓死殺敵的要求，——因爲他自己也沒想在這片窪野中活出去的念頭，既然到了決死報國的時辰，當然得把所有的力量全用上。

除去這兩個機槍射手，另一個原是炊事兵的傷患陳火柱，暫時當上了彈藥手，他雖傷了腿，仍用膝蓋撐地，爬來爬去的供應彈藥，——全連僅餘的彈藥，有一半都在這兒了。

鬼子是羞憤頑強的，退下去略一整頓，沒讓黃得勝、丁永和有喘息的機會，他們又響號衝撲上來，不過，他們那種在軍國主義教養下被灌進瘋狂意識的軀體，畢竟抵不住機槍潑出的流火，兩梭子彈又把他們壓了下去。這一回，沒容他們再行整頓，岳秀峰和喬奇帶著兩股人，分從左右的壕塹裏躍撲過來，截住了他們一個分隊，展開了陣前肉搏，這一戰，使鬼子一個中隊瓦解了大半，岳秀峰連長奪得了兩門小鋼炮，三具擲彈筒，七匹載重的騾馬，更俘獲了日軍小隊長一名，軍曹兩名，兵士一十三名。這種初步的戰果，使得岳秀峰連長有了新的打算，——他要在鬼子大部隊羅佈的重圍當中，打一場史所未有的仗，充分顯示出中國軍人堂堂正正的本色。

「把俘虜替我捆牢！」他命令說：「押回墳場陣地去，咱們準備著埋鍋造飯，調理傷患。」

「報告連長，這是什麼辰光，還顧著埋鍋造飯？」喬奇顯出困惑的樣子來。

「你甭擔心，」岳秀峰連長說：「這一串鬼子活扣在咱們手上，四周就算有鬼子十萬大軍，他們不得到他們指揮官的命令，也不會貿然來攻的，他們一開槍，就得先打死他們自己。」

「好主意！」喬奇笑出一口野性的白牙來：「瞧我這腦瓜子罷！您不這麼提醒，我可沒想著這個！」

「事情很明顯，」岳秀峰連長說：「鬼子再笨拙，這本賬他們也算得清楚，咱們這個連，剩下好腿好腳的，打總算，也不過三四十人，如今咱們卻一舉俘獲將近廿個鬼子，還有他們的軍官和軍曹在內，他們要是不顧一切的想全數殲滅咱們，咱們死兩個，就得賠上一個鬼子，這檔事，他們總得要慎重，事實上，暫時是休了戰了！」

「可是，咱們能因著挾持了俘虜，突圍過得這一關？」喬奇說：「凶殘成性的鬼子，會眼睜睜的讓咱們白撿這個便宜？」

「當然不會。」岳秀峰連長說：「我這樣做，只是爭一個公平決戰的機會，咱們這些喪失戰鬥能力的傷患，不能陷在絕地上……。」

喬奇不再說話了，深深目注著這位他一向敬愛的連長，一身的汗漬和塵土，掩不了他颯颯的英姿，在他軒昂的眉宇間，常蓄著些自己很難理解的東西，自己儘管不懂，也絕對信得過他，只要按照他的話去做就成了。

奇蹟般的事實，立即就在沙沌沌的窪野上出現了；被鬼子上萬大軍困在核心的岳秀峰連的殘部，在大白天裏，公然升火舉炊，並且加強他們墳場的陣地。他們利用俘獲的日軍小鋼炮、擲彈筒、三八式機槍和載重騾馬所馱負的日軍彈藥，作爲殊死一戰的本錢，同時，他們在一株高大的榆樹頂上，升起一面青天白日的旗幟。

戰鬥，算暫時停頓下來，四面八方，舉起望遠鏡的日軍軍官們，只有驚凜錯愕的份兒。他們從望遠鏡裏，能清楚的看到這支支那軍在陣地上沉著的構工，被俘的日軍叫長繩拴成一串，坐在壕塹的積土上面，那變成一道最安全的擋箭牌，使他們有所顧忌，沒有哪一個單位敢於輕舉妄動，只好眼睜睜的看著一道道炊煙，在他們的上空飄騰。

青天白日的旗幟，使他們想起了上海的四行倉庫，那時他們還能無憚無忌的放手攻擊，如今，連攻擊的機會都打了折扣。這樣的支那軍，何止是勇敢無畏，膽大包天？簡直是對日本皇軍的嘲弄和故意挫辱！這究竟是由什麼人領導的？怎樣的一支部隊？竟敢以一個相當於加強排的實力，穩坐在一個師團西進大軍的宿營地中間？——那該是日軍司令部的位置。

這份驚凜和錯愕，很快的傳到日軍司令官那兒去，他們研判出當面的這支部隊，可能就是曾經據守雲台山，血戰十一晝夜的那支孤軍。

傍午時分，挑著一面白旗的日軍使者帶著通譯和隨從，在岳秀峰連的陣地前方，解下他們所佩的武器，請求談判。前哨回報之後，岳秀峰連長下令，准許他們進入陣地，對方來的是一位參謀官南木少佐，通過一位翻譯，陳明他的來意說：

「本人是代表軍司令官來的，貴部陷身絕境，猶能奮力戰鬥，於初次戰鬥中俘虜日本皇軍官佐士卒，我們司令官極爲欽服，可否將貴部番號以及指揮官姓氏見告？」

「很抱歉，我不能把部隊番號告訴你們，」岳秀峰穩沉的說：「我們是中國正規軍的一連，由本人率領，本人名叫岳秀峰。」

「你們是扼守雲台山，阻擋我軍西進的部隊？」

「不錯！」岳秀峰連長昂然回答說：「本連已經完成任務，如今打算歸回建制，重新進入戰鬥行列。」

「這……恐怕不可能了。」南木少佐說：「我們的軍司令官，爲你們勇敢作戰的行爲，特別給予你們寬大待遇——只要你們交還俘獲的皇軍，放下武器，就保障你們生命的安全。」

翻譯這樣傳話時，岳秀峰淡淡的一笑說：

「你告訴這位南木少佐，我們對俘虜集中營沒胃口，謝謝他們軍司令官的好意，中國的軍人還不至於這樣的忍辱貪生，咱們願意作戰到底！」

話傳過去，那位南木少佐用手摸著他下巴間那一圈青密的鬍髭，有幾分不耐的皺起他的濃眉。

「岳連長，你要明白，這戰鬥是不成比例的！」他通過翻譯說：「貴部這點人槍實力，無法和日本大軍作戰了，你們被困在這裏，缺乏飲水、糧食，又拖著這許多傷患，沒有道理白白犧牲……。」

「我知道。」岳秀峰斬釘削鐵的說：「那只是形勢的問題，咱們當軍人的，無論形勢如何，都要作戰！一死報國，是咱們的心願。」

南木少佐似乎被感動了，悲憫似的搖著頭，但仍試圖用各種說詞誘降對方，結果全遭這位鐵漢連長峻拒了，他所求的，只是作戰一途。

「你回去向你們的軍司令官說，我們的條件是：我們可以釋放這些俘虜，但在釋放之前，請准許中國民眾進入本軍陣地，運出這些傷患官兵。」岳秀峰連長說：「同時，請貴部司令官認明，這是一場純軍事的戰鬥，與附近各村鎮的民眾無關，我部全數戰死之後，請勿濫殺附近民眾，以為報復！」

「好！」南木少佐說：「閣下開示的條件，我可以代表我們的軍司令官，全部答應你！」

「還有，」岳秀峰連長說：「本軍傷患運送之前，由本人命令他們脫除軍服，暫行離役，以中國百姓身分，在民眾協助下就醫療傷，日後一切，悉依他們的志願，你們不得干涉！」

這一點，南木少佐也答應了，並且給予岳秀峰連一晝夜的時間，允許他派出專差去連絡百姓，前來運送傷患，這對兇暴不仁的日本入侵軍而言，不能不說是一項破天荒的讓步，固然他們想解救被俘的日軍官佐兵卒，但在精神上，他們也真被岳秀峰所表露出的凜然大義懾伏住了。……儘管軍國主義以盲目英勇作為訓條，但他們那大和式的盲目瘋狂的血氣舉措，根本比不上岳秀峰連長所表露的這種精神，——不但英勇無畏，視死如歸，還顯示出寬和人道的心胸，這份心胸，正是東洋人所缺欠的，無怪南木少佐回報交涉經過之後，那位日軍師團長也仰天默視，良久道不出一語了。

在窪野北邊斜坡陣地上，弟兄們沒誰把這事當成一回事，吃飽晌午飯，大夥兒就忙著掘掩體，安排炮位，把擄獲來的小鋼炮架起來，由於擄得的六五子彈多達十幾箱，有些弟兄就換用鬼子的三八式步槍，喬奇排長跟弟兄們夥在一道兒，教他們使用日式軍械的方法。

「單拿造械來講，東洋鬼子確乎是有一套，」他說：「論造械，原數德國佬最強，打獨子拐兒，到六子連，到九子毛瑟槍，全是德國貨獨佔的局面，但後來德造套筒槍，又笨重，又不靈，只落個持久耐用罷了，後些年，日造的三一式，三二式，俗稱大金鉤和小金鉤，那就用的是六五槍火，這種三八式，就是金鉤槍的改良型，用法跟金鉤槍差不多。」

「喬排長，咱們不懂，爲什麼咱們用七九槍火，鬼子偏用六五呢？」一個認真的問說。

「這個？這你們得去問連長，他是有學問的人。」凡是喬奇弄不懂的，他習慣朝岳秀峰連長的頭上推，這些年來，還沒見有什麼樣的難題，把岳秀峰連長難倒過，黃埔出身的連長，究竟不同行伍裏滾大的老粗。

而岳秀峰連長手捏著望遠鏡，正在四處瞭望著，一晝夜的時限並不長，他得周密的安排許多事情，當他送走敵方談判代表南木少佐後，他就立刻派出班長趙本中前往蒿蘆集，著他和先遣出的特務長方士豪少尉連絡，告訴他本隊遭遇的情況，要他動員民眾，撤運傷患；目前他並不掛心這宗事，最使他放心不下的，就是王朝宗班長所率的斥堠班的行蹤了，這次撞進鬼子大部隊的懷裏，全係由於失去先遣斥堠的關係，要不然，多少總還有一線突圍的希望，雖說事到如今，業已無可怨尤，至少，眼看著同志們就要犠牲，多少總有些遺憾，遺憾經此一戰，再沒有活著殺敵的機會了。

轉眼又到風沙迷漫的午後了，四周死寂寂的，除了風的潑吼，再沒有旁的聲音，青天白日的旗幟，仍在榆樹的梢尖上飄揚著；當粗聲啞氣的喬奇排長拿槍枝口徑不同的問題來問自己時，岳秀峰連長笑了起來。

「這很簡單，」他踱到兄弟們群裏說：「鬼子的六五槍，口徑小，槍身也輕巧靈便，子彈出膛的阻力比七九子彈少，彈道穩定，射程也略遠，……他們可沒想到，咱們這一回，就要用他們製造的槍火，潑在他們自己的頭上罷？這真是自『作』自『受』了！」

弟兄們鬨鬨然的大笑起來，笑得有些傻氣，這種把生死置之度外的笑聲，使得成排蹲著的日俘也覺得驚異莫名，他們弄不懂，這些看上去灰頭土臉的支那兵的膽子是什麼做的？佈在他們四周的日軍，彷彿都沒在他們的眼裏，他們難道不明白日軍的炮火，能把這塊窪野整個翻轉過來？這……真是太不可思議了！

正因這批日俘還掌握在岳秀峰連長的手裏，日軍不得不遵守他們的信諾，讓得訊前來的民眾進入窪野，撤出傷患，而那些傷患弟兄，知道他們一向敬愛的岳連長，已決心把這塊窪野當成他和全連弟兄的死所時，一條聲的嚷著，寧願留在這兒，和連長一同殉國，也不願活著被抬離戰場。

「你們聽我說！」岳秀峰連長噙住淚：「弟兄們，我曉得這種生離的滋味不好消受，但我不能……不能眼看你們躺在擔架上被屠殺，那不公平！」

「不，連長！」一個渾身綑著染血繃帶的傷患咬牙說：「您領著弟兄，打算在這兒取義成仁，咱們難道還在乎這個殘廢的身子？咱們雖掛彩帶傷不能動，這一口牙還管用，鬼子撲上來，咱們要咬下他們一塊肉來！」

岳秀峰凝重的搖搖頭：

「在這一仗裏，很少有近身拚搏的機會了，請相信我讓你脫去軍裝，暫行離職，是不得已的舉措，你們好好的覓地療傷，日後還有重回戰列的機會。這是命令，你們不要再說了！」

傷患弟兄們即使滿心不甘願，情感上也難以割捨，但岳秀峰連長令下如山，誰也不能再行申述了。進入陣地來撤運傷患離開時，岳秀峰和喬奇站在陣地的出口處，紅著眼送行，傷患弟兄暫行離職，談不上什麼儀式，只是把綴有青天白日帽徽的軍帽，交在岳秀峰連長的手裏，每一隻眼都是紅的，濕的。

傷患就這樣的撤離了。

黃昏時，岳秀峰連長把戰鬥人員全部召聚到一起，商討釋放鬼子俘虜後的戰法。

「你們甭瞧著東洋鬼子笨拙，他們的心機夠深沉的，白天他們守信諾，那是這批俘虜還攢在咱們手裏的關係，一旦釋放了俘虜，情形就不一樣了！」岳秀峰連長分析說：「那個鬼子少佐說得對，若論戰力，敵我之間根本不成比例，火力更相差千百倍，旁的不說，單是山炮，他們就有好幾十門，雙方接戰後，鬼子不用以他們的步兵來攻，只要打四面架炮轟擊，咱們也是粉身碎骨。」

「那，咱們就來它一個不釋俘，」一個弟兄說：「臨死也拖他幾個陪葬！」

「這不成，」喬奇排長說：「拖著這批俘虜當護身符，一來是顯得咱們膽怯畏死，二來是毀了咱們的信義，——雙方開戰的條件，是連長跟敵方談妥了的。對東洋矮鬼失信，這事萬萬不能幹！」

「俘虜當然照樣釋放，」岳秀峰連長說：「我找大夥兒來商量的，只是這一火怎麼打法？」

「守著這片墳場，等著挨炮轟是不成的。」喬奇說：「咱們在這兒構工，只是做做幌子，這些臨時掩體哪能擋得了炮彈？」

「連長的意思怎樣呢？」

「喬排長他說得不錯，」岳秀峰連長眼裏亮著堅毅的光采：「面對鬼子的大部隊，蹲著不動的打法行不通了，而白天咱們既不拖著活出去的打算，那就得趁夜晚行動，儘管咱們這點兒實力微不足道，也會攪起它一陣大風大浪來！」

天，說著就昏黯下來；決定了戰法之後，岳秀峰連長又陷進了沉思：這不是命運的安排，這可說是必然的遭遇，敵軍的魔掌從東海岸伸向內陸，自己這一連弟兄，隨時都會遭遇到鬼子大部隊的圍擊，一個連的犧牲不算什麼，抗戰的熔爐是要無數生命去點燃的，總有一天，會把侵略者鐵樣的心熔化掉。事實擺在眼前，這一仗，是空前未有的，艱難的一仗，自己這一連人被八面圍困著，假如只是單薄包圍圈，突破並不難，但據自己的估計，窪野四面重疊著鬼子宿營的隊伍，至少有幾里路的密集厚度，這使突圍變成絕無可能。情況變得很混沌，自己無法摸得清鬼子在周圍兵力的分佈是怎樣？環境和時間都不容許自己去探聽這些，只有在孤絕和混亂當中，竭盡心智的去獨力戰鬥。

戰法必得這樣決定！天黑後釋放日軍俘虜，把全連還剩下的三十個弟兄，分成十個戰鬥伍，朝各個不同的方向，利用黑夜的掩護，儘量深入敵陣去，一面開槍，一面不停的竄動；鬼子的大部隊雖是一個戰鬥整體，但它建制下的各級單位，會被黑夜分割成若干獨立的戰鬥單元，戰鬥區一作騷擾性的襲擊，他們自會猛烈還擊，這樣一來，他們的炮火會形成自相殘殺的交叉，自己這幾十人犧牲光了，鬼子的傷亡一定會超過數倍，這要比固守墳場斜坡，等著挨受炮轟的打法強多了。

這樣做，不但死得其所，而且選取了最好的死法，作爲一個中國軍人，應該是瞑目無憾了！

混濁的天，逐漸被絞揚的沙煙和初臨的夜幕封嚴了！

十個編妥的戰鬥伍，在靜肅的待命出發。每個人除了揹上大刀片兒，腰裏掛上六柄手榴彈，還使用了白天擄獲的日軍機槍和步槍。爲了彼此間便於識別和連絡，除了在臂上纏了白巾之外，喬奇排長還想出一個音響連絡的辦法，——他在墳場邊的一棵皂莢樹下撿取了一堆皂莢，這些約莫有一尺長的樹莢子，搖動起來，會能清楚的聽見，這種天然音響相互連絡時，不會引起敵軍的注意。

「現在，開始釋放俘虜！」岳秀峰連長說。

夜，靜肅而詭秘，風頭在窪野裏旋動，沙粉佈成的煙霧窒著人的呼吸，日俘被釋放時，由於言語不通，最初還驚疑駭懼，以爲要被拖出去槍殺，及至喬奇排長下令替他們鬆了綁，揮手讓他們離去，他們這才明白過來，一個個打心眼裏發楞。

日俘的影子埋入黑暗，十個戰鬥伍立刻就要分開了。大夥兒全明白，這是生離，同時也是死別，悲壯的感覺充塞在每個人的心裏，沖淡了依依不捨的傷感。岳秀峰和喬奇各率著一個伍，分別時，倆人只抓起手互相緊握一下，連再見都沒說。

黑夜漫漫的流著，從零時起始，日軍的排炮在四面怒吼起來，正如岳秀峰連長所料的，他們想用猛烈的地毯式轟擊，把這支支那的孤軍解決掉，使日軍避免接近戰鬥的必要傷亡。

那些炮彈帶著尖銳的嘯聲，劃過夜空，落到墳場這一帶來，轟響連接著轟響，撞起一連串起伏的轟嘩，斜坡上的黑夜，被迸射的紅火撕開，像打閃似的，一剎幻光勾勒出斜坡時亂塚和樹木的影子，熔燄的核心呈光亮奪目的淺金色，俄爾幻成青白色，再轉成橘紅帶紫的顏色，然後，迸發成流星雨，一把展開的摺扇般的，劃出無數光弧；熱風摧湧著，硝煙湧結成的雲朵，罩住了那塊斜坡，樹木和枯草被點燃了，泥沙、棺板、殘碎的骷髏，都被掀騰到半空去，顯示出炮擊的殘酷和毀滅的力量。

整個窪野都在激烈的搖撼中顫慄著……。

炮擊進行中，日軍業已奉令準備拔營了，在日軍指揮官的眼裏，這不算是一場戰鬥，充其量不過是一宗偶發的事件，他只要消耗幾百發炮彈就成了，能夠用這點兒本錢，消滅一支曾經據守老堆頭和雲台山的支那軍，該是最便宜的事情，沒有道理因爲岳秀峰這點人槍的出現，遲滯了日軍大部隊向西推進的原定速度。

就當炮擊達到飽和的程度時，岳秀峰連的各個戰鬥伍，開始了他們騷亂性的攻擊，分駐在窪野邊緣那些村落裏的日軍，被突然響起的槍聲驚擾著，這些槍聲，又都是日式武器發出來的，使他們一時無法判斷究竟？也不敢輕率的還擊。這當口，很多日軍的前哨捱了三八式機槍的掃射，有的竟捱了手榴彈的轟擊，產生了嚴重的混亂和傷亡，爲了自衛的緣故，部分單位的日軍，開始了盲目的還擊，他們根本弄不清敵人究竟在那裏。

日軍事先並沒料到會有這種突發情況，各單位駐地緊捱著，一旦四處開了火，越發亂得無法收拾了，漆黑的夜晚，虎吼的風沙，荒涼的野原的本身，就蘊含著陌生的、原始的懼怖，結果變成日軍與日軍間互相交戰，誰也無法停住。

而這種情況，是岳秀峰連長意料得到的，以自己這幾十人槍的犧牲，使這批西進的日軍師團遭受這樣的挫折，戰果的豐碩，業已遠超過少數人的犧牲了。他率著兩個弟兄，伏在窪野南面一座村落附近的乾溝子裏，抬頭望出去，看得見還在焚燒的墳場附近的林木，日軍那種毫無效果的瘋狂炮擊業已停頓了，好些日軍宿營的村落間，都有槍火的藍燄迸發出來。

混亂既已形成，十個戰鬥伍就充分發揮了他們獨立作戰的特性，把這種混亂，從敵軍宿營地的邊緣，帶到敵陣深處去，無論是岳秀峰連長，或是任何一位弟兄，都算得出這一夜再沒有多少時辰了，當白晝到來，日軍會整頓態勢，遣出搜索隊，以強力搜索解決這些單獨的戰鬥伍。他們能夠利用的，只是這最後的夜晚！

一群捨命的人，就能在絕望裏造出奇蹟來；一個戰鬥伍闖進了日軍的山炮陣地，在放倒鬼子炮兵之後，竟然把集束手榴彈塞在炮筒裏拉火，一舉炸毀了三門山炮。另一個戰鬥伍鑽得更深入，直薄日軍的司令部，伍長的子彈打光，被逼到一座穀倉裏，弟兄全犧牲了，鬼子衝進穀倉時，伍長把他腰裏僅賸的兩顆手榴彈拉了火，……他找到七八個鬼子爲他陪葬，包括一個資深的軍曹。他們雖都壯烈犧牲了，卻使日軍的指揮系統暫時失靈，各單位顯得群龍無首，陷入一場莫名其妙的混戰。

這種驚天動地的戰果，是正規戰法很難獲致的。

驚魂甫定的日軍司令官，被支那軍這種黑夜突襲戰法激怒了，無數顆長時間的照明彈，射到窪野的上空去，照明彈雪白的強光消除了黑暗，但消除不了黃沌沌的風沙，他們找不到那些幽靈般的突襲者。

四更天，又一場風暴捲擊到日軍的頭上，這是連岳秀峰連長也沒預料得到的，——窪野附近的各地方團隊，由方士豪少尉和趙本中班長帶路，爲營救這支中央軍，趁黑夜掩殺到窪野裏面來，而遠處的地方團隊，由蒿蘆集上的喬恩貴鄉長統帶著，也對日軍的外圍開起火來，激烈的槍聲，徹夜沒曾停過。

即使地方團隊冒死突入，也挽救不了這場局部戰鬥的命運了，日軍的熾盛火力，把這股侵入的民團鎖在窪野當中，更用重炮轟擊外圍可疑地區。在這最後的時辰，岳秀峰連長率領著他那一伍弟兄，縱橫的踹著敵陣。他所攻撲的，是一座築在土崖層上的小茅屋，日軍在那兒設有重機槍的槍巢，藉著夜暗的掩護，他親率這一伍攀登幾乎是壁立的崖層，跳上去和日軍展開肉搏！

跟隨他的弟兄全都犧牲了，他仍然用手榴彈炸毀了那挺機槍。他不是神，只是一個血肉凡人，當他炸毀那挺機槍時，一個鬼子的傷兵對準他開了兩槍，他便從屋頂摔落下去。

下面是一道曲折的深溝，溝底滿佈著軟軟的流沙，他身上負了兩處槍傷，一處在右胸上方的肩窩處，槍彈傷及肺葉，使他鼻孔和嘴角噴溢出帶沫的鮮血，一處是在左小腿上，槍彈洞穿腿肚，但並沒打中腿骨，負了傷，再加上一摔跌，便使他暈厥過去，這時候，他遇上了另一個戰鬥的夥伴——排長喬奇。

喬奇帶著的一伍人，瞎打瞎撞，撞著一支日軍的輜重部隊，很多匹載重的騾馬全拴在村前的平場子上，因爲準備拔營的關係，彈藥箱全已裝在馬背的載負架上了，喬奇攫著了機會，把手榴彈全扔了出去。

手榴彈連續的爆炸終於引爆了那些彈藥，像巨彈爆炸般轟隆，使平場變成大坡，一剎時，整個村落全起了大火，日軍的輜重兵大部分埋進彈坑或是葬入火窟，一些倖存的鬼子，在村外和喬奇這一伍交上了手。

許多匹驚脫了轠繩的東洋軍馬，發出淒厲的嘶叫，在硝煙瀰漫的野原上衝撞奔騰，日軍的鐵甲車也轟隆隆的飛輾過來，馳援他們的輜重隊，喬奇笑說：

「這玩意兒來得非其時也，——如今他們要的是救火車！」

再沒有另一批手榴彈可用了，喬奇所率的一個伍硬撐了半個時辰，也已耗光，他揹起最後一個負傷的弟兄，一頭撞進乾溝子裏，打算先歇上一口氣，再設法和其他的夥伴連絡，打到天亮再講。

使他難受的是他揹著的那個弟兄，竟然在他背上嚥了氣，身子逐漸變涼了，他只好放下那個弟兄的屍體，順著曲折的溝底朝前摸索。做夢也沒想到，他會在土崖層下面，找到了他一向敬愛的長官，——岳秀峰連長，曳光彈的紅弧，使他看見岳連長昏迷不醒，渾身上下都是鮮血，業已變成了血人。

槍炮聲，還像一鍋滾粥般的在各處響著，喬奇也弄不清四周究竟怎麼了？連長暈厥了，但還有一口氣在，自己說什麼也不能放下傷重昏迷的長官，岳秀峰連長早已許誓成仁，才會這樣放心猛搏日軍，如今他落得這樣光景，該怎麼辦呢？總不能做部下的橫心補他一槍，如其不然，讓重傷昏迷的連長落到鬼子手上，忍受那種挫辱，更是不成，唯一的辦法，只有揹著連長朝外闖，即使撞到鬼子槍口上，一槍奪去兩命，也落得忠義兩全。

喬奇不是含糊的漢子，但今夜想揹出連長，可是太不輕鬆了！連長的傷處大量出血，自己的綁腿帶兒不夠用，只好把軍裝上衣撕碎了湊合上，子彈業已打光，手上的一支三八式只好扔掉了，黑裏摸著連長的匣槍，插在腰裏，蹲身揹起連長來，順著溝底朝前摸。心裏這樣盤算著，萬一不能脫困救出連長，自己恁情用匣槍對準自己的胸窩從前朝後打，讓自己死在連長的前頭……。

他，一個鐵塔般的漢子，就這樣的離開了窪野。

窪野之戰結束在第二天的傍晚。

沒有什麼樣的筆墨，能形容出中國軍民在這一役中表現出的壯烈，儘管那可能是戰史之外的一次無名戰役，它卻充分顯示了民團的義勇和中國正規軍的革命軍魂！以幾十人槍的殘部力拚日軍西進大軍，使日軍傷亡枕籍，輜重喪失，狼狽不堪的撤離戰場，必須整補才能再作行動，這樣的戰果，不可能更豐碩了。

但玉碎的情境，也極為悲慘……。

民團八百多人，全數戰死在窪野當中，亢旱的黃昏天氣，呈現出橙紅帶血的顏色，這種淒艷的光彩，照著橫陳在黃沙中的屍體，斷折的長矛，褪色的纓槍的槍纓。斜插在沙上的單刀，刀繐兒仍在風裏飄搖著，彷彿是那些戰死沙場的英魂，仍抱有酣戰未休的戰意，欲乘風躍起追殺潰敵。窪野四周的村落，變成了日軍的墳場，日軍倉促撤離舉火焚燒那些他們曾經在那兒遭受挫折的村舍，但在村舍附近，遺下了一灘灘的血跡、馬匹的屍體，染污的軍帽，掉落的瓷碗，乾糧袋，被子彈擊毀的鋼盔……岳秀峰的弟兄全部犧牲了，日軍破例的找尋那些屍身，草草掩埋在一座光禿的土丘上，並且還豎立了一塊白木的牌子，寫著一些頌語。

日軍撤走後，很多逃避到曠野上的民眾來到曹家大窪，把這份慘烈的光景收拾了，但那股屍氣，仍使兀鷹成群的飛來，在窪野上空打著盤旋。

也就在日軍撤離後的那天傍晚，曹家大窪之南，有個開饅頭鋪的半老頭兒李彥西，打蒿蘆集上回家，走到叉路口的土地廟那兒，瞧著一個精赤著上身的黑大漢兒，背上揹著一個武裝整齊、渾身染血的中央軍軍官，倆人一同倒在土地廟的廟牆上。李彥西吃驚的跑過去仔細一瞧看，被揹的軍官身上釘著三處槍傷，揹人的黑大漢兒肚子被子彈打穿，拖出一截白花花的肚腸。

「一定是曹家大窪過來的，」他喃喃的說：「怪不得人都傳說老中央的隊伍跟鬼子打火，如今，天塌了半邊，竟真有隊伍留在鬼子窩裏朝外打！」

他吆喝出自己莊上的人來，七手八腳，把這兩個人給抬了回去，鄉下沒西醫，總算找來一個老中醫，替黑大漢子洗紮傷口，把拖出腹外的腸子塞回去，也替那位軍官重新裹傷，盼望能留下他們的命來。當天夜晚，黑大漢子有些知覺，渾渾噩噩的，整夜說著囈語，儘是衝呀殺呀的話，而那軍官仍然昏迷不醒，看光景，怕沒有多少希望了。

「這不成啊！」李彥西跟同村的鄰舍說：「人家拚命打鬼子，落到這樣地步了，咱們做百姓的怎能眼睜睜看他們死在這兒？無論如何，也得把他們抬去找西醫。」

「西醫只有縣城裏才找得到，」一個鄰舍說：「一來路太遠，用繩床抬著，搖搖晃晃要一天多的路，傷重的人怕撐持不住了，二來，鬼子已然打了過來，城裏人差不多全逃奔四鄉了，能不能找到西醫還說不定，這事千萬孟浪不得。」

「有了！」村頭的王三爺想起了什麼來，一拍巴掌說：「縣城那所美國教會開設的醫院，不會有變動的，咱們趕急替這兩位換上便衣，到董家油坊借騾車，連夜送到那兒去，也許還會有救。」

「三爺說得對！」李彥西說：「咱們就這麼辦罷！我帶著大閨女，跟車進城去照應病人，萬一遇著什麼盤詰，也好替他們掩飾掩飾。」

鄉下人辦事，一門頭；第二天，就用騾車把這兩個身受重傷的人載到縣城，送進華東地區規模最大的教會醫院，由於風風雨雨的傳說，說是鬼子就要開進縣城來，縣城變成一座陰慘冷寂的死城，雖然沒到十室九空的程度，滿街卻都已關門閉戶，難得見到人影，只有教會醫院附近的那條小街道上，還有幾家吃食鋪子照常開業，專做住院病患的生意，替這座死城添了半分煙火氣味。

名不知姓不曉的兩個重傷的人送進醫院，那是行不通的，還是李彥西的大閨女金姐心思靈巧，臨時講出一番話來，說這兩個都是她家親戚，一個教私塾，一個是油坊裏的師傅，鬼子來了，他們逃難逃到野地上，被亂槍蓋中了，岳秀峰連長在她嘴裏，變成了黃世昌，喬奇被她說成油坊師傅鄭強。

正巧那時刻受了槍傷的四鄉百姓太多，教會醫院憐憫這些民眾，只要有名有姓，一律照收，經過幾次手術取出子彈，喬奇清醒過來，岳秀峰連長也奇蹟般的保住了性命。

這是什麼樣的地方？什麼樣的夢境?!初初清醒的喬奇睜開眼來，一盞帶笠的電燈在天花板上搖晃著，四壁是一片空空盪盪的白，眼前的空間彷彿凝住了一樣。

有一張帶笑的少女的臉，出現在光的波浪上，一會兒移近、移近，一會兒又推遠、推遠，近和遠都是一樣的朦朧，他這樣費力的凝神望著，終於看清她臉的輪廓和眼眉來，她是個十八九歲的大閨女，一抹彎彎俏俏的前瀏海，覆在飽飽的額上，一條油汪汪的鬆軟的黑辮子，打腦後彎過，順著一邊肩膀，搭落在微微鼓凸的胸前，她穿著白底紅花的洋布衫子，——一簇簇成熟了的櫻桃。這彷彿不是真的，只是一幅畫，她身後畫著敞亮的玻璃窗，窗外是一片蔓藤，透明透亮的綠色耳形葉子間，迸出一朵朵艷麗欲滴的黃花……。

這不是真的，一陣疲乏侵襲全身，黑山黑浪在眼前翻湧，他剛睜開一剎的眼又閉上了。忽然又回到那漆黑的夜晚，曳光彈的光弧在頭頂上梭織著，自己揹著連長在乾溝子裏奔跑，也不知經過多少時辰？天微微的透亮了，自以爲離開鬼子很遠了，誰知仍遭到亂槍伏擊，當時只覺得腰眼一陣痲，但還撐持著奔跑下去，……是的，那樣奔跑下去，眼前晃動著透明的水浪，腳步拖沓鬆浮，彷彿不是踩踏在軟軟的流沙上，而是踩著棉絮，踏著雲朵，隨時都會陷落下去。天放亮了！彷彿遇著另一條乾涸了的河床，很長很長的河床，跑不到頭的河床，太陽在頭上燒著一把烈火，頭腦劇痛要迸裂開來，人像枯樹般的乾渴，一心呼喚著：水！水！水！水！水！但沒有一滴水落到乾裂的唇上，奔跑！奔跑！以後就再也記不起來了……。

會是死了嗎？但連長在那兒？這一驚慌，眼又睜開了，仍然是前瀏海覆著額頭的那張臉，朝前俯下來，一張有紅是白的鵝蛋臉，帶著些輕微的驚喜和羞怯，笑著，吐出圓潤溫存的聲音：

「您總算醒過來了！老天。」

「……連……」他最先想到的，就是揹在背上的岳秀峰連長，用微弱的聲音問說：「連長呢？」

「您是問您揹的那個人？」金姐半聽半猜測，懂得這黑大漢兒的意思，便答說：「他在隔壁的病房，我爹正在替他輸血。」

喬奇這回確定自己不是在做夢了，電燈在天花板上垂懸著，窗外明明是大白天，眼前這張臉吐出的聲音，他字字都聽得很清楚。

「這是什麼地方？」他說。

「醫院。」金姐說：「您跟那位官長，都昏迷不醒好幾天了！」

喬奇還想說些什麼，肚腹間的劇痛使他咬住牙齒，他逐漸明白過來，當他揹著岳秀峰連長跑的時刻，真的是負了傷了；但不敢相信，一個腹部中彈的人，竟仍能揹著另一個傷重昏迷的人一直奔跑下去？而那個人就是他自己……逐漸的，他明白他和岳秀峰連長都在昏倒時被當地老百姓救了，再轉送到這座醫院來的，但連長他究竟怎樣了呢？他心裏儘管焦急著，但疲乏和虛軟又使他昏昏沉沉的閉上了眼睛。

同一時刻，鄰室的岳秀峰還昏迷著。一個身中三槍，有兩槍打在致命部位的人，昏迷不醒熬過三四天，在主治醫師的眼裏，也成了一項奇蹟。

手術進行很順利，但要大量輸血，使他危殆的情況穩下來，李彥西自願輸血給這位名不知姓不曉的老中央的軍官，經過檢驗，他的血型適合，他咬著牙，閉著眼，幹了這種他畢生從沒幹過的事，——讓醫生用粗大的針筒，把他的血液抽出來，注射到旁人的身上，他兩腿恐懼的索索打抖。

他是個老老實實的鄉下人，十八歲到蒿蘆集饅頭鋪裏學手藝，由學徒做到饅頭師傅，更由師傅幹到老闆，積了錢，回鄉買了幾畝田地。聽到鬼子要來的消息，他兩眼發黑，只帶著閨女朝家根躲，那天他是去集上收拾店鋪回家，半路遇著這檔子事的。救命如救火，這檔子事他不能不管，一旦管上了，又不能中途撒手，這回把兩個重傷的人打點送醫，幾乎花光了他手邊所有的積蓄，大量的血漿買不起，只好自己輸。人在世上活著，求個心安理得總是好的，遇上這樣天翻地覆的亂世，過了今天不定能過得了明天，銀錢是身外之物，能用它救活兩條人命，不見得就是傻事，他雖摸不清兩人的身世姓名，至少曉得他們是打鬼子的老中央，就憑這點，這兩個人的性命，已經值得一救了。

醫生說過，這一個負傷太重，熱度不退，一時還脫不了危險，至於隔室那個黑大漢兒，雖然肚子上中了槍，又因奔跑力竭，流血過多昏倒了，但絕不會送命，也許這一兩天他就會好轉些，只要他們能好轉，能行動，自己心裏的一塊石頭落了地，就好帶著閨女金姐回家去了！城裏和鄉下都這樣亂翻翻的，自己帶著金姐待在這兒，把個二閨女銀姐扔在家裏，拖久了，也不是個辦法。

正在盤算著心事，金姐過來，說是鄭強鄭大叔醒了，說過幾句話，又迷迷糊糊的闔上了眼，李彥西當著醫生的面沒說什麼，只說：

「讓他安靜歇著罷，等夜晚他再醒，我過去瞧瞧！」

喬奇再次醒過來，這回出現在病床前面的，是兩張人臉，除了白天那個閨女，還有一張長臉尖下巴、臉上略見皺紋的半老頭兒。

「我叫李彥西，老鄉。」那半老頭兒說：「家住蒿蘆集東南，董家油坊附近的青石井，那天傍晚，打蒿蘆集上回家，走到叉路口的土地廟附近，看見你揹著個官長，昏倒在廟牆上，……你們是在曹家大窪跟鬼子對上火的？鬼子槍炮像炸豆似的日夜響，誰也沒想到還會活得出人來！」

「多謝李大叔。」喬奇說：「我要不是爲了救連長，早也死在曹家大窪，不會出來了！連長他怎樣了？」

「還活著。」李彥西透了口氣說：「醫生替他取出子彈，洗了傷口，白天剛輸過血，……你們是打哪兒下來的？老鄉。」

「雲台山！」喬奇說。

雲台山這三個字，像一聲霹靂，使李彥西驚怔得有些發呆，幾個月前，鄉野地上風傳鬼子要登陸連雲港，中央大軍退到津浦路西去，整個蘇北鄉野上，除了若干地方政府的人員和民團鄉隊之外，就再沒聽說還有大軍樑子了，只有雲台山那一火，是老中央大軍打的，十一晝夜血戰，那支部隊神勇的威名，傳遍了各處的鄉鎮；幾乎所有的民戶都燒過香，朝東遙拜過，——沒有人敢相信他們還能整隊脫離戰場。假如在曹家大窪遇上鬼子的老中央，跟據守雲台山的是同一支隊伍，那他就不是凡人，而是神祇了！

「您貴姓？」李彥西過半晌才說。

「我姓喬，叫喬奇。」

旁邊的閨女金姐臉紅了起來：

「真對不起，我爹送兩位來這兒，不曉得兩位的姓名，怕醫院不肯收容，是我出主意，說是我們親戚，躲鬼子的，反被流彈打傷的；我替那位官長取個名字叫黃世昌，替您取個名字叫鄭強……這是不得已的辦法。」

「我閨女金姐的主意不錯。」李彥西說：「照兩位的傷勢看，一時兩時還出不了醫院，鬼子哪天開來佔縣城，誰也不敢料得定？咱們不妨認個親戚，你們沾些泥土腥味兒，暫時有個掩蔽落腳的地方，日後同路西去找你們的老部隊，那時再作計較。」

父女倆遞換著說這話時，喬奇閉上眼，微微的點著頭。目前這種情況，全不是岳秀峰連長和自己當初所料想的，戰鬥的日子，瞬息間會生出萬千變化來，事先誰也料算不到，不過，變來變去，命總是這一條，只要把它用在當用的地方就成了，人既還活著，心就難脫沉重的牽掛；窪野上那些弟兄如今都怎樣了呢？無疑的，他們都已經求仁得仁，歸入根生的泥土了！卻不知那些在連長命令下撤離的傷患弟兄，如今又散到哪兒了？活著的人，絕不能被這些牽掛絆住，總要有個分明的計較！

「說真箇的，李大叔。」他說：「輕飄飄的一句謝字，報不了你父女倆的恩德，我就把那些俗套放在一邊好了，咱們當兵吃糧，也不會那些。這回在曹家大窪，遭上鬼子的大隊，連長跟我，事前全許誓一死報國，誰知竟沒死得了，如今，命既握在自己手掌心，早晚還得豁出去……我料想，咱們的岳秀峰連長一定還會留在鬼子心窩裏幹，不會打算回鐵路西去的。」

「這也是個辦法。」李彥西說：「咱們縣裏的楊縣長，區裏的孫振山孫區長，全沒有退走，前不久，他們還到蒿蘆集去拜會趙岫谷岫老，說是鬼子兵力有限，日後就是開過來，也只能佔點，不能佔面，咱們照樣拉游擊，……游擊隊裏，若有你們知兵善戰的人率領，那可要比咱們鄉下的土牛木馬強多了！」

李彥西這番話落在喬奇的耳裏，正對上了路數，只要是抗日救民，拉游擊這種事，倒是蠻新鮮的，若真領著老百姓幹這個，跟大軍作戰又有什麼兩樣呢？這倒值得跟連長認真商議了！

「蒿蘆集的鄉隊實力強，這個咱們早就耳聞了，」他說：「蒿蘆集上的人頭，你熟不熟？」

「嗐，沒誰比我更熟了！」李彥西說：「喬恩貴喬鄉長跟我是同門師兄弟，鄉團長趙黑子，跟我一道兒長大的，只要你們肯答應留下拉游擊，這話由我跟趙岫老去說去，平素請你們還請不到呢！」

「這事也不用急。」喬奇說：「等岳連長傷勢轉好了，咱們得先問問他的意思？他說是（四），我絕不會說五，哪怕還落他和我兩個人，咱們仍還是一支部隊！」

岳秀峰連長終於在另一天的黃昏時分醒了過來，他很平靜的接受了環境和事實，疲弱的眼睛仍亮著他堅毅的執持，李彥西就著病榻，把喬奇怎樣將他揹離戰場的經過，全都告訴了他，他只能用眼光表示心意，不能點頭，也不能說話。

儘管這樣，他的心卻很清醒，他在曹家大窪，像癲虎踹踏敵陣，並沒離棄自己的弟兄，喬排長冒險揹救長官，腹部中彈，仍然狂奔不已，也表現了軍人義勇的本色，問題是既然撿得這條命，就得再跟鬼子周旋到底，這一來，自己雙肩上的擔子便更為沉重了！按照時間推算，窪野之戰已經結束了，自己跟喬奇算是死後再生，朝後該怎樣做，才不辜負那些捐軀沙場，壯烈成仁的弟兄？他不能不想這個。他的人雖躺在病榻上，一顆心早已跳了起來，當他能撐持著吐話時，首先問起佩劍和槍枝。

「您放心。」李彥西說：「您那柄短劍，跟喬兄的那管匣槍，當夜我就替您下了窖，等您日後傷癒了，要用，我會立時把它起出來。」

「那倒不急。」他緩緩的說：「尤獨是那柄短劍，我唯恐在傷重昏迷的辰光，把它給丟失了！」

「不會的。」閨女金姐失笑說：「您不知道，我爹喚人把您抬回莊上，您渾身是血，不省人事了，您的手，還緊緊握在劍柄上呢！」

岳秀峰連長眨著眼，幾天前的事情，都彷彿隔得很遠，身體的痛楚和一陣陣虛弱的感覺，常像浪一般淘空人的腦子，但他始終不會忘卻，他離開黃埔踏進部隊後的習慣，每夜都要舉起那柄短劍，印證自己的誓言，劍鞘上鏤著「軍人魂」的字樣，常使自己憶起那樣的歌聲：

「…………
主義須貫徹，紀律莫放鬆，
預備做奮鬥的先鋒！
領導被壓迫民眾，攜著手，
向前行……」

那樣難忘的情境，深深的刻在人的心版上；獵獵的晨風飄著旗幟，歌唱行進的行列裏，每一張紅銅似的臉上，都掛著飽滿的男性的青春！初升的太陽，光照著他們堅毅的眉宇，那歌聲也是每個人共同的誓言！這如今，在敵後撿著這條命來，也該是進一步和民眾攜手的時候了！

民間的傳聞，很快就飛到這座醫院裏來，他們把窪野之戰作了更多活化的誇張，至少，這樣慘烈的戰役，使人們保土抗敵的心志更堅強起來，但在這座醫院裏，除了李彥西和金姐父子倆，誰也不知道領著那支部隊的岳秀峰連長，就在他們當中活著。

仗在遠處打著，縣城仍陷在山雨欲來風滿樓的情境當中，局勢顯得異常混沌，不過，在星條旗衛護中的這所教會醫院裏面，秋天卻很平靜。黑壯的喬奇，傷勢好得很快，不到十天的功夫，他業已能下床走動了，他在看望過連長之後，跟李彥西說：

「李大叔，這一向承您父女倆熱心照拂，實在感恩不盡，累您花費這許多錢，也不知日後怎樣補償您？如今連長的傷勢雖說好轉些，看樣子，還得療養一段時辰，好在我的傷差不多快好了，我想，您跟金姐不妨先回鄉下去，我留在這兒陪著他，這樣，退掉一間房，費用也省儉得多。」

「您說的也在理，」李彥西說：「不瞞您說，我上回送兩位進院，帶來的現大洋也花費得差不多了，正想著抽身回去，再湊合一筆費用，無論如何，兩位養傷這筆開銷，總得對付過去。這樣罷，我這就帶著金姐趕回去，我這兒還有七塊大洋，您留著暫時花銷，不出十朝半月，我再單獨來一趟，我想，那時岳連長的傷勢也許好得多，若能出院，不妨到我們莊上去養息，得機會，我跟趙岫老遞話，不論兩位留與不留，他老人家都會安排的。」

「好！」喬奇說：「不過，有句話，我得說在前頭，您墊出的這筆費用，日後我哪怕是打工做活，也得如數奉還，您要是推辭，咱們是死活不安心的。」

「這個先甭提了，」李彥西說：「我突然這樣想，如今局勢極亂，今天不曉得明天會怎樣？我們分開之後，萬一生出大變故，您得照護連長到青石井來找我。兩位再有大能耐，究竟不在本土，沒有根。」

「那當然。」喬奇說：「連長跟我，早急著要去蒿蘆集拜會趙岫老了。」

李彥西帶著閨女金姐下鄉去了，岳秀峰連長的傷勢雖略見好轉，也只能說是穩住而已，一天一天熬過去，仍是躺在床上不能動彈。

「真的，喬排長，」他感慨萬分的說：「在戰場上，負傷到像我這樣的程度，該是最不幸的，——連舉劍自戕的機會全沒有，虧得你揹我出來，要不然，準會落在鬼子手上。」

「您安心養傷罷，連長。」喬奇說：「咱們既留下這條命，早晚會派上用場的，李大叔勸咱們暫時留在蒿蘆集，糾合民槍拉游擊，不曉得您的意思怎樣？」

「好當然好，只是我這傷勢，不是短期能好得了的……」岳秀峰連長眉心鎖住一些悒鬱，被困囿的悒鬱：「那邊若真需要人手，我看，你得先過去幫助他們，我在這兒不用人照應。」

喬奇想了一想，搖頭說：

「不成，這樣我放不下心，越發等些時，您略能走動了，咱們一道兒到青石井去，藉著那邊群眾的掩護，先把傷給養好再說。身子不硬棒，幹不出事來。」

岳秀峰連長兩眼楞楞的凝視著天花板，忽然觸動了某種心緒說：

「咱們這個連，不是因爲失去斥堠班，不會黑夜撞進鬼子的懷裏；咱們作軍人的，作戰犧牲都是本分，但王朝宗班長跟他領著的弟兄失蹤這回事，我有口氣在，非得查個明白不可！」

「這事，我也窩在心裏想過很多回了，」喬奇說：「這裏頭一定另有文章。王班長跟我十多年，若不遇上意外，他不會無音無訊的。您上回差士豪去蒿蘆集查問過，那邊也沒見著人影……。」

「我要是沒料錯，不出兩個原由。」岳秀峰連長說：「這種事，咱們部隊裏也不是沒遇過，——也許是這個玩意兒在暗中搗蛋，」他用手朝空比了個「八」字說：「也許是黑道上的宵小之輩，眼紅那些槍枝，做了什麼手腳，不過，沒有土八路慫恿，他們不會做得那麼絕。」

醫院裏的秋天靜而長，剪草機在廣闊平坦的草場上修剪著柔碧的高麗草，開黃花的蔓藤，盤繞到漆著朱紅漆的門廊石柱上，沿著迴環的石路，是兩行法國槐，淺碧色的葉簇盈滿西洋的風味，大片花圃中盛開著的草花，也是鄉野地上難得見到的西洋品種。岳秀峰連長極不習慣反映在牆玻璃上的這些景象，彷彿這不是真的，而是一種飄浮著的幻景。

他要回到真實的世界裏去，那片荒涼亢旱的土地，正迎接著一場民族苦難的風暴，作爲一個軍人，必須接受千百種不同際遇的熬煉，做人，就得做個勇敢無畏的人，做鬼也得做個烈氣凜然的鬼。當然，他知道前途極多荊棘，他和喬奇排長，怎樣在那片野乎乎的土地上立腳生根？怎樣尋找蛛絲馬跡，偵破王朝宗那個斥堠班離奇失蹤的案子？怎樣幫助蒿蘆集的鄉隊壯大地方的游擊武力？怎樣感化愚頑，肅清宵小？……這些這些，都在心裏翻覆的湧騰著。這使他覺得臥床煩躁，一時一刻都不願在這所教會醫院裏再待下去了！

「您可甭急，連長。」喬奇從岳秀峰連長緊鎖的濃眉間，猜出他的心思來，低聲的勸慰說：「俗說：留得青山在，不愁沒柴燒，您若不等身子硬朗了，像這樣躺在床上，想得再多，也是空的。」

「我何嘗不知道這個？」岳連長說：「但我擋不得自己要想，你該曉得，擺在眼前的這個戰場，會使咱們遇上另一種戰爭，那是咱們從來沒學過的，要想有把握打得贏它，必得要從頭學起！」

「陷落地區，再沒有有形的律法了，但我相信，律法仍深藏在多數人的心裏，俗話：多算勝，少算不勝，我事先多想多算，總有好處，——這一仗，哪怕只有咱們兩個人，也非打贏不可！」

「真的，比起您來，我總是個粗人，」喬奇坦直的說：「這幾年裏，跟著您剿土匪打東洋，槍林彈雨裏東奔西闖，一步一個血印子，我沒有縮一下肩膀，我這人，腦瓜子紋路粗，不會精細計算，日後您怎麼說，我怎麼做，打半分折扣，我就是烏龜王八操的！」

「你有這份心意，就夠人安慰的了！」岳秀峰連長感慨的說：「還是讓咱們一道兒學罷，局勢這樣不穩，大變化就在眼前了！」

岳秀峰連長料斷的不錯，鬼子還沒有正式派兵佔據縣城呢，就有些昧了良心的魚鱉蝦蟹打陰暗裏爬了出來，趁機蹚渾水，組織起所謂地方「維持會」來了。這些出身下流社會，極會見風轉舵，投機取巧的傢伙，一心想搶端東洋人的熱飯碗，出來之前，早已縫妥了血淋淋的太陽旗，並把歡迎的標語寫妥，等著歡迎鬼子入城。

八月裏，鬼子舉行了一次耀武揚威的入城式，那惡魔般的血太陽，就蒙蓋了這塊含悲忍辱的土地。教會裏的病患們，不斷帶來新的消息，說是駐屯在縣城裏的，是一個聯隊，他們在三道河的洋橋口兩端，都架上有刺鐵絲做成的地龍和拒馬，封鎖住城裏和鄉下的交通，凡是通過那裏的，都得接受盤詰和搜身，只要他們認爲對方沾上一點兒嫌疑，就用刺刀通了，把屍首踢下河去，一共沒幾天，傳說就有十幾個年紀較輕的平民，在企圖通過洋橋時白白的丟了性命。

看樣子，李彥西李大叔是不容易進城來了。

強烈的憤怒使岳秀峰連長的太陽穴鼓凸起來，把牙盤挫得格格響，黑壯的喬奇也緊緊的握住鐵缽似的拳頭，但那只是乾急，——岳秀峰連長還躺在床上不能動彈，儘管鬼子業已準備去掃蕩蒿蘆集了！

第四章．尋仇

窪野之戰結束了，孫小敗壞更放寬了一層心，橫豎堆頭的胡家野鋪裏，有的是不要錢的酒肉，這一夥傢伙，便像麇集在臭肉上的蒼蠅，成天喝得醉裏馬胡的，商議著怎樣興風作浪，對付蒿蘆集上的喬恩貴了。

「咱們真它娘是群夜貓子，就等著黑天！」孫小敗壞說：「天越黑，咱們越有精神。」

「不錯。」蕭石匠說：「曹家大窪這一火，可給咱們吃了定心丸，如今咱們不必擔心有人追那宗案子了。聽說那支隊伍，沒人活著出來。」

「我打聽過。」胡三也插口說：「蒿蘆集的槍隊，這回拉出去啃鬼子的外圍，也弄得羽毛零落，損兵折將，喬恩貴本人也帶了點兒傷，被人用門板抬回來的，他們的實力打了折扣，對咱們有利，日後掀翻他，也省些力氣。」

「何用咱們費力去掀翻他？」孫小敗壞說：「我不是自誇精明，至少，目前大勢我還看得出來，喬恩貴那夥人，攢著槍枝實力在手，打算硬抗鬼子，眼下絕沒有好果子吃，如今，鬼子業已佔了縣城，怎會容得喬恩貴的勢力擴張，咱們在一邊乘涼，鬼子自會開下來剃他的頭。」

「這幾天，聽說趙岫谷那老頭兒，請了中央的縣長和區長，商議著聯合各地民團，在這一帶打游擊，又聽說他們門裏的人，慫恿趙岫谷擺香堂議事，」胡三說：「也許在鬼子沒來之前，他們會把這兒的渾水清一清，咱們這些朋友，在喬恩貴眼裏，都是帶刺的，可不能讓他們先發制人，把咱們給窩倒，一落到他手上，咱們就沒戲唱了……不死也得塌層皮，我說。」

「嗯！」孫小敗壞說：「也興會有這著棋，咱們不能不防備。」

「我看咱們不用避著他！」朱三麻子發起火來，兇霸霸的說：「他蒿蘆集有槍有火，咱們也有槍有火，不如刨起傢伙來，跟他們硬砸一場！」

「兄弟，你息息氣，如今跟蒿蘆集硬碰，還沒到時候。」孫小敗壞委婉的捺住了對方：「咱們槍枝少，人手不足，萬一賭輸了老本，日後不好混，你聽老哥哥的話，暫時捺耐點兒罷！」

換是旁人，誰要想捺耐住朱三麻子，那傢伙一翻瘋狗眼，準給對方一頓排頭，但孫小敗壞硬是有他的一套，能馴服這個狗熊，朱三麻子不說話了，小敗壞就提出來說是：大夥兒頂好分散一陣子，只留下蕭石匠守在家根，石匠總歸是個石匠，明裏跟黑路沒有大來往，喬恩貴不會把他怎樣，有了蕭石匠這根暗線，各人雖散到遠處去，蒿蘆集上的一舉一動，還都不離眼，爲恐喬恩貴會逼問蕭石匠，各人所去的地方，只有各人自己明白，不必告訴蕭石匠，要連絡帶信，得轉彎兒託人回來互通消息，等到鬼子搗破蒿蘆集，喬恩貴的氣燄收煞了，那時大夥兒再回來另別苗頭。

「出門在外，離不了錢的。」葉大個兒說：「腰裏沒錢，抬不起腦袋，若是一出門就幹沒本的行當，容易暴露行跡，如今，姓喬的勢力伸有百里遠，檯面上罩得住；尤獨當咱們落單的時辰，一暴露，就落到他手裏去了。」

「這個，不算一回事，」孫小敗壞輕鬆的說：「胡老三，咱們都是自己哥們，銀錢不分家，你得慷慨些，把積存的現大洋勻出一小缶子，替大夥撐撐腰桿。這筆錢，算是借你的，儘管記在我的賬上，日後我有了，加倍還你，你要是不放心老哥哥我，我就寫個字據。」

「別挖苦我了，老大。」胡三苦笑說：「這倒不是我不放心，委實我拿不出那麼多錢，老四曉得，我手邊只有七十幾塊大洋，不嫌少，我全捧出來，大夥兒每人揣它個十來塊錢意思意思。」

話雖說得很慷慨，胡三的心裏卻像割肉似的疼，這些人王花錢沒有譜，胡三可比誰都清楚，幾十塊大洋，甭說分成五六份兒，單給小敗壞一個人，也不夠他花的，花錢的不覺得，拿錢的滋味可不好受；像孫小敗壞這種人物，錢即便真的「借」給他，也是肉包子打狗有去無回，自己弟兄倆人，雖有心跑黑道，抖晾抖晾，究竟帶著些玩票的性質，半熟的木炭，黑得不透，衝著孫小敗壞的面，滿心不情願，也不敢吐個「不」字，錢既一定得拿，樂得說幾句慷慨的光棍言語，賣個人情。

果然，孫小敗壞感激的巴掌，連連落到胡三的肩膀上搖撼他說：

「胡老三，你真夠爽快！夠味道！日後咱們夥著幹，絕不會虧你！」

鼻尖上抹糖，胡三雖沒嚐著，可也算是聞著些甜味了，轉轉念頭，也覺得不必再心疼這幾十塊洋錢，日後一刨起洋槍來，哪還愁撈不回老本？

分了錢，幾個人就單行獨溜的分開了。

孫小敗壞懷裏揣了十幾塊銀洋和那支小蛤蟆槍，在盤算著到那兒去之前，先便想起他那騷媚入骨的姘婦萬大奶子來，蒿蘆集上的喬恩貴，如今正在自顧不暇的養傷，又沒差誰下鄉來抓人，自己就是走，也不必那麼急急乎，總得要跟萬大奶子敘敘舊情。自己爲了她，業已賠上了兩隻耳朵，又跟喬恩貴結下深仇來，如今非爭回一口氣，把她給帶走不可！

人是一口氣，佛是一爐香，不是嗎？小敗壞有著他自己的算盤。丁家莊原就是個窩窩囊囊的莊子，十個男人走出來，有九個半算不得男人，有的黃皮寡瘦喀喀喘喘，有的是前胸長到後脊樑上，伸長細頸子，像是晒乾了的蝦皮，這些天生沒本錢的貨色，就算要娶妻生子，傳宗接代，也該有自知之明，娶些扁臉塌鼻，溫厚老實的，偏偏像丁大頭那種比起武大郎還差半個頭的瘟生，竟然敢把萬大奶子娶在屋裏！若說有麻煩，那也是他自找的。

丁大頭若有一分男子氣概，老婆跟上野漢子，就該休掉她，誰知他就那麼死心眼兒，死纏著萬大奶子不放，自己沒本事鎮住她，便把喬恩貴扯來做靠山，姓喬的也不瞧瞧那對夫妻放在一起配不配？硬叫那女的忍饑受渴的跟她那沒用的丈夫過那種乾巴巴的日子，自己只略略沾著點葷腥味兒，兩隻耳朵就賠上去了，這個仇當然要報，這個女人既是拿兩隻耳朵換來的，當然不能撒手。

快落黑的天，野地上仍留著一股鬱熱，孫小敗壞心裏一念起萬大奶子，兩腿就打斜撲奔丁家莊去了！早些時，兩人姦戀到火頭上，硬被姓喬的澆了一盆涼水，打那之後，甭說沒有再見過萬大奶子，就連丁家莊的邊也沒敢再沾，喬恩貴說過那種話：小敗壞，這回責罰你算是輕的，假如再犯，就得摘你的腦瓜了！嘿，姓喬的，小敗壞心裏嘀咕著：當初你的勢大，吃定了我，如今誰摘誰的腦袋，還在未定之天呢？

啐！小敗壞吐了一口吐沫，彷彿要把窩在心裏的那些鬱念一口吐掉似的，如今急著要會萬大奶子，旁的事實在沒心腸多想了。走到丁家莊背後那座亂葬崗子上，他停下來，蹲在一座野墓旁邊，耐心的等著天黑。

說是怕碰著丁大頭，那倒不見得，不過，萬大奶子在名分上總是丁大頭的老婆，目前他還不願多添麻煩，把拐走萬大奶子的憑據留到丁大頭的手上。丁大頭的宅子在丁家莊的梢頭上，四邊圍著灌木圍籬，很容易捱近，當小敗壞跟萬大奶子兩個在火頭上的時刻，每晚約會前，萬大奶子只要揑出一撮錢，用幾句言語，就把嗜酒如命的丁大頭慫恿到鄰村酒鋪裏去了；孫小敗壞熟悉那些灌木叢，就像獵食的野獾和偷雞的黃鼠狼一樣！哪兒疏？哪兒密？哪兒有處走得人的缺口？哪兒有個鑽得狗的窟窿？他趁著黑天，一出溜就到了萬大奶子臥房外的窗洞下面。

一隻風乾的黃葫蘆，還懸掛在低矮的屋簷下面，那是他們約會時的音響暗號，小敗壞伸手搖動那隻黃葫蘆，葫蘆種子發出一陣沙沙的響聲來，隔不上一會兒，油紙窗裏便現出了移動的燈火。

「是誰？」萬大奶子用肉感的嗓音問說。

孫小敗壞一聽這種口氣，暗自皺起眉來；萬大奶子這種尤物，是冷不得閒不得的，跟自己分開這麼久，也許早搭上旁人了？是誰？妳說搖葫蘆打暗號的，除了我小敗壞還有誰罷？硬把一口悶氣悠在肚子裏，孫小敗壞只是輕輕的乾咳了兩聲說：

「我，妳還聽得出來罷。」

「唷，是驢店的孫老大。」萬大奶子放下燈盞，隔著半透明的窗紙說：「你怎麼一個人來冒大風險？剛剛蒿蘆集上的鄉團附袁大爺，帶著七八桿槍才離莊子。」

「妳是說袁震和？他來幹什麼？」

「來問一宗案子。」萬大奶子說：「聽說老中央有幾個探路的人在附近失蹤了，後來有個官長到蒿蘆集追問這宗事，岫老吩咐他下鄉查問的。」

聽說蒿蘆集已經在查辦這宗案子，小敗壞心頭一凜，單是袁震和還好對付，有了趙澤民趙黑子，事情就很棘手了；還算自己機敏，先把自己一窩人暫時遣散，要不然，趙澤民準疑心到自己頭上來的。

「大頭呢？」他裝出若無其事的樣子。

「到集上幫忙去了，」她說：「你打前面進來罷，這幾天，他不會回來的。」

孫小敗壞打前門進了屋，燈光下看萬大奶子，髻髮有些鬆散，臉上的氣色也添了幾分黃白，不由有些憐惜起來，估量著硬是叫窩悶出來的。

「集上有什麼事好忙的？」他說。

「你沒聽說趙岫老要開香堂的事？四鄉八鎮，他的徒子徒孫要去的人可多著哪，」萬大奶子說：「大頭一向把喬恩貴高高的供奉著，遇事還有不搶著去幫忙的！」

「他不在最好，」小敗壞說：「我如今還不想惹事生非鬧人命，我若是遇上了他，肝火發旺，非伸槍放倒他不可，妳瞧，我這兩邊的耳根罷，他不告到姓喬的那兒去，我怎會玩掉這兩隻耳朵？」

「要怨，你該怨姓喬的，」萬大奶子說：「大頭再是窩囊廢，他跟我總是夫妻名分，他老婆偷漢子，他去告官，犯什麼大罪過？」

「瞧妳說得多輕鬆，好像我這兩隻耳朵，加起來上秤稱，還不到一兩肉，」小敗壞紅著怒眼，口吐怨聲說：「妳想讓我饒過大頭？可沒那麼容易！」

「你別衝著我生這麼大的氣好不好？」萬大奶子眼波撩盪的笑露出一口白牙來：「說真箇兒的，我全是爲你好，你若想跟喬恩貴作對，到末了，吃虧的還是你，咱們還有露水緣分在，我不嫌你沒耳朵就得了！」

孫小敗壞雖然滿心燒著仇恨的鬱火，經不得萬大奶子一團一哄一搓揉，也就化成了一陣冷冷的苦笑。倆人很多日子沒碰面，這如今，乾柴碰上烈火，少不得要燒上一陣子。等到燈殘火熄了，小敗壞才摟著女人說：

「我今晚趁黑摸的來，有幾句話要正正經經的跟妳說，我得先問問妳，妳究竟願意跟我過日子？還是跟著大頭受窩囊？」

「你這話不是多問的嗎？」女人說：「我這顆心，牢牢繫在你身上，你又不是不曉得？不過，大頭究竟是個憨厚老實人，你可不能下辣手對待他。」

「目前我並不打算怎樣他。」小敗壞說：「我受姓喬的罪，也受夠了，如今我打算抗風避難，到旁的地方蹲上一陣子，我要你收拾收拾，今夜就跟我走！」

「我的爺，這不成啊！」萬大奶子恐懼的搖著頭：「蒿蘆集上的貴爺把我捆了去，指著我鼻子交代過，要我立誓跟你一刀兩斷，我親口答允了，他才放人的，如今我要是跟你捲逃，這事會弄得沒完沒了，假如再落到他們手裏，你我倆個全沒命。」

這種恫嚇，若在平時，還會使小敗壞有些顧忌，但如今他心裏早有成算，不把喬恩貴當成一回事了，黯黯的小油燈的光暈，描出萬大奶子一身晶瑩潔白的裸肉，使他自覺寧願多冒三分風險，也不願自己一個人拔腿，把萬大奶子給拋在這荒僻的鄉井。他懂得這種女人，自己只要一鬆手，她就落進旁人的懷裏去了。

「這個妳放心，」他說：「如今局勢不同了，姓喬的他是泥菩薩過河，——自身難保，我只要帶著妳進縣城，在鬼子腳底下一蹲，保管妳穿光的，吃辣的，他喬恩貴有斗大的膽子，也不敢去拔我一根汗毛。」

小敗壞那張嘴，能把死人都說活，何況乎萬大奶子這種放騷的貨色，一聽說起縣城裏的風光和諸般好處，一顆心就跳著波漾起來，當天夜晚，她把細軟收拾了，跟著小敗壞離開丁家莊，抄僻道直奔縣城。

縣城外的沿河長街上，孫小敗壞有個朋友叫李順時，早先在牛馬市上做縴頭（即做中間人），後來開賭場混人頭，在縣城那一帶倒是開了個碼頭。李順時雖說狡獪無賴，卻有些狗頭義氣，跟小敗壞倆個臭味相投，小敗壞想過，那是個暫時棲身的好地方，一等到有機會糾結槍枝人手，那時再下蒿蘆集，就有姓喬的好看了。

當孫小敗壞拐帶萬大奶子去縣城投靠李順時的時刻，胡三跟胡四弟兄倆個，帶著銀洋去了蒿蘆集南邊卅多里地的舊淮河堆，那是個比蒿蘆集更荒涼的地方，十多年前，導淮的工程使淮河流經新道，那段舊河道便淤廢了，由於年年常鬧洪水，那一帶十多里少見人煙，只有舊堆的堆脊上，有些散落的村舍，那跟淤黃河崗的情形相彷佛，不過，淤黃河崗上樹木成林，這條堆卻光光禿禿的，只長些剛硬的茅草。

沙土和紅土混雜的土層，使舊堆的臨河面變成鋸齒形狀，那些橫向的水齒間，還殘留著許多霉褐色的，乾死的苔衣。堆南的斜坡上，有著大片的墓塚，成千上萬的墳頭一直朝東迤邐過去，它們至少顯示出一種跡象，那就是：若干年代之前，這一帶曾經繁盛過，但那種古遠的繁盛，早被滾轉的春秋輾平了，只落下這些墓塚，任風雨剝蝕，墓塚間，有數不清的狐巢鼠穴，風裏也能嗅得出野獾狗和黃鼠狼的臭氣。

正因這樣，堆上的住戶十有八九全靠行獵維生，這些貧窮的獵戶，大都沒有獵銃和火藥，他們全靠原始的紅纓槍、長矛、飛叉和木棒當成行獵的武器，更以裝有活門的獵籠、陷阱，捕獸夾子誘捕那些敏捷狡獪的動物，剝取牠們的皮毛銷售牟利。

這些獵戶每年販賣皮毛，大多宿過胡家野鋪，有好些跟胡三兄弟倆有了交情，倆兄弟在野鋪裏做買賣，原本沒有什麼惡名聲，用不著抗蒿蘆集的風，擔心喬恩貴鄉長會找他們的碴兒，但是這一回跟孫小敗壞他們夥在一起，幹下那場瞞心昧己的虧心事，不得不硬著頭皮闖黑了！兄弟倆出了門，商議著往哪兒去？胡四一向沒有主意，胡三搔搔頭皮，就想到了舊堆。

腰裏有錢好辦事，倆兄弟到了舊堆就分開，胡三到了堆東，找人搭幾間茅屋，照舊開起他的吃食鋪兒來，胡四留在堆西，開了一間小賭場，好在四處兵荒馬亂，人心惶惶，各處到舊堆避難的人家很多，當地的獵戶也都以爲胡家兄弟倆是來避亂的，沒有誰還有心腸詰究前因後果。倆人也就這樣安頓下來了。

葉大個兒可沒那麼容易得到安頓；他一離開孫小敗壞，就有些淒淒惶惶的拿不定主意，把分得的槍枝埋在廢窯後面，一時也想不出可以投奔的地方。後來把心一橫不管了，橫豎南邊沒有北邊熟悉，自己旁的本事沒有，個頭兒大，力氣足，能搶能偷，何況腰裏還揣的有十來塊現大洋做賭本，實在沒得偷和搶的，就跟北邊黑道人物一起胡亂攪混去，無賭不成交，輸贏總少不了一口飯吃。

他不理會北邊的荒亂，越過幾乎成爲廢墟的鄭家集，到了燕塘高地南邊的夾溝；夾溝這個地方，更是一片漠漠的窮荒，早些年裏，遇著年成荒旱，這一帶的人家，大多幹土匪、拉撇子，捻成大股去搶劫別的縣份，後來鬧得太兇了，官裏差了大隊來圍剿，經過一年多的追查剿辦，用鍘刀鍘掉三個爲首的盜魁，但還沒能把這一帶猖獗的盜風抑平；久而久之，人們不再把夾溝叫成夾溝，卻替它取名叫黑溝子，遠近的人們一提黑溝子，便曉得那是個賊巢。

黃昏時刻，葉大個兒走到一座小村子上，那村子模樣挺寒酸，一共只有五七戶低簷矮屋的人家，在向晚的高天底下龜縮著。這一帶的旱象，要比蒿蘆集那邊更形嚴重，全村的男女老幼，都麇集在村前的汪塘邊淘井；葉大個兒走過去一瞧，只見那些淘井的全都變成泥人，有的挑著籮筐，有的端著黃盆，有的拎著木桶，來往運送著淘出的泥漿和濕土。

在乾涸的塘心，十多個漢子用鐵鍬朝下掘土，從井崖到井底，業已掘下去六七丈深，還沒有掘出泉眼來。掘井的漢子們打著赤膊，把褲管高捲到大腿杆，揮汗拚命挖掘著，井崖上的人們，用長繩吊著籮筐，繫下去接運泥土，爲怕四壁的軟土崩塌，更有人運來許多一頭削尖的長木樁，繫下去護壁，鐵鎯頭在井裏揮動著打樁，每一敲擊，便激起巨大的回聲，運土的人在上面打起嗨呀荷呀的號子和應著，日頭落山了還不肯停歇。

「喝！挖井挖得好熱鬧，打算挑燈幹夜活？」葉大個兒蹲在井崖的積土上，對著一個拖鬍子的老頭兒說。他雖無心搭訕這些閒話，但他不能不爲自己餓得咕咕叫的肚皮打算，不跟這莊子上的人套套近乎，他夜晚只好睡在野地上了。

「不幹夜活成嗎？」拖鬍子的老頭兒說：「這一帶七八里地面上，只有金家莊和老河灣那兩口井出水，最近這些日子，越來越旱得厲害，老河灣那口井也涸了，咱們成天一大早就放牲口去馱水，馱來的水只夠潤喉的，咱們再不設法掘出一口活水井，只有等著乾死。」

「荒旱日子，可真是難熬，」葉大個兒說。

拖鬍子老頭兒眯著眼叭煙，叭了幾口，忽然覺得不對勁——眼前蹲著的這個大漢子，不但臉子陌生，口音也不甚對，不知他是打哪條道兒上來的外路人？……人在賊窩裏活到拖鬍子的年歲，凡事總帶三分疑。他用旱煙桿指著葉大個兒說：「怎麼著？你不是來這兒臥底的罷？我老頭兒的眼裏揉不得沙子，你休想瞞得過我！」

「老爹，您是在說笑話，」葉大個兒說：「我是打蒿蘆集那邊來的，只是打這兒路過罷了。」

「你難道不是金幹派來的？」

「誰是金幹？」葉大個兒楞了楞說：「我從沒聽人說起過什麼金幹？」

「嗯，不是那就好，」拖翳子老頭兒說：「咱們也不願為難你，趁著天還沒黑，你趕緊到旁處去，咱們莊子上一向不留外路客，天一黑，咱們就關柵門了！」

這當口，也有好些旁的漢子發覺葉大個兒是個外路人，十幾根扁擔把他給圍在當中，一個個怒眉橫目的瞪著他，好像只要一言不合，橫舞的扁擔就能把他砸成柿餅，葉大個兒一瞧這陣仗，心裏多少有些毛的慌，一把扯住拖翳子老頭兒說：

「老爹，這還不叫為難我？這是幹嘛呀？這兒既不是虎窩狼窟，您總得幫我說幾句話。」

「好了，你們也不用打他，」拖翳子老頭兒擺動他的旱煙桿說：「這個人不是金幹那一夥，他是打南邊蒿蘆集來的，咱們要他出去就成了！」

「他的話，誰信得過？」人叢裏蹦出一個紅鼻子的漢子說：「咱們還是把他捆上，盤問盤問他。」

葉大個兒究竟是蹚渾水的人物，沉得住氣，站起身來拍拍屁股說：

「我說打蒿蘆集來的，就是打蒿蘆集來的，我葉大個兒混世也不是一天了，你們沒想想？四鄉亂成這種樣子，我沒有兩下子，敢單行獨溜走你們黑溝子嗎？你們留我、攆我，隨你們的便，有膽量，你們就把我做掉，我那老拜弟朱三麻子也不會放你們過身的！」

這夥毛賊先見著葉大個兒的塊頭，業已有了些怯懼，再聽他一報字號，更加不敢動他了，黑溝子這一帶的盜戶，消息靈通，他們雖不清楚葉大個兒，但對從北邊混起來的煞星朱三麻子，卻都懼懼得很，這個人既是朱三麻子的拜兄，可不能開罪他，一個金幹業已把這兒搗弄得日夜不安，哪還能再得罪朱三麻子。

「哪兒的話，葉大爺。」紅鼻子說：「您一報字號，咱們就不把您當外人了，有話屋裏談去。」

紅鼻子央著葉大個兒進屋，委屈萬分的吐了一番苦水，葉大個兒才明白爲什麼這兒不肯留外客，原來黑溝子這一帶有近千的盜戶，分住在若干散落的莊子裏，最早由金幹的祖父金大奎拉碼子，到外地大肆捲劫，著實狠撈了幾票。不過，金大奎犯了黑道上最大的忌諱，——涉嫌侵吞了淌出來的水子錢，紅鼻子這個莊子叫牛胡莊，在金大奎的大股碼子裏只能攤小份兒，由於金大奎漏了水，牛胡莊的幾個粗莽的傢伙被激惱了，暗中計議用什麼法子把金大奎幹掉？寧願各行其事分散成小股，也不願白替他抬轎子！

那時出頭的，正是紅鼻子牛濟洪的叔祖牛二混子，由他帶幾根銃槍，伏在頭道溝子附近，等金大奎過路時把他轟倒，大股的股匪失了頭兒，不久就分散了。但金大奎的左右不甘心，半年之後，又攫住了牛二混子，用幾把殺豬刀將牛二混子活活的割得只落一具骨頭架兒，打那起始，金家莊跟牛胡莊就結了深仇。

黑溝子裏的各村莊，有的站在姓金的那邊，有的站在牛胡莊這邊，有的一眉挑兩頭，見風轉舵，活搖活動，有的冷眼旁觀，隔岸觀火，有的渾水摸魚，藉這機會煽惑取利，日子過久了，賊窩子裏也互相搶開了，你搶我，我搶他，他搶你，搶得個一塌糊塗，這種亂局一鬧多年，小小的黑溝子這塊地方變成了春秋戰國，各村都出過多條人命，臨到金幹出來混世，牛胡莊的人更把心懸了起來。

「不是咱們跟您窮訴苦，葉大爺，」紅鼻子牛濟洪說：「儘管咱們跟金家只是上一代的老仇隙，可是姓金的心眼兒裏，一直把牛胡莊的人當對頭看，姓金的族大勢大，牛胡莊勢孤力薄，抗不過他們！」

「嗯。」葉大個兒說：「你們既曉得自己勢孤力薄，就該敞開門來，多交納些朋友才對路，像我站著這麼高，睡倒這麼長，一沾著你們的莊子，你們反把我朝外攆，我要是被你們攆出去投了金幹，你們就更不成了！」

「您說的是，葉大爺。」牛濟洪說：「可是，我們也有難處，……上個月，來了六個推車子的，半夜哭著央求要進莊子，說他們是推糧過路的，在二道溝子被人搶了，我們把他們放進莊子來，招待他們吃的、住的，誰知那幾個傢伙，是金幹手底下的人，五更天他們動了手，牽走了牛胡莊的牲口，運走了倉裏的糧食不說，更放火燒掉三座草堆，擄去莊上最俏的姑娘胡小鳳——金幹老早就看上她，揚言要搶她的。」

「你說了老半天金幹，這金幹究竟是個什麼樣的人物？能不能說給我聽聽？」葉大個兒說：「也許我能幫幫你們的忙，給幾分顏色給他瞧瞧。」

葉大個兒一說出這種話來，牛胡莊的人心裏立時就寬鬆多了，一個個把葉大個兒捧成了上大人。在飯桌上，紅鼻子牛濟洪說：

「小金幹年紀還很輕，看起來沒脫奶腥氣，早幾年我們還把他當孩子看，誰曉得他一露槍混世，才顯出他的手段來，——比他祖父金大奎的氣焰更要囂張！」

「金幹這傢伙，是進過塾館唸過書的。」另一個姓胡的說：「他的人，長得白淨斯文，滿夠秀氣，幹起事來卻辣刮得緊，一手匣槍點哪兒打哪兒，槍火出膛從不落空，人都叫他快槍手。」

「胡金鏢，你也甭當著葉大爺，把小金幹誇到天上去！」牛濟洪一激怒，鼻尖顯得更紅了：「若論玩槍，我們不能不說他確是玩得靈活，但那傢伙的膽氣並不夠壯，只是機伶滑溜些兒，老實說，他出道之後，都是旁人捧著托著他玩，並沒遇過硬扎的對手！」

葉大個兒眼看著壁上的小油燈，打著漾油的飽嗝，在紅鼻子牛濟洪的宅子裏靠牆坐著，牛胡莊的幾個人跟他談著金幹的事，他帶著些新奇傾聽著，心裏壓根兒沒想到要幫牛胡莊什麼忙，卻想到金幹真是個可交結的人物，對方若照牛胡莊幾個傢伙的形容，確乎是個闊綽風流的人，手底下又富有又寬鬆，一擲千金的豪賭。講究穿得瀟灑，吃得豐盛，到哪兒，離不開酒和女人。……這些完全投了他的所好，使他覺得心癢。

如今自己是暫避蒿蘆集的風頭，晃盪飄搖沒有個定處，金幹是賊，牛胡莊的人也是賊，兩邊比較起來，金幹是個人多勢眾的富賊，牛胡莊是勢孤力薄的窮賊，要自己捨富就窮開罪金幹，真它娘老公雞下蛋——沒有那回事！但他嘴頭卻吐話說：

「你們放心，他金幹就是一條強龍，惹火了我姓葉的，我也會把他頭上的角扳下來給你們瞧瞧！」

「我說，葉大爺，不是我愛窮擔心，」牛濟洪說：「你再強，也只一個人，金幹卻有十多條槍在手上，不一定能佔著他的便宜。」

「嗨，這個你們放心！」牛皮既然吹出來了，葉大個兒索性吹得大些：「我那拜弟朱三麻子，也到北邊來了，老鷹哪還怕兔子多？」

就憑這幾句話，使他在牛胡莊蹲下身來，吃得飽飽的，喝得足足的，暗底下籌算著怎樣搭起跳板，跳到快槍金幹那兒去，分對方一點兒酒肉，若果有機會，當然頂好也沾點兒他久久渴望的風流……。至於牛胡莊這些傢伙，都是些冤種，能把他們一擔肩了去賣給金幹，真算再好不過的見面禮。

在另一個地方，和葉大個兒比較起來，朱三麻子的處境，可沒有他這麼輕鬆了。

朱三麻子離開野鋪，繞過蒿蘆集的地面斜向西北走，既然大夥兒抗風遠走，他不得不硬起頭皮充好漢，要不然，不是被孫小敗壞和葉大個兒他們看扁了？他是在此地結仇太多，蹲不住身，才跑來投靠孫小敗壞的，如今情勢迫人，使他再回到老地方去，冒險不必說，他總得設法保住自己的性命，不能輸光老本。腦瓜紋路不多的朱三麻子也看得出，保命的法子只有一個，那就是先得豁命拚倒兩個仇家，震懾震懾旁的想動他腦筋的人，這法子不一定長久靈驗，至少收效一時，只要情勢轉一轉，他跟孫小敗壞再擰起股兒來，那時就不是一般人能扳得倒他的了。

扳仇家先拚誰呢？他最先想到的是沙河的股匪頭兒張得廣，再就是煙土販子尤暴牙。張得廣在上沙河和下沙河那一帶是老混家，一向把那兒當成他能一手遮天的地盤，當然不會把後出道的朱三麻子放在眼下，但朱三麻子盤倒陳老實一家之後，惡名暴起，又光身一個人闖入上下沙河，一不投帖，二不拜望，逞他自己的性子橫著摑混，使張得廣自覺丟盡面子。張得廣仗著手下有廿多條槍的實力，一意要把朱三麻子剷掉，沒想到一連兩次下手，都叫朱三麻子脫了身。至於煙土販子尤暴牙，手下的夥計不多，最多也不過三五個人，槍枝也只三五支，但他似乎比張得廣更難對付，但凡販煙走土的毒梟，個個全是經風歷浪的老江湖，他們槍枝雖少，但全是犀利的三膛匣槍，槍火足實，使用靈便。朱三麻子自然記得他跟尤暴牙結怨的經過：一天他跟尤暴牙同桌賭牌九，他坐莊，尤暴牙打天門，跟他面對面，莊家牌運不好，一連串的通賠，眼看堆上的錢就快賠光，他在牌上做了點手腳，被尤暴牙當場抖翻了，不但要他砸堆，還要叫他爬出賭場去；尤暴牙看他不肯服貼，伸手去撈壓放在桌角的匣槍，他眼明手快，一掀桌面把匣槍卸下地去，出拳痛毆尤暴牙，一舉正巧打中尤暴牙的嘴唇，打掉他那兩顆暴出唇外的門牙，使尤暴牙變成了尤缺牙。等尤暴牙撿起匣槍，他已摟了錢跑掉了，後來尤暴牙發誓要用匣槍放倒他，不過，他一直沒給尤暴牙報復的機會。

尤暴牙販煙土，不常回到上下沙河來，這回也許不會遇上，但張得廣恆常盤踞在那兒，他手下的耳線眼線很多，他只要在沙河兩岸一露面，張得廣立即就會差人來對付他，他要先拚殺張得廣的道理也就在此。說句俗話：一個槽上拴不得兩匹驢，有他朱三麻子在，張得廣在沙河一帶混不開，即使勉強混下去，心裏也疙疙瘩瘩的不舒坦，與其等著張得廣來整他，不如來他個先下手爲強了。

最使朱三麻子煩惱的，是他一臉的麻皮，揭又揭不掉，補又補不平，變成最特出的記號，使他沒有法子瞞得過旁人的眼睛。再就是他平素暴橫，不得人緣，數遍沙河那一帶上千戶人家，他沒有一個朋友，若不顯威風把張得廣壓倒，他連站腳的地方都沒有。

想暗算對方行不通了，朱三痲子把心一橫，暗的不成，索性來明的，大搖大擺直撲沙河鎮，硬朝張得廣的眼皮上撞，好在自己有一支鬆口老匣槍，就算臨時吸了殼，打不出槍子兒來，掄起它，也能砸破張得廣的腦袋，既打算豁命保命，當然越硬越好！

算盤是這樣打妥的，等他趕到沙河鎮上，情勢跟他所想的並不一樣，沙河鎮被西進的鬼子放火燒得滿目瘡痍，不但張得廣和尤暴牙都不在鎮上，連那些居民也逃掉了大半，野狗沿街打蹓，成千饑餓的麻雀，停落在屋脊上驚噪著，大白天看那血跡斑斑的殘街，也滿眼陰黯，有些鬼氣森森的味道。

他走到北街，總算碰著個熟人，那是平時挑豆腐挑子賣豆腐的徐小大兒。

「我說，小大兒，你還認識我罷？」朱三痲子把斗篷揪到脊背上說。

那個一瞧是朱三痲子，想跑跑不動，——兩腿早嚇軟了，連著點頭說：

「您是朱三爺，我怎麼不認識？」

「你過來，三爺我有話要問你！」朱三痲子粗聲嗓氣的：「我問你，最近你見著張得廣那夥人沒有？」

「沒有。」徐小大兒說：「那夥人聽說到東邊摟油水去了，東邊有些大戶逃鬼子，宅子空著，他們不用擄票上扒戶，只要收收二水就夠肥的。」

「那麼，尤暴牙呢？」

「尤暴牙他們販煙土，好久沒回來過。」

朱三麻子略略鬆了口氣，他曉得徐小大兒不敢哄騙他，他心目裏的兩個大對頭，真的不在鎮上。

「照你這麼說，沙河鎮上是空的？」他說。

「也不能算空，朱三爺。」徐小大兒朝北邊指說：「走了張得廣，來了筱應龍，這位筱爺，更是個人王料子，他們佔了北大廟，沒日沒夜的狂賭。」

筱應龍？朱三麻子皺了皺眉頭！好生好冷的名字，他從沒聽人說過，徐小大兒形容筱應龍不過廿郎噹歲年紀，細皮白臉，模樣兒俊俏得像個閨女，這樣一個人，哪像是混世走道的人物？但他居然能拉起幾十條槍，實力勝過張得廣很多，這就顯出他太不簡單了！

如今他暫來這兒避風頭，在沒摸清來路之前，他不願冒失得罪這個姓筱的，弄得好，也許能借姓筱的勢，去反整張得廣和尤暴牙。自己懷裏揣得有賭本，爲什麼不到北大廟去走走？

西進的日軍開拔之後，北地那些鄉鎮都成了真空，有些鄉鎮的地方團隊，在窪野一戰打崩掉了，有些鄉鎮根本沒有足以自保的槍枝，這樣一來，才使平素不敢公然露面的土匪盜賊紛紛崛起，肆無憚忌的拉到街面上來，筱應龍領著這夥悍賊，一湧進沙河鎮，就佔據了北大廟，雖沒敢把廟裏的菩薩大搬家，卻把那些和尚攆跑了，他們攫著北街酒坊裏成罈老酒，召集些不三不四的娼女，揀來些不花錢的酒肉，吃喝嫖賭都來，胡天胡地，恣意玩樂，門外連個把風放哨的全沒有。

腰裏插著老匣槍和現大洋的朱三麻子，就是這麼甩著膀子晃到北大廟賭場上來。賭場設在前大殿，那夥人不知打哪兒弄來幾張舊圓桌，各式的賭具佔全了；每張桌子四周，都圍著好幾圈人頭，七嘴八舌的窮喳喝，真箇是聲震屋瓦。朱三麻子不用擠進去看檯面，單從他們吆喝的聲音，就知哪張檯子是在擲骰子？哪張檯面在賭牌九？哪張檯面是在開寶？論起這幾種賭法，他對牌九最熟悉，認準了賭牌九的那張檯面，一頭鑽了進去。

他擠到檯邊放眼一瞧，做莊的是個肚大腰寬的漢子，精赤著胳膊，渾身隆起一塊塊暴凸的肌肉，褐色的皮膚泛出黑亮的油光，這漢子真是強壯得少見，單是那兩條老鼠肌直滾的膀子，足足有頭號碗那麼粗法，一個上了釉似的光腦袋，兩邊暴著糾結的筋脈，胸脯上大把的胸毛朝上倒長著，紅裏帶黃，看上去像一把怒勃勃的火燄。

「嘿，真它娘像條公牛！」朱三麻子也不禁打心底發出讚嘆來。

筱應龍真如自己所料，不是個簡單的人物，從賭檯上的這些漢子就能看得出來，一個年紀輕輕的白臉後生，若沒有幾下子，怎能伏得住這些妖魔鬼怪？

「虎爺，打骰子罷，你這莊家洩了勁了！」天門的那個漢子叫說：「小骰子顯靈，叫他有輸無贏！」

「嘿嘿……」那個叫虎爺的暴笑著：「五在手，錢財運氣跟我走，」他抓牌時，不經意的一抬眼，正瞟到朱三麻子的那張麻臉上，神情陡然一變說：「怪不得天門老出大點子，原來多了你這張天牌？實話實說，你是打那兒來的？」

「說話客氣點兒難道會爛你喉嚨？」朱三麻子說：「你們待客像這種待法，只怕有點兒不太妥當罷？」

「不妥當？」叫虎爺的那個滿頭暴筋說：「誰他媽敢當老子的面說這種話，老子就一拳揍扁了他！」他說著，勒起缽大的拳頭，在朱三麻子鼻尖上搖晃著。

朱三麻子露出一口白牙來，野笑著說：

「是朱三麻子說的，你要想打架，我奉陪，不過，我今兒發了賭癮，打架也想下注賭賭輸贏，你們諸位哥兒們都在這兒聽著，一賭十，我賭朱三麻子——也就是我贏，一賭十，碼子打出來，輸了我照賠！」

「喂，你倒硬得很？」那個叫虎爺的說：「驢屌硬充黑漆棍，我倒要瞧瞧你能硬多久？」

「硬多久？你祖奶奶曉得！」

朱三麻子這句話說重了，催動了虎爺的肝火，隔著桌面，猛的一拳照準朱三麻子劈面掏了過來，這一拳的蠻力極大，要是硬挨著了，不啻是挨著了馬蹄牛角，不過朱三麻子是苦練過幾手拳腳的人物，硬是有兩把刷子，當虎爺出拳時，他用極快的手法，把桌面朝上一掀，虎爺這一拳便來個硬碰硬，打在掀起的桌面上，單聽蹦巴一聲響，桌面還是桌面，虎爺的手背略略吃了點暗虧，朱三麻子借勢朝後一退，退到廟門口說：

「這裏頭地方狹窄，咱們到院子走兩趟好了！」

「雜種麻皮，你走不了的。」那個虎爺瞪眼挫牙說：「老子今天非扒掉你的皮不可！」

兩人到了大廟的院子裏，便在平沙地上動手幹起架來，人說：行家一動手，便知有沒有？這兩個人都是後街攞糧匾——外行人，打起架也就談不上章法，不過，朱三麻子終究練過幾天，懂得打鬥的訣竅，那個虎爺心裏有氣，手僵腿硬的只懂得用蠻，因此，一交手就狠挨了朱三麻子幾下子重的，搗得他哇哇直叫，幾乎把朱三麻子的祖宗八代都罵遍了。

換是旁的漢子，絕挨不住朱三麻子幾拳的，但這個叫虎爺的漢子，真是皮粗肉厚，挨了朱三麻子三拳一腿，居然沒倒，他揮拳打不著架閃騰挪的朱三麻子，便伸手出去，像摸魚似的亂抓撈，朱三麻子明白拳不敵力的道理，跟這種粗壯逾常的傻大個兒動手，絕不能讓對方撈住抱住，所以他東一拳西一腿的打散打，而且儘打對方要緊的部位，這樣一來，那個叫虎爺的漢子便只有挨打的份兒了！

誇過海口的朱三麻子當著那夥土匪的面，用不著對這個粗大漢子客氣，他瞥準機會，擰轉身子，陀螺般的轉到虎爺的背後，雙手合鉢，盡力猛砍在對方的後頸上，只是這麼一擊，虎爺便轟通一聲摔倒下去，口吐白沫不能言語了。

「嘿嘿，果然是朱三爺！」有人朗朗的讚說：「要不是朱三爺，誰還能這樣制住張老虎？」

朱三麻子沒料這夥人裏，還有曉得他的萬兒的？而且一開口就送上一頂高帽子，高帽子人人愛戴，朱三麻子一聽有人奉承他，不由打心底下樂了上來，笑出一口牙齒，扭頭循聲看過去，只見一個穿著一身白夏布褂褲的年輕小夥子，瞇瞇帶笑，一手叉腰站在大殿的石級上，帶著一股氣雅神閒的意味，從他身後那些插短槍的護駕臉上顯出的恭謹神色，朱三麻子立時猜想到：說話的這個小夥子，十有八九就是他們的頭領筱應龍了。

「您敢情是筱爺？」他還是這麼試探著問了一句。

「不敢當，兄弟正是筱應龍。」那個年輕的漢子說：「這兒原不是兄弟的地盤，我只是帶人暫時過路歇腳，張老虎是個粗人，不懂禮數，……連我也沒想到朱三爺你會回來，我底下的人得罪您，還望三爺看兄弟薄面，抬抬手放他一馬。」

「哪兒話，」朱三麻子聽筱應龍這樣一說，反而不好意思起來：「全是我這莽撞脾性不好，沒能忍氣，我是跑來賭錢湊熱鬧的，沒想到會跟您手下兄弟較量起來，一時下手重了點兒，該當道歉的是我。」

「咱們也都不用客套了，」筱應龍跨下石級來說：「兄弟的脾氣要是好，怎會提拔氣味相投的張老虎？——他替我得罪的人可多了，但他不能替我得罪您朱三爺，日後我找張得廣算賬，還得靠您多幫忙呢！」

他說著話，走到躺在地上的張老虎面前，彎下身去，不知用什麼手法，把張老虎的後頸一捏，躺在地上的那個便醒轉過來，坐起身子直是搖頭。

「來人把他扶進屋歇著去！」筱應龍吩咐說：「著人準備酒菜，待會兒我要跟朱三爺喝幾盅！」

朱三麻子沒有推辭，這一頓拳頭反而打出一桌酒菜來，足見筱應龍這個年輕的黑道人物有氣量，講交情，他既開口說到張得廣跟他有過節，這可上了道兒了，自己沒道理不跟姓筱的套套交情，要能借他的勢，連根割掉張得廣，自己能在上下沙河立定腳跟，總是一宗快意的事情，……一個人在外混世，若是沒有棍，只有幫閒打雜的份兒；光端孫小敗壞的碗，滋味總不太好受。

酒席上，朱三麻子才隱約弄清楚，筱應龍這股人原在更北的地面上混世，是早年出名的股匪頭兒石玉琴屬下的一股，石玉琴的大隊被中央駐紮在地方上的隊伍給剿掉了，這股子人就由筱應龍的叔叔領著，幹當年沒本的老行當。兩年前，筱應龍的叔叔想轉據上下沙河，又曉得這是張得廣的地面，怕兩下裏起磨擦，火併得兩敗俱傷，就託人捎信過來，希望兩股合成一股，好做幾票大的，張得廣當時很爽利的一口答應了，要傳話的人轉話過去，約筱應龍的叔叔過來當面詳談，筱應龍的叔叔帶著兩個貼身的護駕渡過上沙河，一來就沒了影子，……後來三具屍首浮上河面，才知是被張得廣做掉了。

「張得廣這個雜種，尾巴上帶鉤子，是個毒蟲！」筱應龍說：「起水的屍首，手腳都被捆綁著，每人頭上套著一個裝石灰的布袋子，他是先用石灰袋套住人頭，抽緊袋口把人悶殺再扔下水的，不用說，我叔叔帶著的三支匣槍也被他給吞了！」

「我它媽算是命大！」朱三麻子說：「當年我在上下沙河唱獨腳戲的當口，姓張的容不得我，三番兩次派人打我的黑槍，當時要是挨上槍子兒，只怕骨頭早已生了黃銹，哪還能坐在這兒喝酒？」

「真人面前不說假話，」筱應龍說：「張得廣毒，我可比他更毒！這回我來上沙河，就是要坐在他窩裏等著他，只要把他攫著了，不撕他八大塊我就不姓筱了！」

「論狠毒，我它媽也算是一把手！」朱三麻子說：「對付張得廣，我樂意奉陪。」

「有三爺你這句話，兄弟可就放心了！」筱應龍舉杯敬酒說：「俗說：強龍不壓地頭蛇，在上下沙河，張得廣人頭路數總比我熟悉，唯有你朱三爺能制得住他，咱們打著燈籠還怕沒處找，你要是肯幫忙，那還有什麼話說？」

「呵呵，」朱三麻子笑起來：「俗說：抬得高，跌得重，筱兄弟，你可甭過早抬舉我，張得廣這個人既能在這兒混抖，總不是一盞省油燈，我朱三麻子能不在你面前栽觔斗，那算是有造化。」

這倒不是朱三麻子講客套，委實張得廣這傢伙太狡獪，鬼主意多還不說，謀算起人來，心思細密得很，一個扣子緊鎖住另一個扣子，讓人防不勝防，他自己呢？一向很少露面，有人說他每晚都要換宿處，深怕旁人暗算他：朱三麻子是兇橫，而張得廣卻是陰毒，當年朱三麻子幾幾乎把命送在張得廣的手裏，自己卻沒能拔掉張得廣的一莖汗毛，事實不容他當著筱應龍的面，把話說得過滿，日後即使受了挫，也有轉圜的餘地。

筱應龍是機靈人，一聽朱三麻子這麼說，就把這話擱在一邊不提了，只管舉起杯來，央請朱三麻子痛痛快快的多喝幾盅。筱應龍在北地時，早已聽人說過朱三麻子的惡名頭，也把對方的底細探詢得非常清楚，這一回，朱三麻子就是不來，他也會下蒿蘆集去請的，他存心對付張得廣，倒不是為了報仇什麼的，人走黑道，各有各的野心，不火拼和合併，很難竄出頭，他既想佔比較北地富裕的上下沙河，形勢逼得他非找張得廣一拚不可，拚張得廣，固要拉朱三麻子助力，日後擴展勢力，尋找機會，更要朱三麻子幫忙；朱三麻子呢？一夥子人幹了大案，恐怕蒿蘆集上的人下來刨根挖底，暫作鳥獸之散，有個窩蹲住路，要比單行獨闖打浪蕩強得多，再說，小敗壞有心豁開混大局面，何處不需人手？像筱應龍這種人物，倒是很得力的一股子，房子大也要柱子來撐，如今能跟筱應龍合上夥，不是壞主意。

算盤珠兒一撥定，他就在沙河鎮待下來了。

這段時期，淮河平原的天是黑的，風在野草叢裏淒吟，流水發出曲曲的嗚咽，活在淪陷了的淮河流域的人們，好像失足跌下了廢井，又被人把井口給蓋上了，漆刷般的黑暗一直浸進人的心裏去，很難看著一絲光亮，苦難的血水把人浸著，蛇蟲和水蛭纏繞人身，吮吸人血，平素藏藏躲躲的魅魑魍魎，全都在無法無天的混亂裏現出了原形，公然騎到人的頭上來了。在縣城裏的孫小敗壞和李順時、在舊堆頭的胡三和胡四、在牛胡莊的葉大個兒、夾溝的金幹，以及在上下沙河的朱三麻子、張得廣、尤暴牙和筱應龍，都只是眾多亂世人王裏的一小撮兒罷了。

這些魅魑魍魎各有不同的面貌；有的夾著尾巴，當了鬼子的走狗，藉著維持地方爲名，接了鬼子委派的差使，有的渾水裏摸魚，夥進貧農團去鬧共產，抗日不抗日是另一碼子事，在鄉野地上吸收槍枝，敲詐肉頭地主，要他們出糧出錢；有的原是黑道上的人物，趁著亂世的這一陣狂風炸鱗抖腮，欺壓善良，有的是地方上的混混兒，無知無識，尖著腦袋混世，哪兒有好處，哪兒有油水就朝哪兒去！管它什麼中央、鬼子、八路？他們一向是有奶就是娘。

淮河平常的天是黑的，中央的地方單位退到接近東海岸地區荒涼的水澤去，好些殘存的地方團隊紛紛離開城鎮，轉到鄉村，但這些抗日的實力，並沒有嚴密的組織，一時也無法接受統一號令，他們被鬼子的勢力分化割開來，變成一個個的獨立單位，不但要抵抗鬼子，還得要提防和對付就分散在他們周圍的魅魑魍魎。

蒿蘆集，該算是抗日地方單位當中實力最強的一股。正因爲由趙岫谷老先生出面領著這股鄉團的實力太強了，對民間構成很大的吸引力，所以引起那些魑魅魍魎的妒慕和嫉恨，尤獨是投靠鬼子的維持會，蒿蘆集這股實力存在一天，他們就如同錐之在股，寢食難安，不止一次密告到鬼子那兒去，催著留駐縣城的佐佐木中佐派出隊伍去掃蕩。

佐佐木中佐明白眼前的情勢：日軍的大部隊隨著軍事的進展，推到大隴海路和津浦路那邊的廣闊地帶去了，佔領區不斷擴大，反而變成極沉重的包袱，每個縣城都得分出一個聯隊，至少是一個中隊來守著，單憑這點兒軍力，是無法掃蕩清鄉的；他更明白，那些穿便衣的地方團隊，全是本鄉土的人，地形熟，人頭更熟，只要一聽著風吹草動，立即就會隱匿起來，或是移換了地方，若不事先調查清楚他們的底細，發兵下去也是空的，因此，他對維持會下令，要他們先派出密探去鄉下蒐集情報，打探消息，更巧妙的把清鄉這回事，反推到維持會的那些漢奸的頭上說：

「就本人所知，四鄉並沒有多少毛猴子，你們的保安隊就辦得了，不必勞動皇軍，等到你們辦不了的時刻，再來報告我！」

在維持會裏幹會長的漢奸姓齊，叫齊申之，原先是個有錢的布莊老闆，假如不受好色之累，也許他就不會過分的貪財，結果是財色兼挑，外加抽上一口老海，使他雲裏霧裏的想到混世出頭；齊申之有錢好辦事，再加他肯對鬼子俯身屈膝，脊骨朝天做狗，維持會長這個萬人啐的鬼差事，就落在他的頭上。

物以類聚，齊申之一上了任，不愁沒有同夥的，賭場老闆李順時，跟齊申之原是狗肉的朋友，齊申之一拉一搭，李順時就順了「時」，替齊申之當起狗頭軍師來了。——慫恿佐佐木中佐去清鄉的主意，正是李順時的傑作。李順時這個主意，又是拐彎抹角從孫小敗壞那兒得來的，當然，孫小敗壞忘不掉蒿蘆集上被割耳朵的仇恨，藉機會來它個借刀殺人，再則，他犯下的謀械害命的巨案，使他更恐懼蒿蘆集上那些人會刨根挖底，若果利用鬼子的勢力，把蒿蘆集一舉蕩平了，那就再也沒有懼忌了。

李順時撿著主意，向齊申之獻殷勤，齊申之又拿它向佐佐木去丑表功，誰知馬屁拍到馬腿，被一蹄子踢得鼻青眼腫，回來跟李順時怨說：

「全是你拿的餿主意?!這好，一泡稀屎上了頭，看你怎麼抓罷?!……鬼子把打探消息和清鄉掃蕩的責任，一股腦兒推到我的頭上來了！」

「不關緊，不關緊，」李順時說：「無論如何，總不能說是讓你我去冒這個險，你只要向皇軍多討幾個番號，把隊伍的骨架撐起來，那些過官癮的，總不能光吃飯不幹事情？到時候，一紙命令調他們去清鄉，不就成了？……總括一句話，小事有底下，大事有鬼子，你在當中糊弄糊弄，兜得轉就行。」

齊申之點頭苦笑笑，順上一句說：

「卅晚上糊元寶，——鬼糊鬼！」

李順時睞著眼，又出了新的主意：

「我說齊大爺，您真的甭煩，拉槍聚人頭，成立保安團的事，包在小弟我的身上，我那邊如今住著一個人，他就是蒿蘆集來的孫小敗壞，他跟我是同舉一炷香，叩過頭，折過鞋底的把兄弟，他早先跟蒿蘆集結了深仇，抗風避難跑到縣城來的，咱們正好用他對付蒿蘆集上喬恩貴那夥子人！」

齊申之的客廳裏，大自鳴鐘的擺鐘律動著，滴嗒滴嗒的聲音，像水滴似的掉進沉靜的空氣裏來，齊申之穿著寶藍帶團花的素色軟緞夾袍，簇新的黑緞馬褂，小拇指粗的閃閃發光的懷錶金鍊子拖垂在胸前，隨著他微朝前傾的身子，輕輕擺蕩著，他手裏套了金絲軟套的純銀水煙袋，捏著火紙眉兒，並不去吸，卻瞇睎兩眼，聽著李順時講話，等到李順時打出孫小敗壞這張牌，他的雙眉便困惑的微鎖起來。

孫小敗壞？一聽這個四不像的怪名字，他就有忍不住想笑出聲來的感覺。孫小敗壞，就算這是他在江湖上的渾名綽號罷，這個人也該是耍槍玩命的敗壞頭子了！齊申之是縣城裏花花大少起的家，雖帶三分江湖氣，卻並沒有一腳跨進江湖，他所認識的一些人，多半是城裏混幫跑碼頭的青皮二流子，穿光吃辣的地頭蛇，至於分散在四鄉的黑道上的霸主人王，他實在所知有限。

「順時兄，你說這位孫小敗壞，究竟什麼樣的實力和能爲呢？」他說。

「嗯，您問得好！」李順時說：「若單就眼下來說，孫小敗壞他談不上有實力，他只一個人，一支短傢伙，帶著他一個老相好的，委委屈屈住在我賭場後屋裏。不過，依小弟我的看法，實力是看人來的，我那個孫兄弟，他在四鄉竄著混世，跟各路上的人物都熟悉，連這玩意兒，」他伸手比了個「八」字說：「他也夠得上，真可說是神通廣大。」

齊申之不住的點頭，假如李順時說話不打大折扣，他說的這種人，正是他極需要物色的，他當漢奸蹚渾水，不外想出出風頭，多撈幾筆肥油，想把鬼子團哄得好，外頭得多靠幾個硬扎的人物去撐，城裏的油水歸自己，四鄉的油水歸那些人撈，利害上沒有衝突，何樂不爲？

李順時是鼻子眼睛都會講話的人，言語放出去，當然會觀顏察色，掂掂有幾分斤兩，一瞧齊申之的樣兒，曉得事情已有八成了，便加了一把火說：

「小敗壞也不是空心老倌，如今他手底下業已有了好幾張大牌，像北鄉的葉大個兒，胡三胡四兄弟倆，出名的悍賊朱三麻子，都聽他的使喚，你只要替他活動出一個番號，這些人一走馬上任，就是您的隊伍啦！」

李順時這麼一引，齊申之當然滿口答應，其實李順時並不是不講義氣，白替孫小敗壞出力，他也有他不能放在明處的私心，目前他在維持會裏，只是替齊申之幫閒打雜，活搖活動站不穩腳步，假如抖出自己的把兄弟小敗壞來，讓他聚起實力，自己便有了靠山，那時候，自己便好直接跟鬼子搭線，把齊申之擠在一邊坐冷板凳了。齊申之呢？並非沒想到這一層，但逼於情勢，武場子不能不拉，千句話併成一句話，先把這台戲唱起來再講；而孫小敗壞呢？就在這個夾縫裏被這兩個人給抬出來了！

齊申之請過一次客，他對沒耳朵的孫小敗壞一套言語極爲信服。領番號的事，呈到佐佐木中佐那裏去，佐佐木顯得特別慷慨，立即批准成立一個縣保安團，團長這個職務，就落在孫小敗壞的頭上。團長究竟有多大？孫小敗壞壓根兒弄不清楚，他家祖宗八代也沒幹過長字輩的人，不過他隱約的曉得，他這個團長，是在鬼子之下，萬民之上，錯不了的，但鬼子給他的只是一紙委任狀，槍沒槍，人沒人，服裝補給和糧餉一概自理不說了，連它娘關防印信，也都要自掏腰包去刻。

「鬼子真它娘會做沒本生意，」他辭別佐佐木中佐回來，跟齊申之訴起苦來：「這回多承申公抬舉，把我弄出來收拾四鄉的局面，不過，我是窮光蛋一個，連過日子的錢還要靠順時兄接濟，如今，我總不能光靠鬼子給的這紙委任狀就動起來？或多或少的一筆開辦費，還是免不了的。」

「這個不要緊。」齊申之說：「三兩千銀洋，由我來籌措。」

「這算是暫時借您的。」孫小敗壞說：「等我把槍枝人頭一聚合，就先拉出來催捐索稅討錢糧，借鬼子的名辦事，還有不好辦的？三兩千大洋，立時就替您給補上。」

開辦費是由齊申之差人替孫小敗壞送過來的，不過這筆動擔挑的洋錢裏頭，並沒有姓齊的一毛，他是叫人向城裏各商戶用分攤的方法勒索來的，那許多逃不掉，走不脫的商戶人家，哪敢開罪這窩惡鬼？這筆巨款就是這麼輕易的落到孫小敗壞的手裏了。

有了頭銜和錢，孫小敗壞馬上抖了起來，他不用多跑路，就在李順時的賭場裏就地取材，把那些窮賭鬼攏了一攏，先編成一個衛士班，隔不上三天兩日，城鄉一帶的地痞小流氓聽說孫團長上台，只要列上花名冊就有餉好拿，紛紛擠扁了腦袋來投效，還有些日日酗酒的酒鬼、愛抽幾口鴉片的煙鬼，也都經人介紹插上一腳，這一來，衛士班就變成了衛士排了。

甭以爲孫小敗壞有錢會大把抓了朝空裏撒，他曉得辦哪些事是根本無需花錢的，就連一毛也不肯拔，比方講，他當了團長，就得要把老虎皮披上身，好耀武揚威過官癮，這團長的官服不是問題，城裏多的是布莊和裁縫，他只要吩咐他的衛士排出去一吆喝，衣服就會替他做好了送的來。

又比方他當了團長，他的姘頭萬大奶子，也跟著糠籮跳到米籮，做起團長太太來了，但凡她要的衣裳、手飾，一切應用的東西，全吩咐衛士排出去張羅，哪還用得著談一個錢字？

對於這套無中生有的魔法，孫小敗壞固然很得意，不過，他究竟是個混家，曉得城裏是齊申之的地盤，他只能偶一爲之，敲得太大發了，齊申之會不樂意，一個人得意不能忘形，自己初上台，跟鬼子關係還談不上，當然不能開罪做會長的齊申之——自己的地盤，總是在四鄉呢！正因如此，從表面上看來，齊申之的維持會是有了隊伍，滿面紅光的孫小敗壞穿起狗黃色的軍裝，也佩上兩道金槓，三朵金花的領章，黃邊兒符號，他手下的衛士隊五六十個人，也都穿上草綠軍衣，狗模狗樣的挺神氣，但那全是空擺架子，那些人短槍是一支也沒有，破銅爛鐵的步槍，勉強湊合出四五支，子彈不足百發，孫小敗壞曉得這些城裏的小混混個個都是老鼠膽，平時沒事神乎神乎的，一到派他用場的時刻，他就腳後跟朝前，爭先恐後的溜之乎也：若果這樣子下去，甭說是下不了鄉，連它娘土城也走不出去，當然不是個辦法。再說他走馬上任幹二鬼子的消息，不久便會傳到蒿蘆集去，蒿蘆集那幫人絕不會放過自己，甭說拉槍張勢剷平蒿蘆集了，退一步說，純為自保，也得要把握住一股子的實力，日後得寸進尺的搞一搞，絕對有機會把喬恩貴那股人槍給擠垮。

要拉槍張勢聚人槍，自然離不開那幾個分散開去抗風避難的死黨，尤獨是朱三痳子和葉大個兒兩個，但他人在城裏沒動彈，四鄉又成了真空混亂的局面，他跟對方一時聯繫不上。正在主意沒拿定的當口，齊申之和李順時兩人找他來了。

「我說，孫老弟。」李順時說：「咱哥倆不是外人，當初我推荐你出面，領番號上台，是為替齊會長撐檯面應付佐佐木中佐的，如今隊伍成立了，你總不能老是住在城裏不動，這幾天，佐佐木把齊會長叫了去，催他趕緊要你帶隊伍出城去，收拾那些鄉鎮，看樣子，你非得帶人動身不可。」

「我曉得。」孫小敗壞雖然毫無把握，還是拍了胸脯：「二位慫恿我上了台，我絕不會把難處放到兩位的肩膀上，趕明兒我就帶人出城去，闖出些局面來，二位儘管放心好了！」

孫小敗壞說了這種話，不出城也得出城，第二天，他真的帶著他的衛士排出發了。

照理講，當了個團長，出發的時刻應該像鬼子大軍那樣，騎上一匹高頭大馬才夠氣派，夠威風，但他壓根兒找不到那樣一匹馬，只好退而求次，臨時到牲口行去抓了一匹大得幾乎能充馬的黑驢，不論那驢有多壯實，究竟只是一匹驢，不能上馬鞍，他騎在驢屁股上，手臂間掛著一根白藤的衛生棍，挺著肚皮揚起臉，自覺跟騎馬也差不了許多。

隊伍是打著清鄉掃蕩的旗號出發的，齊申之和李順時一心要做出點兒大軍出征的樣子給鬼子看看，就弄了些橫幅大字標語，高懸在街道上，又逼著街面上的住戶出來列隊，搖紙旗，放鞭炮，造出一股子勉勉強強的熱鬧，有些住戶歡送倒是挺真心的，因爲這些混混平素訛吃詐騙，無惡不作，能把他們一股腦兒送出城去，讓他們送死，倒真的清淨。

做團長的孫小敗壞穿得很光鮮，騎著黑叫驢領頭走，氣派不能說沒有一點兒，不過帽簷下面缺了兩隻耳朵，卻沒有法子補得，民眾瞧著這個五官不全的沒耳朵團長，都顯出驚異和嘲笑的表情。隊伍跟在驢屁股後頭走，行不成行，列不成列，推推擠擠，跌跌撞撞的麇集成一大團兒，有槍的扛著槍，沒槍的扛著單刀片兒，酒鬼腰裏別著酒壺，賭鬼也沒忘記揣上麻將、紙牌、骰子、賓盒和牌九，那些煙鬼把煙具裝在黑布囊提裏在手上，有人數算過，他們提著的煙槍，還要多過扛著的鋼槍。

「祖上沒積德，子孫活現世，這些幹二黃的！」

「這哪像是隊伍？簡直是一窩子光腚的蝗蟲秧子，飛不起，爬著吃，——吃的是人飯，卻它娘不拉人屎！」

好在鞭炮劈哩拍啦的響著，孫小敗壞和他衛士排那幫傢伙，就有驢長的耳朵，也聽不著人群裏許多譏嘲和咀咒。

隊伍走過長街，談不上浩蕩，多少總還算是隊伍，因爲城裏是鬼子佔領的地方，每人還有點兒依仗，等到一出土城門，那些傢伙個個的脊骨全發了毛，一逕追問衛士排的排長毛金虎說：

「嗳，毛大爺，咱們如今被鬼子逼出了城，到底要上哪兒去呀？」

「上哪兒去？我怎麼曉得？咱們跟著驢屁股走就得了，……團長去哪兒，咱們就跟他去哪兒！」毛金虎這麼說著，心裏也毛得發慌，跑過去問孫小敗壞說：「我說團長，咱們離城里把路啦，該朝哪兒去啊？」

孫小敗壞看看這幫膽小如鼠的傢伙，氣得火冒八丈，大聲吼叫說：

「你們說哪還有旁的地方好去？咱們不是出來清鄉掃蕩來的嗎？你們跟我打蒿蘆集好了！」

這話剛脫口，那些混混一條嘈的喊起菩薩媽媽老子娘來了，他們一致畏縮著，說是不敢去，孫小敗壞攫住機會罵說：

「你們這是啥玩意，我操你們的血八代，虧你們一個個還是襠裏夾鳥的漢子，我看，你們全是打屁股眼裏生出來的，活屁精！媽的皮，你們以爲跟老子當兵是好當的？不去，老子拔槍斃掉你們！」

「孫大爺，您這是幹嘛？」毛金虎苦笑著說：「您當真要去蒿蘆集去，那是到老虎嘴裏拔牙，喬恩貴的口味大得很，他準是來個照單全收，咱們這幾條槍管得了啥用場？……當然囉，您執意要去，咱們只有跟著。」

「嘿嘿，」孫小敗壞說：「我還不至於暈頭亂衝的，當真要打蒿蘆集，我只是試試你們的膽子！蒿蘆集是要打的，可不是眼下。」

「那……那咱們……？」

小敗壞在驢背上朝西南角一指說：

「咱們如今是沙灰地上的草蟲子，——蹦不高，只好在挨近縣城不遠的地方駐紮，吸點兒浮油，稍緩些時，我再想法子聚人頭，擴編隊伍。」

隊伍開拔到旱河叉口上的三官廟，就停住腳，駐紮下來了，三官廟離縣城只有七里地，算來還沒離鬼子的翅膀拐兒，孫小敗壞不會帶兵，只會帶賊，如今只有把他衛士排的僞軍當做賊帶，好在兵和賊都是一鼻子兩眼，撥動他們就成了！

三官廟背後靠著荒涼的旱河，正面卻臨著鹽河渡口，下游不遠的洋橋兩端，駐有一小隊日軍，孫小敗壞存心選了這個地方做他的團部，用意很明顯，因爲這兒的浮食最多，又是出入四鄉的孔道，容易打探消息。

這兒雖然成了陷區，鬼子拉起了封鎖網來，但疏網捕不著小魚，有些走江湖的單幫客，仍把棉紗、牲畜、火燭等等日用品從遠方偷運過來，供給民間使用，這些人裏頭，真是三教九流，參差不一，也有貪圖厚利，鋌而走險的，也有中央那方面化裝商客，混進陷區來打探消息，或者從事聯絡的，也有販賣槍枝軍火做行外交易的，也有混水摸魚，專門藉著到東到西的機會造謠生事的，他們爲了避鬼子，寧願轉彎抹角走僻道，孫小敗壞駐紮三官廟，就等於鎖住了這些人的咽喉。

小敗壞聰明就聰明在這點上，他曉得他目前雖掛了僞團長的空頭官銜，但羽翼沒成，缺乏實力，沒法子施威發橫，在這種時辰，要緊的就是不能得罪人，管它是哪門哪路的人物，略爲高高手放他們過身就成了，當然，對付那些沒有爬頭沒有靠山的商旅客人等，可以略爲緊一點兒，抽個頭總不大發，這等人能忍氣吃小虧，就不能把大虧給他們吃，否則吃了這一回，就沒有下一回了，細水長流可不是？那要比把他們嚇成驚弓之鳥，不再打三官廟這條道兒上飛要強得多！

但孫小敗壞的想法，跟他手底下這些蝦兵蟹將的想法，可就相差得太遠了，那些傢伙一旦披上老虎皮，個個都自認是明打明劫的官強盜，攫著錢財就搶，遇著煙土就吞。逢到年輕漂亮的雌兒，就捺倒了行強，不但完全是土匪的做法，而且比土匪更要大膽。這樣一來，小敗壞不得不把這些傢伙召集起來，狠狠的訓了一頓話：

「我把你們這些不曉得天多高，地多厚的傢伙，一個個錘扁了都不夠稱心！你們它媽的硬起脖子鳥模鳥樣的，自以爲這身老虎皮就是金鐘罩了！……你們若是抱著這種念頭，那就是叫熊汁兒糊了眼，咱們拉出城，憑什麼混？憑你們那幾支淌子兒的燒火棍？去你媽的洋熊狗臭蛋罷，你們算是伸著頭找死！……」

這些混混兒跟著孫小敗壞沒多久，就把這位沒耳朵的團長老爺的脾氣摸得一清二楚了，他之所謂訓話，就是想盡了粗話罵人，一罵罵上半天，還是不能把他心裏那點兒意思說清楚，其實，他就再說得明白也沒用，這些混混兒全是些回鍋老油條，眼前情勢很明朗，他孫小壞敗再能，也只是一個人，一支短槍，外帶十來發子彈，誰也不相信他真會動火斃人，至於罵人，那不要緊，挨罵是既不疼又不癢的事，只要他做團長的愛罵，由他去罵，罵啞了喉嚨管兒，不怕他不停嘴，到那時，還是我行我素可也！

隊伍駐紮到三官廟，不到一個月，小敗壞召聚手下罵了七八回，告訴他們要暫時耐住性子，學著收斂一點，結果呀？——黑月頭撒尿，連個鳥影子全沒有。那個衛士排長毛金虎領著頭搶劫行商，卻把孫小敗壞供奉在廟裏做傀儡。

這傢伙，孫小敗壞看出毛金虎的路數來了！毛金虎是城裏出身的地頭蛇，那些混混不聽團長卻聽排長的，毛金虎別有私心，緊緊抓住衛士排，處處將團長的軍。那就是說，他早料定孫小敗壞只是在鬼子面前說空話，其實他並沒有什麼能爲！……孫小敗壞氣就氣的是這個，但他嘔著的一肚子氣，上沒吭聲，下沒放屁，在表面上，還做出把毛金虎引爲心腹的樣子，一個毛金虎，哪是孫小敗壞的對手？孫小敗壞只要用幾句話，便把他給安撫住了，他一點也沒疑心到做團長的孫小敗壞早已安心翦除他，還當這個團長是隻軟塌塌的蠟槍頭，好玩好耍的。他一有這種存心，對外幹那些不花本錢的黑事，便更加沒有憚忌了。

這天傍晚，毛金虎帶的幾支槍，在三官廟西邊截住兩車棉紗，總共有六十六綑之多，他曉得這批黑市棉紗，值極高的價錢，當時就吩咐手下人，押了人，留了貨，並不直送三官廟去報告孫小敗壞，卻把這批人貨弄到三官廟南邊的一座小孤村子上。

「話得先跟你們說在明處，」毛金虎說：「孫小敗壞是靠李順時的關係起來的，如今他幹他的空頭團長好了，他既不讓咱們做案子，咱們就不能讓他分乾份兒，這宗事，要瞞就瞞到底，誰也不准透露風聲，日後把棉紗脫手，得了錢，我自會提出成頭來，讓你們均分。」

「可是，這些活口怎麼辦？」有人說：「他們在三官廟丟了貨，一定會講出去的。」

「嗯，不錯。」毛金虎咬著牙冷哼了一聲說：「等到天黑之後，野地上刨個坑，把那幾個商客給埋掉，咱們不能放他們出去亂張揚，日後他們不走三官廟，咱們哪還有油水好撈？」

這是毛金虎幹下的頭一宗劫貨埋人的大案子，幹完之後，心裏惴惴的，沒再出來，總怕會發生報應那一類的事，不過，日子很平靜的一串兒溜了過去，好像那幾個商客是應該死的樣子，幹埋人勾當的槍手，誰也沒遇著冤魂顯靈什麼的，甚至連惡夢也沒做過。做團長的孫小敗壞顯然是被蒙在鼓裏，毛金虎早已囑咐替團長聽差的，替他熬妥上好的煙膏子，泡了濃茶，使孫小敗壞橫在煙鋪上做白日夢了，這些時，孫小敗壞不惦記旁的，他只想著留在縣城裏的萬大奶子。

「我看這樣罷，孫大爺。」毛金虎藉機說：「三官廟的地方夠寬敞的，我這就親自帶人進縣城去，把團長太太接過來，……若怕沒人服侍，在下這些弟兄有家眷的，不妨也一併接的來，這樣，也免得他們天天謀算著打野食，壞了您的名聲。」

「好罷，毛排長，」孫小敗壞瞇著眼說：「這些事，你自去安排好了，我總覺你排裏這些傢伙太不定性，成天虛浮懶散的東蹓西竄，有的抽大煙，有的窮賭錢，實在也不像是支隊伍了，過兩天，我要跟你商議，把他們整頓整頓，無論如何，也得來它個三操兩點！」

說這話，也只是嘴頭上冒煙，孫小敗壞根本不曉得三操是如何操？兩點是怎麼點？那個當排長的毛金虎跟他是爹兒倆比鳥——一個樣兒！毛金虎嘴裏答應著，其實他不過是找個藉口，把劫得的棉紗運進城去銷贓，三操兩點的事，日後再講，當然他不希望小敗壞把這夥人約束得太緊，否則，他出去做案子就不方便了。

但他這種顧慮根本多餘，萬大奶子一到三官廟來，孫小敗壞哪還有剩下的精力去整頓他的衛士排？他有多少精神，都砸到萬大奶子的身上去了！若說他迷戀著那個細皮白肉的女人，卻也未必，他只是故意藉此裝聾作啞，冷眼瞧著毛金虎在變什麼花樣，姓毛的如此這般，明明欺著他只是一個人一根短槍，自己雖掛著團長的名義，也壓不住他們，不過，他毛金虎可把姓孫的看扁了，我孫小敗壞只是暫時忍你一口氣，過不久，我那些弟兄夥一到，非拎掉你的腦袋不可……這情形彷彿是兩人走棋，毛金虎只看到眼前的一著，孫小敗壞卻看了兩著。

孫小敗壞既然沒管事，毛金虎的膽子越發大了起來；三官廟朝西不上五六里地，就是淮河舊堆頭，那兒雖然比不上城裏熱鬧，卻也有條人煙繁密的小街，有娼戶、賭窟、野味鋪子和濃烈的小葉子酒。六十來綑棉紗贓款，使那些混混兒每人口袋都塞得滿滿的，有錢不花，那可不是冤種？毛金虎假借巡哨之名，帶著手下那四五根槍，一陣風似的捲下去了。

舊堆頭那條街，在淪陷後的真空裏過了好幾個月，其間有小股的土匪來搶掠過，當地那些獵戶便推胡三出頭管事。胡三原是混家，跟孫小敗壞夥在一道兒混世，弟兄倆都得蹚蹄貼耳聽姓孫的吩咐，嘴裏沒說，心裏著實不是味道；抗風到舊堆來，究竟是人生地不熟，原沒打算出頭的，但有人替自己朝桌面上抬，也是難得的好機會，不如先朝前蹚蹚深淺？心裏既有這種盤算，就點頭答應了。

堆頭的住戶集了十來桿土槍，兩支紅銅鋼快槍，胡三替他們編了一個隊，既無背景，又無名目，只好說是：咱們都是跟胡三爺混世的。憑心而論，跟著胡三混的這些傢伙，原來的心性並不太壞，拉槍聚人，多少有些自保的意思，偏巧遇上這種大亂局，天理王法都亂了，誰有幾根槍，誰就是一方的霸主，沒舵的船，哪有不橫的？胡三這夥人拉槍不久，就走了黑路，人說：兔子不吃窩邊草，他們卻先吃起窩邊草來，舊堆那條街任他們白吃白拿，胡三還把一個姓筱的閨女硬搶來做小。若說還有點兒好處，那就是遇著外來的土匪想來捲劫，他們還是替當地人抵著，——因爲那是他們的地盤。

毛金虎帶著的幾支槍，偏偏闖到胡三的地盤上來了！

當地的住戶全是驚弓之鳥，連胡三都不敢相信，哪還會相信這批紅眼綠眉毛的二鬼子？一聽說是三官廟來的二黃，家家都像怕鬼風掃著似的，搶著關門閉戶，有的下了地窖，有的鑽進夾牆，也有的躲在房脊上看動靜，更有的有心計，跑到胡三那兒去，說是二鬼子來了一窩人，那意思挑動胡三來個狗咬狗，管它哪邊輸，哪邊贏？全跟百姓無干。

胡三正跟筱大姐坐在店鋪後面，找來個賣唱的女人點唱葷曲兒聽，一心的葷腥味兒，樂得暈淘淘的，忽然聽說三官廟的二鬼子下來了，又有些膽怯，又滿心的不樂意；有關三官廟駐了二鬼子的消息，胡三是早有耳聞了，他卻並不清楚那個孫團長就是孫小敗壞。實在說，各地混世的人王們，凜著江湖路上的蠻悍，以及手底下的槍枝實力，一點兒也沒把摟鬼子粗腿的二鬼子看在眼底下，不過，二鬼子好像是鬼子襠裏頭的東西，寵不得它，又碰不得它，就算捺倒它拔掉一根毛呢，也怕激怒鬼子，來個趕盡殺絕的掃蕩。混黑道的人不是中央游擊隊，不願豁命去砸，只能用不軟不硬的方法來對付。

「這樣罷，卞小四兒，」他跟他貼身的說：「你下去，叫人把槍枝聚合起來，鎖住大街，只放他們進來，不放他們出去，他們若有什麼事情，領他們過來，跟我當面談好了！」

街頭巷尾，胡三的人佈妥了，那毛金虎領著幾桿槍才到，他們把槍枝橫扛在肩膀上，晃盪盪一路哼唱進來，小街走了一半，才發現情形有些不對勁，暗巷裏，房頂上，都有槍口指著他們，還有些漢子沒有帶槍，卻打著單刀，站在街廊底下，對他們瞧著。毛金虎這幫混混從沒有經過世面，一瞧這種陣仗，渾身就有些打哆嗦了。

「我說，毛大爺，咱們該怎麼辦？」

「業已進來了，還能怎麼辦？」毛金虎硬著頭皮：「你們甭吭聲，等我先摸摸他們是哪門哪路的？等有了底，就好講話了！」

毛金虎心裏雖有些發毛，但他一樣有幾分仗持，這兒離城不遠，總在鬼子腳底下，只要自己不遇上蒿蘆集的人，事情就好辦了；一般黑路上的人物，還沒有那麼大的膽子，硬把自己的槍枝吃掉。

「噯，你們是三官廟來的？」

毛金虎這夥人朝前走著，對方有人發話了。

「不錯，咱們是縣保安，孫團的衛士排。」毛金虎說：「我是毛排長。你們是哪條道兒上的朋友？」

「嘿嘿，」對方笑說：「咱們跟胡三爺混世，這條堆是咱們的地盤，咱們有人槍，沒番號，你就當它是十一路——土字號好了！」

「失敬失敬，」毛金虎抱起拳頭，連連拱著手說：「其實，咱們都是一條道兒上的兄弟，原在城裏混世，如今只是順水蹚，多了這身老虎皮罷了。既然這兒是胡三爺的地盤，兄弟可不能進了廟門不拜菩薩，敢煩老兄替咱們通報一聲，就說三官廟的毛金虎來拜望胡三爺，容咱們見面上一炷心香。」

「好說，」對方說：「三爺聞你們下來，正在店鋪裏候駕呢，我這就領諸位過去見他。」

毛金虎一夥人被引進一家飯鋪子，靠後牆的一張方桌邊，坐著一個白臉的漢子，人長得斯斯文文的，鼻眼之間，帶著幾分精明過度的浮薄味，身上穿的是見風抖的絲綢料子，白水袖高捲在長衫的外面，桌角上放著一頂灰呢禮帽，帽邊兒業已有些泛黃了。在這人的身後，一排站著五六個粗大黝黑的漢子，手裏抓著洋槍和銃槍，帶幾分不懷好意的眼光，逼得毛金虎的眼皮不敢朝上抬。

「兄弟就是胡三，哪位是毛排長？」那人用很冷淡的聲音，坐在那兒招呼說。

「胡三爺。」毛金虎趨前兩步，抱拳作揖說：「小弟毛金虎，特地來拜望您。」

「嗯，」胡三說：「毛排長，您是檯面上的貴客，甭客套，坐下來談罷！……其餘諸位也都請坐。看茶來！」

毛金虎撞到人家的窩子裏，一顆心懸吊著，始終放不實落，坐是坐下了，屁股尖只沾二指寬的條凳邊兒，美其名曰坐著，其實比站著還費勁。他手底下的這些傢伙摟著槍，楞頭楞腦坐在一堆，有人送上茶來，他們只好掀開碗蓋喝茶；茶倒是挺好的濃茶，不過卻不太適合饑餓的腸胃；毛金虎也喝著茶，胡三說話了：

「喊明叫亮了說罷，毛排長，你們是檯面上的人物，三官廟也是塊肥得淌油的地方，你們摟油水，做案子，咱們不眼紅，堆頭是塊窮荒小地，總共不過是巴掌大，兄弟如今拉了幾支槍站在你們翅膀拐兒下面，還望毛排長你多照顧。」

毛金虎不是傻子，哪有不明白的？胡三的話頭兒聽著很軟，有幾分哀懇拜託的意味，事實上明明是表示出堆頭是他姓胡的地盤，三官廟那邊不能過界子侵犯的話頭，就是劃下了道兒。

「哪兒的話，胡三爺。」毛金虎擠出一絲笑來說：「兄弟只是跟咱們團長當差跑腿的，您這番話，兄弟回去立即跟孫大爺稟明就是了！」

胡三並沒問起那個做團長的孫大爺，他卻換了話頭，帶著探詢的意味，問說：

「你們全團都駐在三官廟，那麼一座小小的破廟，能容得下你們那許多菩薩？」

「不瞞您胡三爺說，」毛金虎倒是爽快：「孫團長他也只個光桿團長，領番號出來的時候，只是一根短槍，一個人頭。咱們這些夥計，臨時窮湊合，替他抬轎子，弄起這個衛士排來，全團的槍枝，全攤在您的眼底下啦！——一共就是四五支槍。」

胡三聽著，伸手捏起他的舊禮帽，手指笑得抖抖的，把帽子戴在頭上，又輕輕捏放在原來的地方，他的眼珠黑得發亮，溜轉著，誰也弄不透他在想什麼？

「不錯，」他玩味的說：「你們那位孫大爺可真有些神通，空著兩手，真能領下一個團的番號來，這年頭，有番號就是錢，……只要是頂了個番號，鬼子就不會來找麻煩，那，你們孫大爺只要賣番號就發了！」

「賣番號？」毛金虎的眼珠也跟著溜轉起來：「番號這玩意兒，也是能賣的？」

「當然能賣。」胡三說：「黑道上的朋友，並不巴望跟鬼子做事，若能花錢買個名目，好在他們自己的地盤上站住腳，這事決計有人幹，你毛排長若肯從中拉攏，略略抽點兒成頭，就夠瞧的了！」

「胡三爺，你這腦瓜子可真靈光！」毛金虎說：「這件事不經你指點，我這沒紋路的笨腦袋，真正沒想到這一層呢。」

「毛兄，算起來還是你提醒我的。」胡三的態度顯得熱切些了，稱呼也顯得親暱起來：「你再仔細想一想，你們那位團長孫大爺，說句不好聽的話，如今是捧著鬼子的卵泡在玩，接了鬼子的番號，可不是白接的，得鞠躬盡瘁幹給他們看，要不然，準會把吃飯的傢伙玩掉！……他領的既是一個團的番號，就得有三營九連的番號替他撐著，排長該有廿七，班長該有八十一，哪怕有官沒兵，得百十個人頭，這筆生意，有你做的。」

毛金虎被他說得入了迷，胡三更告訴他：這年頭，有槍就是錢，拉縴抽成，不必現鈔，比如說，放一個營長是幾支槍的介紹費，放一個連長，又是幾支槍的佣金，等到一個團各單位填實在了，毛金虎手下的人槍實力就成了一個營了。

幹營長，單行獨闖的發號施令，可比這個聽差頭兒過癮得多，毛金虎又想到，自己真要藉著這種機會，撈著了上百桿洋槍，何止只幹營長？混亂世，蹚渾水，根本不分大小先後，誰有實力誰有本事看誰的，我毛金虎不比旁人少一塊肉，比起他幹團長的孫小敗壞還多兩片耳朵，鬼才相信自己一輩子沒發達，在旁人下巴等露水珠兒；無怪乎胡三句句話都像濃米湯似的，直朝人的心裏肺裏灌，弄得他有些迷裏迷糊的了。

「胡三爺，這事幹是幹得。」毛金虎說：「不過，兄弟我是城裏出身，淺水魚蝦，沒有長角變龍的能耐，四鄉走黑道的朋友，我連一個也不認識，說實話，您要是肯幫忙呢，我在裏頭穿穿針，引引線還差不多，有好處，咱們二一添作五。」

胡三跟毛金虎一說話，就看透姓毛的混世混得不透，只是一隻毛毛蟲，經不住耍的，他能掛上武裝帶，當起二鬼子的排長，只不過臨時湊上了機會，自己拿他當一塊踏腳板，直接跟姓孫的團長搭上線，那才是真的，既然如此，不妨備辦酒菜，招待招待這個姓毛的，要他在酒醉飯飽之後，去替自己向孫團長多講幾句好聽的。

「來人，準備酒席。」他吩咐說：「今兒個，我要跟毛排長在酒席筵前訂訂交情。」

酒一喝，菜一吃，毛金虎可樂了，回到三官廟之後，少不得跟歪身在煙鋪上的孫小敗壞誇耀一番，說是他怎樣領那四五桿槍去查哨，放哨的報告說，西邊堆頭上有槍枝和人頭在活動，他一鼓作氣就闖過去了！

「嗯，那邊情形怎樣？」小敗壞連眼皮也沒抬過，只管順著煙槍，對準燈罩上的小火燄，歪掉起嘴角噴雲吐霧。

「我到那兒，遇著一股拉槍混世的，他們的頭兒叫胡三爺，那個傢伙，究竟在世面上混的，我只要報出三官廟的保安團字號，嘿，他又是酒又是菜的招待我們，像這些人物，跟咱們全是一道兒上的。」毛金虎轉彎抹角，逐漸把話給引到正題上來了：「那位胡三爺，人很夠交情，您如今不是急著拉槍張勢聚人頭嗎？……您底下的單位都是空著，好歹寫個派令，我替您朝那邊一送，您的人槍就算多了一批，這全是不要本錢的生意呀！……」

「胡三？」孫小敗壞皺起眉毛想了半天，忽然抬起眼來問說：「他是個什麼樣的人物？」

「白臉膛子，下巴刮得光光的，細高身材，」毛金虎形容說：「看他那樣子，不太像混世走道的，倒有些像城裏的商戶，一身見風抖的料子，蠻講究的。」

「我曉得了。」孫小敗壞點點頭：「假如他真有人，有意思跟我幹，我就放他特務連連長！……你拿我的帖子，差個弟兄送到那邊去，請他過來眼我先照過面，派令隨後再發。……我臨走，齊會長叮囑過，派令由我權宜，但要存一份到會裏去，好轉報給佐佐木太君。」

孫小敗壞沒料錯，毛金虎形容的胡三，就是黃河堆上開野鋪的胡三，他一接名帖，知道這個二鬼子團長就是孫小敗壞，當天就趕到三官廟來了。

「我說老大，我可萬萬沒料著，這個團長就是你！」胡三見到孫小敗壞的面，不禁打起哈哈來說：「要曉得是你，我早把人槍拉過來了。我弄不明白？——你既領了番號，怎不到四鄉去走走？把咱們那幾個抗風分散了的老弟兄聚一聚，生旦丑淨，各種角兒全有，這個班子才好開鑼呀！」

「算囉，老三，」孫小敗壞說：「老哥哥，怎麼——要毛金虎領著那幾根燒火棍保駕？說真的，我身邊連個得力的人手全沒有，如今你來了，事情可就好辦了，老四還跟你在一道兒？」

「不，」胡三說：「他在堆尾，我有很久沒見著他，也許他開賭場，日夜不得閒。」

「你倒混得不壞，竄得也快。」孫小敗壞說：「如今你手底下人槍實力怎樣？」

「跟你差不多，」胡三說：「五子兒洋槍只有兩支，餘下的全是刀和銃，……有了總比沒有好，是不是？將本求利，總要好求些。」

來的既是胡三，孫小敗壞這可真的高起興來，他發下一紙派令，委胡三幹特務連長，把原來的衛士排編進特務連去，交給胡三管領，當天夜晚，倆人躺在煙鋪上，孫小敗壞低聲的挖出他心底的秘密來：

「我說老三，城裏這批油頭滑腦的東西，周而正之，是它媽一窩鬼老鼠，背著我就磨牙，咱們不能指望他們爲咱賣命。尤獨是毛金虎，一肚皮壞水，你得替我防著他，不能讓他坐大，他要有了實力，立即就會抹下臉騎到人頭頂上。」

「我瞧得出來，」胡三說：「不過，到我手掌心，他也要不出花樣來的。他只是牙尖嘴利，但沒有膽子，欺軟怕硬是他的本性，我懂得對付他。」

「那就好。」孫小敗壞說：「暫時也不用透露出來，等日後再講，叫他沒便宜好撿就是了！」

胡三嘴頭上答應得極爲爽利，心裏卻另有算盤，他原以爲團長若真是孫小敗壞，至少會放他個營長幹幹，他也不把人槍拉離堆頭，仍然坐地爲王，自充老大，誰知孫小敗壞給他個特務連的名目，要他過來保駕，對他來說，實在有些委屈，他想把自己實力弄硬扎，還需毛金虎跑腿幫忙，不必要處處都照小敗壞的吩咐辦事，局面若不弄得很複雜，自己就不容易找夾縫朝上竄了。

「除了這個，老三，我還有點頂要緊的事情，你得趕急想法子替我去辦的。」孫小敗壞把橫躺的身子朝上抬一抬，用手肘支著枕頭，兩眼沉思的盯在煙燈的綠燄上，彷彿想得很深。

「你說罷，」胡三說：「你說的話，我從沒打過一絲折扣，你說了，我立即就去辦。」

「我是說，咱們當初埋在蒿蘆集南邊的那些貨，該刨起來派用場了！尤獨是那挺機關炮，該是對付蒿蘆集的法寶！……這事，你得自己去辦，你不妨去找蕭石匠，先起出你弟兄倆的，我跟蕭石匠的四份兒，暫時就撥在特務連裏使用，這麼一來，咱們就有些實力了！」

「行，」胡三說：「我也早就有過這意思，只不過沒跟你商議過，我一個人不敢當家做主。」

「其實也沒什麼，」孫小敗壞咬咬牙：「橫豎我領的是鬼子的番號，跟蒿蘆集完全撕開臉見真章了，那宗事，就喊明了說是咱們弟兄幾個幹的又怎樣？……當然嘍，能不叫明了更妥當。我剛剛只是在說氣話，我它媽一想起喬恩貴就恨的牙癢癢！」

孫小敗壞說得兩眼冒火，胡三卻在微徽的暗笑著。他想著那些從中央軍手上謀弄到的軍械，那些帶烤藍的簇新的槍枝，簡直是混黑道人物眼裏的寶貝，什麼它娘的特務連和保安幾營？誰握住那些槍枝，誰的胸脯就挺高三寸！小敗壞能推心置腹的把這些槍枝交給他使用，真是自己上竄的好機會。

「老大您甭急，咱們也就快剝他的皮了。」

「對啦，」孫小敗壞又說：「你連夜過去刨起那筆貨，替我問問蕭石匠，大個兒和三麻子消息如何了？你若能到北地去轉一趟更好，再不，請蕭石匠去兜個圈兒也成，好在他有石匠這個行當在身上，走南到北的並不惹眼；只要能跟那兩個連絡上了，我這個團立即就可編實，四面夾攻拿下蒿蘆集，好在佐佐木太君那兒領賞。」

利字當頭，胡三還有不去的？他在第二天就帶著幾個得力的心腹，潛回蒿蘆集南的胡家野鋪去了！天黑時見到蕭石匠，他首先問起蒿蘆集上的情形。

「喬恩貴還是在硬挺著。」蕭石匠說：「四鄉有不少地方團隊的散股，全拉槍聚到集上去了，聽說趙岫谷那老頭兒出面撒了帖子，豎起中央的旗號拉游擊，打算跟鬼子玩硬的，周旋到底！」

「哼，那個霉氣的趙老頭兒，活得不耐煩了！」胡三打鼻孔出聲說：「他也不掂掂自己的斤兩，憑蒿蘆集這一塊巴掌大的地盤，能獨力撐天？」

「那得要看他這回攏香堂，各地能不能團得攏了！」蕭石匠說：「近些時，我聽人傳講，說是單憑趙岫谷的聲望，若給他半年的時間，他能聚得起幾千條槍。」

「那是屁話，」胡三說：「咱們若是讓他順心如意的成了那種氣候，咱們這夥人又到哪兒混去？……如今孫老大巴上了鬼子的關係，大紅頂子上頭，當了保安團長啦，我也弄了個特務連長，如今第一要緊的事，就是要把蒿蘆集給扯垮，要不然，咱們這條道兒上的朋友，沒有一個能站得穩，對佐佐木也不好交差。」

「你說的一點也不錯，胡三哥。」蕭石匠說：「蒿蘆集上除了對付鬼子，就是要對付咱們，尤獨是孫老大。前不久，鄉團附袁震和帶著人槍，到處查緝撲人，據說是孫老大和朱三麻子、葉大個兒和你，名字全上了黑單了！說真箇兒的，他這回回來，千萬可得小心點，——也許謀算槍枝的案子，他們疑心到你們頭上了？」

「嘿嘿，」胡三奸笑說：「連我的名字也上了黑單？它娘的，喬恩貴也真太會抬舉人了！這回我就是帶人來起槍的，我臨來的時刻，孫老大特意關照我，要我跟你說一聲，帶著槍跟我走，我好在特務連裏替你補個排長缺，免得留在這兒，日後落到姓喬的手裏去。」

聽說有官做，蕭石匠興奮得兩手搓屁股，他說：

「成啊！但我一人一根洋槍，這排長怎麼當法？」

「有我在，你怕什麼？」胡三說：「人，我設法撥給你，至於槍枝，當然慢慢再計較。」

接著，胡三又告訴蕭石匠，孫小敗壞這個團剛剛成立，全是空殼子，急需朝裏頭塡槍塡人，目前他急著要跟葉大個兒和朱三麻子連絡，不知最近有沒有得著他們的消息？蕭石匠搖搖頭說：

「自打那回散夥之後，他們就各奔西東，人沒來過，信也沒捎過，依我想，他們原是在北邊混的，脫不了還是回北邊去，那兒雖也群雄並起，不太好插足，但總不在蒿蘆集的勢力範圍，不會有人苦苦逼命。」

提到北邊，胡三便想到黑溝子，上下沙河那一帶更荒落更野蠻，使人眼也不敢睜的地方來，在那兒，十戶人家九戶賊，黑路上的人物，你一窩，他一股，流血的拚鬥無日無之，也正因那樣，一些槍法準，膽子大，能施兇發橫的混家都出在那些地方，而那些人正是孫小敗壞要的，若想對付蒿蘆集，非要那些肯玩命的傢伙不可，想募那些亡命徒，少不了先要找著葉大個兒和朱三痲子，那兒是他們的老窩。

依眼前情勢論斷，值得到北地去走走，但那邊地方太廣大，又到哪兒能找著他們兩個？這個只好先擱在旁邊，趁夜先刨槍再講。

天已臨到落濃霜的季節了，穿著綢面絲絨袍子的胡三，即使坐在屋裏，也覺身上單薄，跟他來的幾個，抱著兩支紅銅鋼洋槍，有的拎著馬燈，坐在蕭石匠的前屋裏等著差遣，陰雲不雨的天氣，一落黑便黑得像漆刷似的，更因鬼子拉封鎖，民間缺乏油燈，一條黃河崗上，不見半粒火亮，胡三很狡獪，他怕天初黑，外面還有閒人，便請蕭石匠弄了一壺小葉子酒，幾碟子小菜。就著牆洞裏小油盞昏黃的光亮，這一小撮人便消停的喝著酒，等候著。

「孫大爺手上的這些槍枝、槍火，原都是老中央撤退的時刻，一時來不及帶走留下來的。」胡三跟他手底下的幾個傢伙打謊說：「當時正好交給孫大爺，他就把它分開來埋了，如今孫大爺頂著鬼子的番號上台，正好刨起它來混世；他怕蒿蘆集上的人眼紅這批槍枝，一再交代我，起槍的時刻，一定要神不知，鬼不覺，一起到手，立時拉走……這兒總是蒿蘆集的地面，咱們人手不足，一旦走漏了風聲，風險可就大了！」

「三爺，您怎麼吩咐，咱們就怎麼辦！」

這些傢伙腦瓜缺紋路，一向聽憑人家搬弄，怎麼說怎麼好，胡三平素倒有些酒量，如今只是淺味淺酌，不敢多喝，挨到天起初更，胡三掖起袍角，跟蕭石匠說：

「是時候了，咱們先去孫家驢店，起孫大爺的那一份兒，三更左右拐回頭，再起這邊的。趁雞鳴五更天不亮，撒腿奔東。」

「好罷，」蕭石匠說：「我把鐵鍬帶上。」

蕭石匠剛打門後把鐵鍬摸在手上，就聽見村頭傳過來一陣沖上天的狗叫，和一片嘈雜的人聲，胡三怔了一怔，揮手吩咐左右把燃亮的馬燈捏熄了，更咈的一口，吹滅了壁洞裏的小油盞。黑暗頓時壓了過來，胡三在門後蹲下身子，聽著外頭的動靜說：

「真它娘不湊巧，敢情遇著哪路的朋友來抬財神，綁肉票來了！」

「那可不要緊。」胡三貼身的隨從卞小四兒說：「幹這檔子事的，不會有太大的苗頭，咱們手上有槍有火，理平槍口拖它幾響，對方若是知趣，準退。」

「不對勁！」蕭石匠像叫鬼掐了脖子似的，吐話的聲音也有些發顫：「胡三哥，您是曉得的，我們這個村子，全是些貧苦人家，哪有什麼財神肉票？……再說，這兒鄰近蒿蘆集，沒人敢來做案子。」

「管它三七廿一呢！」卞小四兒不服貼，順起紅銅鋼說：「好在天黑成這種樣，彼此全摸不清虛實，若說咱們心虛，對方也不會比咱們好到哪兒去，咱們邊打邊退總成，伸手不見五指的天色，他們到哪兒追去！」

「你少替我惹麻煩罷，小四兒！」胡三罵說：「把槍遞給我，你替我把嘴閉上，甭吭聲！」

卞小四兒被罵悶了，其餘幾個也就更不敢開腔；一靜默下來，外頭的動靜越發聽得清楚，雜沓的腳步聲，竊竊的議論聲，就像貼在人的耳朵眼兒上，胡三聽得出來，正如蕭石匠所說，外頭的來人根本不是抬財神綁肉票來的，他們騎著牲口，帶著槍枝，因爲牲口的嘶叫和拉機球推子彈的聲音，黑夜裏聽來分外的清楚。忽然，他聽見有人喊叫說：

「村子裏的各家各戶不要慌張，是蒿蘆集袁大爺帶人下來辦案子拏人的。」

這一聲，叫得胡三屁股眼發熱，一顆心彷彿就要從那兒掉出去，戰戰兢兢的對蕭石匠說：

「不好，我這次回來的消息，一定是走了油，漏了底了，袁震和帶著人下鄉，明明是衝著我來的。」

「既然這樣，前後門走不得。」蕭石匠說：「豎梯子，翻東牆罷！」

幾個傢伙剛翻過牆頭，急速的腳步聲業已繞著蕭石匠的宅子奔了過來，其中有條嗓子叫喚說：

「姓胡的，你甭跑了，乖乖扔下槍，跟咱們到蒿蘆集走一趟，把事情說清楚，你要沒做虧心事，就不會連累到你頭上！」

好在天色墨墨黑，胡三業已領頭竄過宅邊的行樹林子，正因他做過虧心事，曉得一到蒿蘆集，就不得安然過身，目前之計，只有不聲不響的趁黑急速脫身，他料算過，對方下來的人手槍枝再多，也無法捉得住他，誰知他手底下的傢伙跟他想法不同，砰的開出一銃。

這一銃開出去不要緊，卻使對方把胡三匿身的方位摸準了。有人引火焚燒起一座草垛子，袁震和帶來的那些蒿蘆集鄉團裏的槍兵，乒乓拉動機球，推彈上膛，從兩面包抄過來。胡三一瞧這光景，想悄悄脫身的機會，已被轟然一聲銃響擊碎了，人騎在老虎背上，只有硬起頭皮拚著幹了！他手上的紅銅鋼一響，對方也就老實不客氣的還了槍，一刹的功夫，雙方便起了激烈的槍戰。

不過，這樣的槍戰持續不了好久，胡三這邊就明顯的落了下風，根本撐持不下去了。對方的槍枝，少說有十多桿，全是後膛洋槍，還有兩支連發的匣槍，火力熾旺，而胡三這支紅銅鋼，雖是廠造槍，卻因使用過久，成了舊貨，連槍上的標尺全沒了，開槍發火，哪兒還談得上準頭？那些火銃更甭談，一銃開過之後，根本沒功夫重新裝藥，乒乓響兩下應應景兒，有了等於沒有。

胡三一看不是勢頭，也顧不得蕭石匠和他手下人的死活了，抽腿撒奔子就朝東跑，他這麼一跑，其餘的人大約是心同此理，也一窩蜂的朝東潰下去。

沿著黃河崗的崗脊，是些稀疏散落的野林子，焚燒的草垛子迸出一片紅光，隱約照射出那些林木的影子，這當然使胡三他們奔逃得很方便，但袁震和和蒿蘆集上的槍兵，背著火光看人卻更方便，一排亂槍密密的蓋了下來，胡三跑著跑著，單聽身後一聲哎喲，他手底下的人中槍摔倒了一個。跑著跑著，他自己小腿肚子一陣麻，人也蹲了下去。

「小四兒，搭我一把，我，中了槍了！」他說。

還算他喊得是時候，卞小四兒正跑過他身邊，一把搭起他來，胡三中槍的那條腿業已無法著力，整個打顫發軟的身子歪在卞小四兒的肩膀上，跑不動，只好單腳跳。背後的人追著開槍打，子彈呼呼叫的掠過胡三的頭頂，總算沒有再打中他。

這樣跑了半里多路，草垛子的紅光轉黯了，胡三才把跑散了的人湊攏，略一查點，少了兩個人不打緊，兩支洋槍也丟失了一支，他自己的腿傷不算重，而蕭石匠卻是後腦中槍，子彈由耳朵背後的右脖頸打進去，從右眼眶裏出來，把一隻右眼珠打飛了，變成茶盞大的血眶，這種傷勢，若不細看，真不相信他還會活著，偏偏蕭石匠自己說是並不太疼，一樣的能跑。

追的人放了兩排槍，並沒再追上來，胡三才透出一口氣，撕去他長袍的下襬，草草裹了傷，領著他這夥子殘兵敗將斜向東南退下去；他和蕭石匠這兩個難兄難弟，一路哼得像醉貓子唱小曲兒似的。

「奇哉，怪哉？」他哼著說：「蒿蘆集那幫人，又沒長千里眼，順風耳，我剛剛回來，他們就得訊下來撲人了，這附近定有報訊的。」

「那當然。」蕭石匠也哼著說：「打咱們分開之後，那個袁震和騎著騾子，三天兩日的就下鄉來打轉，他的消息靈通得很！」

「照你這麼說，咱們目前是沒機會再來起貨了？」胡三說：「除非咱們能有壓住他們的實力，要不然，連脫身的機會全沒有，——今夜咱們雖帶了傷，還算是便宜的呢……對方要是摸清虛實，多追幾步，咱們就得被繩綑索綁的送到蒿蘆集去了。」

「只有等到養好了傷再說罷，」蕭石匠發起狠來說：「袁震和這傢伙讓我成了獨眼龍，這筆賬，有一天我得跟他結算清楚，我會叫他連本帶利，一次還清。」

發狠儘管是發狠，二天退回堆頭時，蕭石匠的半邊腦袋卻暴腫起來，那前後通風的傷口也由麻木變成摘心般的劇痛，使他翻身打滾，嚎叫得像挨了刀的肥豬。胡三比起蕭石匠要好得多，他傷在腿肚的精肉上，傷皮傷肉沒傷骨，多了一根拐棍，還能一跛一跛的走動。

「真它娘的人倒楣，連騎蛤蟆都會打蹶子，——平地栽觔斗，」他自己跟自己嘔氣，咧咧的抱怨說：「孫老大頭一回給我差事，一上陣就失了風，槍枝沒起回來，卻帶來一個送掉了一眼球的蕭石匠，叫我拿什麼話去交差？」

「三爺，你甭心煩！」卞小四兒說：「其實這也是沒法子的事，好在埋槍的地方沒走漏，他們也弄不到手，您不妨找人劃個條兒，我送到三官廟給孫大爺，看他還有什麼法子好想？」

「那倒不用。」胡三說：「你下去叫人替我備一輛牛車，我自到三官廟去見孫大爺，跟他當面商議商議。再說蕭石匠的這種傷勢，得去城裏接醫生，我要找毛金虎替我辦這事。」

孫小敗壞正急等著胡三起出那批槍枝來，有了實力，便好板下面孔，壓著毛金虎整頓他那個越來越不成樣兒的那一排人了！……那些傢伙沒操沒點的，成天甩著膀子閒晃蕩，團長在後殿設煙鋪，他們在前殿設煙鋪抱著煙槍窮呼嚕，好在煙土不花錢，是從煙土販子那兒搶來的，除了枕戈待旦似的抽大煙之外，他們又把賭檯子放上了。

這像把李順時的賭場搬了家，孫小敗壞自己原也嗜這些，他並不是要那夥混混兒不沾吃喝嫖賭，而是想著，如今正是他亮名頭闖萬子的時候，他沒唸過聖賢書，卻在書場上聽過全本的水滸傳，對於宋江的那些權謀花招兒牢牢記住不少，哪怕賣的是人肉包子呢，也不能不豎豎替天行道的杏黃旗，正道既有正說法，邪道何嘗沒有邪說法？笑面的老虎吃得著人，正因人不防備牠，他得要他手底下的爪牙不太離譜，擺出點像是隊伍的樣子來。至於吃喝嫖賭那一套，只能在背地裏玩一玩。

想是想得多了，也略跟毛金虎當面提過，誰知那些混混不吃這一套，他們從沒睜開眼認真想過，只憑四五支洋槍駐紮三官廟，甭說沒有壕坑、碉堡，連在牆上打個洞好伸槍，他們都懶得幹，夜晚上哨是有的，哨兵不願臉朝外，一個人站在黑地裏聽動靜，卻要揹著槍回屋來，伸長腦袋下注賭錢，萬一有人糾合幾根槍撲過來，這個有名無實的保安團哪會不垮？

這天，總算把胡三等著了，孫小敗壞抬眼一瞅胡三的狼狽樣兒，就明白事情沒成。胡三把話一說，孫小敗壞急得只敲頭，但他一直忍住，沒發出火來。

「這事就此先擱住，」他說：「你也甭跟毛金虎提它，他若問起什麼，你就說下鄉催糧，跟外人開了火，——雙方都有點兒損傷。」

「這我曉得。」胡三說：「我是問：咱們下一步該怎麼辦呢？」

「我也還沒拿定主意。」孫小敗壞說：「你還是先回堆頭，照應蕭石匠養傷，等我拿定主意再告訴你！說真話，我打鬼子手上領下番號，業已個把來月了，這些日子，空著兩手沒進展，我心裏急得像驢踢似的，還用誰再催促嗎？萬一鬼子逼問起來，齊申之照樣扛不住。」

胡三正要告辭，外頭鑽進來一個混混，躬身對橫躺在煙鋪上的孫小敗壞報告，說是廟外有兩個人要見孫團長，他並且形容那兩個人穿的一身破爛，像是丟了打狗棍的窮叫花子。

「聽他們說話，是北鄉口音，也許是孫大爺您的老親世誼。」那個值崗混混說：「沒敢得罪他們，見不見，聽您的吩咐。」

「你媽里個巴子，倒真會門縫看人！」孫小敗壞捏起煙籤兒，點著那混混的鼻尖說：「你孫團長家裏開驢店，當年養的驢，比如今養你們這些人還多，哪有窮要飯的親戚？還不知是哪兒來的呢！」

「那，那我就去把他們擋開！」

「不！」孫小敗壞說：「你去領他們進來，無論如何，青紅皂白我得弄弄清楚。」

混混退出去沒一會兒工夫，把外頭那兩個給領進來了，孫小敗壞一瞧，連忙打煙榻上爬起身趿鞋，吩咐拿煙倒茶，彷彿接著了上大人似的。原來那兩個一身破爛的傢伙，正是北邊的黃楚郎和胡大吹，他們在孫小敗壞被蒿蘆集逼得走投無路的時刻，一直是他暗裏的靠山。

「沒料到，真沒料到，」孫小敗壞興奮的說：「你們兩位貴客竟會摸到三官廟來？」

「兩位來得正好。」胡三原也認得黃楚郎和胡大吹，在一旁敲著邊鼓說：「孫老大如今抓著機會上台了，需得兩位幫忙的地方可多著啦。」

「這還用說？」黃楚郎說：「咱們曉得孫老大新官上任，專程跑了來，當然是想盡點力，幫點忙才來的。孫老大，如今不管你有多少槍枝實力，你領了鬼子的番號，算是在明處站定了，我卻是在玩黑的，我存心來幫你的忙，日後，你多少也要幫我一點。咱們這是叫互惠，嘿嘿嘿，互惠！」

「互惠，那當然了！」孫小敗壞說：「但不知是怎麼惠法兒？您不妨詳細說說。」

「打個比方說，你目前最急要的，是人手槍枝，」黃楚郎倒是開門見山，頭一句就點了題了：「這個，我願意全力幫忙，好在這全是搭台子，撐架子，只要有人來把番號塡實了就成，這事，我願打包票。」

胡三一聽，我的兒！黃楚郎真會做生意，自己想幹的事情，他卻搶著先幹了！光是這筆拉縴所得的好處，少說也有十幾廿支槍。

「好！」孫小敗壞心裏明白得很，爲了要趕緊搶時間，這個便宜只有讓姓黃的去佔。「還有句話，不得不懇託您——這事是越快越好。」

「那當然，那當然，」胡大吹在一邊插嘴說：「黃隊長他一回去就替你活動，我想，老大你明白，掛上了你團裏的番號，並不等於說那些槍枝就是你的，這只是兄弟夥雜湊班子，你佔你的地盤，他蹲他的老窩，彼此有個呼應就是了！若是你想更上一層樓，那可靠你自己了！」

「這個我很清楚，」孫小敗壞說：「咱們說來不是外人，不管在明處暗處，蒿蘆集都容不過咱們，情勢逼得人只有連起膀子來跟他們幹，有鬼子做靠山，不怕鬥他不贏，楚郎兄，你說是不是呢？」

孫小敗壞這句話，可說到黃楚郎心眼窩去了，他笑瞇瞇的說：

「孫老大，你不愧是個大混家，鬼子不難應付，而蒿蘆集是中央的地盤，喬恩貴要是扎住根不倒，咱們朝後連站腳的地方全沒有了，它蒿蘆集若是一棵大樹，咱們就是一窩蛀蟲，日日夜夜的蛀它，看它倒是不倒？」

兩個人談到投機處，不禁放聲大笑起來。

孫小敗壞叫人告訴萬大奶子，準備酒菜飯食留客，在飯桌上，黃楚郎出了新的主意：他慫恿孫小敗壞，不妨在鬼子默允之下，儘量的斂錢買槍購火，因爲四鄉的民槍和黑道人物的槍枝品類既雜，又多半是輾轉了若干次，使用了若干年的陳舊貨色，假若能跟大盤軍火商接上頭，搭上線，從南方大城裏直接起運槍枝過來，那不但能增加自己的實力，又是一本萬利的生意。

「像捷克式、比國造；像馬拐子、鴨嘴槍、德造新套筒，這些槍枝，又犀利，又靈便，你進的多了，不妨分些出來，我願意照原價再加三兩成收購它，咱們大夥兒都是拿它對付蒿蘆集，有何不妥？」黃楚郎說。

孫小敗壞心裏三下五除二一撥算盤，又是一條賺大錢的路子，而且一舉兩得，買槍不必花本錢，只要捺倒一些有錢的商戶，逼他們上捐就成；自己既掛上鬼子的番號，販槍走火，一路不用擔太大的驚險，可以明著幹，不單是黃楚郎亟需這些槍枝，四鄉混世的各股子人，哪一股說是不要槍的？

「好主意。」他說：「這事我籌措著辦就是了！」
「剛剛都是我幫你的，」黃楚郎說：「如今該說說你幫我的事了！」
「你說罷，」孫小敗壞說：「只要我能幫得上的忙，我沒有不盡力的道理。」
「甭擔心，我絕不會讓你為難。」黃楚郎湊過腦袋，悄聲的說：「鬼子早晚要發兵下去，來一次大清鄉的，那時候，你得伸伸翅膀拐兒翼護我幾天，……鬼子絕不會查到你團部裏來的。」
「這，不算一回事！」孫小敗壞聽著黃楚郎的話，不禁有些洋洋自得，點頭晃腦的說：「鬼子要真發兵清鄉，我只要一得著風聲，立即就會送信給你，你準備進炮樓避風頭就是了。」

黃楚郎就是這麼個怪人物，影子似的難捉摸，他跟孫小敗壞碰面談過一陣，當天就離了三官廟。胡三託了毛金虎進城接醫生，替蕭石匠療傷，這時刻，又有人遞帖子到三官廟來，指明要見孫小敗壞了。

來人宋小禿子，孫小敗壞聽說過，說他在三河一帶黑路上混世，頗有兩下子，宋小禿子練過幾年的武術，會使飛刀，人都管他叫飛刀宋，孫小敗壞跟他從沒謀面，兩下裏也沒絲毫瓜葛，不知為什麼，宋小禿子找上門，還帶了五六支槍來的。

「孫老大，我是找您討貨來的。」宋小禿子說話，快刀斬麻，直截了當：「三官廟這條道兒，原在我的地面上，來往商客只要交了保護費，我包他們六十里地面不出岔兒，好些年來，從沒出過事，如今卻在三官廟出事了，——六十包棉紗被劫，連人也被扣住，沒到地頭。」

「噢，有這等事？」孫小敗壞詫異的說：「你以為是我孫某人唆使手底下幹的？」

「我兩頭全查過了才來的。」宋小禿子說：「他們從南邊起腳，到了三官廟就失了蹤跡，河北岸各打尖的店鋪，都說沒見著人和貨，即使你孫老大不知情，你手底下的人，也有可疑的地方。」

孫小敗壞眼珠轉動著，放下笑臉說：

「宋大爺，這我真不知該怎麼說才好？我身邊這窩子人，全是城裏的小混混，跟我不久，你得給時間，讓我查一查，真要是他們幹的，我會要他們立時釋貨，假如不是他們幹的，我可就無能為力了！」

「人，咱們沒處過，」宋小禿子說：「不過，聽你的話，還是蠻夠交情的，你儘管查這事好了，我無意冒失，來找你的麻煩，只是販棉紗的商客家屬哭告到我那兒去，我不能不追追根！」

孫小敗壞說好說歹，把宋小禿子送走了，心裏不由得的惱恨起毛金虎來。這個傢伙真不是個玩意，自己讓他當排長，他欺我姓孫的暫時只是空心老倌，任他在外頭不分輕重的胡搞，假如他做了案，先給我這團長知道，得了水錢，攤大份兒給我，出了紕漏，我還會心甘情願的替他頂著，扛著，這好？他幹了案子摟了錢，我非但沒分著一個子兒，卻還把得罪人的事，像一帖爛膏藥似的貼到我的腦門上！這傢伙不除，黑路上的人能被他得罪光了，朝後怎麼混法兒？

「去把毛金虎替我叫的來！」他說。

朝恨處想著時，真恨不得掏出小蛤蟆槍把他斃在當地，不過，孫小敗壞轉念覺得，如今還不是收拾毛金虎的時辰，只能傷皮不傷骨的略爲臭他一頓，要他懂得收斂，假如他不改，壓尾還是他自己吃大虧。

毛金虎叫來站在煙榻邊，孫小敗壞慢吞吞的臭了毛金虎一大頓，然後提到那六十包棉紗被劫的案子。

「全是你們幹的好事，讓飛刀宋帶著人槍找上門來，那六十包棉紗是有主的，你姓毛的幹事也太不夠江湖了，你弄的這一屁股臭屎，叫我怎麼揩罷？」

「我……我……」毛金虎一聽那案子出了岔，扯到飛刀宋的頭上，不由嚅囁起來，他是在城裏混的人，遠處的混世魔王不識得，近處的還聽說過，曉得飛刀宋一出面，這事情就萬分難纏，不是輕鬆過得了關的。

「你說啊！」

孫小敗壞催促得過急，毛金虎只有硬著頭皮來它個死不認賬了。

「等我下去問問底下看，看是誰幹的事？」他說：「這事我委實不知道，您孫大爺可要相信我。」

「相信不相信，是另一碼事，」孫小敗壞說：「棉紗是在三官廟被劫，你就說破嘴唇皮，使我信得過你，但飛刀宋不會信得過你，如今，你只有兩條路可走，——案子如果是你幹的，你得立刻釋放人質，不是你幹的，你得把作案的查出來，捆送給飛刀宋去處置。這是第一條路；另一條路是根本不理會，你估量你的實力，若能抵得過對方，就跟他真刀真槍玩硬的，不吃他那一套！」

其實，孫小敗壞明知第二條路走不通，故意拿他表示放寬毛金虎一馬，飛刀宋手底下有五十條槍，十個毛金虎合起來也不是他的價錢，這是關起門打狗，卻留個貓洞給狗鑽的法子。果然毛金虎自己量力，不敢開罪飛刀宋，表示願意查明案子，送出作案的人，把棉紗折錢賠上。

毛金虎也算有他的邪門能耐，兩天之後，他告訴孫小敗壞說案子偵破了，是他手底下兩個煙鬼幹的，棉紗早已脫手，銀錢追回一大部分，被謀害的商客的屍首也已在三官廟南起出了土，那兩個煙鬼被他打得奄奄一息，不能言語，連否認的氣力全沒有了。……有了這種差強人意的結果，孫小敗壞明知內中有毛病，卻也不願再認真追究下去了，他發帖子，請飛刀宋來三官廟吃酒，藉此套上交情，宋小禿子跟小敗壞原就是臭味相投的人物，這宗案子的棉紗根本不是他的，他不必為這個不相干的事開罪孫小敗壞，看看如今他只是空架子團長，究竟是站在檯面上，容易擴充，再說他是混家，和此地各股子人物都有縱錯的關係在，得罪他就等於得罪了一大串牛頭馬面，壓根兒犯不著，如今對方在兩天之內交出作案的，又追回大批贓款，這業已給足了自己的面子，若不見好就收，那就太不光棍了。

兩人在酒席上談得很投契，孫小敗壞說：

「宋大爺，我是誠心交結你這個朋友，我有句話，說了怕太冒失，你若不介意，我想送你一個暫編大隊的番號，咱哥倆一道兒站在明處，有福同享，有難同當。」

「孫老大，咱們初交，您說這話，真是太抬舉我了！」宋小禿子說：「一句話，我願意領您的番號！」

事情就這麼說定了，暫編第三大隊，由宋小禿子一手撐了起來。宋小禿子把老虎皮披上身，領著他的人槍移駐三官廟，孫小敗壞只好朝西挪動一步，把團部設到舊堆頭胡三的店鋪裏去。

宋小禿子並沒拿話逼著孫小敗壞，只說三官廟原是他的地盤，希望團部能挪一挪，好讓他在這條線上站腳，團裏沒有餉朝下發，因此使宋小禿子有了藉口，孫小敗壞除了捏鼻子退讓，沒有旁的辦法。當然，團部暫移舊堆頭，又佔了胡三的地盤，胡三沒說話業已夠好了，這使孫小敗壞想到，空掛上團長的銜頭，一樣沒有用，除非有了自己手領的人槍和地盤，——蒿蘆集就是他夢寐以求的地方。

經過醫生的一陣調理，蕭石匠的傷勢總算穩住了，但貫穿後腦和眼窩的那一槍，卻使他變成半邊臉歪了的獨眼怪物，真夠和沒耳朵的孫小敗壞稱為難兄難弟了。蕭石匠一向陰冷暴戾，這一槍打得恨火連天，他想回去刨起槍枝的心意，要比孫小敗壞和胡三顯得更為急切，好像他父母娘老子給他這條命，就是要用在意氣拚鬥上的。

「無論如何，總得等傷養好了再講，」孫小敗壞對他說：「我業已託人到北邊活動去了，不久必有消息，只要能跟葉大個兒或三麻子連絡上，你就不必單獨去冒這個險了！」

孫小敗壞把招兵買馬的事，寄望在黃楚郎的身上，黃楚郎可真的沒讓他失望，他在此地利用孫小敗壞的名義，到處張貼佈告，又用胡大吹出面，成立保安團駐鄭家集辦事處，專管放番號，此地好幾股土匪，一聽說領了番號，鬼子日後就不會再找痲煩，打扁頭朝裏鑽，胡大吹來它一個大敞門，來者不拒，但凡領番號的單位，要先繳三五七支洋槍不等，也就是說：當初胡三和毛金虎商議要幹的那種賣番號的交易，全都落到黃楚郎的手裏去了。

不到半個月的辰光，黃楚郎替孫小敗壞賣出去十一個暫編大隊的番號，計有暫編第一大隊，大隊長張得廣，暫編第二大隊，大隊長尤暴牙，暫編第四大隊，大隊長金幹，暫編第五大隊，大隊長楊志高，暫編第六大隊，大隊長牛濟洪，暫編第七大隊，大隊長筱應龍，暫編第八大隊，大隊長湯四癩子，暫編第九大隊，大隊長夏皋，暫編第十大隊，大隊長葉大個兒，暫編第十一大隊，大隊長時中五，暫編第十二大隊，大隊長朱三痲子。

名單送到孫小敗壞手上，使孫小敗壞像吞了歡喜糰子似的，樂得闔不攏嘴來，因為他這個保安團的陣勢，業已把一個團的編制撐炸了，按番號計算，編成一個旅還有零頭，而且這裏頭，包括了好幾個縣份的股匪、毛賊、弄竊、混世人王、地方惡霸，這些人原都是蒿蘆集上要拔除的對象，如今都趁風上台，真是太熱鬧了。……有一點他卻沒計算過，那就是黃楚郎在這票生意上，賺足了一百桿以上的洋槍。

名單來了又怎麼樣呢?那些牛頭馬面只是花錢買番號，化暗為明做了官土匪而已，若說指揮號令，那是四兩棉花──免彈（談），其中只有葉大個兒和朱三痲子託人帶過信來，葉大個兒雖是列名大隊長，手底下卻沒有一個兵，連聽差的都是向紅眼牛濟洪借用的。朱三痲子好些，爲謀這個大隊長，又出不起介紹費，還是立據向筱應龍借了三支槍，他如今還是筱應龍的門下食客，不過因爲同謀對付張得廣的關係，筱應龍待他很厚罷了。

孫小敗壞唯一能做的事，是把這張暫編的名單，像捧寶似的，經過齊申之，轉呈到佐佐木中佐那兒去，佐佐木批是批准了，不過把所有的暫編大隊一律改爲暫編中隊，使那些人王全都降了等級，此外，又下了個公事給孫小敗壞，要他編訓這些中隊，試行掃蕩中央的游擊根據地——蒿蘆集。

接到佐佐木中佐這個催促性的命令，孫小敗壞苦笑笑，因爲佐佐木可以命令他，他卻命令不了這些暫編中隊，他們領了番號，各自做軍裝、印符號，盤據在他們自己的地盤上做他們的土皇帝，照樣大張旗鼓，幹他們平素幹慣了的沒本營生，上扒戶、抬財神、綁肉票、攔截商客、販賣軍械，包庇流氓、買賣煙土、包娼包賭……外加攤捐派稅、催繳田糧。——這是他們買得起番號之後的好處。

他們是它娘的小船沒舵，——橫了！

小敗壞也跟他自己認是心腹的人物——胡三和蕭石匠兩人一道兒商量過，在他收編成的這些中隊裏，實力最強的，是宋小禿子、張得廣、金幹和筱應龍四股，其餘各股，沒有一股的實力超過十支槍的，而且各股的領頭人物，都有著數不清的江湖恩怨，互相拚併，互相爭奪地盤，經常上演全本鐵公雞，打得焦頭爛額。如今，想讓他們掉轉槍口，離開窩巢，開去蒿蘆集熬硬火，那可是辦不到的事情；只有兩種情況，能使他們和蒿蘆集幹上，一是蒿蘆集勢力擴展，逼得各股人站腳不住，無法存身，一是自己藉著攻打蒿蘆集的名目，逼著齊申之撥出大量的錢財來，來一個懸賞，誰肯抽槍去打蒿蘆集，誰有錢拿，沒聽說哪隻黑眼珠兒瞧見白花花的銀洋不動心的？

「講是這麼講，」胡三說：「真想撥動這些人，也不是十朝半月就成得了的事！」

「不成又怎麼辦呢？」孫小敗壞皺眉說：「如今，我全是捧著佐佐木太君的卵泡在混，不把鬼子應付妥當，還能混得下去？」

「老大，說來說去一句話，還是你手底下缺欠人槍實力，」胡三說：「你這個團長，不能老是窩在團部裏，洋洋得意的自封三齊王！成天守著萬大奶子，日夜搗弄她，她能替你生出一窩子弟兵來？就算是能罷，也得廿年後才能打槍桿，局勢變化料不定，鬼子也打不下萬年長椿，如今，凡事都得講現的，不能講欠的。」

「老三他說得沒錯，」蕭石匠動起粗俚的言語來：「當真讓萬大奶子那三根陰毛拴住你這條金剛大漢？你這光桿團長若肯出去走動，我這光桿排長不嫌委屈，替你揹匣槍，當貼身的。」

「行是行，但我先該往哪兒走呢？」

「繞圈兒走啊，先揀近的來。」胡三說：「不管各中隊的那些人聽不聽你的，你總是個高高在上的團長，遠近百里地都是你的防區，你去了，就會弄清楚誰跟誰有仇隙，有恩怨？能調處的，你調處，不能調處的，你袖手旁觀，讓他們狗咬狗，兩敗俱傷，然後你出面收拾殘局，儘量攫槍，……總而言之，要用千變萬化的做法，把人槍實力朝手掌心裏攢，到那時，不怕旁人不聽你！」

「嘿嘿嘿！」孫小敗壞一巴掌拍在胡三的脊樑上，奸笑說：「我跟你交往這麼久，今兒才曉得你的手段，真他媽陰、險、毒、奸、辣，五味俱全！」

胡三吃他這一拍，抬頭睜眼，受寵若驚的說：

「多謝老大您的奉承！兄弟這點玩意，不全是跟著你學的？如今，不朝大處看，在這塊巴掌大的地盤上，你好比是挾天子以令諸侯的曹操，所不同的是：你挾鬼子以令土匪罷了！」

孫小敗壞被胡三連套幾頂高帽子上頭，滿心樂得痲癢的，自以為伸著腦袋就能戳破天了，捧著肚皮，身子朝後仰，高抬起下巴盪出一串哈哈來說：

「操它娘，我可沒想到，我孫小敗壞這副料子能被鬼子用上，也它娘做了小曹操，百里封王了?!」

心裏既有闖蕩的念頭，便把貪戀萬大奶子的心看輕了許多，他決計帶著獨眼蕭石匠和胡三身邊的隨從卞小四兒倆個上路，先趁黑摸回孫家驢店刨槍，舊堆頭團部裏的事情，全託給胡三代管。他計算著，刨槍之後，先到宋小禿子那邊，然後轉彎朝北，去看牛濟洪、葉大個兒和快槍金幹，再轉向西北角，到上下沙河去會張得廣、尤暴牙、筱應龍和朱三痲子，最後朝南一路下來，見見楊志高、湯四癩子、夏皋和時中五，當然，在經過鄭家集附近時，他得去看看暗中支持他發跡的黃楚郎。

他離開舊堆頭時，業已到了該落雪的冬天了，西北風在曠野棍打著那些林木，一路都是乾黃的落葉，悉悉索索的繞著人腳跟盤旋，大塊灰雲壓著天，四野顯得異常寂落，彷彿摻進一股子使人窒息的沉愁，這情境，逼使他想起從前來，很遙遠的舊時宅第的影子，只在心裏那麼一閃就暗淡下去，然後是賭檯，是黑沉沉的磨屋，那種煩人的，石磨輾動的嗡隆聲，彷彿要把人的一輩子輾碎在那裏面似的，但那張扁平的臉出現了，老婆的那張臉，初嫁來時，也有紅有白的像朵嬌花，全不像後來那種樣子，時光也像剛鑿出的磨齒，把她的面孔輾扁輾皺了，儘是濕淋淋的淒苦，紅塗塗的淚痕，她沾著麵粉的鬢髮是白的，她跟他活過的年月，彷彿已有長長的一生了。他實在是煩她，膩她，討厭她像唸經似的，沒高沒低的窮嘮切，他也沒把她當人看待過，但她總實實在在的是老婆，離開她幾個月，這還是頭一回認真想到過她，想到孫家驢店那間破茅屋的暗角裏，還有她這麼一個女人，使他心裏有一分愧意，刺刺戳戳的不舒坦。

他搖搖頭，硬把這種使他不快意的思緒甩開了，當然，若說接她出來同住是行不通了，自己既當了團長，手邊有的是大把的銀洋，只要留下一小袋子，讓她躲在一邊，自己過日子，餓不死餓不死她就成了！她天生是那種陰暗的性子，活該那樣活法。這樣一想，他又覺得安心起來，無論如何，她比不得善體人意又解風情的萬大奶子，那才是他離不開的女人。

鑒於上一回胡三回去漏了風聲，孫小敗壞這回顯得格外小心，離孫家驢店有四五里地，他便停住腳不走了，在寒風怒號著的傍晚，他既不去巴村子，又不去巴宿店，只蹲坐在一片野林子裏乾等著天黑。

蕭石匠和卞小四兒兩個上一回吃過蒿蘆集的苦頭，當然曉得厲害，孫小敗壞這樣小心火燭的做法，使他們凍得打抖，他們卻沒有二話好說。其實說了也沒用，孫小敗壞不會聽他們的，卞小四兒熬不住冷，想撿乾柴，在林裏升一堆火，小敗壞都搖頭不肯，他說：

「也許黑裏埋藏著蒿蘆集上的眼線，一旦露了風聲，咱們命就賣在這一堆火上了，你年輕力壯的，咬牙忍著點兒，凍不死你。」

論凍，當然凍不死，不過三個人熬凍顯然不夠公平，蕭石匠穿著新棉大襖，孫小敗壞穿的是二毛皮襖，那卞小四兒卻穿著的是一件破舊的小棉襖，棉花比豬板油還硬，早已吸不住暖氣了。

起更後，他們摸到孫家驢店，孫小敗壞摸到磨房去敲門，敲了半晌，沒人應聲，他只好領著那兩個先去刨槍，槍倒是很順利的刨了出來，他跟卞小四兒一人一支洋槍，把那挺機槍給蕭石匠扛著。……刨了槍，又去叫門，還是沒人應聲。他是一路罵罵咧咧走開了的，在他以爲，老婆一定是回娘家去了，她平素睡覺極警醒，從不睡死覺，早先他去賭錢，無論賭到什麼時辰，只要回去輕輕一叩門，老婆就噯聲應著，披衣起來拔門子，絕不會讓他在風裏露裏久等。如今她既不在家，他當然沒有必要逗留了，孫家驢店比淤黃河崗離蒿蘆集更近，他不願冒這個險，雖說槍枝夠犀利的，但畢竟只有三個人，弄得不好，把這挺槍玩掉了，那才真是賠了血本。

直到他離開那座老磨坊，他還不知道他老婆業已爲他上吊死了！那是不久之前，他當了漢奸，做走狗，接了僞軍保安團長的消息傳到孫家驢店時，她覺得羞辱，便趁夜使根麻繩拴在桑樹枒上，那樣吊死了，她是寧願死，也不願活在世上做漢奸的老婆，穿光的，吃辣的，對她已不是好處，她勸過孫小敗壞千回萬回，全像春風灌驢耳，這邊進，那邊出，結果，孫小敗壞還是我行我素，他現出那種無可救藥的樣子，使她覺得憎嫌。

在她心裏，只當孫小敗壞已經死了！

而孫小敗壞沒想到這些，他處心積慮謀奪來的槍枝，如今總算刨出來現了世，派上了用場，他這兩支步槍和一挺機槍，就是最大賭本，四鄉混亂的局勢，正像一個大的賭局，他是玩命的賭徒，既然坐莊開賭，就得摟盡桌面上的錢財！

天亮時，也離蒿蘆集十四里，走到一座墳場上，他突然像發瘋似的吩咐蕭石匠把那座機槍平平架在一座沒頂子的墳頭上，上了梭（即彈匣），他自己伏身下去，壓下扳機，朝西邊的曠外上打掃射，打了個一梭子到底。

「您是怎麼了？老大。」蕭石匠楞了一陣說：「當真這些子彈沒花錢，你何必拿它亂打空?!」

「你懂個屁！」孫小敗壞咬咬牙，露出猙獰的笑容來說：「我這是圖個吉利，試試這挺槍，來它一個開張大吉，同時，也好讓蒿蘆集姓喬的，給我豎起耳朵聽聽槍音，看他那個腦袋是不是鐵鑄的！」

機槍清脆的聲音順風走，飄向遠處去，波傳出一浪一浪的回聲，在那一剎，兩手抱著機槍的孫小敗壞又自覺他的身軀高大起來，彷彿變成吃得人的虎狼了。

第六章．大局勢

孫小敗壞這一夥子所造成的氣勢，在廣大的淮河流域來說，只不過是巴掌大的一塊雲頭，終竟遮不了天；日軍佔據交通線上的一串大城市，掐指算來已近半年了，但他們留駐的部隊，也只能在線上活動，而且限在白天，儘管佐佐木中佐加意防範，在他的數縣轄區裏，中央的游擊勢力，很明顯的增長著，沿著東海岸地區，鬼子的運輸車輛經常遭受突擊，那些打扮得跟莊稼人毫無分別的游擊隊，總是防不勝防，他們有時利用黑夜，在公路當中挖掘長的或橫的陷阱，阱口加上掩蓋，表面鋪上和路面同樣土質的泥沙，鬼子的車隊只要有一輛陷下去，後續的車輛就被逼停頓在那裏，當成槍靶，鬼子兵儘可依恃熾盛的火力，但四鄉蛛網般的交通壕溝成了迷陣，他們放射半天，連一個人影也沒見著。也有時，當鬼子運送給養的輜重隊走過凹道一陣急速的螺角，會引來一批煞神般的漢子，他們臂上纏著白毛巾，揮動著纏紅的單刀，從塹崖上虎跳下來，豁命砍殺，他們多數沒有槍枝，只憑一把單刀和幾個土造的木柄手榴彈，就敢於衝鋒陷陣。

佐佐木可以封鎖官方的新聞，或是用誇張扭曲的說法意圖顛倒黑白，但四鄉人嘴裏的傳言是沒遮攔的風，再怎樣也封鎖不住，鬼子每次遇襲吃癟，都有人繪聲繪色在暗中傳講。

孫小敗壞既是混家，耳朵比驢還長，哪有不曉得的道理？不過，他若不藉鬼子做後台拉槍張勢，他就沒法子報蒿蘆集喬恩貴削他兩耳的仇；總而言之，他雖當了漢奸，卻不夠漢奸的料子，他只是要麻袋裏裝錐子——露頭拔尖兒就成。

無論他怎麼變，他天生就是土匪的料子。佐佐木用了他，這著棋走得夠陰狠，他只是想利用孫小敗壞和那些黑道人物對蒿蘆集的宿仇宿怨，讓他們彼此攻擊，等兩敗俱傷的辰光，他就不必費太大的力量，親自帶隊出城，把蒿蘆集完全佔領。

誰曉得在孫小敗壞想說動各股人聯手攻撲蒿蘆集之前，他這個團裏的各暫編中隊長，窩裏雞就幹開了。飛刀宋小禿子口口聲聲要找時中五算賬，因爲時中五拐走了他三根槍；時中五另有說法，說城裏有個紅姑娘原是跟他過日子的，宋小禿子橫刀奪愛，那個年輕貌美的女子就算槍款，當時宋小禿子點過頭，如今不該反悔。此外，六中隊的紅鼻子牛濟洪跟四中隊的金幹，那筆老賬永遠算不清楚，那把冤仇鋸子拉來拉去，打得黑溝子那塊地上日月無光。九中隊的夏皋，一心想繳掉湯四癩子的槍，來個兩股合一股，夏皋的實力強過湯四癩子，姓湯的只有投奔楊志高，商議先下手繳掉姓夏的槍，兩人均分。而鬥得最激烈的，仍該算張得廣、尤暴牙那一夥和筱應龍、朱三麻子那一夥的對拚。挑剔點兒說，兩個唱主角的是張得廣對筱應龍，至於尤暴牙和朱三麻子，只是幫襯而已。

張得廣是各股人裏頭，擴充得最快的一股，到他再回上下沙河的時刻，他手上足足握有一百桿槍的火力，另外還有十幾支匣槍組成的貼身死衛，每人一匹馬，人都管他叫快馬班。快馬班的頭目薛立，渾身都是雪白的花斑，汗毛也白的，一口鈍背馬刀，舞得霍霍生風，他跟張得廣手下的另一個頭目蘇大嚼巴（嚼巴，即口吃的俗稱），一向是張得廣的左右手，張得廣曾經當著人得意的誇耀說：

「蘇大嚼巴和薛立兩個，是我身邊的一龍一虎，我就是降龍伏虎的羅漢，你們不信去問問他們兩個，除我之外，誰能帶得了他們？」

張得廣耀武揚威的把他的槍拉回下沙河鎮，又接了孫小敗壞的暫編第一中隊的番號，那股得意勁兒，彷彿要一口吞天；誰知回到下沙河，才知道他的老窩被暫編第七中隊的筱應龍給佔去了，筱應龍在鎮上拆房子，扒大廟，用那些磚石木料起了五座碉堡。四面四個小型的碉堡，拱衛住中間一座五層的巨堡，堡外挑了三層深壕，遍插鹿砦，又扯上鐵絲網，堅固得像一座鐵桶。

筱應龍明曉得張得廣帶人回鎮，他毫不客氣的找人遞話給他，要張得廣撤離下沙河鎮，張得廣勃然作聲，指著傳話的人大罵說：

「你替我回去告訴姓筱的，他這種無名小輩，我見過的可多了！老子過的橋，比他走過的路還多！想當年，我張某人混世出道，他它娘還在他媽懷裏吃奶呢！他真的要幹，大爺我就是陪著他敞開來玩玩。他不滾出下沙河，我要拎他的腦袋！」

「您這又何必呢？張大爺。」傳話的勸說：「如您所說，他是小輩，他駐下沙河，您就駐上沙河也是一樣，再說，如今你們領了番號，說來全是自己人，事情鬧大了，驚動鬼子，叫孫大爺他做團長的怎麼扛法？」

「老實說，」張得廣更火了：「孫小敗壞只是攫著機會，呵奉上鬼子罷了，憑他那副料，高高在上幹團長，我並不心服他，他編的這十幾個中隊，有幾個是夠料兒的？想跟我平起平坐，稱兄道弟，談也甭談！什麼它娘的筱應龍，我把他看作雞巴鳥毛灰！他不讓出下沙河鎮，老子就開火，給點顏色他瞧瞧！」

彎子既拉不直，傳話的只有長著臉辭出去，告訴筱應龍，準備開火，筱應龍問計於朱三麻子，朱三麻子翻起他的爛紅眼說：

「張得廣這個老沒屁股的，敢情是在外頭摟足了油水，燒的慌了！好在咱們有炮樓做擋箭牌，翹起二郎腿，穩坐釣魚台，他要開火，就讓他開！」

「你說，這一火熬下來，咱們有幾成把握？」筱應龍說：「那傢伙的槍枝火力，強過咱們一倍。他若沒有實力，就不會硬打硬上的找我攤牌了。」

朱三麻子呵呵的笑了起來：

「我說老弟，張得廣那一套，我清楚得很，事情絕沒那麼嚴重，他開火？子彈不是花錢買的？一粒槍火一斤豬肉錢，咱們若是玩它個草船借箭，他不是慘了？」

甭看朱三麻子粗悍，他肚裏可真有鬼主意；他告訴筱應龍：攫著機會儘管放話去挫辱張得廣，撩撥他上火，張得廣必會拉開架勢，亮他的威風，帶著他全部人槍來攻打碉堡。

「你甭看張得廣手下人多勢眾，」朱三麻子說：「那些傢伙，十有八九都是酒囊飯袋，他們跟著張得廣，只是想打家劫舍撈油水，叫他們爲張得廣賣命？公雞下蛋——沒有那回事！」

接著，他說出對付張得廣的法子，要筱應龍帶著他的人槍守住碉堡不動，任由張得廣領人來攻，好在張得廣沒有機槍沒有洋炮，步槍的子彈又打不透五六尺厚的堡牆，他們愈是發火猛潑，愈是白浪費子彈，萬一張得廣帶人撲上來，只要他們不過壕溝，這邊絕不開槍，這樣以逸待勞耗他，耗不多久，張得廣就會知難而退了。

「好主意！」筱應龍點頭說：「真有你的。」

「嘿嘿，」朱三麻子說：「這還不算呢。老弟兄，我是處心積慮的要把張得廣的架子給拆散掉，好盤得一份人槍和馬匹，承你留我住在這兒，又幫我弄了個中隊長的名目，但我這個光桿中隊長長幹下去，實在不是滋味，我幫你盤倒張得廣，得槍咱們大夥兒分。」

「那當然。」筱應龍說：「除了分槍，上沙河鎮的地盤也盤給你。除掉張得廣和尤暴牙，咱們弟兄在上下沙河鎮，就穩穩的站住了！」

倆人打定主意，等著張得廣來攻。張得廣果然在大白天裏帶著他的人槍把碉堡圍住了。他的快馬班，十幾匹驢大的小川馬在他身後排成橫陣，渾號「沒爪龍」的蘇大嚼巴和渾號「白毛虎」的薛立，腰插著晶亮匣槍，分立他的左右，張得廣穿著老二毛皮袍子，戴著筒子型的黑水獺的帽子，手拎袍襬兒站在堡外的頭道壕溝邊上，粗聲啞氣的揚著臉朝堡裏叫陣說：

「筱應龍你這小狗操的，你以為你佔住下沙河鎮，躲在烏龜殼裏就得安身了？今兒老子就來砸你的龜殼，你不爬出來，當老子的面磕響頭，老子就活剝你那張皮！」

罵是罵開了，但堡裏沒有誰應聲，使張得廣變成自拉自唱的瞎罵空，這一來，張得廣更加惱火，變出花樣來罵，但卻是越罵越沒趣，越罵火越高，罵到後來，張老虎出現了，他朝下叫說：

「下面哪來的一窩子野狗，嗯嗯叫的亂咬?!還不替我夾著尾巴滾開?咱們筱爺，正跟朱三爺在堡裏聽唱小曲兒，甭嘈刮他們的耳朵！」

張得廣原就是惱火透頂，一聽說他的仇家朱三麻子又陰魂不散似的回到下沙河，而且跟筱應龍絞成一夥，差點把肺葉氣炸掉，罵也不再罵了，咬著牙盤，轉頭對左右吐出一個字：

「攻！」

蘇大嚼巴和薛立等著這一個字，朝兩邊一揮手，上百條槍的槍口，立時吐火猛攻起來，乒乒、五四的打了個半個時辰，裏頭連一槍也沒還，張得廣這才曉得中了計，更曉得這準是朱三麻子拿的主意，不由把朱三麻子恨到骨頭裏。

面對著這種厚實的磚砌碉堡，子彈打不透，就是再耗多少子彈也傷不著姓筱的人，這樣打下去，分明是白耗子彈，不過，假如就此拉槍退走，更會惹得姓筱的笑話，人騎上老虎背，想下下不來，使張得廣又窘迫，又狼狽。說是硬攻，唯一的法子就是剪破鐵絲網，架跳板過壕溝。再豎長梯攀上炮樓的頂子才成，但他手邊梯繩和跳板全沒準備，即使有了這些攻堅的器具，也只是說來容易做來難，對方只要一開槍，大白天裏瞄準好吊線，自己這方面，還不知要栽多少人?要耗多少桿槍?而且並沒有把握能把整座碉堡攻下來。這樣反覆一計算，自己若採硬攻，未免虧損太大，划不來了。

氣歸氣，急歸急，張得廣究竟是一隻修煉成精的老狐狸，吩咐左右停了槍，高喊著，留下幾句撐門面的硬話，把人槍拉走，到上沙河鎮紮根去了。

回到上沙河，張得廣把蘇大嚼巴和薛立召聚攏來商議，決定仍用他們的老方法去對付筱應龍和朱三麻子，攫機會暗地裏打黑槍，或是趁他們大意時，把他們給窩住。上沙河離開下沙河不遠，牙齒想咬舌頭，總有咬著的機會。

這當口，孫小敗壞帶著蕭石匠和卞小四兒，從三官廟繞到了張得廣駐紮的上沙河鎮，張得廣雖常在嘴頭上臭他這位上司，不過，孫小敗壞一來，他還是擺出他全部的隊伍來接差。……他接差並非說他服了孫小敗壞，而是他跟筱應龍互相拚鬥的時刻，他希望加意籠絡，使孫小敗壞站在他這一邊。

孫小敗壞的眼睛亮得很，他一瞧張得廣中隊站班的陣勢，就曉得這個姓張的太不簡單了，假如任由他冒起來，立即就能把自己這個團長的位子給頂掉，鬼子頭兒佐佐木的心理誰能拿捏得定？萬一他只認實力不認人，張得廣的機會立刻就會來了。他立即轉動念頭，想到剋制張得廣最好的方法，就是弄幾個中隊跟他拚纏，使他沒有餘閒動旁的腦筋。

念頭還在腦門上盤旋沒落呢，張得廣卻先提起筱應龍不夠交情的事來了：

「老大，你想想罷，姓筱的這算哪一門兒?!下沙河鎮原是兄弟的老地盤，他就這麼竊據去了，黃口牙牙，奶腥沒脫的小子，我沒有半隻眼看得上他。姓筱的可惡不說了，還有那個朱三麻子在裏頭煽火，三麻子手下沒有槍，您怎能放他中隊長？」

「這事並不是我親自辦的，」孫小敗壞說：「委任旁人做事，確有許多擺不平的地方，好在這都是暫編，我這回領了佐佐木太君的吩咐，就是要來各防區察看察看，日後改成正式編制時，還得依實力再調整你。儘放心罷，得廣兒，日後大隊長有你幹的。」

孫小敗壞避重就輕，話頭兒圓得能打滾不說了，壓尾還在張得廣鼻尖上抹了一把糖，使他嗅著些甜味。他在張得廣的隊裏作了三天的客，這才離開，轉到下沙河鎮筱應龍的碉堡裏來。

有朱三麻子在中間，孫小敗壞和筱應龍簡直是一見如故，筱應龍知道孫小敗壞剛從張得廣的防區過來，便也說起張得廣的蠻橫來。

「老大您想想，我打北邊帶人過來，那時，下沙河是個空集鎮，我就在北大廟立了腳，沒人跟我說過，這集鎮是姓張的地盤，等我起妥了碉堡，他便要來坐享其成，端我現成的熱鍋，這檔子事，甭說遇上我，遇上誰，誰也不幹，這事哪能怨到我頭上！」

「張得廣開火，咱們沒還槍，」張老虎說：「他把他手下的人，全拉來圍住炮樓，那樣子，真像要吃掉咱們似的。」

「哼，」孫小敗壞哼一聲說：「幸好你筱應龍槍枝實力不弱乎他多少，要不然，你的人槍豈不是早就被他併掉了？」

「何止如此？」筱應龍說：「日後他勢力弄大了，只怕連您這團長的頭毛，也照樣抓著了當草褥！」

「這樣罷，」孫小敗壞說：「好在朱老三在這兒，我讓他去連絡葉大個兒和金幹，大夥兒把姓張的擠在上沙河，暫時不讓他動彈，等我想法子消停收拾他！」

孫小敗壞這回並沒隱瞞他的心意：他要藉著各中隊的爭奪和火併，提高自己的聲望，若想造成舉足輕重的地位，唯一的法子，就是要各股人實力平均，爭持不下；依目前的情勢看起來，必得要限制張得廣的發展，更要使他的心腹弟兄葉大個兒和朱三麻子站起來，握住一些人槍。

有了孫小敗壞的慫恿和暗示，筱應龍在應付張得廣的態度上，更加強硬起來，孫小敗壞離開下沙河鎮的第二天，筱應龍和朱三麻子就在下沙河鎮北街的茶館裏，抓住了白毛虎薛立手下的一個小頭目，那傢伙十有八九是被派來探聽消息或是來打黑槍的，當時筱應龍和朱三麻子倆個，正翹著二郎腿在茶館裏喝茶，他們帶的隨從有七八個，長槍靠在牆上，短槍就壓在桌角。

下沙河鎮是他們盤踞的地方，誰也沒料想到張得廣竟敢派出槍手來行刺？

茶樓的書場上，新來了一個賣唱的妞兒，粉臉油頭，一等一的俊法兒，這妞兒唱的是許多新編的時新小曲兒，俚俗的、淫冶的，透黃透黃的全有，那些曲名，全寫在一張紙上，貼在那兒，任人點唱。點一支正經點兒的素曲兒，只要半吊銅板（即五十枚），愈是葷得厲害的，價錢越高，那妞兒的娘，也是伴唱拉琴的，替那妞兒說話，說是：咱們這個姑娘，還是個沒綻皮破肉的素心包子，臉皮子極嫩，又極害羞，若不看在錢的份上，她是死也唱不開口的。

筱應龍跟朱三麻子兩個，全是雅好此道的，當下就把那妞兒的娘叫了過來，跟她說：

「今晚上，筱大爺和朱三爺包了她的底，她唱一支算一支，——儘揀葷的唱好了！」

那個做娘的是老鴇子出身，還有不懂得觀顏察色的？曉得這些幹二鬼子隊長的人物，全是大把撒錢的，便推著勸著，拖著拽她的妞兒，要她一支又一支唱了起來；不管那妞兒是不是存心裝模作樣，但她那種粉臉低垂，紅暈滿頰的羞澀勁兒，卻使筱應龍風靡了，唱完一支，他便站起身子猛拍巴掌，大喊：

「加賞大洋五塊！」

「妞兒妞兒，妳聽著了沒有？」做娘的便輕捏著妞兒說：「是隊長筱大爺賞的。」

那妞兒紅著臉，朝筱應龍作揖道謝，筱應龍上半身仰躺在背椅上，索性將兩腿高蹺上桌面，騷狂的對那賣唱的妞兒笑說：

「不用謝，特別爲妳筱大爺唱一支情深意濃、潤心潤肺的曲兒就得了！」

那妞兒帶著羞澀難禁的撩人的風情，在叮咚有致的洋琴聲裏唱了起來，當她唱到：

「哎喲，我的郎呀；

你洋襪加吊帶呀，一味的風流派呀！」

朱三麻子一巴掌拍在筱應龍的大腿上，順手把他畢嘰呢的軍褲朝上一抹，果然筱應龍腳上穿的是加了彩色鬆緊吊帶的洋襪子。

「你們大夥兒瞧瞧，這妞兒真的看上了筱大爺啦，她嘴裏的郎，不就是他嗎？」

「算了，麻三哥，甭當著底下人開我的玩笑了，」筱應龍說：「關起門的事，不要敞開門來講，咱哥兒倆好歹是帶人的人咧！」

正說著，朱三麻子忽然臉色一變，用手猛的一掀，把桌面掀飛了，接著他就順勢撲過去，揪住了一個混世打扮的傢伙，那傢伙正打算把藏在褲襠底下的匣槍朝外拔，剛拔到一半，業已被朱三麻子扼住脖子，逼退到牆角上。那傢伙本能的反抗著，但力氣比不得朱三麻子，被朱三麻子的雙手搦得直吐白沫子。

「哼！想打老子們的歪主意？你它媽算是太歲頭上動土，綠了你的鳥眼了！」朱三麻子把那個人的腦袋直朝牆上撞，撞得咚咚有聲，罵說：「說！是誰差你來的？」

筱應龍一個箭步竄上去，繳下那支匣槍，這才跟朱三麻子說：

「三哥，您鬆鬆手，讓他好講話。」

也許朱三麻子用力過猛的關係，手一鬆，那人便跪了下來，像要咳出心來似的一陣猛咳，過了半晌，才朝倆人叩頭說：

「是……是張得廣張大爺要我來的。」

「瞧，那個狗雞巴操的，」朱三麻子說：「上回吃了癟，如今叫人打咱們黑槍來了？要不是我眼尖手快，一把揪住他，讓他拔出匣槍，灑開來潑火，那妞兒唱的就不是四季想郎，該唱小寡婦上墳了！我說，老弟，這傢伙交給你，你怎麼處斷罷？」

「媽特皮，替我拉到亂坑去打掉！」筱應龍說：「媽特皮，你們誰去打？」

「我去！」張老虎手底下的一個弟兄，叫小釘尖兒的，揹上他的那根土鋼槍說：「筱大爺，您可甭忘記，劊子手打人，打完了有賞啊！」

「去罷！」筱應龍揮手說：「你這個婊子養的，倒會敲竹槓，你打完了，把人頭割回來，我賞你一壺老酒，五塊現大洋！」

「先謝謝筱大爺！」小釘尖兒說著，有人業已替那傢伙上了綁，把繩頭塞在他手裏，他抖抖繩頭，像吆喝牲口似的說：「夥計，多謝你幫忙討個吉利，成全我得一壺老酒，五塊錢現洋，——昨晚我賭輸了，今兒正好拿它去賭檯上翻老本。你要是存心幫忙就它娘幫到底，頂好一槍就死，甭挨了槍，上頭打哼，下頭放屁，人不人，鬼不鬼的嚇壞人，再說，也省了老子一粒子彈！」

「少嚕嗦了，」朱三麻子說：「你筱大爺和我還要聽小曲兒呢，你快去把事辦掉！」

「請放心，」小釘尖兒說：「槍一響，我就把他報銷。」說著，他就把那傢伙牽出去了。

爲了這個打黑槍的傢伙，茶館裏著實亂了一陣，不過朱三麻子露的這一手，使筱應龍也豎起大拇指頭，誇說他眼明手快，功夫確是高人一等。正因朱三麻子制住了對方，使張得廣行刺的圖謀成了泡影，筱應龍樂開了，叮囑唱曲的妞兒接著唱下去，又跟他手下的人說：

「你們等著罷，只消聽見槍一響，那個打黑槍的傢伙，拔槍沒能打人，結果自己卻先挨了一槍！我要把他腦袋裝在木盒子裏送給張得廣，要他日後再差遣人，還能幹些的，不要再要這種膿包貨色過來白送性命。」

那妞兒只再唱完兩支小曲兒，北邊亂葬坑轟的響了一槍，筱應龍扭轉臉，朝朱三麻子一笑說：

「麻三哥，剛剛那小子準它娘喝了馬虎湯了！」

朱三麻子搖搖頭，帶著困惑的意味說：

「嗯，我倒覺有些不大對勁兒！一般斃人的槍聲，總是悶悶沉沉的，怎麼這一槍咯吧吧的響？不像槍子兒入肉的樣子，我猜，也許是小釘尖兒出了麻煩啦！」

「不會罷，」筱應龍說：「理平槍口斃人，甭說有眼的，就是瞎子也不至於打空。」

「這樣好了，」朱三麻子把壓在桌角的匣槍插進腰眼，站起身來說：「咱哥倆也甭坐在這兒死抬槓了，咱們這就帶人去瞧瞧去，好不容易抓住的人，可不能讓他再跑掉了！」

筱應龍當然不願意見著張得廣的槍手再活回去，抓著匣槍，揮動著一吆喝，一夥子六七桿槍就鬧哄哄的跟了出來，他們急急的趕出北街梢，到亂葬坑一瞧，躺在血泊裏的，不是那個槍手，卻是自告奮勇出來斃人的小釘尖兒。也不知是怎麼弄的？小釘尖兒的左手整個沒了，胸脯也受了傷，渾身上下都是血印子，死總算還沒死，正躺在地上哼呢。

「小釘尖兒，你它媽是怎麼弄的？」筱應龍蹲下身子，托起那個的後腦問說：「你要斃的那個人呢？……怎麼，你把槍也弄沒了？」

「哎喲，我說，筱大爺，這可怨不得我呀！」小釘尖兒連哼帶喊，斷斷續續的說：「把他帶到亂葬坑，叫他跪下，他也跪下了，我拉動扳機，頂火上膛，衝準他後脊樑放了一槍，誰知子彈沒有出槍口，炸了膛了，算是我自己打傷了自己。我在地上爬著嚎叫，那傢伙卻站起來，把我的槍和彈給拐跑了！」

「真它媽的走在霉運上了！」筱應龍罵說：「當初我該想到這一層的，土鋼槍，不吃香，打三槍，悶兩槍，果然在槍上出了漏子！」

「管它娘！」朱三麻子說：「那傢伙跑回去，一定會在張得廣的面前加油添醋，張得廣有什麼神通，要他抖出來好了！」

朱三麻子確是夠蠻悍的，他仗持著身手靈活，槍法有準頭，根本不把張得廣放在眼裏，他也似乎忘記了張得廣陰毒的那一面了。

在上下沙河鎮之間，有一個姓施的村子，當地人管它叫施家圩子，那地方正好處在張得廣和筱應龍兩股勢力搭界的地方，張得廣槍多勢強，一心想佔住那個地方，把筱應龍擠縮到下沙河鎮不能出頭，因此，白毛虎薛立便經常帶人槍到那兒打轉。可是朱三麻子也有他的算盤，他手裏混著混著的，也握有四五個人，三桿洋槍了，他總不願在筱應龍那兒長做二手的清客，他要單獨找個站腳的地盤，哪怕是暫時的也好。

朱三麻子上施家圩這塊地方，確有幾分道理在，施家圩的圩主施耀章是個沒落的大戶，四方四正的大院子正好空著，可以做爲隊部，即使日後招兵買馬，也不愁容納不下，西跨院的院角，原是砌有一座兩丈來高的槍樓，槍樓的牆基足有七八尺厚，包鐵的門，加上海碗粗的橫槓子，張得廣那邊，就是來上三五七十人，也未必能攻得下它。除掉這些不算，他佔住施家圩最大的目的，就是要貼近張得廣，得便挖他的人和槍，毀他的根基，能先盤倒張得廣，對付尤暴牙就太容易了，他把這意思跟筱應龍一說，筱應龍哪還有二話可講？不但慫恿他立刻動身，還答允撥借四條槍和四個人，使朱三麻子這個第十二中隊，有了大半個班的實力。

朱三麻子想過，如今的張得廣，不再是當年的張得廣了，他手下的槍幾乎增加了一倍，不過，自己當初一個人還能跟對方單打獨鬥，如今自己有七八條槍攢在手上，根本不必怕他，假如自己先自膽怯，日後怎能把對方盤倒？念頭轉到這兒，他就不再猶豫，立刻帶著他那七八個人，住到施家圩裏去了。

朱三麻子把十二中隊隊部移到施家圩，這消息，很快便傳到張得廣那邊，張得廣沒說什麼，只是冷著臉嗯了一聲，但白毛虎薛立忍不住說話了：

「我說張大爺，您怎麼這樣溫吞？朱三麻子一向跟咱們死對頭，如今他硬是割去咱們的地盤，指著您鼻尖亮威，您怎麼不說話呢？」

「那傢伙準是屬貓的，有它娘的九條命！」張得廣沉吟了半晌才開腔說：「咱們早就派人想放倒他，卻每次都讓他脫了身，究竟是你們派出去的人不中用？還是他機警難纏？這非得弄清楚不可。這回要再草率行事，打草驚蛇，空忙乎一場，日後的機會，會越來越少，因爲如今的朱三麻子，不再是單槍匹馬了，他跟姓筱的勾在一道兒，有了靠山。」

「何止是這樣？」蘇大嚼巴說：「我最近才聽人講，說朱三麻子上回被咱們逼到南邊去，投靠了孫小敗壞，他們還拜了把子，如今孫小敗壞當了團長，變成咱們的上司，咱們要再明火執仗的去對付朱三麻子，不能說沒有顧慮……至少是很不方便了。」

「竟有這麼回事兒？」張得廣的臉色更加陰冷下來：「怨不得朱三麻子有恃無恐，原來他們上下左右勾結起來，玩我一個人？老實說，什麼孫小敗壞，那個空心老倌，我不在乎他！這年頭，只要有人槍實力在手上，拉到哪兒領不到番號？越是這樣，我越得把朱三麻子早些除掉，這一回，我自己來安排好了！」

朱三麻子也並非沒想到張得廣會對付他，不過，他可沒想到會這麼快法，那天他在施家圩的一戶人家賭錢，散局後掂著槍走出來，剛走到麥場邊，對方的匣槍就張了嘴啦！朱三麻子仰身朝後倒，一個懶驢打滾，滾到一隻石骨碌後面，把匣槍架在胳膊上還了手。

這一回打黑槍，是張得廣親自安排的，他曉得朱三麻子槍法準，只要他一發槍對方就會頑抗了，若真要打倒朱三麻子，唯一的方法就是開槍打中他，使他沒有還槍的機會，如果第一排槍火沒潑中他的要害，再想打中他的機會就微乎其微了。因此，張得廣從快馬班裏，抽調出六枝匣槍，先派人吊著朱三麻子，曉得進了賭場，便在四周隱蔽處設伏守候著他，以為這樣一來，便萬無一失了！

誰知朱三麻子太滑頭，排槍竟然沒打中他，等他一還手，立即把張得廣手下的槍客放倒了兩個，他趁這機會，飛身躍過一座矮牆遁走了。不過，兩天之後，張得廣又帶著他的全部人槍，把施耀章的槍樓圍得水洩不通，朱三麻子和他手下的幾桿槍，都被困在槍樓上不能動彈。

「既然走不了，只有拚著幹了！」朱三麻子說：「好在這兒離下沙河鎮不遠，咱們能挺過幾個時辰，筱應龍那邊就會拉槍過來應援了。」

不過，這一回朱三麻子卻沒算準，他忘了一樣最要緊的事沒計算在內——他手下的那幾支槍，每槍平均不到兩排槍火，張得廣的人開槍朝上撲，逼得他們不能不還槍，前後熬不到半個時辰，他們的槍火就報銷得差不多了。張得廣在外面催促他的人攻撲槍樓，看出朱三麻子的槍火不足，無法撐持，就出聲威逼說：

「裏面的聽著，我張得廣跟你們沒有過節，你們只要打開槍樓門，扔槍出來，我絕不為難你們，今天，我只要殺朱三麻子一個！」

張得廣這麼一吆喝，裏面的人都沒主意了，一個個拿眼望著朱三麻子，向他討主意。朱三麻子的匣槍裏，也只剩下最後一梭壓膛火，不敢輕易發槍了。他瞇著兩眼一盤算，曉得沒法子硬撐下去了，就跟他手下的人說：

「張得廣既然衝著我來，不至於爲難你們，我這就跟他答話，讓你們扔槍出去，咱們後會有期。」說完這話，他就湊到槍眼旁邊，朝外發聲喊叫說：

「張得廣聽著，我朱三麻子今兒栽在你手上了！我這就叫手下把槍扔出去，打開槍樓門，要他們雙手抱頭，挨著個兒走出去，我這條命也送給你，只求你開槍斃我的時候，認準後心打——讓我有頭有臉的見閻王。」

「好，我決計成全你，留你全屍，你出來罷！」張得廣說：「你可甭想打歪主意，槍樓外面，我到處設的有人，你若想跑，子彈可就不長眼了！」

朱三麻子沒再答話，揮手叫左右把槍扔了下去，不一刹，槍樓門也打開了，朱三麻子的人，果真一個個雙手抱著頭，魚貫走了出來。張得廣一瞧這光景，曉得朱三麻子這一傢伙是栽定了，便揮手吆喝說：

「來人，撿起這些槍枝，把他們搜了身再放走！只把那麻皮留下，讓我了斷他！」

張得廣的人槍朝前一聚合，朱三麻子卻從槍樓頂上飛身縱到房脊上，有人眼尖，瞧著他的身影一閃，便指著叫喊說：

「不好啦，朱三麻子逃上屋脊了！」

朱三麻子這一招兒，可是張得廣沒料著的，等他理起匣槍潑火時，那一閃而過的身影，業已跳下去了。張得廣一瞧，朱三麻子竟敢在重重圍困之下免脫，急喊一聲追，自己便拎著匣槍直撲過去。

施耀章的宅子西邊有座跨院，朱三麻子跑下屋脊，連翻兩道牆頭，張得廣是個虛胖的矮個頭兒，甭說翻牆不靈便，就連跑路也不及得對方那麼快當，等他領著人再兜轉出來，朱三麻子業已翻過一大片田地，到了小溝的那一邊了。假如逗上春天夏日，遍野生木的季節，早就無法再追了，但如今已到了霜寒時分，秋莊稼業已割盡了，樹木也多落了葉子，稀疏得遮不住人眼，四野空蕩蕩的，放眼能望出好遠，這對朱三麻子極爲不利。

朱三麻子明知情勢不妙，但也別無他途，只好硬起頭皮，像鷲窩兔子似的朝西狂奔；他心裏有個數，好在施家圩離下沙河鎮不遠，筱應龍聽見槍聲，必會差人出來接應；即使白毛虎薛立的快馬班追過來，自己僅膾這一棱壓膛火，也算得上救命靈符，只要先放倒他們三兩個，其餘的就不敢貼上來了。

張得廣可不這麼想，他望著朱三麻子奔竄的背影，不禁盪出一串響亮的哈哈，轉朝薛立說：

「咱們要個老鷹攫兔子，怎樣？你把馬班分成兩股頭，一路在東，一路在西，分道抄截他，不論死的活的，用馬匹把他拖到我面前來。」

薛立一聲答應，快馬班就分成兩撥兒，由兩邊抄截過去了。

在邪路上，朱三麻子也算是噹噹響的人物，這回若能窩倒他，也是出頭露臉的事，薛立哪還有不賣命的?朱三麻子腿再快，兩條腿的人總跑不過四條腿的馬，快馬班抖韁追上去，不到半盞茶的功夫，就已經逼近了朱三麻子，那個一瞧不對勁，翻過一條土溝，沿著灌木叢，遁到一座樹木稀朗的林子裏;這座林子並不能擋住馬群的追迫，快馬班在林子四邊把他堵住了，七八桿槍張了嘴，乒乒乓乓的硬蓋過來。

子彈雖說並沒有大的準頭，但那種密集的尖嘯，聲勢也夠驚人的，朱三麻子伏身在一根橫倒的樹段子的後面，埋下頭，全身貼地趴伏著，有兩粒流彈擊在樹段子上，打得樹身震動，樹皮飛迸，然後又折射向天空去，噓溜溜的像一隻驚飛了的知了。

他趴伏著，用沁出冷汗的手掌緊握著他那柄三膛匣槍，他明白生死交關的時刻真的落到頭上來了，白毛虎那夥子人既然窮追不捨，當然非要攫住他不可，對方槍多火足，可以放手開槍蓋他，而他這一梭子壓膛火，必得要用在最危急的時辰，每粒子彈都得要撂倒對方一個人，萬一放了空槍，那就得把自己這條小命給賠上了!

快馬班的馬群在林外盤旋著，不時傳來馬匹嘶叫聲和急促的噴鼻聲，白毛虎雖說一心想捉朱三麻子，但他曉得朱三麻子有一支匣槍在手上，而且他的槍法極有準頭，一時倒也不敢過分貼近，只在林外開槍，希望把對方蓋倒。

幾陣槍放出去，朱三麻子就是不還槍，不暴露他隱身的地方，白毛虎心裏著急，發話說:

「朱三麻子，這回算你流年不利，跑不了!你若是乖乖的扔槍出來，咱們不虧待你，——我敢大拍胸脯擔保，當著張得廣張大爺的面，替你討個人情，讓你留個全屍，外帶送你一口像樣的棺材；你若執迷不悟，打算硬抗著咱們，那可對不住，明兒你就成了狗肚裏的貨啦！」

薛立正探起身子朝林裏喊叫的時辰，砰的一聲槍響，他就倒了下去。

朱三麻子早在伏身藏匿的時辰，就把匣槍裝在木匣上當成長槍使用，因爲這樣用法，容易瞄線，打出去更有準頭，這一槍，朱三麻子瞄的是薛立的腦袋，因爲林子的枝葉遮眼，槍口略爲偏低了一點，正打在薛立的下巴上，快馬班的人一瞧他們的頭目中了槍，趕急奔過來攙扶，這一槍雖不是致命的部位，卻使白毛虎薛立崩掉了六七顆牙齒和一塊腮肉，哼哼唧唧的被抬了下去。

趁著林外這夥人陷入群龍無首的混亂中，機伶的朱三麻子想出一個金蟬脫殼的法子，他把他的那頂銅盆帽兒頂在一根樹枝上，自己挾著匣槍，悄悄朝外爬，也算他的死期沒到，叫他攫著了一個機會，——薛立受傷後，快馬班過去幾個人攙扶，而他們的馬，都拴在林邊的樹上，一時沒人看守，這一來，朱三麻子非但奪得一匹馬，還把另外幾匹放了韁，等到快馬班的人發覺，想追業已來不及了！

不過，朱三麻子的運氣也不能算太好，當他翻上馬背逃離時，身後有人開了一槍，這一槍，與其說是打著了，不如說是湊巧碰著了，使朱三麻子的左大腿打前到後透了風，若不是筱應龍的人半路接應上，替他裹傷止血，他渾身的血怕都淌光了。

總而言之，朱三麻子這一火算是吃了癟，施家圩的窩巢叫張得廣給佔了，他那新成立的第十二中隊的幾根槍，也被對方收繳掉了，幸好張得廣並沒把跟隨他的人給留下，卻要那些人帶信給朱三麻子，要他當心下一回！

施家圩這一火，真的使張得廣得意起來，雖然他沒能幹掉朱三麻子，也使對方塌掉一層皮，朱三麻子就算能把左大腿的槍傷調養好，也會變成跛子，行動不會像往時那麼利便了，一個沒槍沒火的空殼子中隊，諒定他一時也施不出什麼能耐！主要的問題，仍在筱應龍身上，那個黃口牙牙的小子一天盤踞下沙河，自己這口怨氣就消不下去。當然嘍，張得廣仔細掂過了筱應龍的斤兩，對方槍枝人手都不及自己，真說拉槍對火硬幹上，姓筱的決計佔不著便宜，至於暗中搗鬼，只要留意著，也不怕他。不過，若想連根拔掉姓筱的那股人，那可也不太簡單了，因爲筱應龍的槍枝新，火力旺，幾座炮樓也築得牢固，他手下的人都是他由北邊帶來的，暗樁一時扎不進去，想盤倒對方，沒有可靠的內線是不成的。

這說來該是遠慮了。而張得廣並不喜歡多作遠慮，寧願得意在先，他著人去把他的老夥伴尤暴牙請了來，擺下煙具，倆人橫在煙鋪上吞雲吐霧打商量。

「老夥計喲，」張得廣透著熱乎說：「這回老哥哥我費了九牛二虎之力，總算把朱三麻子廢掉了半邊，把施家圩給奪了回來啦，這份光采，你也有份，咱哥們總算透了口小怨氣啦。」

「嗯，能讓朱三麻子掛彩帶傷，實在難得。」尤暴牙說：「不過，這傢伙吃了這場明虧，會甘心麼？誰都曉得孫頭兒是他一把子老大，姓筱的又呵著他們玩，雙方比較起來，顯得單薄的還是咱們。」

「也正因著這個，我才找你來聊聊的。」張得廣說：「這回打朱三麻子，白毛虎叫他一槍打倒，如今傷勢沉重，躺著不能動彈，我像折了隻臂膀。你的腦袋靈光些，依你看，咱們怎樣應付這個局面罷？」

尤暴牙攏著煙槍皺著眉毛，顯出深謀遠慮的樣子：

「這年頭，既出來混，就不怕得罪人，孫小敗壞那個空心佬倌，離咱們還遠，就算他有兩下子，也使不上勁兒，唯獨這個姓筱的，夠難纏的！他處心積慮對付咱們，好穩佔下沙河，我聽說他曾派人出去，到黑溝子連絡金幹和葉大個兒，夥著挖咱們的根，俗說：蜈蚣雖大，敵不過一窩螞蟻，若真讓他把各小股合起來，咱們朝後就更不好混了！」

「他能拉攏旁人，咱們何嘗不能？」張得廣說：「我這就讓蘇大嚼巴替我到各處跑一趟，好生打點打點，盤倒筱應龍，所得的槍枝，跟他們二一添作五！對分！」

「辦法不能算錯，」尤暴牙眼珠轉動著：「不過，姓筱的又何嘗不能開出更好的條件用來對付你？人說：打蛇要打頭，刨樹要刨根，你想鏟掉筱應龍，非得先把孫小敗壞掀翻不可。」

「這話怎麼說呢？——不嫌弄得太大了嗎？」張得廣可有些摸不著頭腦了。

「不弄大怎麼成？」尤暴牙瞇起眼來：「老哥，您沒想想，在孫團各中隊裏頭，誰的實力最強？小敗壞若不把你降住，他那團長能幹得穩當嗎？你若不先下手爲強，那只好等著他來整你；他整你很簡單，只要通過維持會和翻譯，在鬼子面前遞兩句話，你就走投無路，再沒法子混了。所以我說，你得特派一個得力的人手常駐縣城，直接跟齊申之和佐佐木打上交道，那時刻，你還在乎孫小敗壞和筱應龍？」

「不錯，我說你能拿主意，你真的能拿主意！」張得廣說：「然則，你說我該找什麼樣的人進城去探路呢？甭說我手下的這些土貨上不得檯盤，就連薛立和蘇大嚼巴這兩個頭目，也不是那種料兒。」

「你不覺得除我之外沒旁人麼？」尤暴牙說出他心裏的話來：「我販煙土，哪兒不去？齊申之那老傢伙是我老客戶了，孫小敗壞起家，是靠賭場李順時的引荐，李順時也有私心，想攏住這張牌，日後好將姓齊的軍，這些疙疙瘩瘩的事，我業已摸得一清二楚了，我只要一進縣城，包你有機會另起爐灶，跟小敗壞分庭抗禮。」

「既然這樣的話，你得趕急上路才好，」張得廣聽說有這許多好處，真的樂開了：「你需要用錢，由我打點妥當，至於姓筱的，我在這兒對付著。」

話就這麼說定了，尤暴牙帶著他的人槍去了縣城，至於張得廣爲他究竟準備了多少銀洋？旁人沒法子曉得，錢是用麻袋裝的，重得要用兩匹牲口換著馱。

實在說，尤暴牙除掉進縣城去攢門路之外，還有一層意思不方便當著張得廣說出口，張得廣若是豺狼虎豹，尤暴牙就是狐狸，他曉得自己若不藉機脫身，張得廣一定會要他守施家圩，拿他這點兒人槍墊背，筱應龍若想來攻張得廣，自己準是落在刀口上，掂掂斤兩，自己根本不是筱應龍的對手，倒不如先在張得廣鼻尖上抹糖，等他一鬆口，自己就撈他一筆，溜之乎也，到縣城去逍遙一陣子再講，日後，張得廣起來了，自己是個功臣，他若叫孫小敗壞他們結夥吞掉，自己就捲行李，到外好另開碼頭，裏外沒有虧吃。

張得廣遣走了尤暴牙，心裏有了仗恃，態度更加強硬起來，他自率著精銳的人槍移駐施家圩，更貼近了下沙河鎮筱應龍的駐地，隨時擺出不吝拚殺一場的態勢，口口聲聲說是：不把姓筱的攆出下沙河，絕不甘休。

這當口，留在黑溝子金幹那兒作客的孫小敗壞得了信，曉得張得廣自恃勢大，竟然背著他吃掉了剛剛成形的朱三麻子，又率隊移屯施家圩，逼著要跟筱應龍攤牌，心裏便暗自著急起來。事情處處不遂心，可不是？他自己問過自己，從表面上看，自己確是混抖了，紮起武裝帶，獨佔一個檯面當了團長，糾合了黑路的各股頭，擺出個譜來，其實，天曉得這些流膿淌血的雜碎，儘它娘顧著關起門來搗窩包子，你爭我奪沒個完，這樣下去，甭說去打蒿蘆集了，有一天，反而會被蒿蘆集來收拾掉。歸根結柢一句話，毛病全出在張得廣的頭上，有他在，自己這個空殼子團長亮不出威風來，其餘各股人焉能不亂？只要能把張得廣收拾掉，旁人不難整頓。

話雖這麼說，一時可也拿不出確實的法子，說是找金幹打商量罷？也不成，金幹跟牛胡莊的紅鼻子牛濟洪之間，正鬧得不可開交，擠在他們中間的葉大個兒，跟朱三麻子一樣，沒有槍枝實力，朱三麻子還能靠得上筱應龍，而葉大個兒兩面賣乖，卻使金幹和牛濟洪都不信任他，葉大個兒晃晃盪盪的陷在酒鋪和賭檯上過日子，遇著事情，連一點兒忙全幫不上。

「團長，你是在爲張得廣的事心煩？」

孫小敗壞沒提這事，快槍手金幹卻先提起來了。

「不錯。」孫小敗壞說：「姓張的這樣發橫，硬要把我這個團給拆散掉，他若真的佔了上下沙河，你還想在黑溝子蹲得穩當?!這種做法，太過火了。」

「筱應龍不會讓他那麼幹的，」金幹說：「他剛剛差了個叫張老虎的人到我這兒來，想說動我拉槍去對付張得廣，他又要張老虎給您捎了封信來，請你就近作主，糾合各股人聯起手來，把張得廣剷掉。」

「筱應龍想得太如意了！」孫小敗壞苦笑說：「天曉得這各股人是怎麼糾合法兒？飛刀宋跟時中五有仇，你跟牛濟洪有怨，夏皐跟湯四和楊志高也有嫌隙，沒等我捏合妥當，張得廣就把你們給通吃了！」

金幹點著頭，想了一想說：

「依兄弟的看法，糾合他們，其實並不大難，他們之間的磨擦，說穿了還不是併槍枝，奪地盤，全爲一個利字？真能吃倒張得廣，大夥兒分肥，他們還有不幹的？何況乎這些人頭，兄弟我都很熟悉。」

「聽口氣，老弟是願意幫襯我了。」

「那當然，」金幹說：「不過兄弟有句話，不得不說在前頭，我跟牛濟洪的情形不同，咱們是生死對頭，牛濟洪那股人，無時無刻不謀算著對付我，若想讓我插手對付張得廣，你得先幫我一個忙，集合筱應龍、葉大個兒他們，把牛胡莊踹掉，讓我沒有後顧之憂，要不然，我心餘力絀陷在這兒不敢動彈呀！」

孫小敗壞一掂算，在這種節骨眼兒上，沒有金幹幫忙，事情是辦不成的，黑路各股人火拼合併，大股吞吃小股，原是司空慣見的事情，金幹想吞牛濟洪，於己無損，樂得點個頭答應幫他，橫豎不用自己出面，順水人情是落定了的。

「好罷！」他說：「這事，我交代葉大個兒替你辦，必要時，讓筱應龍拉槍替你撐腰，總要辦的爽快俐落，不耽誤時辰就好。」

「有句話我不知該說不該說？·葉大個兒可靠麼？」金幹試探說：「據我所知，他是牛胡莊待過很久的人，跟牛濟洪一向有來往的。」

「要是你不信他，總該信我罷！」孫小敗壞說：「你甭忘記葉大個兒是跟我上香拜把子的兄弟，我讓他臉朝東，他絕不會臉朝西。」

爲了急著解決張得廣，孫小敗壞便在黑溝子停了下來，年前不打算再回堆頭啦。金幹做事講排場，爲人極乖巧，不但把做團長的孫小敗壞安頓在槍樓裏，當成活祖宗供奉著，就連孫小敗壞帶來的兩個人——蕭石匠和卞小四兒，也待如上賓，頓飯成席的招待他們。這樣一來，使孫小敗壞不得不把解決牛濟洪的事放在前頭了。

天氣逐漸寒冷起來，孫小敗壞的屋裏升上了炭火，紅熾熾的透著暖意，金幹替孫小敗壞弄來一套精緻的煙具，透明的白色溫涼玉雕成的煙槍，鏤花的銀質煙燈，連煙簽兒也是銀製的，手工分外精巧，孫小敗壞有兩口癮，不大，但當整封的雲土熬得朝外噴香時，他不由不睡倒身子，興致勃勃的吸食了。

「我在這兒的事，頂好秘而不宣。」他跟金幹說：「張得廣是個老混家，甭瞧他粗，那只是粗在表面，其實，他比狐狸還精，消息走洩出去，他一定猜著是我在幕後操縱，那時辦起事來，就結疙瘩，不順暢啦！」

「這個，兄弟理會得。」金幹說。

「我猜想，張得廣爲了要奪下沙河那塊肥地，他也會差人下來拉攏你，」鴉片提足了孫小敗壞的精神，使他思路更形通暢，想出主意來說：「那時你不妨不動聲色，由他怎麼說怎麼好，這是讓他寬心無備的法子，……即使他看出你口惠而實不至，他對付你也是鞭長莫及，你若一口回絕了他，事情反而會起大變化，張得廣也許就先勾結牛濟洪去了。」

「團長想得實在周全。」金幹哈起腰來奉承說：「兄弟我學上八輩子也跟不上趟兒。」

「哪兒的話，兄弟，」孫小敗壞說：「你既要先盤掉牛濟洪，就得斷他的退路，讓他八面靠不著才成，你的人槍實力強過牛胡莊，張得廣當然會遷就你，等到你把牛胡莊盤掉之後，再跟姓張的翻臉，那時他再想拉攏牛濟洪，業已沒有機會啦！」

「真是絕主意，兄弟照您吩咐的辦就得了！」

事情果不出孫小敗壞所料，筱應龍的人剛走，張得廣手下的蘇大嚼巴就到了黑溝子，爲拉攏金幹夾攻筱應龍，張得廣送了重禮，——一匹棗紅色雙牙口的河北名馬，兩支帶烤藍的緊口匣槍。

聽了孫小敗壞的交代，金幹老實不客氣的把這份禮物收了下來，擺酒請蘇大嚼巴吃喝，凡是蘇大嚼巴提出來的事，金幹滿口答應，不過他說：

「想讓我夾攻筱應龍，行！但張大爺他想必曉得，我跟牛胡莊的人，有血段子沒了結，張大爺他若信得過我金某人，就不能再去找牛濟洪和胡金鏢。」

「這個，你金大爺不必顧慮，」蘇大嚼巴拍胸膛口說：「兄弟代張大爺一口承允您，——他張大爺是明白人，十個牛濟洪也比不上您一個，可不是？」

「好！話就這麼說定了！」金幹說：「爲了幫你們的忙，我得立即動手把牛胡莊盤掉，我也無須你們幫什麼忙，只要你們封住他的後路就成！」

蘇大嚼巴當然是點頭答應，金幹送走了蘇大嚼巴，立刻就進槍樓，把經過情形告訴了孫小敗壞，孫小敗壞擰轉著煙簽兒，眯了幾陣子眼，嘿嘿的乾笑兩聲說：

「既然這樣，你就早點兒動手罷，等你辦妥這事，我還得趕回堆頭去過年呢。」

實在說，過年不過年，孫小敗壞並不在乎，要緊的是他手下的這各股人槍，沒有一股是他敢於信任的，他不能在一個地方待得太久，否則旁處就會出漏子，一旦堵塞不住，就得流膿淌血了。

就拿舊淮河堆上的胡三來說罷，胡三不能算是黑道裏的人物，只是半路出家混世的，長相白淨斯文，也粗識些文字，自己當初是借重他的錢財和野鋪的幌子，除吃喝花用之外，更用那個野鋪安插和掩護亡命的弟兄。

胡三是聰明人，腦筋活，有心機，跟他那黑炭頭兄弟胡四，全然不一樣；自己這回走馬上任當保安團長，心裏早有籌算，要把死黨朱三麻子、葉大個兒、蕭石匠一干人弄紮實，並沒把胡三胡四計算在內，……防人之心不可無，可不是？他胡三一肚子勃勃的野心，想出頭拔尖，打他眉毛眼睛裏，多少看得出來一點點，對方欠缺的，只是膽子不夠大罷了。假如自己坐鎮堆頭，孫小敗壞還有那個把握制得住他；話又說回頭，自己離開那兒，晃眼不少日子了，當初自己把毛金虎那夥城裏的混混安置在胡三那裏，原想讓胡三藉機把他們除掉的，焉知毛金虎不會用他那張善變的嘴頭兒說反了胡三？

如今自己的羽翼沒成，堆頭是塊老根，老根保不住，更沒法子混了，何況自己貪戀的女人萬大奶子還住在那兒，萬大奶子是那種心性的雌貨，——離了男人三天，能把身底下的蓆子抓出窟窿來，以胡三的相貌和風流習性，等於是把一塊魚掛在貓鼻尖上，使他越想越不放心。

金幹退出去之後，他還爲這事思索不已，把煙籤兒在空裏繞著圈子。

霜後的牛胡莊，總被一層慘愁的雲霧封鎖著。過了小陽春的季節，天就那樣的陰冷下來，天頂上凝結著的灰色厚雲，彷彿被高天上的尖寒冰凍住了，再猛的風勢也推不動它，任它低壓下來，使人眼裏的光線都變成灰鉛色，死沉沉，溫鬱鬱的顏色，一直染進人心裏去。

這塊不出糧的薄土，遇上冬來雨雪季，人們要活，只有靠他們的老本行，單凡是十來歲以上的男人，都得由頭目召喚出去，扛上槍銃刀矛，捻成股頭，拉到旁的地方去幹那種打家劫舍的沒本營生。

這兒的盜群，按人頭計數，總有三百多口子，由牛濟洪擔當總頭目，胡金鏢做二爺，爲防金家莊的金幹來搗窩子，牛濟洪不敢把人都放出去，槍銃刀矛也得留下一半來，守住窩窟，餘下的，再由胡金鏢領出去搶劫、竄奪，水子淌出來，大夥兒有份。今年，胡金鏢臨行訴苦說：

「牛老大，你料必比我更清楚，咱們如今越混越難混了！孫小敗壞成立縣保安團，打的是鬼子旗號，他糾合的這些人王，跟咱們爹倆比鳥，——一個熊樣兒，都是幹這一行的。如今他們各領番號，分佔了地盤，朝東、有金幹，朝南、有夏皐和湯四、宋小禿兒，東北角有楊志高、時中五，北邊又是張得廣和筱應龍，不論那一股，實力都強過咱們，人拉出去，步步是釘尖兒，你叫我到底朝那個方向走？」

「隆冬季晃眼就到了，」牛濟洪兩隻眉毛緊攏著：「外頭這些難處，我不是不曉得，但則，再難也難不過一口吃食，咱們在這塊窮地上，不幹就得挨餓，好在我們不穿這身虎皮，你也不要亮出六中隊的番號，來它一個黑搶黑，日後就是有誰找上門，我也一律搖頭不認帳，把他們給推出去，不就成了嗎？」

「當然嘍，一時兩時是瞞得過的，日子一久，可就很難講了，」胡金鏢說：「你甭忘記，金幹那傢伙會掀咱們的底，若是咱們開罪了旁的人王，姓金的再煽火，咱們更加勢孤力單了。」

「依你說該怎麼辦呢？」

胡金鏢聳聳肩膀：

「牛老大，我要是有法子，哪還會跟你吐這一大灘苦水來著？好歹你拿個主意才成。」

「那這樣好了！」牛濟洪咬牙說：「如今，許多人家逃鬼子，都跟中央退到路西去了，撈也撈不著油水，若論肥，只有蒿蘆集附近一帶村落肥些，你不妨把人試著朝西拉動，不來它一個明搶，暗偷總行罷！」

「老天爺，」胡金鏢叫了起來：「我說老大，今年咱們換過個兒，你帶人出去，兄弟我守家窩怎麼樣？……你沒想想，這狼煙四起的各路人王，全不敢碰一碰蒿蘆集，如今，凡屬老中央的各地鄉團鄉隊，全都匯聚在那兒，由喬恩貴鄉長綰領著，咱們到那邊，正像瞎眼老鼠朝貓嘴裡送，我沒有那個膽子。」

「你它娘真夠窩囊的。」紅鼻子牛濟洪一急，鼻尖更紅了起來：「我又沒那麼不自量力，叫你攻打蒿蘆集。叫你捱著邊轉轉，沾點兒油腥味也不行？」

「你沒聽說過？老大。」胡金鏢說：「他們鄉隊長趙黑頭是吃過多年軍糧的老幹家，如今蒿蘆集周近一二十里地面，莊莊編保甲，村村組聯隊，一張生臉都打不進去，那個隊附袁震和，終日騎著騾子巡防，專門對付黑道人物，那邊若是能容咱們廝混，孫小敗壞早就回他的孫家驢店，不會在外邊飄流浪蕩了。」

「好啦，你講的這些，我全曉得，我是說，你先拉過去試試看，行不通，回來再講！」

紅鼻子牛濟洪是用精肚匣槍拍桌子，才把膽怯的胡金鏢逼出門去的，胡金鏢帶出去一百多人，只有六七條大槍，廿來根火銃，餘下的都是單刀長矛之類的玩意。胡金鏢走後，牛濟洪便把其餘的漢子，分別各處去守莊子，恐怕他們的世仇金家莊會來挖他們的老根。

牛胡莊這一帶，大大小小有幾十個莊子，全是盜戶人家，賭風極盛，有錢賭錢，沒錢賭賬，其中也有不少熬不過饑苦的年輕婦道，搽抹得油頭粉臉幹那一行的，當地人見怪不怪，有一支形容黑溝子土娼婦的謠歌說：

「三從四德全不管，
襠下夾隻黑窯碗。

強梁漢子身上過，
一樣累得呼呼喘。」

除掉一些鬆褲腰帶的雌物娘兒們，黑溝子還有好些鴉片煙館，招徠過路的煙客，這兒是沒人管的荒涼地，牛濟洪除了鎖住牛胡莊之外，反而慫恿手底下人到處設攤子，做這種黑買賣生利。一逢到寒天冷日，旁的地方冷冷清清，唯有那些吃喝嫖賭的地方，雜亂擁擠，比平常更爲熱鬧，紅鼻子牛濟洪除掉放人出去搶劫，包娼包賭，坐地分贓，才能養得住他的槍隊。

牛胡莊東北角的紀家莊，就是這種地方之一。

葉大個兒是紀家莊的常客，他那十中隊的隊部，就安在紀家賭場裏頭，他寄身到牛胡莊，算來快半年了，整天浪裏浪蕩的吃喝玩樂過日子，牛濟洪不但供他吃喝，每月還送他若干大洋零用，尤獨在孫小敗壞上台之後，葉大個兒顯得更抖，當地的盜戶，誰都曉得他跟孫團長是叩過頭、折過鞋底的把兄弟，當面背地全管叫他葉大爺，這位葉大爺，很例外的在牛胡莊和金家莊出出進進，有幾次，金幹的手底下和牛濟洪的手底下起了磨擦，鬧得要拔槍拚上，葉大個兒三言兩語就把兩邊壓住了，他的口頭禪照例是：

「我那把兄孫團長要我來這兒，就是要你們各佔各的地盤，免起磨擦的，你們有老仇老怨，日後再說，總不能當著葉大爺我的面鬧事。」

儘管這樣，牛濟洪還是把他當成一把大紅傘看待，認爲葉大個兒是在替他撐腰，他的勢力不及金幹，不願跟姓金的在這當口正面對上，有了葉大個兒做緩衝，那可安穩得多了。

葉大個兒呢？儘管牛濟洪待他不薄，但他卻盡力在暗中跟金幹搭上了線，就這麼曖曖昧昧的兩邊得好處，當他領下二黃第十中隊番號時，他在紀家莊的部隊，也已有了十多個人，六七桿後膛槍，勉可站得住腳了。

牛濟洪也爽利，乾脆把紀家莊劃給葉大個兒，那塊地方正好替他做擋箭牌，因爲另一邊就是金幹的地盤，這樣一來，葉大個兒就更好混了，他先連絡上朱三麻子，透過三麻子的關係，交結了筱應龍，再利用他把兄弟的關係，跟金幹換了帖，牛濟洪仍然呵奉他，可說是三面順風。不過這一回，他可是改了主意啦。

夜晚落著冷雨，紀家賭場的側院裏擺上煙燈，葉大個兒屋裏來了兩個客人，一個是獨眼蕭石匠，另一個是金幹本人。

「孫老大如今還在金大爺那兒住著，」蕭石匠說：「是他吩咐我陪著金大爺來找你的，咱們是自己弟兄，不妨開門見山，孫老大的意思是：張得廣槍多勢大，不但目前難以調度，日後更會猖狂，所以他暫住金家老莊，要捻合各股頭，先把張得廣剷掉！」

「廢話，」葉大個兒說：「這話，老大不是當面說過了嗎？我手邊人槍雖少，也算上一股，日後繳了張得廣的械，按份兒分攤，哪還用再提呢？」

「你聽我把這話說完，再打攔頭板成不成？」蕭石匠說：「你是曉得的，金大爺跟牛胡莊死對頭，雙方隨時提防著，不敢亂動彈，這回要打張得廣，金大爺必得要剷掉牛濟洪不可！」

「嘿嘿，」葉大個兒笑說：「兄弟，你說了半天，我總算弄明白了，你是要我幫金家老莊，把牛濟洪放倒可不是？」

「就是這個意思。」金幹說。

來的兩個伸著頭要葉大個兒答話，那個沉吟著不開口，卻不斷的搖起頭來。

「你這是什麼意思？大個兒。」蕭石匠睜大那隻獨眼，忿忿然的說：「難道孫大哥的話，你也不願聽？」

「劃掉牛濟洪，也是老大的意思？」

「不錯。」蕭石匠說。

葉大個兒不吭聲，過半晌，還是搖頭說：

「不是我不願聽老大的交代，金大爺你在這兒，兄弟有話，不能不當面說清楚。我寄住牛胡莊，牛濟洪和胡金鏢兩個待我不薄，……就算這個甭提了，我這范家莊立腳之地，也是牛胡莊的地方，我要出面幹這事，日後到哪兒混去？若是不走，出門不讓姓牛和姓胡的打黑槍才怪了呢？」

「你的難處，兄弟曉得，」金幹說：「所以兄弟這兒，有個折衷的辦法在，那就是一切不用你出面，只在暗中幫點兒忙就成了。」

「不成喲，金大爺。」葉大個兒推說：「紙裏包不住火，事過之後，總會漏出風聲去的，結仇不結家根，早早晚晚殺身，我既在這兒混，不能不留退路。當然，我這並不是說我不幹這種事，只是說，顧慮多，難處大罷了！人生在世，有時難免計算……。」

葉大個兒話到節骨眼兒上，故意勒住了話頭，把黑眼珠轉了兩轉，金幹哪還有不明白的，立即接上話頭說：

「親兄弟還明算賬呢，這您放心，盤掉牛濟洪，他的槍枝全歸你，牛胡莊的地盤也全歸你，不單是這樣，而且照兄弟我的計策，還讓你在牛胡兩姓面前唱紅臉，要他們感激你。」

「嗯?!」葉大個兒兩眼發亮，立即精神起來說：「有這等好事？……有這等好事我再不幹，那就太不夠交情了！」

金幹和蕭石匠是笑著走了的；過沒幾天，葉大個兒的人，在黑溝子北邊攔下一批黑貨，幾罈老酒，五口肥豬和一個唱野戲的班子。運貨的是金幹手底下的人，挺著胸脯，說這些東西是金大爺在北地買了，準備過年用的，哪個不知好歹的東西，敢在金大爺的大門口攔人奪貨?!

葉大個兒得了信，插上匣槍，親自到場，說：

「怎麼著?金幹跟我是換帖的弟兄，莫說你是他手底下的腿子，就算他本人在這兒，我也虛長他幾歲，是個老哥哥，論情論理，喝他兩罈酒吃他兩口豬，留些煙土，把戲班子留下唱幾天，也是應該的，你它娘窮嚷嚷什麼？」

誰知對方並不買葉大個兒的賬，反唇相譏說：

「甭人模人樣的充殼子了，你當當甩手大爺可以，真想攔人奪貨，你還不夠那個料兒！誰不知你是牛胡莊牛濟洪的清客，姓金的可沒把你放在眼裏！」

「咦，你這個小狗操的，敢情一腦子的狗熊把你給糊住了，」葉大個兒說：「在十中隊地盤上，竟敢這麼放肆？老子的脾性，吃軟不吃硬，你既這麼說，我偏要把人和貨全都扣下，瞧你們姓金的有什麼能耐，儘管放馬過來。老子一個人領著了！」

葉大個兒一聲吩咐，他手底下的就把人和貨全扣下，押回范家莊去了，那個傢伙一瞧，嘴裏更罵罵咧咧，不乾不淨的，衝著葉大個兒亂罵一通，葉大個兒叫罵得動了肝火，竄上去左右開弓，一連摑了對方七八個嘴巴子，把那人打得滿嘴溢血。

「哼，如今我才曉得，金幹真心沒瞧得起我！」他說：「要不然，他手底下的人，不會這樣當面辱罵我，一副盛氣凌人的樣子。」葉大個兒怒勃勃的指著那傢伙說：「你以為我跟金幹換帖，是怕了你們姓金的？今兒我就拿你做個樣子，跟你們撕破臉皮瞧瞧，——來人！」他喊說：「把他捆回去，明兒推到金家老莊外面打掉，喊話告訴他們，就說人是我斃掉的，貨也是我留了！」

這宗突如其來的事，當時就傳回牛胡莊，到了牛濟洪的耳朵裏，牛濟洪立即帶著人過來看望葉大個兒，那葉大個兒見著牛濟洪，氣勃勃的說：

「姓金的，我是要得罪就得罪到底，它奶奶的，今天這個傢伙，我要把他捆到金家老莊的寨門口砍掉，朝後看他們還敢不敢挫辱老子？」

「葉大爺，你息息氣罷，」牛濟洪反而勸慰說：「又不是金幹本人得罪你，對這種不知好歹的底下人生這麼大的氣，犯不著，何況乎目前金幹槍多勢強，正面跟他對上，也不是辦法。」

「牛大爺，您越勸我可越來火了！」葉大個兒拍著桌子，咆哮著：「我要怕他姓金的，就不會站住腳在這兒混世，今天的事，你們牛胡莊不必過問，我就憑這幾桿槍鬥一鬥他金幹。」

葉大個兒這樣的認真，使牛濟洪爲牛胡莊本身的安危擔起心來，葉大個兒再強悍，究竟只有幾桿槍，說什麼也不是金幹的對手，雙方衝突鬧大了，必會把牛胡莊牽在裏頭。

這就像上牙跟下牙打架，會牽累處在當中的舌頭一樣，站在牛胡莊人的立場，打金幹早晚是要打的，可不是今天，今天牛胡莊的漢子，有半數叫胡金鏢帶出去做無本買賣去了，弄得不好，連窩巢都會被金幹給搗掉，情勢逼得他非要勸住葉大個兒不可。

牛濟洪說好說歹勸慰了老半天，壓尾差點要跟葉大個兒下跪，求他消氣把那個人給放掉，葉大個兒這才勉強點頭。放人是放人，但要那傢伙當眾給他磕頭賠禮，至於扣下的黑貨，肥豬和老酒，決定全部沒收，野戲班子也要留下來，唱過三天才放行。

二天夜晚，葉大個兒著人熬妥煙膏子，鋪上講究的煙鋪，殺了那幾口肥豬，找廚子辦席，又開了那幾罈子老酒，著人去牛胡莊，請紅鼻子牛濟洪赴席，並且邀同他手底下的那干人一道兒吃酒看戲。葉大個兒是一番盛意，牛濟洪不好推卻，而牛胡莊的那些窮漢子，勒了許久的褲帶，一聽說有酒有肉，哪還有不去的道理？

橫豎是連陰的天氣，夜夜不見星月光，能到人多火旺的地方去吃喝玩樂一番，要比悶躺在哨棚子裏強得多，紅鼻子牛濟洪帶了十多條槍，廿來個人護衛，踏黑上路，斜向紀家莊。

從牛胡莊到紀家莊，相距不過四五里地，全是牛胡莊的勢力範圍，這些漢子對家窩的道路極熟悉，不到頓飯功夫，就摸到葉大個兒的隊部來了。

整個紀家賭場，燈火輝煌，沉重的棉門窗子，擋住了門外的夜寒，幾隻大火盆，旺燃著柴火，人一踏進屋，就好像到了暖春。

入席前，葉大個兒對牛胡莊來的槍隊說：

「當時，我抗蒿蘆集的風，隻身逃到黑溝子，蒙牛濟洪牛大爺幫忙，今天我才有了這個小局面，飲水思源，老是想著報答各位，正好遇上金家老莊這批貨過境，我把它扣下來備成酒席，請牛大爺跟各位來分嚐，這表示我姓葉的不稀罕金家的財勢，不舐金幹的油屁股眼兒，不論好歹，跟你們牛胡莊打成一片，吃定姓金的了！」

葉大個兒這番話，使牛胡莊的人吃了定心丸，有的怪聲喝采，有的大拍巴掌，大夥入席，趁著酒溫菜熱，個個猜拳行令，開懷暢飲起來。

爲了使牛濟洪放心，葉大個兒吩咐手底下人到莊外四處放哨，防著金幹的人過來掩襲，大夥兒吃得酒醉飯飽之後，葉大個兒又叫人召喚唱野戲的班子來唱戲，牛胡莊的人，愛賭的就入局去賭，愛抽煙的，就橫倒在煙鋪上燒泡子過癮，愛嫖的，相約著去各處土娼館逛蕩，愛看戲的，就留著看戲；其中有些傢伙，早把精神賣在酒字上，醉得腳步踉蹌，東歪西倒，莫說槍在哪兒不知道，連它娘們在哪兒也不曉得了。

臂膀粗大的牛濟洪倒沒有醉，也不過略帶三分酒意，他飯後拐到葉大個兒的房裏，跟葉大個兒倆個喝著濃茶聊天，牛濟洪沒忘他們跟金家老莊的世仇，他巴望葉大個兒儘速擴充槍枝實力，跟牛胡莊聯手，把金幹連根拔掉，然後把人槍朝西緩移，壓迫蒿蘆集。

「是啊，牛大爺。」葉大個兒微瞇兩眼說：「我它娘想去蒿蘆集可不是一天了，四鄉八鎮，說實在話，哪個集鎮有蒿蘆集那麼熱鬧？不管論房舍，論街道，論財力，市面，它都肥得淌油，哪天能攻開那座集市，咱們直著喉管猛喝，個個都成了油腸子啦！」

「不弄倒金幹，咱們動不得啊！」牛濟洪說：「就像光著身子睡釘板，動一動便它娘皮破血流了！」

「今夜晚，咱們先不談這些，把它放在一邊好了！」葉大個兒說：「有我那把兄弟孫老大在，姓金的有斗大的膽子，也不敢找咱們的麻煩，我親自燒兩個煙泡，你嚐嚐，這是一等一的好土，氣味太香醇了。」

倆人歪身在煙鋪上，噴香的雲霧在他們眼前繞騰著，六角形的小煙燈亮出晶瑩的碧光——那種由玻璃晶面上耀射出來的燈光，別有一種情致，使彼此都有很相知的感覺。這樣到了初起更的時辰，牛濟洪放下煙槍，握拳伸腰，抬眼望葉大個兒說：

「外頭天黑，風大，我想我該帶人回去了。」

「忙乎個什麼勁兒？」葉大個兒用懶洋洋的鼻音說：「外頭戲沒唱完，賭又賭得起興，你就讓他們多待兩個時辰，盡盡興罷。」

正說著，就聽外面嘩嘩的響起一片槍聲和驚天動地的殺喊聲，葉大個兒慌慌張張翻起身來，指著聽差的傢伙，要他出去瞧瞧，究竟出了什麼事？紅鼻子牛濟洪似乎用鼻子嗅出一股不祥的預感，嘴裏不清不楚的吐出一聲「不妙」，就扔開煙槍，跳下床來找鞋子穿。

那聽差的出去沒回來，外頭更形混亂，唱野戲的停了鑼鼓，賭檯也自散了局，每人慌慌燥燥的抓起自己面前的錢，有些銅角子滾到檯下去，叮噹叮噹亂響。葉大個兒把匣槍掂在手上，一拉牛濟洪說：

「走，咱們闖出去瞧瞧去，看誰敢打咱們的主意？」

有人爬到賭檯上去想捻熄馬燈，其餘的掀桌子踢板凳，奪路朝外奔湧，牌九骰子飛散一地，有人斜著滑倒，旁人就打他身上踩過去，牛濟洪揚著匣槍發聲喊叫，讓他手底下不要慌張，而那些遇上猝變的醉貓子們，哪還能聽得進去？葉大個兒和牛濟洪兩個剛跨出房門，就被奔湧而出的人堆捲了進去，身不由主朝外擠，身後的賭屋轉眼跑空了，只留下幾個唱野戲的閨女，身上還穿著古老鮮艷的戲裝，蹲在床肚子下面打抖，啜泣。

四周的黑夜裏，槍聲像炸豆似的響著。

紀家賭場是一座橫向六合大院，形狀恰像一個橫倒的「日」字，牛濟洪和葉大個兒的人混在一道兒湧到院子裏，各自拉扯招呼，發出驚惶的呼喊，有些人想找梯子翻牆逃命，有些人想聚合槍枝，打正門硬衝出去。剛拔開門閂，外頭就有人一路嚎叫進來說：

「不好了！金幹帶著人槍，四面八方圍上來，把咱們堵死在這兒啦，」

這群混亂已極的傢伙，一聽這話，把酒意全嚇退了一半，有的嚷著要衝的，有的說是衝不得，只能分槍上房脊死守，結果是衝的自衝，守的自守，但衝的人剛湧向大門，就叫人幾排槍頂了回來，守的人也只是嘴裏叫喚，一時找不著梯子，沒法子爬上房脊，這時候，槍子呼呼叫的在人頭頂上淌水，儘管有人想起來抬桌子，但又沒人敢冒著捱槍的危險去爬房。

「都它娘怪我太大意了，」葉大個兒說：「我真沒料金幹這麼狠毒，竟敢衝著我來這一著兒！」

「你還不要緊，葉大爺。」紅鼻子牛濟洪說：「衝著孫老大的面子，金幹還不至於怎樣你，咱們牛胡莊的人若是落到他手上，一個也別想活命，……來呀，你們！」他大聲喊說：「跟我上房子！」

「上房子？」房頂上有人接碴兒喊說：「你們晚了一步，房脊和牆頭上，全是金大爺的槍口，你們誰敢衝一動，要你們腦袋變成馬蜂窩！」

又有人在另一處房脊上用嘲謔的聲音說：

「葉大個兒，牛濟洪，這個筋斗，你們算栽定啦，乖乖的撒手扔槍罷！」

一剎時，四邊的房脊和牆頭上都亮起火把來，黑洞洞的槍口衝著人腦袋，在這種辰光，再想動也動不了啦！牛濟洪手底下有個人剛想順起槍開火，就叫對方開槍打躺在地上，牛濟洪本人也想動，卻被葉大個兒一把扯住了，他低聲說：

「不要緊，牛大爺，這兒好歹是十中隊的地盤，你是我葉某人的客人，金幹不能沒有點兒顧忌，……一切由我來出面頂著好了。」說著，他放大喉嚨說：

「我是縣保安十中隊的葉隊長，大夥不是外人，我要跟你們的金幹金大爺當面講話，你們不能亂開槍，弄一屁股揩不乾淨的臭屎，都是世面上混的，有話好說，沒有打不開的疙瘩，你們金大爺在哪兒？」

葉大個兒正喊著，那邊金幹的人業已打大門湧進來了；他們用槍口指著人，開始收繳牛胡莊人的槍械，一個帶匣槍的頭目模樣的漢子，冷漠的跟葉大個兒說：

「金幹金大爺不在，如今他業已帶著人把牛胡莊給砸掉了，你瞧那邊的火頭罷，牛胡莊被金大爺點火燒啦，昨天你攔貨扣人，金大爺以爲這不是你的本意，全是牛濟洪教唆的，他要立即報仇，給牛胡兩姓一點顏色看。」

「這……這你們可誤會了，」葉大個兒急切的分辯說：「這是我跟金家老莊的事，和牛胡莊的人全不相干……」

「嘿嘿，算了罷！」對方笑笑說：「葉大爺，十個光棍，九個眼亮，您也不妨放明白點兒，你初在黑溝子站腳，咱們金大爺把你當客待，凡事退讓三分，您可不要再朝前頭站了！——金老莊跟牛胡兩族，生死段子，甭說您，就把孫老大請來，這彎子也拉不直，您蹚這個渾水何苦來？替牛濟洪割頭賣命，犯不著！」

說著伸手就把紅鼻子牛濟洪的槍給摘了，呶了一呶嘴，兩邊有人上來，用麻繩圈兒套住牛濟洪的頸子，在他眉上搗了一槍托，把他牽了出去，那些被繳了械的牛濟洪的屬下，也都被成串兒的捆了起來，吆喝著，像牽牲口般的牽走了。

「這怎麼成？」葉大個兒追出門嚷嚷：「金幹也太欺侮人了，竟然在我的部隊裏扣押我的客人！我非得親到金家老莊去找他論理不可！」

一場混亂，鬧了兩個更次，牛濟洪和他的槍隊整個瓦解，全都變成了金幹的囚犯，牛胡莊餘下的百十條漢子，光有刀矛火銃沒有洋槍，被快槍手金幹硬衝到莊裏去四處放火，整個村落燒得地塌土平，胡金鏢帶出去的一批人又沒有回來，牛胡兩族和那些盜戶變得群龍無首，也有些藉著黑夜漏網，躲過這一劫的，都跑來找葉大個兒，求他趕緊設法幫忙。

「漏子是在我這兒鬧出來的，」葉大個兒說：「我當然不能袖手旁觀，你們就是不來求我，這個話，我也得找金幹去講，總不能眼睜睜的看著金幹把牛濟洪牛大爺弄死！」不過，他接著噓了口氣說：「可惜我那把兄弟孫老大不在這兒，我跟金幹沒有那麼深的交情，他若硬不買賬，我可沒法子奈何他！」說到這兒頓了頓，又轉了個彎兒說：「本來嘛，報私仇，黑吃黑，這檔事，到處都有，我攔了金幹的貨物，幾幾乎弄得泥菩薩過江，自身難保，這回，為牛大爺，我也顧不得那許多了！」

葉大個兒不能說不熱心，他騎了牲口，到金老莊進進出出兩三趟，也討回牛胡莊被收繳去的部分槍械，說動金幹答允由他做保，釋放了牛濟洪手下那些人，但，對方說甚麼也不肯把紅鼻子牛濟洪放出來。

從頭到尾，沒有人疑惑過這件事是由金幹和葉大個兒串通了幹出來的，葉大個兒才是不露面的真兇，反而在牛胡莊人的面前唱了紅臉。

牛濟洪被金幹拉到亂葬坑打掉了，屍首不准收埋，餵了紅眼野狗，牛濟洪領下的偽軍保安六中隊的番號，也跟著名存實亡，牛胡莊的那些人頭，全歸併到葉大個兒的手下，聽候差遣了。

實在說，這種絕主意，都還是躺在煙鋪上的龍頭老大孫小敗壞想出來的，他替金幹取掉背上的芒刺，使他能放手去對付張得廣，順便使葉大個兒鳩佔鵲巢，併掉了牛濟洪原有的地盤，變成他信得過的本錢，他必得不斷像這樣積聚老本，好實在的晾開他的野心夢想，——攻開蒿蘆集，傍著淮河兩岸，在這塊方圓百里的地方做做他的土皇帝。

牛胡莊也算走霉運，莊子被燒掉，當家管事的牛濟洪啃了巴根草還不算數，到了殘年歲底的時辰，大夥兒伸長頸子巴望他們二爺胡金鏢那批人回來，能帶回肉票、牲口、財物和糧食，好使他們捱過來年的荒音，誰知人沒盼著，卻盼得一個令人懊喪的消息，——胡金鏢那股盜匪朝西拉動，被蒿蘆集的鄉隊知道了，鄉隊長趙澤民，自領著兩百多桿快槍打截擊，胡金鏢當場被打死在草溝裏，其餘的，也死傷十多個，他們不敢朝黑溝子這邊退，怕趙黑子追到老窩來，轉朝西北角潰退，退到黃楚郎的地界上，被黃楚郎連人帶槍硬編掉了。

孫小敗壞聽金幹說起這件事，悶著沒說什麼，他岔開話頭，說是他得在年前趕回淮河堆的團部去，料理一些事情，叮囑金幹要跟筱應龍多連絡，先壓住張得廣，不容他再行擴展，至於盤掉張得廣的時機，目前還沒成熟，他得再去捻合旁的股頭，到時候再說。

「有句話，你替我記著，兄弟。」孫小敗壞對金幹說：「等到咱們盤掉張得廣那天，各股頭的槍枝實力都聽我的號令，嘿嘿，那也就是我孫某人撲打蒿蘆集的時刻了，你們跟我好好的幹，我若在鬼子面前大紅大紫，你們還愁沒有發達?!」

爲了避人耳目，不讓張得廣起疑，他是揀著夜晚動身上路的，獨眼蕭石匠扛著那挺機關槍，卞小四兒揹著簇新的步槍，他還嫌路上不夠安穩，要金幹分派一個分隊，護送他一整夜。二天早上，他到了董家油坊附近的青石井，敲開一家民宅的門，吆喝那家老百姓燒茶煮飯給他們吃，那家主人是個老頭兒，瘦臉佝腰，滿臉堆笑，他認得孫小敗壞，孫小敗壞卻忘記他就是曾在蒿蘆集上開過李家饅頭店的老闆李彥西。

孫小敗壞吃飽飯，離了莊子，繼續朝南趕路，青石井的鄉民瞧見了，踱過來說：

「李老爹，剛剛來的那傢伙，不是孫家驢店浪蕩子孫小敗壞嗎？聽說這個傢伙，在縣城裏跟鬼子搭上線，領了保安團的番號，幹了漢奸團長啦，您瞧他那個神氣勁兒罷，好像連天他都能啃掉一塊似的！」

「這個沒耳朵的雜種。」李彥西捏著煙桿指點著孫小敗壞走過的路說：「他它娘早就不算是中國人了，他燒成灰上驢脊蓋，我也認得他，有宗事兒，我覺著挺怪的，——跟他的那個獨眼龍扛的機槍，極像是老中央的軍械，槍把子上面，還烙的有火印呢，我攪不清他是哪兒弄來的？……可惜岳連長和喬排長在城裏沒回來，沒人好問，不過，岳連長開年也該出院了。」

教會醫院在珍珠港事變大爆發之前，多多少少還有些類似租界的作用，通常，武裝的日軍巡邏隊只到懸有星條旗的醫院大門前爲止，沒有進一步的騷擾各鄉各地來的病患，這樣，才使得化了名的岳秀峰連長和喬奇排長能夠安心養傷。

喬奇的傷勢早就好了，他催促李彥西父女回到鄉間去，由他留在岳連長身邊照顧。換上了便裝的喬奇，看上去完全是土頭土腦的鄉下粗漢，但他究竟是久經戰陣的人物，心思遠比一般人細密，他在醫院裏進出，遇著機會就探聽四鄉的消息，轉告躺在病榻上的岳連長。

四鄉的各種消息，都在城裏輾轉相傳著，沒有什麼事能瞞得過萬千雪亮的人眼。身帶好幾處槍傷的岳連長，雖然傷勢穩定了，一時還不能下床行動，但他時時想著離院後應該做些什麼？……依照喬奇得來的消息，東海岸地區廣大的鄉野，仍然控制在政府的手裏，那兒除了有一個中央正式編制的軍，還有七個保安旅和若干獨立地方團隊，分佔著荒曠的鄉村和叉港縱橫的水澤。

但在蘇北平原的腹地上，鬼子留守後方的部隊分佈較密，他們分據了較大的城鎮，更鎖住了公路交通線，鬼子利用漢奸齊申之、李順時，找出黑道上的人物孫小敗壞，成立僞縣保安團，把此地各股盜匪全聚合到旗下來，各自佔地爲王。

在這種情形下，只有蒿蘆集一地，是向著政府的游擊勢力，喬恩貴鄉長聚合許多鄉團的餘部，使蒿蘆集在大風暴裏挺立著；鄭家集和燕塘高地那一帶，卻變成神秘曖昧的地段，由黃楚郎和胡大吹在暗中活動，拖住蒿蘆集的後腿，黃楚郎的貧民團，點種鴉片，套換槍枝槍火，好些做法跟僞軍脈絡相連，黃楚郎和孫小敗壞之間，也有著相當程度的勾結。

岳秀峰連長聽著，他利用教會發來的宣導冊子裏頁的白紙，草草勾勒北邊鄉野的地形圖來，把孫小敗壞手下那些領了番號的散股盜匪分據的形勢，逐一打上記號，並且將那些人的衝突，利害爭奪，做了詳細的筆記，像夏皋怎樣要繳湯四癩子的槍？湯四癩子怎樣借重楊志高的經過？像時中五怎樣拐走宋小禿子的姘婦？宋小禿子發狠要宰掉時中五的原委，各股盜匪當中，實力最大的張得廣那一股人，和孫小敗壞之間的不信任，以及將來會跟筱應龍、金幹起什麼樣的磨擦？

「依我看，那些打起鬼子旗號的僞軍，實則仍是一窩烏合的盜匪，」岳秀峰深思的說：「孫小敗壞目前只是個空殼子團長，單靠他們的實力，就算能在『利』字頭上捻合了，想攻撲蒿蘆集，也是癡人說夢，……假如鬼子帶頭，大批出動，他們趁著浪頭搖旗吶喊，還是夠討厭的，這些盜匪一行捲劫殘殺，老百姓就苦啦！」

「我說連長，您可甭整天苦惱這些，」喬奇說：「您的傷勢沒癒合，行動不便當，只好先耐心養傷要緊。」

「我身上的傷，業已養的差不多了，」岳秀峰指著他的腿說：「只賸下這塊腿傷，不用多久也就養好了！這回出院，我要辦的事情太多，非得事先籌算不行。」

「您要怎樣辦，都成！」喬奇說：「咱們雖說只落下兩個人了，還是隊伍，生死一條心，打不散的。照目前情形看，咱們該跟蒿蘆集的喬鄉長取得連絡，您只要點個頭，我就去辦。」

岳秀峰連長把臉轉向窗外，靜靜的凝視了一陣，他是秋天被送進醫院來的，如今業已是寒冷的冬天了，冬天的黃昏很短，光景也有些慘淡，夕陽光透過青紫色的、凝固的霞雲，無力的照耀著，廣大的園子中，蔭蔭的行樹都落了葉子，沒有風，暮色在凝靜裏逐漸的深沉。

「連絡蒿蘆集的喬恩貴鄉長，目前還不是時候。」他緩緩的說：「要曉得，咱們過早出面，暴露了身分，那些盜匪必會注意，這樣，咱們行動不方便，探查斥堠班失蹤的案子，也就不容易了！」

喬奇若有所悟的點點頭，岳秀峰連長又說：

「目前鬼子部隊都開上了前線，留下來的兵力很單薄，扼守較大的城鎮全不夠分配，當然無力開下去清鄉，所以蒿蘆集暫時穩得住，……他們鄉團長趙澤民會打仗，也不急需咱們去幫他。」

「您的意思是？」

「下鄉。」岳秀峰連長說：「就用化名，先到董家油坊和青石井去落腳紮根，埋頭不吭聲做老百姓，得機會收容當時失散掉的傷患弟兄，把觸角伸進孫小敗壞那夥盜匪的心窩裏去，先把那條懸案探出眉目來，再逐個翦除他們，至於蒿蘆集那邊，日後總會連絡上的。」

孫小敗壞可做夢也沒想到這個，對於在窪野突圍的那一連老中央，他早已認爲全部戰死了，鬼子爲推許這支孤軍的忠勇英烈，還收拾殘骸，就在窪野邊緣的斜坡地起塚立碑，他怎會料著率領這支隊伍的連長和排長還活著，在一心追查斥堠班失蹤的懸案呢？

他回到堆頭的團部，發現胡三在他出門後，幹事很賣力，團部的房子業已換進大瓦房，門前新砌一道白粉影壁牆，對面又開出一片大操場，他那個特務連，也都換上了簇新的老黃棉軍裝，遠看真它媽像是隊伍的樣子。他心裏惦著的萬大奶子，乖隆冬，全身上下換了打扮，花團錦簇，一股洋腥味兒，不知打哪兒約的些太太來團部搓麻將，曼聲唱著麻將歌兒，淫靡靡的，使人聽著骨頭發軟。

「老三，你真有辦法。」孫小敗壞嘴裏誇讚著：「這得花費不少錢罷？」

「還不是催捐逼稅弄來的，」胡三笑說：「全是毛金虎那狗崽子出的主意，嫂子凡事都聽他的，跟老大您說實在話，您走後，我這個掛名隊長，可沒當過一天的家，嘿嘿，嫂子她來個穆桂英掛帥──女當家，可真是生財有道哇！」

孫小敗壞很快就發現毛金虎那個主意，名爲催捐逼稅，實質上就是在附近集鎮上來個集體綁票，由毛金虎先查出肉票富戶，或是殷實商民，一律列入上捐的冊子，至於上捐的數目，由他信口開河，漫天喊價，當時討現的，沒有現的，或是數目不足，就繩綑索綁，牽狗似的牽回團部來，換著花樣消磨，非逼得他們如數繳納不可，到目前，團部後邊的土牢裏，還囚著三四個沒湊足錢的，渾身都叫打爛了。

對於這宗強綁肉票的事，孫小敗壞表面上沒講什麼話，心裏卻有些結疙瘩，堆頭離縣城太近了，用這種方法猛撈錢，難免會使維持會裏的人眼紅，尤獨齊申之是商人出身，跟這一帶商戶有往來，黑狀告到他那兒去，他只要跟佐佐木太君遞幾句閒話，自己這個團長就幹不穩當了。孫小敗壞心機極深，當然看不慣毛金虎這種小渣滓求近利的手段，俗說猛火燒不出爛肉，把毛金虎這種人留在身邊，成事不足，敗事有餘，他得動動腦筋了。

風騷的萬大奶子這麼一打扮，顯得比往常更迷人了，不過，孫小敗壞並沒掉進這種肉感淫靡的生活裏去，他覺得有一種東西比女色更迷人，那就是槍枝實力帶給他的權勢，他回來後頭一件事，就是差卞小四兒悄悄動身，約見三中隊的飛刀宋小禿子，和九中隊的夏皋，而把湯四癩子、楊志高和時中五放在一邊，第二件事，是讓胡三寫派令，提升毛金虎接牛濟洪的差事，幹六中隊的隊長，並且要他立即帶著他手下那些混混，去黑溝子防地到差。

毛金虎對升官當然喜歡，不過，聽說要把他放到黑溝子那種不毛的窮鄉去，不禁面有難色，連他在內，他那窩子打城裏來的混混，一個個全是沒膽老鼠。

黑溝子離蒿蘆集很近，他是明白的，即使蒿蘆集的鄉團不吞掉他，單是讓他擠在筱應龍和金幹這兩個人王當中，正本戲也沒他唱的。

若在幾個月前，他還敢跟沒耳朵的申辯申辯，如今可不同了，這個原先被他認定只是個空殼子的團長，出去轉了一個圈兒，回來後，變得發威多了，使毛金虎摸不透他的底牌，只好乖乖的哈著腰行洋禮，把他的人槍拉走。

「這個雜種！」毛金虎走後，孫小敗壞才跟胡三和蕭石匠說：「人說：經手三分肥，這回他敲捐逼稅，肥狠了，我得讓他去緊緊褲帶，有葉大個兒看住他，在那種地方，他是興不起風，作不起浪來的。」

飛刀宋小禿子和夏皐來時，正是大新春，遍地殘雪沒化盡，孫小敗壞設晚宴，爲這兩個爺字輩的洗塵，飯後照例是躺上大煙鋪，關門密議起來。

「我是信得過兩位，才特意差人去把你們請得來的，」孫小敗壞說：「人抬人，水抬船，我這團長雖說高高在上，也得靠諸位兄弟夥托底幫襯，這回，我親自到各中隊的防地去，兜了個大圈兒，這才曉得，各股頭有磨擦，有衝突，有積怨，甭看聲勢大，骨子裏，只是虛有其表，很難捻合得起來的。我請兩位來，是要你們拿主意，有話不妨直說，我絕不會怪罪到你們頭上。」

「不錯。」夏皐說話的聲音，總有些迷裏馬糊的：「上回我也跟老大你說過，我跟湯四癩子那個小兔崽子是活對頭，那傢伙也領了一個中隊的番號，跟咱們平起平坐，稱兄道弟，我不服氣，我要繳他的械也是實有其事，那傢伙實力單薄，跑去慫恿楊志高跟我對火，我跟楊志高業已拚過兩次火了，他並沒佔著便宜……彼此撕破臉，到了這種程度，哪還談得上捻合？」

「嗨，不是我說你，夏兄弟。」孫小敗壞擺出一股做老大的氣派說：「你的眼光還是看的不夠遠，爭呀，奪呀，也不過幾桿雞毛子破槍，一塊巴掌大的地盤，就算把楊志高腦袋割下，使托盤捧給你，又能值幾文？……你若把他逼急了，他們倒到張得廣的懷裏去，反過來吃你，只怕你連老本全保不住。……宋大爺，你跟時中五那筆爛賬，了了沒有？」

宋小禿子陰狠的笑笑說：

「也可說只了了一半，那個雜種手邊只有六七個人三五桿槍，混世沒正經混過一天，只是個甩手浪蕩，他居然綠了鳥眼，拐走我姘了很久的女人，前沒幾天，我在一家酒館埋槍等著他，乒乓一陣，把手下全撂倒擱在那兒，他本人走狗運，翻牆溜掉了，聽說夥著那娘們去了上沙河鎮，到張得廣那兒做客去了。」

「你們這樣火拼，實在不是辦法。」孫小敗壞吁了一口氣：「咱們如今打著鬼子旗號混，佐佐木可不是白癡傻蛋，聽著咱們耍的？耍得不遂他的心意，大夥兒全得丟腦袋！……他會說：你們搞什麼鬼？放著蒿蘆集的毛猴子不打，儘是窩裏雞打窩裏雞！」

「甭罵咱們，我的團長老爺，」夏皋訴苦說：「我曉得你不放心張得廣，他是北道兒上的，可是，湯四癩子和楊志高都是張得廣的把兄弟，我不打他們，他們一樣順著張得廣，我替你打掉張得廣翅膀上的大毛，難道也有錯嗎？」

「時中五更不是玩意了！」飛刀宋也跟著說：「那傢伙專事挑撥離間，一肚子壞水，他依靠張得廣，也只能依一時，總有一天，我要攤晾他的心肝！我說老大，在咱們私事沒了之前，絕沒有辦法擰合了去打蒿蘆集的。」

孫小敗壞點著頭，心裏暗暗得意著，他明知這兩個人那些過節，卻故意拿話引著，引到張得廣的頭上。

「照你們兩位這樣說法，問題倒不在於湯四，楊志高和時中五，卻全落在張得廣那老狐狸的頭上了？」孫小敗壞呷了一口濃茶說：「張得廣連我都不買賬，哪會把你們看在眼下？咱們捻不成股兒，有一半是在他身上，這可有什麼辦法呢？——憑你們的實力，怎樣也搖不動他的。」

「老大，你可甭這麼說，俗話講得好，一窩螞蟻，能抬起一條蜈蚣，張得廣再強，抵不得咱們合力掀他呀！」宋小禿子這話，幾乎是叫著說的。

「對！」孫小敗壞立刻接了上去：「打蛇先得打頭，掀倒張得廣，其餘幾股總該沒有問題了，你們若有這個種，我立刻派人去把筱應龍、金幹和葉大個兒幾位請來，大夥兒一道商量，事成之後，咱們便朝西直壓蒿蘆集，發財去！」

這回去請筱應龍他們，差的是獨眼蕭石匠，蕭石匠臨走時，孫小敗壞附耳交代他幾句話，等著筱應龍、金幹、葉大個兒來到堆頭時，出乎意外的多了一個朱三痲子，他的腿傷好了，只是走路有些跛，不能算厲害。

「老大，」葉大個兒跟孫小敗壞說：「你託辦的事，兄弟業已替你辦掉了！」

「那就好！」孫小敗壞說。

兩人輕描淡寫的一問一答，可憐剛升了官的混混毛金虎，業已死在紀家賭場的煙鋪上了，——孫小敗壞只交代蕭石匠一句話：「關照葉大個兒把毛金虎替我打掉！」至於毛金虎手下那一夥子，當然變成葉大個兒日後的賭本，事情就是這麼簡單。

這次會，吵吵嚷嚷的開了兩天兩夜，爭論的重點，還在一個利字上，那就是打倒了張得廣，他的人手、槍枝、彈藥、錢財和馬匹，究竟該怎麼分？他的上沙河那塊地盤，究竟該誰佔？……若不是孫小敗壞差到縣城去的耳目帶來消息，說是張得廣業已把尤暴牙放進城，活動另一個團的番號，他們還會吵下去。

尤暴牙進城活動的消息，使他們緊張起來，要動手，必得儘快動，使張得廣措手不及，領不下番號就已經入了土；爭執的結果，宋小禿子和夏皋願意略做讓步，夏皋只要湯四癩子和楊志高的槍，宋小禿子要割時中五的人頭，筱應龍把順水人情送給了朱三麻子，答應日後把上沙河割給他立腳；不過，張得廣的槍枝，仍要按份兒均分。金幹表示，槍枝多少他不太介意，他要求獨佔張得廣的馬匹。

這次聚頭，孫小敗壞沒提出要求分槍分馬，顯出他這個做老大的，黑人也有黑義氣，其實，他心裏明白，這些人王真的人抬人，水抬船，把他高高在上的抬了起來，個個大拍胸脯，願意聽他調度，這一來，大半槍枝實力就等於握在他的手上了。

算來算去，還是他得利最大。

各股人聯手攻撲張得廣的行動，一點兒也不快捷，宋小禿子的意思是：正月裏，下面的弟兄夥改不了狂嫖濫賭的老習慣，不進二月門，要他們拉槍打火，太不吉利；夏皋說是他那夥渣滓，好久沒打火了，這回拚張得廣，總有幾場硬火好熬，他得回去整頓整頓，先拿楊志高和湯四癩子試刀。只有筱應龍和金幹說是早有準備，隨時可以動手，孫小敗壞經過一陣盤算，決意把團部移到下沙河鎮去，改堆頭爲留守處，調胡三的兄弟胡四來看守。

孫小敗壞和各股人的行動，根本沒有秘密可言，各中隊那些帶槍混世的大爺，不論在茶樓酒館、賭場或娼戶，開口閉口都談起這事。

不但張得廣的耳目把這事探聽清楚，同時，蒿蘆集的喬恩貴鄉長、趙澤民鄉團長，也從各方面聽取了孫小敗壞這一行動的秘密目的，喬恩貴立即判斷出，孫小敗壞聚人圍撲張得廣，主要的是擰合各股盜匪，藉勢攬權，一旦等到他能發號施令，他就會轉壓向蒿蘆集來了。

「咱們不能給他機會，」趙黑子說：「咱們寧願見著他和張得廣拚成兩敗俱傷，誰也吃不掉誰，兩人正面對過火，怨忿消不掉，你來我往，鋸子還得拉下去，他孫小敗壞想撲蒿蘆集，就欲舉無力了！」

「主意確是好主意，不知您打算怎麼做法？」

趙澤民臉朝著掛在鄉團部牆壁上的草圖看望了一會，然後用手指著說：

「照目前情勢看，孫小敗壞握住的人槍，跟張得廣成三七之比，孫佔七成優勢，不過，張得廣扼守上沙河不動，以逸待勞，會使孫小敗壞優勢打點兒折扣，咱們只要密聚一股人槍，先按兵不動，等到孫小敗壞和張得廣雙方熬熱，殺得不可開交的時辰，很快翦掉孫部的一兩股人，消掉他的後勁，使兩邊勢均力敵，他就吞不掉張得廣，這樣，兩方還得熬下去。」

「不錯，」喬恩貴點頭說：「但還有一點不能疏忽掉，西北角還匿著一隻冷眼旁觀的黃鼠狼（楚郎），一心想趁人不備拖雞吃，他的一舉一動，咱們更得謹慎提防才好……。」

「這樣罷，」趙澤民轉朝他的副手袁震和說：「震和兄，你仍得騎著牲口，到東邊去巡察，沿著黑溝子和下沙河那一帶，打探孫小敗壞的動靜，西北角的黃楚郎，我另著人看守，我自帶一股人槍，到適當時辰，衝進僞軍防地，去剪孫小敗壞的羽翼。至於岫谷先生交代擺香堂聚會的事，我看只好延後一段日子再說了。」

「好罷。」喬恩貴點頭說：「我會把這事跟岫老說的。」

孫小敗壞要攻撲上沙河的消息傳到張得廣的耳朵裏，張得廣也禁不住的緊張起來，儘管他沒把孫小敗壞瞧在眼裏，但他很憚忌筱應龍、金幹和飛刀宋這三股人。

白毛虎薛立不擋用了，尤暴牙押了巨款去縣城，他手邊只落下蘇大嚼巴一張牌。還有新投奔來的時中五，雖然只落一人一支槍，派不上用場，至少，也能借他的腦袋替自己想主意。

「中五，你說說看，沒耳朵的空心老倌，爲啥要邀集各股人槍，來打我的地盤？繳我的槍械來著？」張得廣躺在煙鋪上，連吸兩個泡子還沒精打采的：「我它娘前思後想想不透，我沒有得罪他的地方，……上回他巡察路過上沙河，我頓飯成席，大盤小碗的朝上捧，像伺候上大人似的呵奉著他，早知這樣，還不如餵狗！」

時中五是個看上去很洋氣的傢伙，穿著淺藍緞面，不加罩袍的小二毛皮袍子，歪舌頭加暗扣的皮花棉鞋，鼻樑上架一副寬邊墨鏡——不論陰晴晝夜，也很少取下來；即使爲了個殘花一朵的婊子，連老根也被飛刀宋給刨掉了，飄流落魄，仰賴張得廣收容，但他的衣著仍極爲講究，十足表露出他採花蜂的心性和風流自賞的派頭。

「一山容不得二虎，」時中五笑露出一粒閃閃發光的金牙來：「孫小敗壞是妒您的實力，怕您擴張勢力，反騎到他的頭上去，他不糾眾攻撲你，就擰不住人，合不起股，當一輩子空殼子官，這道理，您略一參詳就會明白的，他既糾合各股，要來撲打上沙河，這場惡火是免不了啦！」

「說來也怪的慌，」張得廣鎖著眉毛，一腦門子困惑：「那沒有耳朵的流氓，怎會那麼順當就把各股人擰合起來對付我的？……尤獨是夏皋和金幹，不都是親口答允幫忙我對付筱應龍的嗎？照這樣情形看，我是錢白花了，禮白送了？」

「這也不難弄明白啊！」時中五說：「你是外來的強龍，他們是一窩地頭蛇，人不親土親，他們目前合股，也是看在一個『利』字上，想分奪您的槍枝、馬匹和錢財。」

「如今這塊地上，狼煙紛起，活生生是一部東周列國，誰吞得了誰？誰併得掉誰？都還在未定之天，只要能挺得住，挫挫他們的銳氣，使他們覺得這筆交易沒有賺頭，他們就木桶炸箍，——散了板啦！」

「中五他說的不錯，」蘇大嚼巴說：「咱們槍新馬快，弟兄全是經過風浪的，打他們雜湊班子，還不至於有問題；再說，中五本人、湯四癩子、楊志高，都還站在咱們這邊，尤暴牙又在城裏活動著，您儘放心好了！」

時中五自告奮勇，願意去召聚湯四癩子和楊志高，讓他們把人槍拉到上沙河來，商議怎樣對付孫小敗壞的進撲。這事，時中五辦得很順當；湯四癩子和楊志高兩股人，也明白他們跟張得廣有著唇齒相依的關係，張得廣一倒，他們就沒有混的了，所以沒幾天的功夫，他們就把人槍拉到上沙河，屯在張得廣的東邊。

這當口，孫小敗壞也業已把他的團部移到下沙河鎭，跟張得廣對峙上了。

爲了師出有名，團哄鬼子，孫小敗壞著人備了幾份厚禮送到縣城去，附上一個公事文書，報說張得廣暗中勾結蒿蘆集，出賣日本皇軍，必得把他們剿滅不可，這樣一來，就把這件全是爲利爭奪的事實輕輕掩蓋過去了。

二月裏，田野上的殘雪早已化盡了，一串晌晴晒乾了道路，位在南面的夏臯部、宋小禿子部相繼出發朝北拉，屯紮到原由湯四癩子和楊志高盤據的地方。金幹和葉大個兒也都把人槍聚到上沙河鎭的正南方五六里地的幾座村落上。朱三麻子爲報一槍之仇，自領著筱應龍撥給他的一個分隊，貼近槍樓一帶活動，等於已經觸著張得廣的鼻尖，但雙方都沒有開火。

儘管沒有接上火，卻使鄉角的窮民百姓，都有山雨欲來風滿樓那種陰晦的感覺。這在承平年月裏，原該到麥苗起浪的季節了，但野田多半荒蕪著，雜草和野蘆掩住了縱橫的阡陌，只有少數農田，當地居民爲了討活命，不得不耕耘點種，遠遠看過去，顯出一種春日的荒涼；黑道上盜匪群最熟悉這些，他們巴上一座莊子，不用進門，單看麥場上堆起的草垛子，數數它的數目和大小，就能估出這個村落的貧富，有多少存糧！越是屯紮到窮地方來開火打仗，那些幹僞軍的傢伙越是兇暴，因爲當地百姓供養不起這些盜匪出身的兵大爺。而這些傢伙是吃不得苦，受不得餓的，他們打心眼裏也沒忍饑挨餓的念頭，怎辦呢？少不得犯了手癢的老毛病，到一處搶掠一處，談不上半點兒風紀，這樣一來，即使不接火打仗，老百姓也忍受不了啦，何況接起火來，子彈呼呼不長眼，碰著了冤冤枉枉白丟性命，再加上抓兵抓伕，使人聽了膽寒，所以，孫小敗壞各股人逐漸接近上沙河時，附近一帶的住民都逃空了，也帶走了賴以活命的存糧。

孫小敗壞在下沙河鎮筱應龍修築的炮樓裏，召聚各股頭目來開會，夏皐和宋小禿子就提出糧草的問題來了。

「老大，我看這場火，非得速戰速決不可！」夏皐說：「我跟老宋兩股人，拉離老窩太遠，如今是有草沒露，再不動手，咱們手底下人，硬餓也會餓跑掉。」

「這兒又不是你們老窩，開搶不成嗎？」

飛刀宋伸手摸著他的禿腦袋：

「人煙都見不著了，叫咱們搶誰？」

這回該輪孫小敗壞摸腦袋了：宋小禿子這個傢伙，遇事顯得滿爽氣，但卻不願吃一點虧，他佔了三官廟肥地，又領了暫編三大隊長的銜頭，這回撲打張得廣，旁人都有實利好分，而他只要捉住時中五和那個變了心的婊子，比較起來，當然吃虧不少，他在三官廟囤的糧不願運出來，到了下沙河叫苦，這用意非常明顯，是要筱應龍和金幹負責他的糧食。

「我贊成夏皐兄的看法，既然他們缺欠糧食，就速戰速決好了！」筱應龍不願把糧食撥出來餵飽旁人，就搶先移開話頭說：「只要攻開上沙河，不但糧食沒問題，連酒肉都有得吃。」

「這樣好了，」金幹眼看事情就鬧僵，只好硬起頭皮說：「夏皋兄跟宋兄要的糧，送？兄弟我也送不起，他們不妨出個條子暫借，等日後攻開蒿蘆集，再撥還給我，……只當少分點兒肥就成了！」

「這樣就行。」孫小敗壞說：「但則，攻也要有個攻法，大夥兒還得好生商議商議。」

「我看這也很簡單，」夏皋說：「咱們如今是三面圍著他，張得廣背後就是沙河，咱們各路齊動，硬把他給擠扁掉。即使不能把他全都吞掉，至少也能把他攆到旁的縣分，使他在這兒沒有再插腳的份兒。」

「不成，」金幹說：「光是把他攆跑，那可就不對路了。咱們打這場火，得耗費多少槍火人命？若不能打張得廣那兒取回來，咱們可貼不起這個老本。」

「你們先別急，有話慢慢談，」孫小敗壞說：「有件事，我不得不在這兒提醒各位，那就是蒿蘆集上的喬恩貴和趙澤民，極可能在咱們跟張得廣熬上的時刻，帶人撲打咱們的側背，——這種攔腰鏟，是要命的玩意兒。」

「老大說得對，」筱應龍黑眼珠轉動著：「咱們不單要提防蒿蘆集，對西北角上的黃楚郎，也得好好的打點打點，那傢伙精得很，最會偷雞（投機），說不定咱們打垮張得廣，他們把人槍拉到沙河北岸，等著收拾爛攤子，把好的都撿走了。」

孫小敗壞聽了這話，眯眼笑說：

「這個，各位可不必多顧慮，我承認黃楚郎很精，正因爲他精，目前他絕不會搗我的蛋，……我若是不把人手和槍枝理順當了，我就不會去打蒿蘆集。蒿蘆集才是他的眼中釘呢！……我不妨把話再說得明白點兒，他想用咱們先打蒿蘆集，把喬恩貴耗弱了，他再動手，拿張得廣跟蒿蘆集相比，姓張的只是一條小魚。」

孫小敗壞這番議論，要比在座的盜匪頭目都高得多，夏皋和金幹不住的點著頭，朱三麻子和葉大個兒面呈得色，粗莽的宋小禿子豎起拇指，衝著孫小敗壞搖晃說：

「老大，你腦瓜裏紋路密，你不點明了，我可想不到這一層。」

「既然大夥兒都推重咱們老大，」胡三說：「咱們也就不必再商議了，人多嘴雜，白耗時辰，老大你就直接調度，吩咐咱們幹事就得了。」

「這樣罷，」孫小敗壞說：「夏皋兄和宋兄管東路，你們在撲打張得廣本部前，最好設法子先把老狐狸張得廣的外圍，——湯四和楊志高兩股人解決掉。你們須用的糧，出條子，由金兄弟照借給你們。」

「好。」宋小禿子說：「咱們照辦。」

「金幹兄，」孫小敗壞指著金幹說：「你在張得廣的南面拉開，來他個雷大雨小的打法，只消牽住他的人槍，卻不要急著攻他，等到張得廣內中起了變化，你再夥著夏、宋兩位，發力搶攻。」

金幹點頭，但還有些疑疑惑惑的樣子，孫小敗壞沒理會他，又指著朱三麻子說：

「老三，你攻西面的槍樓那一帶，你的人槍不夠數，我讓葉大個兒、蕭石匠帶著機槍，一道兒配合你，另再抽調筱弟兄手下一個分隊。你是拚命三郎，這回你得豁命打硬火，不論張得廣守得多緊，你要硬打硬上，讓張得廣的人槍脫不開身。」

「他們全有事幹了，我幹啥？老大。」筱應龍說。

「你嗎？」孫小敗壞說：「你帶著人槍過沙河，抄到張得廣的後路上，不用打，先埋伏妥當就成，張得廣的隊伍挺不住，他一定會撤過沙河朝北跑，你攔頭打他，還怕不繳槍？……至於我，得領著胡老三的特務連，在這兒防著蒿蘆集，我自信能摸得清趙黑子那一套。」

圍撲張得廣這一火，對孫小敗壞說來，是一宗大事，這一舉的成敗，決定他是否能握得實權，好趁勝去打蒿蘆集？因此，他不得不把萬大奶子扔在舊堆頭，而把全副精神放在這件事上。

雙方總算在二月中旬接了火，這種仗，表面上看是偽軍跟偽軍互相火併，實質上是土匪打土匪，所以，仗打得荒腔走板，有些懶洋洋的。東路上的夏皋和宋小禿子兩股人，原和湯四癩子楊志高兩股人熟悉，經常在賭桌上、娼館裏碰頭，有些沾親帶故，有些還拜過把子，如今，雖然說上面的頭兒翻了臉，下面的傢伙可並沒有翻臉，雙方對面開起火來，那可就花樣百出，熱鬧極了。

夏皋帶人打湯四癩子，湯四正躺在煙鋪上抽鴉片，聽見槍聲，有些惱惱，抓著煙槍就罵說：

「夏皋這狗操的，真它媽名符其實，——瞎攪！當初他的實力不如我，拉著我拜把子，四哥四哥喊得像它媽狗舐似的親熱，如今他強了，反過來就想咬我，我避到哪？他跟到哪！連一口煙都不讓我抽過癮，豈有此理？老子連鳥都叫他氣彎了！你們出去，開槍擋著他！」

他呶呶嘴，對他的左右說：「把這個王八羔子的頭替我打縮回去，等老子過足了癮，再找他算賬！」

比起也有幾口癮的夏皋來，湯四真算是「以逸待勞」了，夏皋是攻撲人的，當然沒法子躺煙鋪了，他燒了幾十粒俗稱羊屎蛋兒的乾煙泡，揣在懷裏，預備到癮頭發作的時刻，捏兩粒含含提精神。

湯四的一股人，守在上沙河鎮正東三里的一座廟裏，夏皋的手底下隔著那座廟半里多路，就乒乓朝天上開了槍，對面居然也朝上面還槍，打火不像打火，倒像是賽著射鳥，其實這種溫吞打法，原是黑道上的老習慣，——人身都是肉做的，所謂打火，不過是充門面，搭架子，敷衍公事，弄得雙方都掛紅帶彩，日後見面，多它娘難以爲情？這些話，都不必跟頭兒說，彼此心照不宣就夠了！

不過，這一回夏皋卻是認了真的，他拎著匣槍上來，瞧在眼裏，氣得破口大罵說：「我操你們的妹子，老子的槍火不是大把花錢買來的？讓你們這樣耗著玩兒？你們誰不把槍理平了放，我就賞你們一槍，……你們這些丟人現眼的東西！」

經他這一罵，槍口確是理平了一些，不過，理平不理平，都是一回事兒，……浪費子彈，雙方的槍都打不了那麼遠。夏皋急得雙腳跳，用匣槍的槍管敲打那些怕死鬼的後腦瓜，硬把他們朝上逼，逼到地面看得見落下的子彈激起槍煙的地方，連夏皋自己也覺得脖子有些發涼，忙著把腦袋朝下縮了。

雙方的槍，響也都在響著，稀稀疏疏不太密，說實在的，想密也密不起來，子彈太貴重了，耗掉了補不上，一粒七九廠造槍火，黑市價值到三四斤豬肉錢，夏皋算是槍火足的，每個人身上只有兩排槍火，打一發出去，頭一件事就是撿起子彈殼兒，以彈殼計數，補發槍火；若是誰把彈殼丟掉一個，那就算是吞沒槍火，要罰跪，打板子，打完勒令自己拿錢賠上。

這種檢查彈殼，繳回彈殼的規矩，並不是夏皋這股人有，各股全是一樣，所以有些人就抱著多打不如少打、少打不如不打的觀念，摟著槍抱著膝朝草溝裏一蹲，算是湊上了數，十個有八個是這樣，夏皋也無法使他們變成生龍活虎。

當然，也有些騷狂的傢伙把這種打火當成過年看，舉槍朝空裏亂放就像放沖天炮，有的一面拉機子塡火，一面唱著淫冶的小曲子，放槍時，扯開嗓門吆喝：「狗依的，小舅子，嚐嚐你老爹的土溜子！」接著，砰的放出一槍，旁邊的人便鬨鬨叫的喝起采來。

「來呀，你們誰沒放過槍的，還不趁著打火的機會開開洋葷！」放過槍的得意的叫著，又立即壓低嗓子，很神秘的說：「平時，夏皋把槍火拿當命根兒看，你們哪有放槍的方便！」

他這麼一慫恿，好些整天扛著槍，但連一槍也沒有放過的土佬，真的閉上眼，開起洋葷來了。

夏皋是在傍午時攻撲湯四駐守的那座廟的，攻過了晌午，雙方仍然相距半里地，不過，因爲沒有一個人掛彩帶傷的，大夥兒全沒顯得膽怯，說是吃飽了飯，就能撲到廟門口了。

因爲這是在「打火」，需要手下賣命，夏皋不能不要伙伕做了饅頭，煮了肉，趁熱挑上來，讓大夥兒油油腸子；下午再攻時，夏皋把他最得意的兩個洋號手調上來，兩把洋號齊齊吹了衝鋒號，他的手下果真漫野推湧上來，雙方接近到能認出面貌來，槍口對著槍口，又僵持住了，湯四癩子把鴉片煙癮過足，披上薄絲棉袍子，騰出一隻胳膊在袍外，把大襟從脅下斜掖著，腰裏繫著一條黑腰帶，插上三膛匣槍出來督陣，一瞧夏皋的那個洋號手站在草溝頭拱起的土皋上，把號口半揚著，嗚嗚叫的窮吹，心裏老大的不耐煩起來。

「替我放排槍，蓋這些王八羔子！」他叫罵說：「讓他們翹起屁股學狗爬。」

排槍是放了兩陣，不過，對方的洋號手還在那兒窮吹，好像在氣勢上勝了一籌，湯四癩子動了真火，當眾懸了賞格說：

「你們替我好好的吊準線，誰能把對方的洋號手替我撂倒，老子賞誰十塊大洋！」

十塊大洋果然有了些功效，一刹時，所有的槍口都瞄準對方的號兵放射起來，站在前面的一個號兵碰巧被打著了，撒手扔開洋號，吉裏谷碌滾進溝來，旁的人慌忙把他扳過來瞧瞧，一粒鉛製的圓頭子彈正嵌在他的左胸裏，血流得不多，全倒淌進肚子裏去。

雙方開了半天火，洋號手變成頭一個倒楣鬼，誰都曉得這種俗稱和尚頭的鉛彈含有劇毒，見血封喉，即使破皮不傷骨，傷口也會變黑潰爛，何況正打在致命的地方，人滾下來，鼻息業已停了！……在夏皋這種隊伍裏，養著個洋號手可是夠珍貴的，鄉角落裏，吹喇叭的人多，懂得吹洋號的極少，好不容易找著了，花錢養著，好擺排場，這傢伙，夏皋好像被人打落門牙一樣的難受。

「你們這些差勁的東西，你們只懂吃飯拉屎，」夏皋的火氣沒處發，只有傾潑到手下人的頭上：「你們要曉得，這回打湯四癩子，跟往常不同，其他各股人，都在瞪眼瞧著咱們，論槍枝人手，咱們比對方多一倍，像這樣打法，是讓人看我姓夏的笑話！」

「您別急，夏大爺，」夏臯的一個小頭目說：「湯四業已被困在廟裏走不脫，咱們正好慢慢的消磨，總要他撿不著便宜就是了。」

雙方僵持到黃昏時，也沒打出個結果來，夏臯貼上一個洋號手，又不能光靠吞嚥乾煙泡過癮，只好偃旗息鼓，退到附近的村落上過夜，把那個倒楣的號手草草掩埋掉。夏臯當然老大的不開心，煙鋪鋪妥之後，他躺下身來，獨對著鬼眼似的、綠色的煙燈，皺眉焦思了大半夜，想著用什麼方法才能把湯四癩子整倒！

但在另一方面，宋小禿子領著五十桿洋槍撲打楊志高，雙方打得就非常激烈了，飛刀宋在性格上，跟朱三麻子一樣，是個窮凶極惡的人物，他手下的槍枝經過不斷的汰換，都是打得咯吧咯吧響的廣造槍，人手也都是經風歷浪的慓悍的傢伙，而楊志高和他的手下，也是一些提著頭玩命的傢伙，楊志高年輕、陰狠，有幾分像是筱應龍，只不過機會沒有筱應龍好，人槍實力差了一截，他聯合湯四癩子，原想反拚夏臯那個迷糊蛋，分些好處的，誰知操之過急，半路上竟殺出一個宋小禿子來。

當然，在力不如人的情況之下，楊志高並不想跟宋小禿子對火，也差人遞話過去，希望宋小禿子不要逼人過甚，誰知宋小禿子一概不理會，說打就動手，打得他和湯四癩子非要朝北拉動，去找更硬的靠山張得廣不可，等到孫小敗壞糾合各股，由他親自出面壓攻張得廣的時刻，雙方業已壁壘分明，非打不可了。

宋小禿子原打算趁夜偷襲的，但楊志高防得很緊，楊志高守在沙河灣的高堆頂上，四周圍光禿禿的，草木不生，他在那兒修築了幾座土堡，低低的，像伏縮的烏龜，由於眼界闊，宋小禿子的人沒摸近，對方就開了槍，偷襲不成，變成了夜戰，逗上星月無光的大黑天，攻的人心裏寬鬆，守的人就覺得緊張駭懼了，楊志高吃虧就吃虧在這點上，——他手下的人不夠沉著。

盜匪究竟是盜匪，比不得久經訓練的大軍糧子，他們守著土堡，一聽見四面八方啊喝喊叫的朝上逼，立即就抓槍朝黑裏盲目猛射，槍打出去，究竟打沒打著對方？心裏根本沒有數，越是打著打著，對方越是喊叫得兇，而且彷彿越打越多，宋小禿子備了好幾支牛角哨兒，替他的夜襲添聲勢，那種低咽的牛角聲，更有一種神秘的，原始的惶怖，揉進人眼前的黑暗，迫壓著人心；這樣一來，他們只有拚命的放槍，來減低他們的恐怖感，不過，跟著來的問題是，他們的槍火能不能撐持到天亮？

被激怒氣紅了眼的楊志高當時沒想到這一層上，但宋小禿子的腦袋靈光些，搶先想著了。

「要想解決楊志高，咱們必得在五更之前耗光他的子彈，」宋小禿子跟他手下說：「等到天一放亮，張得廣的人就會拉上來接應，那咱們算是白打了一夜，也許貼上幾條命，卻連一桿槍也撈不回來。」

「那當然，宋大爺，貼本生意，咱們是從來不幹的，」他手下的一個頭目說：「要耗對方子彈很容易，咱們繞著土堡，四面輪攻，不斷喊叫，他們開槍，咱們就伏，他們不開槍，咱們就朝上貼。」

「對！就是這個辦法。」宋小禿子說：「叫他們把石灰包預備妥當，一等咱們貼近對方土堡的槍眼，就把石灰包的袋口打開，朝裏頭撒石灰，迷他們的眼，嗆他們的喉嚨和鼻孔，他們喘不出氣來，還放什麼槍！」

雙方打接上火起始，延綿了兩個更次，槍聲、殺喊聲、牛角聲就沒曾斷過，等到楊志高擔心槍火不足，交代下面儘量沉住氣少放空槍時，每桿槍都只賸下一排壓膛火了！楊志高焦急的計算時辰說：

「糟！糟！三更才過就缺了槍火，下半夜怎麼熬法？你們要曉得，飛刀宋不但槍枝多過咱們，人頭也多過咱們好幾倍，槍火打光，可就是咱們丟命的時刻了！」

「張得廣張爺的人，不就駐紮在西邊不遠的村上嗎？」一個滿懷希望的說：「咱們這種驚天動地的打法，他們哪會聽不見？只要他們一響槍接應，宋小禿子就不敢太冒險，——外面一片平陽地，他們可不好守啊！」

「你再聽聽看，」楊志高說：「槍音遠近相連著，估量金幹那股人，也撲上去動了手啦！蘇大嚼巴自顧不暇，哪還會在黑裏拉槍過來接應咱們？……就算上沙河鎮有援手接應的人，也非等到天放亮不可。」

楊志高拎著匣槍，從槍眼裏朝外望，他繞著土堡每一面的槍眼望了一圈兒，從對方放槍時槍口噴出的藍燄，來計算雙方的距離。

「你們仔細瞧著罷，」他說：「宋小禿子分明是存心在耗著咱們，你們全是大睜著眼上了他的圈套！……他們鬼喊狼叫打排槍，人根本沒撲上來，……從眼下起始，他們不撲過外壕，你們不准再開槍了！」

楊志高築的這幾座土堡，都有地道通連著，他著人關照過去，堡裏的槍火便暫時停歇了，裏面一歇槍，外面的宋小禿子心裏便有了底。他跟他的左右說：

「怎麼樣？剛過三更天，楊志高就缺了火，不敢再亂潑子彈了，這才是咱們發力的時候，替我響角再攻！」

這一回，飛刀宋的手下真的一窩蜂漫了上來，由於堡裏缺火，他們很快就衝到外壕邊，使備妥的長跳板搭上壕背，趁黑爬了過來，這逼得楊志高的手下不能不開槍了，但對一些先貼近堡壁的漢子來說，開槍已經太晚，他們貼身挨靠在堡壁上，槍眼裏探出的槍口業已瞄不到他們了，這些人按照飛刀宋的吩咐，把石灰包的袋口扯開，朝槍眼裏飛擲石灰，也有人取出腰裏別著的土製手榴彈，拉了火朝裏扔，這種土造的黑油瓶並不靈光，十顆有六七顆不響，能響的，也只是一炸兩半邊，跟磚頭砸人差不了許多；比較起來，倒是石灰粉來得厲害。

土堡裏頭，地方狹窄，人又多，彼此挨擠著，一陣激鬥之後，也有幾個掛傷帶彩的，又是哼，又是喊，更增添了恐怖的氣氛，等到黑油瓶一炸，石灰粉一撒，裏頭又添了受傷的，其餘的人，也都咳嗽流淚，沒法子再打了。楊志高在這種時刻露出他的機伶來，耳聽四邊湧上來的人在發聲喊叫：「活捉楊志高，扔槍的不打！」他卻一聲不吭，扯著他的一個隨從，遁到地道裏去。地道中腰有個缺口，上面有一扇草皮掩住的活門，推開那扇活門，就是土阜北面的斜坡。

也是天黑救了他，楊志高和他的隨從爬出來時，宋小禿子的人就伏在附近不遠的地方，這時槍聲已經稀落了，土堡的門也已打開，朝外頭扔槍，有些嗓子一條嘈的叫喊著，追問誰是楊志高？

「姓楊的你站出來罷！」飛刀宋的粗喉嚨管兒，在黑裏聽得真真亮亮的：「今夜晚，算你老哥手氣不順，叫我先拔了頭籌，……其實這也沒什麼，輸贏是兵家常事，扔了槍還是好兄弟，我請你吃酒打牌，摸八圈去。」

楊志高在黑地裏爬著，聽了飛刀宋那種神氣活現的聲音，心裏很不是味道，他咬牙切齒的把話壓在舌頭底下，暗暗罵說：

「狗操的，姓宋的禿頭！老子今夜算是栽在你手上，把老本玩光了，你它娘的可甭神氣，有朝一日，老子回來翻本，非把你那禿腦袋拿當球踢不可！」

倆人剛爬不到三五步，土堡那邊，飛刀宋又說話了，這回，嗓門更大了點，帶著些火性：

「楊志高，到這種時辰，你還用得著藏頭縮尾的窩在黑角裏？你們若硬不領宋大爺的這份情，那可不能怪我不夠朋友了！……你們有誰見著姓楊的沒有？」

「剛剛他還在堡裏的，宋大爺。」扔槍的人裏，有人搭話說：「也許他是打暗道遁走了啦！」

楊志高和他的隨從還在爬著，黑地裏腳步聲踏踏的朝上奔湧，全是宋小禿子的人，他爬動時，還有人踢著他的屁股，罵他說：

「傻鳥！土堡攻開啦，還在這兒翹著屁股裝什麼野雉！上去收槍湊熱鬧，等著領賞罷！」

楊志高沒吭氣，等到那一陣子人奔過去之後，他急忙爬起身來，跟他的隨從說：

「還不趁這個機會快走？再晚一步就脫不了身啦！」

五更之前，飛刀宋小禿子果然照撥了他的如意算盤，把楊志高盤踞的土堡給連根拔掉了，他叫人把馬燈點起來，按個兒點數他擄得的人頭和槍枝。楊志高這股人，算是被他一口整吞了，除掉走脫楊志高本人和他的隨從楊雙喜之外，他擄得的活口有七十四個，攻堡時，流彈打死兩個，帶槍傷的六個，叫手榴彈炸掉半邊屁股的一個，另有四個穿便衣的老百姓是楊志高綁來的肉票。楊部的槍枝，計有大槍廿七桿，火銃四十三桿，其中包括單管鳥銃，雙管獵銃，鴨嘴銃，短銃等等，七九子彈所剩不多，黑火藥還有三大桶，除開槍枝外，楊志高斂聚的錢財，黑貨，也都變成宋小禿子的了。

「你們跟楊志高幹的，如今得換換主兒，跟我幹了，」宋小禿子召聚那些被擄的說：「咱們沒領鬼子番號之前，原也常碰面，不算生分，橫直這年頭，扛槍混飯吃，跟誰都是一樣，有不願意的沒有？」

那些傢伙做夢也沒料著宋小禿子有這一手，當時就跪倒身子變成矮人，叩頭說：

「謝宋大爺，咱們全願跟您混！」

「混是混，」宋小禿子說：「暫時可沒有槍扛！——俗說：防人之心不可無，你們嘴上沒毛，說話不牢，我怎曉得你們心裏向著誰？等到我把張得廣盤倒，攫住楊志高，那時候再說好了。」

說完這些，他又叫人把肉票帶上來說：

「你們全是楊志高那傢伙綁來的，是我宋某人花了一夜的時辰，豁命拚殺，才把你們給救出來的，我飛刀宋不把你們當成肉票看待，想放你們回去……」

那幾個肉票一聽宋小禿子肯放他們回去，立時倒下身磕響頭說：

「謝謝宋大爺救命。」

「慢點兒，」宋小禿子笑笑說：「放是決意放你們，不過，我也沒有那麼大方，你們要曉得，雙方打這一火，都有死搗，我得葬死的，治傷的，再說，這筆子彈費，你們總該表示表示罷！……羊毛出在羊身上就行，我並不想賺你們的錢。」

宋小禿子這一著真高，他不用贖票那套名目，他要這些肉票拿出救人費，討價還價的結果，那幾個肉票只有捏著鼻子拿出四十五擔糧食來「送禮」，——這正是宋小禿子開出的價錢。

宋小禿子佔了土堡，春風得意那是不消說了，這一火旗開得勝，使他添了本錢，挖掉楊志高的結果，更使他在各股人裏出盡風頭，如今，上沙河鎮東邊的門戶大開，他隨時可以跟張得廣正面交手了。他也計算過，一等盤倒張得廣，他就要逼著孫小敗壞，正式報升他做大隊長。

在同時，楊志高這隻鬥敗的公雞可夠慘的，他和他的隨從楊雙喜倆個，撒奔子朝上沙河鎮跑，等到奔進土圩子，見著張得廣，他吁喘半天說不出話來，那個楊雙喜更不中用，口吐白沫昏過去了。

張得廣早已料著孫小敗壞要糾眾攻撲上沙河，可沒想到對方來得這麼快，攻得這麼猛；對楊志高這股人槍，張得廣原看得很重，認爲他能單獨撐得住東面，延緩孫小敗壞三路齊進的壓力，誰知他太不濟事，一面東牆，一夜之間叫人拆出一個大窟窿來。

當楊志高結結巴巴的說明土堡陷落的經過後，張得廣楞得把一口煙含在嘴裏，嘴張著，煙卻不朝外吐。到天亮時，各處都來人稟告消息，東面業已失了利，西面的槍樓那一帶，也被朱三麻子攻陷了，只有蘇大嚼巴守著的南面，還擋住了金幹的攻撲。

張得廣一聽到朱三麻子，恨得牙癢，咆哮說：

「朱三麻子！朱三麻子！又是它媽的朱三麻子！……那傢伙究竟是啥東西變的？老子屢次三番打他不死？……你們也太不中用了，他上回被逼出槍樓，槍被繳光，只落一身皮沒叫我剝下來，如今他再神，又有什麼可怕的？你們會把槍樓丟給他？」

「大爺，您不知道，朱三麻子這回來得可狠了！」來人訴苦說：「他帶著好幾十桿洋槍不說，還有連響的機關炮，打起來呼呼叫像刮了狂風；大爺您想想，咱們那些人，怎麼經得住機關炮橫掃的？」

「機關炮？」這一回，張得廣像耳朵扎了釘子似的坐了起來，忽然他想到，那挺機關炮正是孫小敗壞手下獨眼蕭石匠扛來亮過威的，如今卻撥給朱三麻子，拿來朝著自己頭上潑火來了！……他勒住話，沉重的搖了搖頭。

「張大爺，您可甭爲這個煩心，」時中五在一邊說：「一挺輕機……算不了什麼，底下這些爪子們沒見過大世面，一聽見連響的槍音就嚇軟了腿，兄弟我向您請個命，讓我領一撥子人，到西邊去堵住朱三麻子。」

「也好，那就辛苦時兄，領著薛立的快馬班掩上去好了！」張得廣打發了西邊吃緊的情況，又轉過頭來跟楊志高說：「楊兄，你也可沒法子閒著，你得立即騎匹快馬，跟南面的蘇大嚼巴連絡，想法子使湯四癩子那股人撤回來，——你的土堡都守不住，他那破廟怎麼撐持？」

張得廣想的不能不算周密，可惜總比對方晚了一步，天亮之後，夏皐先跟飛刀宋連絡上了，兩股合一對付被夾在破廟裏的湯四癩子。

湯四癩子一夜沒闔過眼，吊著一顆心聽著土堡那邊像煮粥似的槍響，等到五更天，曉得楊志高那股人，業已被宋小禿子整吞掉了，渾身便嚇得抖抖索索，壓根兒離不開煙鋪了。……事情明擺在那兒，飛刀宋能在一夜的功夫把強過自己很多的楊志高吞掉，若是轉頭來打自己，那連四圈麻將的功夫也用不著。目前他們以二對一，自己是沒法子打了，唯一的辦法就是趁他們合圍之前，先來它個三十六計，走爲上計，引著人槍，退回上沙河鎮，躲進張得廣的翅膀拐兒下面去再講。

主意還在腦袋瓜裏盤旋沒定呢，外頭有人慌慌張張跑進來報說：

「湯四爺，不妙了！飛刀宋他在廟外要見您啦！」

湯四癩子一聽，有些失魂落魄的，抓著煙槍問說：

「你講的是什麼？」

「飛刀宋他要見您。」那個加上兩句說：「廟前廟後，都是他跟夏皋的人。他們沒打，只是要跟您聊天……這話，是飛刀宋親口這麼講的。」

到了這辰光，湯四癩子業已像光著腳板踏上了刀山——喊疼也沒有用了，只好硬起頭皮說：

「好，那就請他進來罷！」

其實並沒有要人請，只是沒人敢攔，飛刀宋光著他那油葫蘆般的腦袋，帶著兩個揹雙掛盒子的隨從，業已直闖到大廟裏來，站在院心問說：

「你們湯四爺在哪兒？」

「這邊廊房裏。」

「好！」飛刀宋話音兒方落，人已掀起簾子進了屋，衝著躺在煙鋪上的湯四癩子，盪出個響亮的哈哈說：「好個湯四哥，真有你的，你不是跟夏皋開火玩兒嗎？……他忙得像狗搶屎似的，你老哥卻有這等閒情逸興，躺在煙鋪上自在逍遙？」

「您請坐，宋大爺。」湯四強打精神說：「甭跟我提夏皋那個雜種了，他實在不夠混人的格！我湯四自問非但沒得罪過他，這些年只有幫他的忙的，……他發橫要吞我的人槍，全是騎在人頭上拉屎的做法！」

「您可甭動這麼大的肝火，湯四哥，」宋小禿子說：「我這是替你們做和事佬來的，無論如何，得賞我一個薄面，要不然，我可下不了台階啦！」

「宋大爺，您要弄清，這全是夏皋找著我來的，我可並沒找他！」湯四慍惱的說：「難道還要硬捺著我的脖頸，一步一個頭，磕到他門上去?!」

「哪兒的話？」宋小禿子說：「錯既在夏皋，我當然要他過來跟您賠不是，如今，是孫小敗壞要打張得廣，關咱們弟兄個屁事?我覺得，咱們上上下下都是熟人，何不三股合成一股，湊在一道兒熱鬧熱鬧？」

湯四癩子明曉得事情沒有那麼簡單，但他據守的破廟，業已被宋小禿子和夏皋包圍住了，這時候，想跟對方翻臉玩硬的，準得不著好果子吃，好在槍枝都還在自己手裏，只好冒大險，來它個隨機應變了。

「好罷，您宋大爺看著辦就是了。」

有了這麼一句話，宋小禿子和夏皋就把人槍全拉到廟裏來了，飛刀宋帶的有肉有酒，有煙茶賭具，底下那些傢伙一瞧他們的頭兒都握手言和了，哪還願意自找煩惱?攫著酒肉吃喝，完了就賭將起來。

宋小禿子、夏皋和湯四關在屋裏抽鴉片，癮頭過足，飛刀宋說是要打麻將，三個人三缺一，找來飛刀宋的副手上桌湊搭子。麻將一打上，敵對的氣氛就減弱了很多，四個人都把匣槍摘下來壓在桌角上，一邊打著牌，一邊聊著天，就像早年他們初出道混世時一樣的親熱。

牌正打到興頭上，外頭有人進來報說：

「宋爺，張得廣那邊，蘇大嚼巴和楊志高倆個，引著人槍到了廟西，敢情是來找湯四爺的。」

湯四癩子還沒來得及開口說話，宋小禿子就吩咐說：

「朝天響槍，告訴他們，就說湯四爺沒空見他們，正跟飛刀宋和夏皋夏大爺一道兒搓麻將呢！」

上了賊船的湯四癩子，這才曉得宋小禿子拖著他喝酒打牌的用心，是要藉此切斷他的退路，使張得廣以為湯部業已投到飛刀宋懷裏來了，不過，這話就是抖出來也沒有用處，湯四癩子憋著一肚子氣，打出一張不應打的牌，對方推倒了一個滿貫。

不用說，到了傍晚，麻將搓完，只有沒開過胡的湯四癩子是個大輸家，人還沒離牌桌呢，飛刀宋就跟湯四癩子遞上了話說：

「我說四哥，咱們私事全都辦完了，如今該輪著談公事了，沒耳朵的孫老大，好歹是咱們的頂頭上司，如今他坐鎮下沙河，關照兄弟請您去一趟。」

「用不著。」湯四癩子一聽話音兒不對，伸手想去拎起壓在桌角的匣槍，誰知宋小禿子早有防備，使腳尖一勾桌子腿，桌面一傾斜，湯四癩子沒抓著槍，卻捏了一把滑落的麻將牌。

「不要緊，」夏皋說：「若怕路上有風險，兄弟著人護送您一程，麻將放下來罷，您這回輸了，下回還有機會撈本的。」說著，朝左右一呶嘴，夏皋帶來的隨從一左一右，便抄著了湯四癩子的胳膊朝外拖；湯四癩子本身沒能隨機應變，只有把最後的希望寄在他手下人的頭上了。

他剛跨出房門，就掙扎著，想扯開喉嚨叫喚他的人，嘴張著還沒來得及叫出聲，後腦杓上挨了一傢伙，把他的話打悶了下去，使他滿臉紅得像喝多了酒，兩條腿軟癱癱的半拖著，不過，這一敲也是多餘的，湯四癩子應該曉得——即使喊出聲也沒有用，他的手下，業已被宋小禿子和夏皋的人用軟收的方法把槍繳掉了。

湯四癩子當然沒見著孫小敗壞，他被夏皋的隨從拖到上沙河鎮東圩門口外不足三里的一座亂葬坑裏，打了兩槍，一槍打在肚子上，淌出一灘腸子，另一槍掀掉他一角天庭蓋，血像茶壺嘴兒似的朝外噴。

張得廣的東邊門戶，就這麼敞開了……。

西邊的朱三麻子，攻得比東邊的飛刀宋更兇，但在進展上，卻沒有飛刀宋和夏皋那麼順當。

這原因，說來也極簡單，張得廣曉得孫小敗壞在西坐鎮，糾合筱應龍、金幹、胡三、葉大個兒、朱三麻子各股頭，人槍不下千數，他便把他手下的精銳，全張佈在西線上，朱三麻子和張得廣的手下是死對頭，正應上俗話：仇人見面，分外眼紅，雙方都是豁命保命的打法。宋小禿子雖狠，但算是陰狠，一嘴的江湖黏人耍人，而朱三麻子對這個，是擀麵杖吹火——一竅不通，他的狠全發在面上，但凡活捉住張得廣的人，問也不問，就拉出來砍的稀爛，挑到桿頭上搖晃給張得廣的人看，這麼一來，張得廣的人哪個還敢扔槍投降？當然非打不可了。

這是硬耗硬的打法。

朱三麻子靠了那挺機槍的火力和威勢，硬奪回他曾經丟掉的槍樓，接著就馬不停蹄的撲攻上沙河鎮的東面圩牆，不過，這一回他卻是禿頭鎚子遇上了厚牛皮，一傢伙鑽不透了。

張得廣把他巢穴——上沙河剛經營得很堅牢，早在年前，他就迫集民伕上千人，替他日夜挑壕築圩子，三道外壕挑得又寬又深，遍插鹿角樁、狼牙樁，最後一道內壕，挑有三丈多寬，引進沙河的活水，人不能像鳥一般的插翅飛渡。他修築的土圩牆，朝外的一面壁立著，朝內的一面是有土級的斜坡，防守的寨棚子，就建在圩垛附近，每隔十來丈，棚成四方形，土牆草頂子，狡猾的張得廣怕人朝棚頂扔火把，特意要人用溼泥漿塗在草頂上，乾後再塗，變成幾寸厚的泥殼不怕火燒。

朱三麻子遇上這樣堅固的防禦，硬是被堵在圩外，只是瞪眼叫罵的份兒。

孫小敗壞上來巡視過，搖頭說：

「老三，你光罵也不是辦法，白費吐沫星子，張得廣躺在屋裏，半句也聽不著，何苦來？」

「那，您說該怎麼辦呢？老大！」

孫小敗壞沒說話，用手指戳著額角想心事。

「我看，只有三面把他包圍著，耗他個龜孫。」獨眼蕭石匠說：「斷了他槍火糧食的接濟再講。」

「不成！」孫小敗壞說：「張得廣背後，十里沙河沒人能封得嚴，咱們耗不著他；再說，他業已把尤暴牙差進縣城去活動了，假如咱們不能一鼓作氣吞掉他，早晚會出大變化，弄成尾大不掉的局面，咱們反而蝕本。」

「這樣罷，」腦袋靈活的胡三獻計說：「咱們何不採用當初金幹整倒紅鼻子牛濟洪的方法？……先要筱應龍查清楚張得廣背後開門的情況，再派人假裝成運貨的混進去，讓那老妖吞下一顆孫悟空變的桃子，——打肚子裏撐他，怕他不翻身打滾？」

「對！這倒是個辦法！」孫小敗壞說：「但則還有一宗更要緊的，那就是趕快差人進縣城去，找機會暗地裏把尤暴牙給捅掉，斷了張得廣和鬼子直接連絡的路，只要除掉尤暴牙，這邊就是時間拖長點兒，張得廣他也取不到翻本的機會，只有癩蛤蟆掏井，——越掏越深！」

「誰去比較妥當呢？」胡三又在打主意了。

「你也甭朝旁人身上想了！」孫小敗壞拍著胡三的肩膀說：「縣城那種地方，大街小巷像蜘蛛網似的，假如差個老土去，出了客棧就摸不著門，哪兒找人去？……說來說去，只有你去最合適，你是城裏的常客，明暗門路都通，各方人頭也熟，找一個尤暴牙，不費吹灰之力，可不是？」

胡三心裏早已癢癢的，想到縣城去逛逛了，他是那種小風流的人物，穿的是見風抖的絲綢，平素極愛揮霍，如今給他個特務連長的名目，大權落在小敗壞自己的手上，他像是師爺門客，隊伍拉到北邊來，他整天得跟手下人混在一起，身上染了疥瘡，又生了蝨子，倒不如藉機帶著隨從去縣城換換胃口，假如有機會弄到獨當一面的肥差事，就跟孫小敗壞拆夥分家也沒有什麼虧損的。

「老大您既這麼說，打掉尤暴牙的差事，我算拍胸保證，一手包辦了；」他說：「事情一辦妥，我立刻就著人捎信回來。」

「我另外有封信，交你帶給李順時李大爺，」孫小敗壞說：「你需要什麼，李大爺他自會幫你安排的。」

「好！」胡三說：「我今天就帶人動身。」

打出胡三這張牌，孫小敗壞心裏更加篤定，好像非把張得廣吃掉不可，但對方把上沙河的三面，經營得像鐵桶一般，使他壓根兒使不上勁，只有把全部精神用在差人混進去安樁臥底這件事情上。

筱應龍負責這件事，表現得極爲熱心，他跟孫小敗壞分析說：

「老大，我斷定張得廣那個傢伙忍不得久困，他離不開煙土、女人和酒，咱們若想差人混進去，只有在這方面動腦筋，等我安排出頭緒，再來跟你陳明罷！」

而張得廣並不曉得孫小敗壞要耍什麼花樣？一向被他目爲空殼子的孫小敗壞，居然能拉攏了筱應龍、金幹、飛刀宋、夏皋、朱三麻子、葉大個兒各股人槍，合力來壓攻上沙河，真使他有些招架不住，站在自己這邊的湯四癩子、楊志高、時中五三股人，頭一陣就叫對方扯平了兩股，湯四癩子片甲不歸，楊志高僅落一個隨從，而時中五本來就是光著屁股來投靠的，這樣一比，等於自己一股實力，跟孫小敗壞捻合的各股相拚，形勢不利自是非常明顯的，當然，以上沙河的防禦，孫小敗壞再強，一時兩時未必能打得開，不過，時辰耗久了，那可能很難講了！

上沙河不是什麼樣的大集鎮，存糧有限，張得廣手裏攢著的槍火，雖說不少，但耗掉的子彈補不上數，早晚總有耗光的時候，此外，正如筱應龍所料定的，張得廣對煙土、女人和酒的缺乏，實在顯得憂急。他的煙癮極大，整天抓著煙槍躺在煙鋪上，一天總得燒三十個泡子，若不把煙癮過得透足，連眼皮子都抬不起來，莫說調度人槍開火打仗了。說起女人和酒，這兩種玩意兒總連在一起分不開，正因他有些貪杯嗜酒，酒後難免……那個什麼。張得廣對於女人，一向注意挑揀，一般平頭整臉，姿色平常的，還挑不起他的胃口，在上沙河鎮，女人並不缺乏，經常跟在張得廣身邊的，也有好幾個，而他喜歡嚐嚐新鮮的，那些姘久了的都已變成陳年臘味了。

另一方面，使張得廣憂悶的是他身邊人手太少，上一回攻撲施家槍樓，使他折了白毛虎薛立，薛立雖然沒有死，但已廢在那兒不管用了，蘇大嚼巴和楊志高守圩崗，只有時中五一個人在幫他拿主意。時中五這個混混兒，腦筋活思路廣，嘴巴快，能言善道的，有時確能替他分憂，但張得廣總覺時中五有些花花大少的味道，主意拿出來輕飄飄的不壓秤，不能使他認真的相信，儘管這樣，除去時中五，他左右已找不到旁的能說話的人了。

「中五，你倒是說說看，沒耳朵的硬捻合那幫雜碎來找我姓張的麻煩，道理究竟在哪兒？……我跟他孫老大沒仇沒恨，他高高在上幹他的團長，他桌面上吃肉喝湯，我它媽鑽桌肚，窮啃骨頭，也惹得他使腳踢？——我它媽在他眼裏，當真連狗都不如？」

「話不是這麼說，張大爺。」時中五說：「我不是業已說過好多遍了嗎?孫小敗壞是妒你人槍勢力，吞掉你分肥在其次，他不打你，就無法捻合各股聽他的號令，──把肥肉吊在狗鼻子前頭，狗可沒有不聽話的，比較起來，您是老虎，筱應龍、金幹那幫子傢伙，才道道地地是狗性子呢！」

「哈哈哈……」張得廣被奉承得樂開了，大笑說：「照你這樣說法，咱們這算是進了惡狗莊，被它媽一群狗圍著咬了？」抓著煙槍，這樣開了兩句玩笑之後，馬上又被某種思緒牽回惱人的現實裏來，緊鎖眉頭說：「中五，你剛剛說我是老虎，可是，如今我可是虎落平陽被犬欺，對方翦掉湯四和楊志高兩股，合圍上沙河，咱們長時被困在這兒，總不是辦法。」

「您料算得沒錯。」時中五說：「這兒被圍之後，錢、糧、槍火，都斷了源頭，一時還不要緊，困久了的確不是路，非得早作籌謀不可！」

「我倒不是沒籌算過，」張得廣說：「我弄了那許多大洋，讓尤暴牙帶進城活動，若是鬼子那方面，能出面打個圓場，他孫小敗壞就有斗膽，也不敢再動我了，可是，也不知怎麼弄的?尤暴牙那個王八蛋，一去烏嘟嘟，連它媽一句口信都沒帶回來!害得我在這兒癡貓等瞎穴，真能把人眼珠子都給氣凸出來。」

「不論尤暴牙可不可信靠，那也是遠水救不了近火，」時中五搖頭晃腦的說：「照目前情勢看，光等著他實在不成。」

「所以啊！」張得廣說：「你吃飽喝足了，閒著沒事，你得多幫我動腦筋拿主意才成，咱們如今命運相同，沒了我張得廣，也跑不掉你時中五。」

「這，我還有不明白的？」時中五說：「您不曉得，這些時，我爲著這事，根根腦筋全動透了，我以爲北面的筱應龍一股人，無法封鎖沙河，咱們所需的東西，照樣可以開後門做交易。」

「不錯，這事我也想過，」張得廣說：「就是冒幾分險，也非這樣幹不可。」

「可是，如今事分很多頭，咱們非得齊頭並進不可！」時中五說：「您得一面趕急差人進縣城，去催促尤暴牙，一面不妨差個人，去跟孫小敗壞談談。」

「叫我跟那沒耳朵的談談？」張得廣瞪眼說：「雙方早已撕破臉皮子，真刀真槍的幹上了，我跟他是勢不兩立，還有什麼好談的！」

「您聽我把話說完罷！」時中五湊近一些說：「咱們不是跟他談旁的，是跟他討價還價談條件，藉這個機會，套清楚對方想得您什麼？想要您什麼？當然嘍，一坐上桌子談，暫時就不會打，這是拖延時間的好辦法，咱們也好趁這時辰做旁的準備。」

「主意倒是好主意，」張得廣沉吟了一會兒說：「但則，我手邊一時沒有擋用的人了，中五，這主意既是你拿的，你能不能替我出面，跟孫小敗壞在一個桌面上談談呢？」

張得廣這話一出口，時中五便摸起耳朵坐不安穩了，嚅囁半晌，紅著臉說：

「張大爺，不是我不願去，您曉得我跟飛刀宋有仇，我去了，不但談不成，必會把事情搞砸掉！」

「我曉得你跟飛刀宋那個樑子，你們雙方都夠無聊的。」張得廣說：「既不是殺父之仇，又不是奪妻之恨，雙方翻臉，不過只爲了一個婊子，你爲了那個破爛貨，把槍枝也搞光了，地盤也搞沒了，直到如今還不醒迷！」

張得廣這一罵，硬把時中五罵矮了一截兒，罵完了一想，又覺不太對勁，——自己要比時中五更好女色，尤獨迷戀婊子，這算是指和尙罵禿子了！不過，他腦筋一動，又接著轉圜說：

「其實呢，十個男的九個嫖，有些不嫖的也都它媽是些假正經，有的是膽子小，怕害花柳病，有的是窮措大，沒有閒錢去風流，有的裝成人樣兒，其實心裏想得發慌；不愛嫖，就算不得男人了……不過，在這方面，你得跟老哥哥我學學！——要能拿得起，放得下，把它當成一樁閒事看，爲著女人跟人相爭，把自己一點兒根基都給拔了，犯不著呀！」

「您說得是，說得是！」時中五急忙說：「但如今我就是想透了這一層，也沒有用了，宋小禿子恨我恨得入骨，說是攫著我非剝皮不可，我哪還敢跟他碰面？」

「我看不見得，他只是嘴上說說罷了！」張得廣說：「不錯，飛刀宋那傢伙很蠻悍，他把湯四那樣整掉，真是夠狠夠毒的，但你的情形跟湯四不同，……他收拾湯四，是因湯四手下的人槍他們要收編，打掉湯四，使那些人鳥無頭自散，斷絕後患。他要是私下捉著你，伸槍把你打掉，也不是沒有可能，而這一回，你是代我出面，找沒耳朵的辦正事去的，他即使恨你恨得牙癢，也不至於爲了一點私仇怎樣你，俗說：兩國相爭，還不斬來使呢，宋小禿子總也是混人的人，他能不曉得這個？」

「張大爺，我倒不是怕他怎樣我，」時中五辯解說：「總而言之，我跟他碰上頭，實在很尷尬，他要是逼著我要人，我怎麼辦？」

「有什麼怎麼辦？你剛剛還說你想透了呢？」張得廣沒好氣的說：「一個爛乎乎的婊子，值得你像護著金葉似的護著她？他要，你把人帶去還給他就是了，橫直是好多人用過了的破貨，他宋小禿子還會計較豁邊缺口？」

時中五儘管滿心不願意，而張得廣決定把這帖爛膏藥硬貼在他腦門上，不容他再揭了。時中五懂得人在矮簷下，不得不低頭的道理，也不能埋怨旁的，只能埋怨自己，不該替張得廣拿這種主意，結果，自己結的繩圈，反套住了自己的脖子，張得廣口口聲聲貶那個婊子，而時中五是嚐過滋味的，他曉得她是個尤物娘們，風塵裏的妙品，若是把她再奉還給宋小禿子，那自己可真是血本無歸了。不過，張得廣的脾性也不是好撥弄的，他說去！自己就非去不可，就算捏著鼻子，也得走一趟了！

他無可奈何的點頭說：

「張大爺，爲著這個女人，我可把人槍地盤都丟盡了的，這回爲了你，我可是下了大本錢，單望日後你發達了，多提攜我一把，讓我再成個小局面，目前我就賠了本，也還換個指望在那兒擺著。」

「喝，好兄弟！」張得廣伸出肥厚的巴掌，輕輕拍打著時中五的肩膀說：「你說這話，真的夠朋友，見性情！……老哥哥我曉得你有難處，但還逼著，並不全是自私，也全爲你著想，……紅顏禍水，你能當機立斷，早潑出去早好，要不然，我就能幫襯你，你也會被她迷得軟塌塌的站不來。」

時中五硬被推出去，到了下沙河去見孫小敗壞，那個婊子騎著牲口跟他一道兒上的路，時中五暗底下盤算過，張得廣這種人，一臉的狗毛，說翻臉就翻臉，跟在他身邊，總是提心吊膽，委實也不是路數，不妨託他拉個彎兒，只要跟宋小禿子把舊怨消解了，自己就暫時留在下沙河做個兩面人，觀風望色別苗頭，再定行止也是好的。

算盤是這麼打的，但他剛出上沙河鎮，走不到四五里，迎頭撞上一撥子人，他抬頭一瞅，再想迴避可就來不及了！——對方正是飛刀宋小禿子，領著六七桿槍護駕，從施家槍樓朱三麻子防地上出來。原來飛刀宋跟朱三麻子兩個煞星氣味相投，朱三麻子特意約了飛刀宋到他的槍樓喝酒，一面商議怎樣聯手合攻上沙河的西南兩面。酒喝足了，飛刀宋辭出來，誰曉得頂頭就遇上了時中五。

「那不是姓時的小子嗎？」

飛刀宋雖帶有六七分酒意，看人卻沒看花了眼，他掂著匣槍一指，他的隨從就奔上去把時中五給圍上了。時中五騎在騾子背上，一瞅這光景，表面上不動聲色，心裏卻暗暗叫苦，雖說他身上帶有一把短槍，被「靠」上來，六七桿槍的槍口衝著他，也不容他施展。

「前頭敢情是宋大爺！」他捏出一張笑臉，明知故問的叫說：「咱們不是冤家不聚頭，今兒格我時中五出圩子，是存心找著你來的。」

「喝，小子！」宋小禿子上來說：「聽你說話，倒是滿夠光棍的，有話下來講罷！」

時中五翻下牲口，朝飛刀宋拱拱手說：

「宋大爺，我時中五天生好嫖好賭，真算是賊皮子，爲了這個婊子，得罪你這樣的朋友，槍枝玩光了，人頭班子也玩散了，弄得身無立錐之地，不得已，才借張得廣的簷角，暫時遮風擋雨，窮摑混，心裏越想越不是味道。」

「那是你活該，」宋小禿子說：「你自惹的鳥麻煩，關我屁事？我沒殺你，業已算天高地厚了！」

「我曉得您宋大爺不是那樣人，」時中五笑著奉承說：「要不然，我還敢出圩子來見您？……這回，張得廣得罪孫老大和諸位爺們，弄得我夾在當中太爲難了，我領的是十一中隊的番號，說來是孫老大的人，怎能幫著張得廣跟諸位作對？所以我想居中做個調人，把彼此間的誤會消解消解，我想去找孫老大，順便想託他跟您說個情，把這個娘們奉還給您，今兒在這兒直接碰上您更好，她還是您的人，我時中五雖窮得脫褲子當當，可沒餓瘦她一塊肉，減掉她半分高。」

「好！」飛刀宋說：「你既然說得這麼爽快，咱們還算是明友，我先請你到部隊去，喝兩盅敘敘舊，過後我自會陪你去見我老大的。」

時中五推脫不掉，他跟那個婊子，硬被宋小禿子用槍押著，請到他的隊部去了。

到了隊部，宋小禿子當真吩咐人擺上酒菜，跟時中五和那婊子談笑風生的吃喝起來。時中五幹過虧心事，心總是虛的，一面談著笑著，酒也喝著，一面留神觀顏察色，怕對方忽然翻臉。宋小禿子呢？豁開領口，把一臉喝得紅紅的，禿頭上帶汗，閃出亮亮的油光，好像把過去那筆老賬早忘得一乾二淨的樣子，這使時中五逐漸把心放下來，說話也忘了忌憚了。

「我說老時，我實在不懂，這個雌兒是我花錢包下來供養著的，她它娘也曾海誓山盟的對著我，說她永不變心，不知你用哪點兒打動她，硬把她打我懷裏扯出去，把她給拐跑了的？」

「嘿嘿，這個您問她好了！」時中五酒意朝上湧，說話也跟著放蕩起來：「宋大爺，我對付女人，倒不是靠著一張臉，我是練過一套功夫的。」

「嘿！」宋小禿子說：「聽你這麼一說，我倒發起醋性來啦，她既心向著你，我要她回來也沒有用，還不如把她給撕掉，咱們大夥全沒的玩！……來人，把她叉出去打掉。」

可憐那個婊子做夢也沒想到這一招，她總想她是殘花敗柳，靠姿色吃飯，不拘是跟時中五，還是跟宋小禿子，倆人總有一個好跟的，爭呀奪呀是男人的事，再怎樣也輪不到她頭上，誰知飛刀宋竟然這樣無情絕義，把她嚇得渾身打抖，跪下身，抱著宋小禿子的腿，哭著哀求饒她一命，宋小禿子無動於衷的飛起一腿，把她踢滾在地上，一疊聲的吩咐左右把她叉出去打掉。

這時刻，時中五看著不過意，在一旁勸說：

「這，這又何必呢?宋大爺，我把人誠心誠意帶來還給您，您若不要，就留給兄弟，她年輕輕的，水花白淨的一個女人，拉出去打掉，不是太可惜了嗎？」

「這個我曉得。」宋小禿子冷冷的說：「我這狗熊脾氣就是改不了，我說打掉，就得打掉！……來，你坐下，咱們喝酒，我還有幾句正經話，要跟你談談呢！」

女人被拉了出去。再好的酒，時中五喝起來也覺沒有味道了!宋小禿子替對方把酒斟滿，外頭業已響了一聲槍，這悶悶的一響，好像打在時中五的心上一樣。甭談什麼真情實意了，倆人在一個熱被窩裏翻雲覆雨的纏綿過一段日子，舌尖上的甜話總吐過，好歹有些露水恩情在。宋小禿子偏生這樣下狠招兒，明明是存心挫辱自己來的，時中五想到這點，滿心鬱勃勃的起火，但卻不敢發作。——他背後，宋小禿子的衛士站了一排，而且都把手捺在槍把兒上，這簡直就像赴了鴻門宴了。

「我說老時，」宋小禿子岔開話頭說起旁的來：「你說想出面找孫老大，替張得廣拉彎子，我得先問問你，這個彎子，你準備怎麼拉法？」

「宋大爺，這可不是我能作主的事情。」時中五陪笑說：「這得看孫大爺跟諸位的意思，有什麼條件？讓我帶回去跟張得廣說。」

「姓張的有怎麼樣的條件沒有呢？」

「沒有。」時中五說：「態勢明擺在這兒，他張得廣被困在上沙河，槍枝人頭都比不得這邊，他只是巴望諸位不要過分逼他，雙方槍一響，都免不了傷亡，再說，大夥全是一條道兒上的朋友，沒有什麼大不了的過節，若能和和氣氣把事情了掉，那該多好？」

「嗯。」宋小禿子皮笑肉不笑的打個哼哼說：「我看並沒那麼容易。咱們若是說：要把張得廣的人槍全部收下，他肯是不肯？」

「您甭說笑話了，宋大爺，」時中五說：「要他全部人槍，讓他沒法子再混，那不就是要他的命？……真要這樣的談，十有八九是談不攏的。」

「我老實告訴你罷，時中五！」宋小禿子這才板下臉來說：「這檔子閒事，用不著你來多管，咱們如今就是要取張得廣那條狗命，分他的槍，你回去告訴他，最好是讓他自己爬進棺材，再晚，連棺材也沒他睡的。」

「是，是！」時中五說：「不過，假如您不介意的話，宋大爺，我還是想去趟下沙河鎮，見見孫老大試試，實在不成，我再去回張得廣的話好了。」

「好！」宋小禿子說：「但在你動身之前，我想向你借樣東西。」

「要我借什麼？您說罷。」

「嗯，我倒要瞧瞧你那練過功夫的行貨怎樣硬法？我要留著做個樣兒！」宋小禿子說著，朝兩邊一呶嘴，時中五的胳膊便被人給架住了，有人從背後伸手摘掉他的短槍，跟著就扯脫了他的褲子。

宋小禿子這一回不單狠，而且還狠出了新花樣，他沒有像對待湯四癩子那樣，把時中五拉出去斃掉，卻自己動手，用他的飛刀把時中五活活的閹割掉了。時中五被割時，大叫一聲昏了過去，宋小禿子著人用冷水把他潑醒，將時中五的那行貨子放在托盤裏捧給他看，一面笑說：

「老時，你瞧我姓宋的夠不夠朋友？……你一生做事，總受這玩意的拖累，我算是替你割掉了大禍根，從今以後，你也好清心寡慾，不必再爲女人爭了！」

「你……你！……」時中五咬牙切齒的吐出兩個字，豆粒大的汗顆子直滾。

「甭那麼小氣，」宋小禿子說：「這玩意有什麼好？拖來摜去的垂在襠下亂打腿！你要實在不肯借，我就把它還給你，——像你把女人還給我一樣！」

不過，時中五並沒聽見他的玩笑話，他剛醒轉，又叫一陣劇痛弄暈過去。

宋小禿子爲了表示他絕不食言，當真要人用手車把被去了勢的時中五送到下沙河鎮的孫小敗壞那裏，孫小敗壞弄清這事之後，笑得前仰後合，摸著他兩邊沒有耳朵的疤痕，對呻吟不絕的時中五說：

「時中五，咱們算是同好，比較起玩掉那話兒來，我被人割掉耳朵，還算幸運的了！我它媽沒有耳朵，還照樣的風流，你呢？連風流的老本也叫飛刀宋砸光啦；你這回是張得廣逼你出來的，這筆醫藥費還該由他出才對，我這就叫人把你送回上沙河去罷！」

時中五被送回上沙河鎮，張得廣可惱恨透了！不是嗎？時中五白出去兜了一個圈兒，娼婦丟掉不說，連子孫堂也叫人給砸掉了！他們這樣戲弄時中五，明明也就是戲弄自己，看光景，這一火豁命也得打，假如自己落到孫小敗壞那夥人手裏，還不知怎樣悽慘呢！……時中五幸好沒有死，日後還能幫自己拿主意，但時機急迫，事情非馬上辦不可，他不得不呼喚手底下的人，著他們趁黑泅泳過河，有的啣命去縣城連絡尤暴牙，有的去北邊跟煙販、糧商、軍火販子分別接頭，出高價收購他所要的東西。

而屯紮在沙河北岸的筱應龍，防河防得並不那麼嚴密，使張得廣的手下很容易進出，過不久，一些想獲暴利的投機商人，便紛紛冒險進入上沙河，跟張得廣做起交易來，張得廣在原先的渡口設了卡站，更派出一隊精悍的槍隊，到河北岸去駐紮，專意保護那些商民和貨物，怕遭筱應龍的劫奪。

奇怪的是，包圍張得廣的各股人，也許曉得上沙河的工事築得強固，一時不易硬攻得手，東南西三面，都不再有激烈的槍戰了，上沙河鎮裏顯出一片平靜，鎮北的一段街道上，茶樓酒館裏擠著許多外來的商客，另有一種畸形的熱鬧。

張得廣雖在表面上顯得迷裏馬糊的，但他對被困的上沙河鎮還能維持這樣的局面極為滿意，逢人就自鳴得意的，用輕蔑的態度，挖苦孫小敗壞：

「沒耳朵領著那窩老鼠，也不過就是那點兒能耐，老子今天坐定了上沙河，他又能把我怎麼樣？」

同樣的話，經自己的嘴反反覆覆的說多了，不是真的也覺得是真的啦！日子只要略為平靜一點點，張得廣就想活得寬鬆點兒。他所謂寬鬆寬鬆也者，不外乎擺擺酒筵，喝喝老酒，賭賭牌九，嫖嫖姑娘，聽聽戲曲，看看熱鬧，再找幾個冤種槍斃之類的。

這些事只要他有心，辦起來並不太難，北地來了個黃臉包金牙的販酒商，姓潘，人都管他成黃臉老潘，他帶著十來個夥計，運來五六大簍的原泡大麴酒，另帶一批肥豬，張得廣找他當面談話，把貨給包了，老潘掏出兩包甘肅來的名貴煙土謝他，張得廣一高興，就叫人點上煙燈，橫倒身交起朋友來。

黃臉老潘說起來，原也是道兒上的人物，早先拉過撇子，過後也唱過戲，走過鹽，幹過好多行，所以見得多，識得廣，使張得廣不能不佩服。

「我說潘兄，你才真是塊人王料子，可惜流年不利，硬埋沒了。」張得廣說：「要不然，你不是也擰合得了三五桿槍，找塊地盤站腳了嗎？」

「嗨，張大爺，」老潘說：「我混久了，早把許多事情看透，也想透了，我是個粗漢子，硬被饑荒逼離家根，到處打浪蕩的，如今只要看半分薄利，把肚子塡飽，我是啥事全不想了！人生不過一台戲，文唱文了，武唱武結，古往今來，不知有多少英雄豪傑都入了土，我算啥玩意？不餓肚子就算得天之福了！」

「不錯，」張得廣說：「潘兄說的，也真有幾分道理，不過，像我來說，混開了頭，恩恩怨怨，是是非非把我裹在裏頭，如今，沒耳朵的硬糾合人來夾攻我，哪兒是我的退路？這年頭混世，全是講利害，重勢力，你不吃掉旁人，旁人就反過來吃掉你，一上場就像奔馬似的勒不住轡繩了。你說我該怎麼辦呢？」

「張大爺，我懂得您的難處，」老潘說：「你甭看孫小敗壞那夥人，炸鱗抖腮滿神氣，其實也不過就是趁風趁浪攪和這一陣兒，朝後絕沒好收場，咱們這可算是交淺言深了。張大爺，我以爲你不妨趁這機會，把孫小敗壞給你的番號扯掉，免落漢奸的罪名，讓人曉得你張得廣是打僞軍的，你純是黑道人物，跟中央八路，跟蒿蘆集和燕塘高地都扯不上關係，鬼子一時也未必插手管這檔子閒事，萬一他們勢大，你支不住了，就拉離上沙河也不要緊，天下大得很，到哪兒不好存身？」

「對啊，這倒是個辦法，」張得廣說：「可是當初我從沒有這麼想過，當初我接了沒耳朵的給我的空頭番號，原就是想縮著頭，在地方上混個小局面了事的，誰它媽存心想幹漢奸是王八操的，我張得廣不是好人，我承認，但我再壞也沒壞到摟著鬼子喊爹叫娘的程度，羊肉沒吃惹上一身騷，這鬼番號扔掉，我也並不心疼。但是說實話，當時我已託了尤暴牙進城，走鬼子門路，另外活動番號去了，沒有番號總是很難混，可不是？我唯一所要的，就是一個『混』字。」

「混呢，也不是不能混，」老潘慢吞吞的說：「既然您要混，也得有個混的主張，嗯，比方說：糊弄糊弄鬼子，不要搶劫殺生傷那些陰德，對黃楚郎那傢伙不沾不靠，對中央的人物，暗地幫些小忙，你能這樣做，日後局勢有變化，也好有個退步，——至少是死不了！」

「嗨，能那樣還有什麼話說，」張得廣把頭縮縮，歪著脖子笑說：「這年頭，十個混世的九個橫死，我這腦袋，日後若能不挨槍，那才是出了格的造化呢！」

「所以我說，孫小敗壞這回圍攻你，存心把你擠掉，對你是有好處的，何以見得呢？」老潘接著分析說：「老實說，你張大爺雖是蹚渾水，走黑道的人物，但你的名聲，總要比他們那些貨要略好三分，至少亂砍亂殺的毒招兒你很少用過，就說是強盜罷，你也算是正經強盜，跟他們不是一類……。」

「喝，潘兄，你這番話，真是說到我的骨頭縫裏去了。說真話，我它媽偷也偷過，搶也搶過，若叫我像孫小敗壞、宋小禿子那樣陰險，耍狠招兒，我確實幹不來，若說我有毛病，也不過吃喝嫖賭。拿嫖女人來說，她願賣，我願買，那是交易，霸王硬上弓的事我都沒幹過，我它媽硬是正經強盜，沒錯的！」

「可是你跟孫小敗壞走一條路，揹上漢奸名聲，那就全不對路了！」老潘說：「孫小敗壞一心藉鬼子的勢朝上爬，想整掉你分槍佔地，那只是頭一步棋，下一步棋，他們就要撲打蒿蘆集……誰不曉得那是中央的游擊地區，打蒿蘆集就是打中央，這個罪名，你扛得了嗎？」

「哎喲！老哥！」張得廣嘆出聲說：「您這番話，簡直是提壺（醍醐）灌我的大頂，總算把我給灌醒了，我真要找退路，脫出是非窩，我手下的要幹，由他們幹去，我這大半輩子，多少也作了些孽，如今再不收攤子，實在不是辦法了。」

「說起收攤子，可也並不那麼好收，」黃臉老潘說：「張大爺，你曉得孫小敗壞困著你不攻，是什麼意思？……他們是想藉機把人混進來臥底，裏應外合盤弄你，他們會拿老酒灌你，女色迷你，讓你死都不知怎麼死的！另外，黃楚郎也差人要混進來，想把你的人搞得四分五裂，讓孫小敗壞吃掉。」

張得廣哦了一聲，忍不住的皺眉罵說：

「黃楚郎也它媽想偷我的雞（機）？老子從來也沒得罪過他，他夥著孫小敗壞整我，所爲何來？」

「這可太容易懂了，」黃臉老潘說：「這真是個借刀殺人的計策，他要借出你的槍枝人頭，讓孫小敗壞去打蒿蘆集，等到你們打得筋疲力盡，兩敗俱傷的時刻，他再出來收拾，你光佔地混世，不想動蒿蘆集的腦筋，黃楚郎自然把你當成對頭看了。」

非但張得廣沒料到當上沙河被困的時候，會來了黃臉老潘這麼個人，拿一番言語替他引路，就連孫小敗壞和黃楚郎兩方面，也沒料著半路殺出的這個程咬金，使張得廣變得更機警起來，而那個黃臉老潘在幹完這宗事之後，任張得廣再怎麼留他也沒留得住，帶著他的夥計，悄悄的走掉了。

這樣一來，孫小敗壞和筱應龍籌謀甚久的，派人進上沙河臥底的主意沒行得通，筱應龍打進上沙河的幾撥子人，全叫張得廣抄查出來，這使他非得改變方法，拉槍硬攻不可。

誰知事情有了出人意料的大變化，有人密報他說，爲了減輕蒿蘆集所受的壓力，東海岸的中央游擊區裏，早已派出許多幹練的人手，分頭到各地策動，聽說鬼子佐佐木中佐業已曉得孫張鬩牆的事，發表使張得廣爲緝私大隊長，調駐城區，尤暴牙也當了他的副大隊長，……這些孫小敗壞還能忍受得了，最使他忍不下去的，是胡三胡四弟兄倆，竟然叛離了他，不知怎麼跟尤暴牙結上了夥？投到張得廣懷裏去，領了兩個隊長的名目。胡三這一叛不要緊，更把他的姘婦萬大奶子弄過去了，不用說，他設在堆頭的團部，再也不是他的老窩了。

「雜種雜種，全它媽不是人揍的玩意兒！」孫小敗壞聽著這消息，氣得兩眼發黑，只有狂吼亂罵的份兒。他召聚各股頭目，想趁著鬼子明令發表前蠻幹一場時，鬼子不但令到上沙河，還派下一個中隊的日軍，進駐上沙河，接了張得廣防。

張得廣是在鬼子松下大尉監視之下整隊開拔的，孫小敗壞不敢再動，不但沒撈著張得廣一根槍，一粒糧，連上沙河那塊地盤也沒落得著，情形看來極糟，因爲鬼子不駐鄉區，一切由他爲大，松下大尉帶著日軍屯駐上沙河，刺刀尖硬抵在他這個保安團的脊樑蓋上，使他只有佔據下沙河、黑溝子、金老莊這塊扁扁長長的地盤，臉對著西北角的燕塘和西南角的蒿蘆集了。

屯駐上沙河鎮的鬼子頭兒松下，聽說是由東洋本土新調過來的，勾鼻子凹眼，一臉絡腮鬍子，他一到上沙河鎮，立刻就叫翻譯把孫小敗壞叫了去臭罵一通，並且指著他的鼻子告訴他，從今以後，保安團得由他指揮調度，一定要限期攻佔蒿蘆集，孫小敗壞略一遲疑，屁股上便挨了一腳，肩膀上又挨了一馬鞭子。

「你的隊伍，要重新改編，」松下大尉通過翻譯告訴他說：「不得本官允准，不准離開防地。」

一鞭子加上一腳，把孫小敗壞打得乖巧了，不論松下說什麼，他都點頭應是，回到下沙河，召集他手下的各股頭目，大發怨聲說：

「想端鬼子這隻飯碗，也真難透了，張得廣這塊到口的肥肉，鬼子硬叫咱們吐掉，反而把他調進縣城去大撈油水，如今松下屯駐上沙河，一副太上皇的嘴臉，要咱們一行一動都得聽他的，我它娘認真想想，當這撈什子團長，還不如當山大王痛快呢！」

「大哥您甭急，」獨眼蕭石匠說：「松下那傢伙，只是新官上任，三把火放過，他準洩氣無疑！」

「其實，人到哪兒都是混，」在這一回開火時，飛刀宋是唯一吞掉槍枝，嘗著甜頭的一個，說起話來，當然氣足些：「蒿蘆集早晚總是要打的，不打垮喬恩貴那夥子人，咱們永無出頭之日。」

「如今的情勢委實關緊，」金幹說：「張得廣沒打著，仇可是結定了，他這傢伙一調進城，跟佐佐木處在一起，多的是咬耳根的機會，弄的不好，咱們全砸！」

「是啊，」葉大個兒附和著：「咱們如今是骨頭連著筋，非緊緊擰合在一道兒不可，要不然，張得廣定會攫著機會尋仇，一股一股的把咱們反吞掉！」

孫小敗壞一聽，各股人爲了自保，全願意捧著他這個團長，擰合在一堆自保，張得廣雖沒打著，他的心願業已達到了，當時就把松下叫他改編隊伍的事說了出來，決定把全團編成三個大隊，第一大隊，大隊長筱應龍，簡稱筱大隊，下屬朱三痳子、葉大個兒、張老虎三個中隊；第二大隊，大隊長宋小禿子，簡稱宋大隊，宋本部的一個中隊由宋自領，另配夏皋中隊，由湯四癩子和楊志高降部混編的一個中隊；第三大隊，大隊長金幹，除自領本部之外，配屬蕭石匠那挺機槍，號稱機槍中隊。

隊伍編妥之後，孫小敗壞爲了加意籠絡，特意備了豬頭三牲，在下沙河鎮的槍樓裏設供焚香，把他團裏各大、中隊長請到一塊兒，叩頭拜了把子，大夥兒瀝血起誓，說是有福同享，有難同當。

孫小敗壞原先不敢朝西發展，是因背後沒人撐腰，如今上河鎮駐紮了鬼子，有騾有馬，有機槍和鋼炮，使他的膽子變壯了許多，不敢說立即動手攻撲蒿蘆集嘛，至少可以逐步逐步的朝西試探試探。

另外有宗窩囊事兒，他不便跟他這窩把兄弟提起的，那就是胡三胡四兄弟倆背叛他，佔去他的老窩，搶走他的姘婦萬大奶子，這使他冒火八丈，念念不忘的梗在心裏，暗地裏咬牙發誓，非找機會報這個仇不可！……儘管萬大奶子那個蕩貨並不是絕色美人，但那卻是他拿兩隻朵耳換來的，掂起來分量不輕，就這麼讓胡三拐跑了，他是絕不甘心的。

第七章・松下中隊

擔任在蒿蘆集東面一帶巡防工作的鄉團附袁震和，坐在孫家驢店北邊不遠的一座路口的茶棚裏，他的黑走騾拴在一邊，幾個便衣的鄉丁也都藏起槍枝，裝成一般的茶客模樣，一面喝著茶，一面留神聽著外路過客的談論。

袁震和在地方上管事許多年，辦過大小幾十宗盜匪的案子，一根匣槍，一匹走騾，跑遍四鄉，不單混世走道的曉得他，就連僻角落裏的鄉民，也都聽過他的名頭。這一回，趙澤民把他差到東路上來，他明白擔在自己肩膀上的擔子太重了，他從沒想到當年乖謬無行的孫小敗壞，一下子會猖獗成這樣？竟然糾聚起南北各地的亡命徒，在鬼子翼護下，成立起一個僞保安團來。

扯北朝南，從沙河起，直到孫家驢店北面的黑松林子，佔了幾十里的地面，及至孫小敗壞糾眾圍撲上沙河，袁震和就繞䙫鄰近黑溝子一帶的村落，連繫保甲，廣佈耳線，探聽僞區內部的消息。他判定孫小敗壞只要把他手下各股人槍團攏了，一定會槍口朝西，打蒿蘆集的主意。

近些日子，難民紛紛朝西湧，不單是春荒難熬，還加上受不了孫小敗壞那窩蝗蟲啃食，一個外路過客就說過：上沙河一帶，真是變成了賊窩，平素摸黑的那些鼠輩，這一股那一股的嘯聚起來，穿上黃皮子，佩上武裝帶，變成打著鬼子旗號的官強盜，壓後他說：

「巴掌大的一塊地，老民百姓平時都活得夠艱難的了，哪還經得住這窩蝗蟲啃食的？若不早點兒跑，日後那些強盜餓紅了眼，只怕連人肉都吃！」

那些言語，常像嘔酸似的，在袁震和的心裏泛著潮，就算是難過又怎樣呢？國遭大難，整塊天都塌了下來，妖孽四起當然不足爲怪，陷區裏的老民難免要應劫受苦，即使投奔到蒿蘆集，得著一時的粗安，誰又能料得定日後會遭到什麼樣的劫數？趙屾老慰勉過他們，他老人家說是不論時局怎麼變，咱們總要憑一腔熱血，一心正氣爲人，有多少力盡多少力，該怎樣幹就怎樣幹。想想屾老的話，就覺得寬慰許多，依照當前形勢，只有盡力而爲了。

「袁大爺，」茶棚的主人過來跟他說：「近兩天，東邊又起了大變化，張得廣調任，鬼子松下中隊移駐上沙河，如今正到處抓伕築炮樓，您聽說了罷？」

「嗯，我剛剛才聽說過。」

「鬼子佔據縣城這麼多日子，從沒派兵駐紮鄉鎮，」一個鄉丁說：「這回竟以一個中隊移駐上沙河鎮，我看，八成是衝著咱們蒿蘆集來的！」

「那還用說！」袁震和說：「其實，你們用不著驚慌，鬼子也還不是一鼻子兩眼，他們初到鄉鎮來，地勢不熟，情況不明，一樣怕咱們攻撲，——一到，就忙著拉伕築炮樓，正表示他們膽小驚怯，先圖自保！」

「您是說鬼子暫時還不會掃蕩過來？」茶棚的主人說。

「我想暫時還不會。」袁震和說：「鬼子的行動，多半靠漢奸做耳目，孫小敗壞記恨蒿蘆集，他當然會極力慫恿，咱們如今要對付的，就是小敗壞這窩子人，我曉得小敗壞的狡獪手段，他在動手之前，必會派些奸細到咱們這邊探聽虛實，咱們一面要防奸，一面要想法子先探對方虛實才行。」

「那當然囉，」茶棚的主人說：「若能混進那些雜種櫱聚的下沙河，用黑槍把他們爲頭的撂倒幾個，包險他們就不敢慫恿鬼子進犯蒿蘆集了，也好讓他們知道，誰出主意，咱們就拎掉誰的腦袋。」

「主意倒是極好的主意，」袁震和說：「可惜我沒法子親自混進去，——那些傢伙，像孫小敗壞、朱三麻子、葉大個兒、獨眼蕭石匠，全認得我，獨眼蕭的那隻眼珠子，就是我帶人打掉的。老實說，幹這種冒大險的事，又得要膽識，又得要機智，又得要生面孔才成，因爲孫小敗壞原先在蒿蘆集待得太久，家鄉人，他全認得。」

「我的天！」茶棚的主人說：「您說的這種人，一時到哪兒找去？」

「你以爲難找？」袁震和笑笑說：「像孫小敗壞一夥傢伙，要殺他的人多得很，不信你就瞧著好了，他們橫行不了多久的。」

說是這麼說，袁震和率著的這支巡防隊，卻不敢存絲毫大意，日夜移動位置，嚴密監視著東北角的賊窩匪窟，尤其注意鬼子松下中隊的動靜。

春天在曠野上悄悄轉濃了，即使是最困苦艱難的年月，曠野上的春天總是沒改樣兒，綠草到處鋪展著，草叢裏的野花，綻露出它們各自的顏色，一片繽紛，遠處泛黑的村影，總被飄浮的煙氣橫隔著，看上去有些朦朧，而灼亮的桃花總是掩不住的，它們喧喧鬧鬧的開遍了每處村梢，——那彷彿自人心裏迸出的，希望的霞雲。

而孫小敗壞那夥人，從不抬頭去看野地上的春天，孫團自從改編之後，除了留下金大隊駐守金老莊之外，其餘的各股，全拉到下沙河和施家槍樓去了。孫小敗壞生性喜歡這個調調，喜歡各處賭場上煙氣沉沉的擠滿人頭，喜歡聽著呼吆喝六的喧嘩，喜歡土娼館門前一排排燕瘦環肥的脂粉，喜歡嗅得著整條街都充溢著酒氣，以及煮鴉片的濃香，這些聲音和氣味，會帶給他一股很空幻的興旺的感覺，使他精神奕奕，像抽足了兩個煙泡一樣的過癮，在這種空幻的感覺麻醉下，也使他暫時忘卻了胡三拐走萬大奶子的事，得到一刹的寬鬆。

正因為這些傢伙有志一同，下沙河鎮真的熱鬧起來，各中隊紛紛自設賭場，聚賭抽頭，有些不但把家眷接了來，更把親親故故拉來充場面，表示他做了官，孫小敗壞一站住腳，少不了有許多走私販毒的，買賣槍枝槍火的，設妓館茶樓的；……各種做投機買賣的商客人等，朝下沙河麇集取利。

由於筱應龍不肯讓炮樓，孫小敗壞的團部便設在北大街的大廟裏，他雜湊了胡三的殘部，重組衛士排，又打北地買來幾匹略為像樣的馬匹，儘量的亮出他做團長的威風。不過鬼子頭目松下卻不肯讓孫小敗壞這撮人舒服，一紙命令下了下來，要他到各處抓伕，修築由縣城直達上沙河鎮的公路，公路是由鬼子工兵部隊設計測量，分區分隊定妥了樁號的，每一工段幾里長，打上沙河斜向三官廟這一段好幾十里地，全指定由孫小敗壞負責，並限他在七月底前完工，這一來，孫小敗壞臉就長了，只好召聚各股頭的把兄弟來團部開會罷。他說：

「這好？松下這個狗娘養的，這樣擺弄咱們，他有槍有炮，放著蒿蘆集不打，偏要修築雞毛子公路，派咱們監工，七月底不完工，咱們這些皮包水的腦瓜子，全都要割給他了！什麼監工不監工的？這一來，咱們不它媽全變成工頭了嗎？」

「老大您甭急乎，」筱應龍說：「築公路，有好處，鬼子的汽車嗚嘟嘟的朝西開，我看，鬼子修這條路，準是爲了掃蕩蒿蘆集，爲日後咱們大撈油水，咱們如今就苦點兒，也只捏好著鼻子忍了。」

「不捏鼻子又怎樣呢？」孫小敗壞扮著驢臉：「咱們既端了鬼子的碗，就得呵他們的卵泡……你們回去之後，得趕急調撥人槍，到各處去抓伕，我去上沙河，跟在松下屁股後頭看工地去。」

「分工段怎麼分法呢？」金幹說。

「這倒容易，」孫小敗壞說：「按一二三大隊的順序，每個中隊分一段，各中隊抓來的伕子歸各中隊，抓不著伕子的，只好自己動手，詳細情形，等我看了工地再說。」

筱應龍猜測得沒有錯，修築公路貫連上沙河地區，正是佐佐木的主意，他仔細研究過，認定蒿蘆集這塊支那游擊區非常討厭，因爲它的西面和北面，背臨著港叉縱橫，地形複雜的大湖，假如電請上級，派出一大批日軍去作暫時性的掃蕩，拿下蒿蘆集雖不成問題，但隊伍一開走，一切又會恢復原樣了。所以，他派遣松下中隊首先進駐上沙河這個鄉鎮，再以公路線鎖住蒿蘆集的正面，這樣一來，松下的中隊，便把孫小敗壞的保安團緊迫在公路西側，讓他們跟蒿蘆集互相對耗，只有到必要的時刻，松下中隊才出面支援。總而言之，有了這條路，日軍進退又方便，又快速，能夠採取主動，使蒿蘆集陷入封鎖，孤立在那裏，當然，按他的料算，比較容易消滅掉。這是一步一步縮緊繩圈的辦法。

不過，這辦法可把小敗壞一心攻撲蒿蘆集的算盤砸得稀花爛，鬼子要他負責修路，只是空口一句話，要錢沒錢，要糧沒糧，連一把鐵鍬都不發給他，各中隊開出去抓，也都不很如意，原先中央的鄉保甲長，全刨起私槍投奔蒿蘆集去了，隊伍下鄉，兩眼漆黑找不著頭，只好見人就抓，要那些伕子自帶工具和乾糧去築路，鄉下人一聽他們來抓伕，嚇得紛紛朝西跑，頭一天還抓著些泥腿的人，二天抓來的人頭更雜，有拖鬍子老頭，有裹小腳的老太婆，有懷孕的婦道和把半大的孩子，小敗壞看了著急說：

「你們這些傻鳥。抓這些棺材瓤子，鴨蛋黃子來有啥用？……拿人去填坑怎麼地？」

「沒辦法，團長大爺。」抓伕的傢伙訴苦說：「莊莊難得見人頭，連狗都跑掉啦，既是修路，總得要有人充數啊！要不然，連您全交不了差啦！」

這些能抓著老弱民伕的中隊，還算幸運的，有些朝西抓伕，抓到黑溝子和蒿蘆集東邊兩搭界的地方，袁震和的巡防隊拉槍頂上來了，朝西去的正好是葉大個兒那個中隊，葉大個兒遠遠一瞧見鄉團附袁震和的那匹黑走騾，嚇得渾身發抖，連槍全不敢還，帶著人，掉頭撒奔子就跑，袁震和只用匣槍打了個雙發點放，葉大個兒那個中隊的花名冊上，就打了兩條黑槓。

「誰的槍法這樣準？真箇是指哪兒，打哪兒！」一個嚇溼了褲子的傢伙，在地上爬著說。

「除了袁震和還有誰？」葉大個兒說：「咱們白天遇著他，能逃了命就算好的。」

袁震和聽到鬼子要築路，孫小敗壞到處抓伕的消息，心裏也非常著急，帶著他的巡防隊，不要命的朝上頂，頭一火攆跑了葉大個兒，其餘不敢朝西，全朝東南竄了過去，這一來，像鄭家窪、曹家窪、青石井、董家油坊那一帶的老百姓就遭了殃。

那天傍午時，獨眼蕭石匠那個中隊裏，有個班長叫徐小溜兒，那傢伙原是城裏㩳手出身，生的一張雷公嘴，兩腮無肉，賊鼻賊眼的，因爲㩳竊手法高明，得手之後溜的快，人都管他叫小溜兒，原先跟著毛金虎幹事，後來轉跟胡三，又轉屬蕭石匠，蕭石匠看他手下有三個人兩根槍，就給他一個班長幹。

徐小溜兒爲了抓伕搶頭彩，又用上了他溜的本領，帶著他的全班，——連他自己在內，——三個人，兩根槍，一路歪斜撞到青石井的村子上。最先他遇上一個穿藍色長袍，卅來歲年紀的男人，手裏拄著一支白藤的衛生棍，脅下夾著一捲兒書本，從村頭的一幢方屋裏走出來，徐小溜兒一聲喳喝說：

「站住！你是什麼人？」

那個人就在原地站住了，他回臉望著徐小溜兒，笑瞇瞇的不驚不恐，顯得一副神態安閒的樣子，徐小溜兒看他不像是鄉下老土，首先就有些心怯，——他總忘不了他是個㩳手，自覺比對方矮上一截。

「你們辛苦了，老鄉。」那人沉穩的打著招呼說：「我叫黃世昌，是打縣城裏下鄉辦教育的，是青石井這間學堂裏的教書先生。您這位官長是？……」

「不敢不敢。」徐小溜兒一聽對方是教書先生，又開口尊稱自己是官長，越覺有些自慚形穢，連連哈腰說：「黃先生，失敬失敬，在下徐小溜兒，原也在縣城打混混兒，亂世嘛，難混得很，不得已在孫大爺的保安團裏補個班長名目，吃糧當差，嘿嘿。」

「是來催糧索稅來了？敢情。」

「不是，咱們是奉了蕭隊長的差遣，過來抓伕子修築公路的。」

那位黃先生溫雅的點點頭：

「築路？好啊！可惜我是個斷了腿的殘廢人，要不然，不用你們來抓，我也會扛起一把鐵鍬，幫忙幹活的。」他說著，拉起一截褲管，裏面還夾著夾板。

「哪兒的話，」徐小溜兒陪笑說：「您先生是文墨人，哪能拉您去幹那種粗活，您的腿是？——」

「流彈打的。」對方說：「在縣城的教會醫院躺了快半年，差點連這半條命也保不了。你們修的是哪個地段的公路啊？」

「由上沙河鎮到縣城。」徐小溜兒說：「咱們保安團負責到三官廟爲止。說來真霉氣，鬼子駐屯上沙河鎮，那個松下大尉比它娘閻羅王還狠，咱們團長都挨馬鞭，咱們底下人不奉命行事怎麼成？……七月底公路築不妥，割腦袋先割咱們底下人。」

「你們來晚了，」那個黃先生說：「青石井的人，聽說你們要抓伕，早都跑光啦！除了我這殘廢人，走不動路的，才肯留著。」

「沒有人怎麼行？沒有人咱們可交不了差呀！」徐小溜兒一急，說話也就不甚講究禮數了：「對不住，咱們得進莊子到處搜一搜，哪怕婦人孩子，老頭老太婆，只要有個人樣兒的都行。」

「那，諸位就辛勞點兒，去搜搜看好了！」黃先生說：「假如回來口渴，不妨到學堂裏來，拖張凳子歇歇腿，順便喝盅茶。」

說著，他略一點頭，便拄著衛生棍，一跛一拐的走回那座有些顯得破敗的方屋去了。徐小溜兒做夢也不會夢到，他所遇著的這位自稱是黃世昌的教書先生，就是名揚百里，統率孤軍痛殲日軍西進師團的英雄人物——岳秀峰連長。岳秀峰雖然傷勢初癒，由喬奇雇了牲口，一路伴送他到青石井來，但他早已把鬼子頭兒佐佐木的心意猜透了。

他和喬奇想要幹一番事業，暫時必得隱姓埋名，借用青石井紮下根來，即使有必要跟蒿蘆集聯絡的話，也只能讓趙岫老、喬鄉長等少數人知道原委，萬一把岳秀峰三個字透露出去，鬼子必會大爲震怒，不顧一切的採取激烈手段，那必會使這一方的平民百姓大受牽累。因此，對於像徐小溜兒這樣的小股僞軍的竄擾，他只有隱忍著了。

徐小溜兒邪心惡性，原不是個好東西，但他一遇上岳秀峰連長這種有膽識有氣度的人物，便像中了魘似的，身不由主發了奴才性子，哈腰作揖，滿臉堆笑，連對方一根汗毛也沒敢碰，及至對方進屋，他才跟左右說：

「晦氣不晦氣？遇著個男人，卻是個殘廢料子！誰要抓他去做伕子，得用八人大轎來抬他！……走！咱們村子裏搜搜去！」

三個人兩根槍進村子，搗開一些人家的門戶，這才發覺那位黃先生說的不錯，整個村子上的人都逃空了，畜棚，豬圈也都是空的。

「這些老百姓，真是消息靈通得很，」徐小溜兒牢騷上來，加上一句話：「真它娘耳朵比驢還長！」

「也許他們有一些沒來得及走的，找地方躲藏起來了！」一個說：「剛剛我摸過，有一家灶台還是熱的，鍋洞裏餘火未盡，他們哪能走出去好遠？」

「瞧著那邊那座大油坊不像沒人的樣子，」另一個說：「咱們何不過去瞧瞧，即使抓不著伕子，舀兩瓢油潤潤腸子也是好的。」

哼著俚俗淫冶的小曲兒，一路踩荒斜了過去，遠遠聽見沉重的打榔頭的聲音，連四野都響起那種空匡空匡的回聲，前頭的一個喜孜孜的轉過臉說：

「聽聽，油坊還有人在打榔頭榨油呢！咱們這一回可不會落空了，它奶奶的。」

忽然他發現了什麼，一摔肩上的槍，端在手裏，朝一排灌木叢那邊喝叫說：

「誰？誰它媽鬼鬼祟祟的蹲在裏頭？快替我舉手站出來！」

吃他這麼一吆喝，一個人影在灌林叢怯生生的站起來，三個傢伙一瞧，眼就亮了起來，原來對方是個極爲標緻的年輕大閨女，穿著白地印有細小紅櫻桃的緊身夾襖，淡藍的竹布褲子，臂彎裏挽著一隻白柳籃子，籃口用一塊藍布掩蓋著，隔著那層布，熱氣絲絲的朝上騰，不知裏頭裝的什麼熱食？

那閨女站起來，渾身抖抖索索的，顯得是受了極大的驚嚇，她臉對著黑洞洞的槍口，站又不是，走又不是，張口結舌的說不出話來。徐小溜兒原是個色鬼，瞇起兩眼，瞧那閨女真是俊得少見的美人胎子，那張瓜子臉，有紅是白的，吹彈得破那種細嫩法兒，一條烏油灼亮的大辮子，軟活活的從一邊拖搭在肩膀上，這真是他從來沒遇過的絕妙的貨色。

「嘿，夥計，你它媽真是神經病？——把槍口衝著人家年輕大閨女幹嘛？」他裝模作樣的罵說：「還不替我滾到一邊去！」這才趨上前問說：「這位小大姐，妳見著咱們，躲個什麼勁兒？妳籃子裏提的是什麼東西？」

「我……我是那邊村裏人，」那姑娘定了定神，這才小聲的答話說：「我是替油坊師傅送烙餅去的。」

「嗯。」徐小溜兒故意彎起腰，把頭湊到那閨女的面前去，皺起鼻尖嗅說：「嗯，好香！餅也香，人更香……小大姐，妳介不介意咱們嚐嚐妳的……？」

一面曖昧的說著，不等對方回話，便伸手掀開籃子口的布蓋兒，取出一塊烙餅拿開來，遞給那兩個一人一塊，自己也抱著分贜的啃著說：

「走罷！……帶咱們進油坊看看去。」

「你們究竟要幹什麼？」閨女說。

「抓伕，」徐小溜兒說：「抓伕去築公路。你們村上人腿快，害得咱們沒法子交差，只好見人就抓，湊夠人頭數了。」

閨女顯然有些遲疑，不過她亟力隱忍著不動聲色，她正是李彥西家的大閨女金姐，岳連長和喬排長回到青石井，李彥西幫他們落腳定當，就到蒿蘆集去籌措饅頭鋪復業的事情去了，這回鬼子築路，二黃抓伕，村子裏的漢子事先逃掉許多，而婦孺老弱多半還守著門戶，化名鄭強進入油坊當師傅的喬奇排長，就替青石井這一帶村莊的人拿了主意，說來很簡單，他把學堂裏的半樁小子聚合聚合，要他們輪流爬上樹頂守望動靜，青石井朝西朝北，都是幾里無人的大荒蕩子，莫說有人來，就連一隻野兎奔跑時撥起的草浪，一樣瞞不過那些精靈小子們的銳眼。

當樹頂上的孩子望見有二黃下來時，立即傳告到下面，不用一會兒，全村就傳遍了。董家油坊的豆倉下面，有一個防匪的大地窖子，進口設在一道設計巧妙的暗壁裏，一遇驚恐的動靜，樹上人就魚貫躲進地窖去，鄭強師傅卻帶著四五個精強結壯的油坊夥計留在外頭，好隨機應變。這回，他曉得來人只有三個，有十足把握對付，加之躲進地窖的人沒帶吃食，才讓金姐回村去取烙餅，好分給大夥兒充饑壓餓的。誰曉得金姐走慢了一步，在油坊外面就叫對方逼住了，金姐當然不肯道出秘密，只有把他們引進榨油的作坊裏去。

榨油的作坊，是油房裏佔地極大的一座磚砌方屋，中間設有交叉的木軸，一圈兒青石砌就的油槽上，豎立著約有一人多高的麻石輾輪，屋子這麼大法，加上四壁無窗，看起來非常沉黯，磚壁間吊著大油燈，燈芯有大拇指粗細，搖搖閃閃的吐出幾寸長的燄舌，四五盞白晝也照樣點燃的油燈，仍然照不亮整個的屋子。

「喝！好大的一座油坊！」一個傢伙讚嘆著說：「早就聽人說過青石井的這座大油坊，今兒可算開了眼界！」

「妳說送餅給師傅吃，師傅到那兒去了？」徐小溜兒一進屋，忍不住就露出饞狼餓虎般的色相來，輕佻的伸出手去，捏住金姐的辮梢兒，邪性的笑說：「今兒妳要是玩花招，讓大爺抓不著扶子，嘿，我就讓妳嚐嚐硬的。」

「噯，老徐，見眼有份，」一個說：「你嚐頭水，咱們也得嚐嚐臏的。」

「好罷！」徐小溜兒說：「你們兩個替我出去把風，等我把這妞兒開了再說！」

那兩個擠眉弄眼的退出去，徐小溜子牽著金姐的辮梢朝面前一抖，一個餓虎撲食，就把金姐抱住了，金姐本能的掙扎著，發出半聲喊叫，徐小溜兒便搦住了她的喉嚨，用威嚇的聲音說：

「不許嚷嚷，這有什麼好驚怪的！」

「慢點兒！」忽然他聽見背後有一個陌生男人的嗓音，冷冷的說：「大天白日裏，就想欺侮人家閨女？你是活得不耐煩了！」

徐小溜兒一驚，不得不推開金姐，轉過臉去，伸拳抹袖擺出防身的架勢，他驚詫的是：剛進作坊時，並沒看見屋裏有人，原來這個人是藏身在屋角疊起的油簍背後？聽見人聲時，他倒是有恃無恐，因爲屋外把風的手上，有兩根槍替他撐腰，這些鄉角老民哪有不怕兵的？但當那人踢開油簍站起身，面貼面的對住他時，他抬頭一瞅，渾身就不由得發了毛。

那是個鐵塔似的黑大個兒，身高七尺還要掛零，手裏提著一柄柳斗大的頭號木榔頭，橫眉怒目的瞪視著他，徐小溜兒懂得光棍不吃眼前虧的道理，這個看樣子兇兮兮的黑大漢，至少比自己粗壯一倍，高出兩個頭，拎著頭號榔頭像拎草把似的毫不費力，他多毛的手掌，大得像一把蒲扇……恨就恨在自己手上沒有槍，對方若是存心血流五步，只消一伸手就成。

「你？你！你想怎麼樣？」他色厲內荏的朝後退著說：「我是孫團蕭中隊的徐班長，外頭有我放的崗，我們全隊都已源源開了過來！你若敢碰碰我，碰掉我一根汗毛，就……就是你好看的。」

「算啦罷，狗腿子！」那黑大漢說：「你那兩個放崗的，我早著人把他們放下啦，像你這種邪皮，留你活著，反的白糟蹋糧食，今兒我要活活把你捺進油簍裏埋掉，——省掉再買棺材！」

「啊！不不不！」徐小溜兒一聽，膝蓋一軟就跪了下來，哀聲求告：「大師傅，活祖宗，你千萬開恩放過我，我回去之後，再不敢來青石井了！」

「不成，」黑大漢冷冷的說：「你討饒業已太晚了，你們三個，外頭躺下兩個，我就有心留活口，這方的老百姓也不會答應，你隨意挑揀哪隻油簍，讓我把你捺進去，好歹也算不見血，留你一個全屍！」

「您……，您可甭嚇我，」徐小溜兒縮著身抖成一團，賴在地下不肯起來說：「這種油簍，怎能裝得下人去？」

「甭擔心這些，」黑大漢說：「裝不裝得進去是我的事，我心裏有個底，你要不相信，起來試試就曉得了！」

這當口，外頭有人踢開作坊半掩的包鐵大門，兩個渾身油污的漢子，歪起半邊肩膀，像屠戶扛肉似的，把徐小溜兒剛剛差出去把風的傢伙扛了進來，朝黑大漢面前一摜，徐小溜兒一瞅，一刹前放出去的人，業已不是人了，他們雖說看起來整頭整腦的沒見血，但都欠了一口氣。

「鄭師傅，你瞧，咱們幹得麻俐不麻俐？……只是出手重了點兒，這邊這個挨了一棍，眼珠子就凸得像金魚似的，後邊的一個骨頭太脆，頭上挨的棍，頸子卻折斷了！咱們原沒存心弄死他們的。」

黑大漢搖了搖頭，重重嗨了一聲說：

「不殺生，保不了民命，這些人，都也是父母娘老子養的，從把抓大長到成人，若不是邪心惡性，做漢奸害民，怎會落得這種下場？……三個死兩個，這個更不能放了，你們先帶鍬到亂葬崗去，挖出三個坑來，請皮二叔備牛車，我馬上就到。」說著，他又抬臉跟金姐說：

「妳走開罷，金姐，我不願讓妳見著這種事，……我今天若是放了他，青石井這一帶就要遭大劫了！孫小敗壞心如蛇蠍，他若曉得咱們殺了他的部下，會把上百家的宅子縱火燒光！」

喬奇排長究竟怎樣動手把徐小溜兒活捺進油簍去的，金姐沒有見著，當她聽見一聲悶聲的喊叫之後不久，喬奇業已把三隻油簍逐個扛了出來，放到皮二叔備妥的牛車上，拖向亂葬崗去了。

事後這位鄭師傅跟鄉民解釋說：

「其實，幹掉這三個也沒有大用處，孫小敗壞的僞軍，早晚還會陸續下來抓伕的，諸位能走，還是趁夜朝西，逃往蒿蘆集去好了，……尤獨是婦孺老弱，被抓去築路，準會丟命。」

「要走，您就得跟黃先生、大夥都一道兒走，」有人說：「留在這兒總不是辦法。」

「這樣罷，」喬奇說：「這事我也作不了主，我得跟黃先生商議了再說，好歹要立即決定，不能耽誤時辰了。」

喬奇去見岳秀峰連長一商議，倆人都覺得一面要暗中打探消息，以便幫助蒿蘆集，一面仍得趁機追詰斥堠班失蹤的那宗案子。

「我看這樣要好些，連長。」喬奇說：「我留在油坊，裝成守宅院的，二黃來抓伕，我就扛把鍬跟他們去築路，孫小敗壞這個團，全是黑道上各股人頭雜湊起來的，從他們那兒，既容易得情報，又容易探聽那宗子事，只要找到一點兒蛛絲馬跡，抓住一根線索在手裏，案子就好破了！」

「也好，」岳秀峰連長點頭說：「那我就領著青石井這帶的老弱投奔蒿蘆集，讓李大叔安排我去見岫老，從另一條線追查，等事情略有眉目，我再想法子跟你碰面，咱們如今真的要單獨作戰了！」

手抓著手用力一搖撼，兩人便這樣分開了。

岳秀峰連長領著青石井的鄉民，趕了一夜的夜路，第二天一早就進了蒿蘆集，找到了李彥西，他把李彥西拉到一邊，悄悄的跟他說：

「大叔，您還得幫我這個忙，不能把我岳某人還活著的消息傳揚出去，那準會激動鬼子，您只能悄悄把這事跟岫老說清楚，安排我去見他，我就感激不盡了。」

「您可來得正是時候，」李彥西說：「岫老也清楚鬼子築路的事，他老人家這幾天正準備大擺香堂，中央的楊縣長、孫區長、潘特派員，如今都聚在鎮上，他們要曉得您來了，還不知高興成什麼樣子呢！」

「那倒不必驚動，」岳秀峰說：「等我先見了岫老再說。」

當李彥西把岳秀峰連長還活在世上的事實經過，跟趙岫谷先生稟明的時刻，這位鬚髮皆白的老人極爲驚喜，立即關照李彥西去請岳連長這位貴客在後宅的花廳裏見面，沒見趙岫老之前，岳秀峰總以爲這位素得人望的老先生，只不過是一位鄉野上正派的士紳，一個幫會的老前輩。但見到趙岫老之後，感覺上就不相同了。

趙宅的後花廳佔地極廣，花廳本身卻是土牆茅舍，顯得雅潔清幽，花廳除掉正室是會客之所外，暗間都是書齋、書室和收藏古物的地方，岳秀峰在李彥西引領下去會見趙岫老時，花廳裏別無一個閒人，只有青袍大袖的趙岫老在等待著他。

「我可沒想到，老朽之年，還能見著岳連長您這樣的英雄人物，——窪野那一戰之後，蒿蘆集這一方都含著眼淚，把您當成烈士看了的。」趙岫老說：「您重傷不死，正表示您仍將負肩大任，來救這一方的危難。」

「慚愧得很，岫老。」岳秀峰連長說：「因爲秀峰疏忽，使探路的斥堠班失蹤，才有窪野之戰，全連袍澤盡數犧牲，這全是秀峰的罪過，秀峰願以負罪心情，殘疾的身體，一方面救贖自己，一方面以報黨國，久羨岫老的正直聲名，秀峰這是請教來的。」

「連長過謙了。」趙岫老說：「您大難不死，該算是天意，正因爲您派出的斥堠隊失蹤，極可能是在蒿蘆集附近的地面上，這宗懸案，記得當時您也曾派人來問過，我可一直把它懸掛在心上，……按理說，斥堠隊若經過蒿蘆集，我不會不曉得的，因此，我估量他們是蒿蘆集附近出了岔子。」

趙岫老背著手，在花廳的方磚地上緩緩踱步，沉思著，過半晌才說：

「依您的看法，會出什麼樣的岔子呢？」

「極可能是某些黑道上的人，眼紅他們的那些槍械，設計把他們坑害了！……如果是在孫家驢店附近的話，那就是孫小敗壞、葉大個兒他們幹的。孫小敗壞是孫家驢店的少東，初時做人很乖巧，曾向我遞過學生帖子，後來染上嫖賭惡習，姘上人家的老婆，本夫告狀，被喬恩貴鄉長抓來，割掉他的耳朵，……當時沒除掉他，誰知他自那之後，更走上邪路了。」

「哦，您說的，就是如今當了僞保安團長的那個？」

「不錯。」趙岫老說：「正是他。」

「您這麼一說，我倒想起一樁事來了，」李彥西說：「前不多久，孫小敗壞帶著一窩人，路過青石井，南鄉的獨眼蕭石匠跟著他，姓蕭的扛著一挺機關槍，槍柄上烙的有火印，極像是老中央隊伍裏的軍械，……當時我看著就有些起疑，不曉得他打哪兒弄到的？後來不知怎麼，糊裏糊塗的忘了講了。」

「哦，竟有這麼一回事？」岳秀峰連長說：「只要有線索，事情總會查明的，孫小敗壞如今打起鬼子的旗號，即使事情不是他幹的，咱們也不會放過他，假如這種歹毒的案子是他幹的，那他更是死有餘辜了。」

「說來該慚愧的是我！」趙岫老痛心的說：「我是個讀書人，多年在外遊歷，及後回到鄉來，眼見統一盛世就快來了，自己老邁無能，連地方上的事全沒能過問，……所以才有這許多無知無識、貪婪橫暴的魔星出來，把老民當草芥，恩貴和澤民他們，剿辦有餘，教化不足，反使那些邪魔把蒿蘆集的民團當成了對頭，狼煙四起，我能說沒責任嗎？」

「這也怪不得您，岫老。」岳秀峰連長說：「人性裏頭，原就有正有邪，亂世連綿這許多年，求生艱難，鄉野地上哪來的教化？邪性抬頭，也不是一時一地的事，但公道自在人心，行惡走邪路的，總不會有好下場的，咱們做軍人的，雖抱佛家心腸，但行的卻是非常手段，像小敗壞那窩子漢奸匪盜，若能給他們應得的報應，顯顯公道，死，何嘗不是一種教化？」

「說得好，說得好！」趙岫老說：「除掉追查那宗疑案之外，連長您來蒿蘆集，還有什麼打算沒有？」

「秀峰早已是以身許國的人，活一天，就得朝前走一步，」岳秀峰連長說：「如今蒿蘆集獨撐一角荒天，秀峰當然願意效力，我也跟李大叔他說過，依目前情勢，不宜把我的姓名透露出去，那只會激怒鬼子，我還是用教書先生黃世昌的身分出面，比較妥當。」

「您顧慮得極有道理，」趙岫老說：「您不妨暫時在這兒歇幾天，我只請少數幾位來跟您見面，其中楊縣長和潘特派員，都是打東海岸來的，那邊的情形，您也好多了解一下。」

「好，悉聽岫老的安排好了！」岳秀峰連長說。

當天夜晚，趙岫老烹茶待客，楊縣長、潘特派員、孫振山區長、喬恩貴鄉長以及黑頭趙澤民，全到岫老的後宅和岳秀峰連長見了面，袁震和喜悅不必說了。楊縣長最後很誠懇的提出一項希望來，他說：

「蘇北地區，由於鬼子佔城鎮，拉封鎖，中央游擊區實際上業已被分割成若干小塊，哪怕只有三五根槍的地方，情勢雖極艱困，活動卻從沒停過。……拉游擊的，有地方官員，各處士紳民眾，鄉村團隊，加上少數散兵，大夥兒有勇氣，肯豁命，但說到作戰經驗，那是談不上的，像岳連長您這樣戰績彪炳的人物，實在太難得了，尤獨是目前，蒿蘆集已變成各地區通向後方的秘密門戶，地位極端重要，鬼子亟欲圖謀，這邊的民團槍隊由各地匯來，名稱既雜，又缺少編訓，您能否幫這個忙？把這邊的隊伍重新整頓，使他們精強可戰。」

「若說練兵，秀峰倒不外行。」岳秀峰連長說：「但我總是外路客，對地方人士不熟悉，而這又是耽誤不得的急事……」

岳秀峰連長的話還沒說完，心直口快的趙澤民就接過話頭來說：

「您不必顧慮這些，編由我編，練由您練，日後打鬼子怎麼打法，全聽您的，這不就成了？」

「若光是對付鬼子呢，事情倒是好辦，」潘特派員：「如今咱們又要對付盜匪，又要對付偽軍，又要防著黃楚郎他們搗亂，情勢就很複雜了！如今的盜匪倒簡單些，他們能不跟鬼子打交道的，總還有些良心，咱們論以大義，不難招撫。偽軍裏頭，也分三六九等，例如張得廣，只是個瞎眼混混，看事不明，心裏無主，咱們能穩住他，利用他。孫小敗壞那股人就不一樣了，他們不但橫了心認賊作父，他們骨子裏，是受了黃楚郎和胡大吹的慫恿，借鬼子的勢，專意對付蒿蘆集來的，這股人非急速剿滅不可！……至於黃楚郎那窩子黑人，尤其可惡，他們專扯中央的後腿，全用殺人不見血的手段，咱們吃他們的暗虧，業已吃得太多了！」

「潘先生說得不錯。」趙岫老點頭說：「我們除了加緊練兵，怎樣把這些事說明白，讓人人心裏有個底，也是極爲要緊的事，要不然，就很難應付這種複雜的局面了……我這回開香堂議事，就是爲了這個。」

「說起家禮，我全算站在門外了。」岳秀峰連長笑著問說：「岫老不妨明示一下，擺香堂議事，跟一般開會有何區別呢？」

「其實是一樣，」趙岫老笑得呵呵的：「您想必會明白，幫會起自明末，淵源已久，它在初創時頗具規模，結合各方志士，以反清復明爲職志，在民間根基穩固，影響極深，及至中山先生以大智大仁籌謀建國，也曾運用這一民間組織爲助力，所以開國之後，幫會早經變化氣質，蔚爲國用了，但這兒是荒鄉僻井，一般在幫在會的，仍然各本所旨，雜亂無章。對於這些不識一字的鄉民粗漢，你跟他說黨，說主義，他們極難理解消化，又無法把這條老根拔掉，只好原盤照端，逐漸理出頭緒，使他們裏頭優秀的人物，逐步歸入黨裏去。不過，無論幫會情形怎樣紛亂，他們對忠奸正邪，還是分得一清二楚，所以黃楚郎那幫人對此恨之切骨，明裏暗裏，也不知坑害掉多少人了？」

「連長您也許還不知道，」孫振山區長說：「岫老他老人家，早在興中會時期就入了黨，說來真正是老前輩了，依如今情勢，咱們必得駕馭民間組織，一切以對敵爲先，岫老的這番苦心，想來您會諒解的。」

岳秀峰連長點點頭說：

「岫老的苦心見解，著實高明，秀峰得能承教，算是畢生榮幸，秀峰是在想，假如澤民兄能抽出空來的話，能否趁著這幾天領我到四鄉各處走動走動？看看地形地勢，進出的道路，再跟地形圖對照對照，好作日後用兵的參考……若有餘閒，就順便追查那宗斥堠失蹤的案子。」

「好！」黑頭趙澤民說：「我這就關照人準備牲口，明天一早就陪您下鄉去好了！」

「要是不嫌不方便，」潘特派員笑說：「兄弟也願意陪著岳連長走走，今夜在花廳會談，總算商決了爾後大計，怎樣撐住這角荒天？還得依仗岳連長您的大力，尤獨是編練隊伍，實是當務之急，說句不好聽的話，——鄉團裏有些老土，根本連槍都不會用，打鬼子，可不像打土匪，喝喝叫的喊幾聲，閉上兩眼拖兩槍就成了的，這非得訓練有素，調度有方，能攻能守，進退自如才行，澤民原先雖吃過糧，究竟是半路出家，經驗不足，這種事，非得岳連長莫辦——窪野一戰，您能以幾十桿槍力拚鬼子一個師團，若是再來一次，收復幾個縣也不是難事呢！」

三個人全都是鄉民打扮，揣上草圖、匣槍，戴上寬邊的竹斗篷，騎上三匹矯健的騾子，趁著太陽沒出，露滴沒乾的時辰，馳出了蒿蘆集的東門樓子。

潘特派員是在省府管黨務的幹員，不但經驗足，對縣城裏外鬼子和偽軍的各種情勢，更瞭如指掌，在路上，他跟岳秀峰連長說：

「秀峰兄，有時我真羨慕您這些做軍人的，領兵作戰，轟轟烈烈。幹兄弟這一行就不成了，蒐集情報，得幹，游說策反，得幹，謀刺漢奸，得幹，發動民眾，得幹，什麼事都得幹，什麼地方都得去，有時經商進城，有時混跡到賭場去，有時躺上煙鋪，……真是孫悟空七十二變，每變花樣不同。」

「咱們的特派員神通廣大，」趙澤民說：「上一回，他不但跟張得廣躺在煙鋪上，還透過維持會的齊申之，慫恿鬼子下令，把張得廣調進縣城去了呢！」

「嗨，這也是被情勢逼出來的。」潘特派員說：「咱們不能讓孫小敗壞按他的如意算盤，一口吞掉張得廣，那樣，他就會增強實力，專意對付蒿蘆集了，如今，只讓他跟張得廣結仇，再設法讓張得廣進城，孫小敗壞的心準是懸懸的放不下來，他們之間的磨擦仍是沒完沒了的！人說：一個槽上，拴不得兩匹叫驢，咱們偏要把兩匹叫驢拴在一個槽上，讓他們互咬互踢！」

「您是用什麼方法說動齊申之的呢？」岳秀峰連長說。很顯然的，他對這種新奇的地下戰法深感興趣。

「這很簡單。」潘特派員說：「我扮成綢緞商，跟齊申之做買賣，互相酬酢，一天，跟他躺在煙鋪上閒談，談起孫小敗壞跟張得廣鬧內鬨的事，我跟他說，不能讓沒耳朵孫在縣裏弄成一頭大，日後他要翻臉不認人，你這會長就幹不成了，孫小敗壞究竟是李順時荐引出來的，跟您的關係隔了一層，何不趁張得廣被圍的時刻拉他一把，再拿他去剋制小敗壞，硬把它弄成兩頭大，你齊會長當中坐定了趁風涼，豈不妥當？……漢奸哪有不重私利的？我只用一番言語，就把小敗壞的如意算盤砸爛掉了！」

「有意思，」岳秀峰連長說：「有一天，我會跟您學著的，如今情勢特殊，不是專打正規戰的時刻了。」

走騾的腳程很快，太陽剛露頭不久，他們就到了孫家驢店北邊的高坡地上了。人在高坡上朝東望，遠天的雲樹下面，就是去年曾經和鬼子血戰的窪野，岳秀峰連長望著那片煙氣浮騰的地方，滿懷的感觸使他緊咬著牙關。

「如果路線沒走錯，我的那個斥堠班，正該是一路斜行，奔到這兒來的。」他說：「去年天鬧大旱，他們一過大窪子，必定會巴上村子，向民眾討水……這孫家驢店，會有見著他們的。」

「您指的那個村子，就是孫家驢店，」趙澤民說：「也就是孫小敗壞的老家，不過驢店的房產，早就賣給旁人了。咱們不妨下去看看。」

他們騎著牲口繞下坡去，來到孫家驢店那座老宅子前面。黑頭趙澤民也有些感慨的說起當年孫家驢店的熱鬧光景，說起小敗壞他爹——那個淳厚的老頭兒，而那全是過去的事了。如今，那排枝幹清奇的老樹還立在那裏，枝頭仍茁出一片綠潑潑的葉簇，那幢灰牆老瓦屋，也許是久沒經修葺的關係，簷瓦已一片零落，瓦洞變成麻雀的窩巢，一聽見人聲，呼的旋上屋脊，吱吱喳喳叫著。驢店的六角窗，窗櫺早已朽折掉了，只留下一塊六角形的窗孔，大門的門板也沒有了，直朝裏頭灌風，一望而知它已變成一種無人居住的廢屋了。

「驢店看來也是一戶好人家，」潘特派員拴上牲口說：「誰想到會生出孫小敗壞這種毒蟲來？老頭子地下有知，也不會閉眼的！」

「其實，孫小敗壞是根性太劣，仗持著他那份鬼頭聰明的壞事，一個人，下坡容易上坡難，他若不是家境好，管束鬆，自幼把吃喝嫖賭四個字佔全了，也不至於變成今天這個樣子！」黑頭趙澤民說：「小敗壞的老婆，倒是個賢德婦道，她是聽說小敗壞當漢奸，羞憤得上吊自殺的，有這樣的好老婆，孫小敗還把她當破鞋，足見他是無可救藥啦！」

「對！」岳秀峰連長忽然想起什麼來：「那案子若和小敗壞有關，他老婆總不至於一點也不知道？……至少她會見過我那一班人，她極可能跟鄰舍透露過，即使如今她不在世上了，問她的鄰舍，也能問出端倪來的。」

在驢店背後的小村落裏，只找到幾個上了年紀的婦人，她們都還認得鄉團長趙澤民，很熱切的招呼，談起孫小敗壞，她們都搖頭說：

「他老婆死後，薄皮棺材也都是各戶湊錢替她買的，孫小敗壞連她的墳在哪兒都不曉得，——他不但沒上過墳，連一箔紙沒爲她燒過，他貪著萬大奶子，對結髮妻子這樣斷情絕義，夠狠的了！」

「有宗事情，想跟妳們打聽打聽，」趙澤民說：「去年七月裏，天鬧大旱，妳們村裏，可有人見著一小隊老中央的隊伍打這兒路過？他們約莫有六七個人，還牽的有馬匹。」

「沒見著，咱們沒見著這撥人，趙大爺。」

另一個婦人哦了一聲，卻拍打著說話的那個說：

「妳瞧，咱們怎麼這樣沒記性，那天人家敗壞嫂子不是來講過？說是半夜三更的，有一隊老中央的隊伍來拍門，先是討水喝，後來又請小敗壞帶路的，當時是朝西南角走的，帶到哪兒，就不曉得了。」

三人謝過那幾個婦人，離開村子，趙澤民說：

「秀峰兄，您儘管放心，只要握住這條線索，這宗虛懸已久的案子，決計能查得出來。」

「西南角是什麼地方呢？」岳秀峰連長說。

「那是淤黃河崗子。」趙澤民說：「早先有胡三胡四兄弟倆在堆頭開野鋪，孫小敗壞常到那兒去聚賭，他交結的一夥人，像葉大個兒、朱三麻子、蕭石匠，都是那兒的常客，正當咱們要張網兜捕他們的時刻，這些人就抗風逃散了！如今孫小敗壞扯著鬼子旗號上台，這些人都成了他的班底。」

「你這麼一說，案子有八成是他們幹的了，」岳秀峰連長說：「李彥西大叔告訴我，說是蕭石匠跟孫小敗壞扛著機槍，那挺機槍，極可能是我連上槍兵何順五扛的那一挺，他們若不先坑害了那些兄弟，怎會弄到那批槍械？足見他們早就有興風作浪的居心了！」

「咱們察看四周的地勢，正好要走那兒。」趙澤民說：「到那邊，再問問堆頂的住戶，也許會有更多的線索，……這本賬，早晚總會清的。」

傍午時到了黃河堆，也找人來問過，當地的人只曉得孫小敗壞當時確曾常到胡家野鋪，至於他們幹過些什麼？沒人弄得清楚。打上回袁震和帶人來巡防，那夥人就都分開逃遁掉，胡家野鋪早歇了業了。趙澤民知道這些，說是胡曾經潛回堆上來找蕭石匠，袁震和帶人兜捕，被他們漏了網，最後他說：

「若想弄明白這案子，非得把他們這夥人攫著一兩個不成！」

「其實也不急乎，」岳秀峰連長說：「總之，如今孫小敗壞當了漢奸，無論那宗案子是不是他們幹的，咱們也非翦掉他們不可。打孫家驢店到淤黃河崗一帶，地勢複雜，又是他們的老巢穴，小敗壞想撲打蒿蘆集，必會回來利用這一帶地方，咱們若想擊破他，也得利用這塊地方，——把他誘離鬼子駐紮的地方，越遠越好！」

「秀峰兄的主意，我極贊成！」潘特派員說：「咱們只要一火打蹩了孫小敗壞，張得廣就會趁機磨他的頭皮，鬼子再不信任他，他就再沒有機會了！」

三個人離了淤黃河堆朝西去，一路看著地形地勢，一路商議著因應局勢變化的方法，岳秀峰連長餐風宿露，用了整整四天的時間，察看了蒿蘆集西邊接近大湖一帶的荒野地，這才又轉到北邊，沿著黃楚郎挑起的大溝，默察了燕塘那一帶看來蕭條荒冷的村落，然後順著大溝朝東走，奔向袁震和巡防的東北角。

「蒿蘆集這一帶的形勢，兩位都察看過了，」黑頭趙澤民說：「兩位的看法怎樣？」

「我不知特派員怎麼看？」岳秀峰連長說：「我的看法是：蒿蘆集本身坐落在平陽地上，除掉土坯牆之外，實在無險可守；當然，光憑孫小敗壞那股人，實力微不足道，沒法子硬佔集鎮，但若鬼子出動大股隊伍，咱們就不宜硬擋了。」

「秀峰兄看得很準，」潘特派員說：「其實，這話我們都跟岫老說過，打游擊，就得飄忽無定，或東或西，讓鬼子無法捉摸才成，死守一個集鎮，硬拚硬耗可不是辦法，但岫老以爲，在鬼子沒動手之前，暫時守住蒿蘆集，對四鄉有號召，不到必要時不必棄守。」

「這也有道理，」岳秀峰連長說：「但咱們得事先作好準備，表面上就是棄守了，各耳目暗線仍要佈置好……讓它變成一個誘餌，進來就會掉落陷阱，尤獨對付小敗壞那股子人，把他誘離鬼子越遠，咱們越容易吃掉他！」

「好主意！」趙澤民說：「孫小敗壞雖然刁滑，這個肥餌，他明知危險，也非呑不可……攆走貴爺和我，是他多年的心願，他認爲這樣才夠混的。」

三人一邊催牲口趕路，一邊談說著，忽然聽見東北角的槍聲密密的響了起來，鄉團長趙澤民一判別，認定那正是蒿蘆集和黑溝子搭界的地方，不但是長槍短槍交響，還夾著機槍連發的聲音。

潘特派員聽見機槍張嘴，以爲是鬼子開下來了；岳秀峰連長一聽槍音，立即判定不是鬼子用的那一種，他說：「這是捷克式輕機槍的聲音，不是鬼子用的那一種……可能就是孫小敗壞的那一夥，他是攔人修路？追逐逃亡的工伕？還是跟誰接上了火？」

「不管怎樣，咱們頂上去看看。」趙澤民說。

三匹騾子飛快的撥動蹄子，揚起一路黃塵朝上頂，不一會工夫就趕到東北角的茶棚子，茶棚的主人瞧見趙澤民過來，沒等他翻下牲口，就迎上來說：

「趙爺您來得正好，袁大爺因爲二黃押著一大批工伕去修路，巡防隊的十幾條槍斜鏟過去追截，不知怎麼的？在黑溝邊跟孫小敗壞的大隊拚上了！對方機槍也張了嘴，我正擔心袁大爺會吃虧呢！」

「糟！」趙澤民著急說：「震和這個人，總改不了他的躁急性子，孫小敗壞也許是存心誘他追過去，好設計伏擊他的，十幾條槍，太單薄了！」

「這可不成，」岳秀峰連長說：「咱們雖只有三支匣槍，也不能不去接應！……巡防隊若被他吃掉，更會增長小敗壞的氣燄！」

沒等他們拉槍朝上頂，巡防隊的鄉丁業已退了回來。對方一直追到兩搭界的地方，在陽光下面，能看見對方戴著舌帽的影子，同時，那挺機槍仍咯咯叫的朝這邊打掃射，好像要存心對蒿蘆集亮亮威風。

退回來的鄉丁一共有八九個人，他們就曉得事情不妙了，緊接著一個鄉丁牽來袁震和的黑騾子，騾背上，袁震和伏在鞍囊之上，更橫著好幾具滴血的屍體，很顯然的，他們是遭到了伏擊。

趙澤民一眼見著袁震和頭手下垂，鮮血順著他的指尖朝下淌，沙地上留下一路鮮紅。

孫小敗壞的手下追到黑溝子邊緣，沒敢再朝西逼，趙澤民這才把事情問清楚。傍午時，巡防隊遇上一股偽軍，打南邊抓來幾十個老弱工過境，袁震和想把他們截下來，放那些工伕回去，那股偽軍邊打邊逃，袁震和便帶著人槍越境去追，誰知對方是有意佈圈套，袁震和追到牛家蘆塘邊，蕭石匠設在那裏的機槍就張了嘴。

袁震和身上中了四槍，巡防隊連他在內，當時就死傷五六個，其餘的人，豁命搶回那幾具屍首，那挺機槍太犀利了，掃得他們站不住腳，只有順著草溝朝後撤，使蒿蘆集的鄉團頭一回遭到這樣重的挫敗。

鄉團長趙澤民是個粗豪重義氣的人，多年來一直把神槍袁震和當成得力的助手，如今，蒿蘆集的局勢吃緊，正是需得人手的時辰，袁震和卻中伏丟命，死得這樣悲慘，無怪他搶上去抱著袁震和的屍首，跌足嚎啕，哭得兩眼紅腫，聲嘶力竭了。潘特派員和岳秀峰連長不得不濕著眼上去勸慰他，老半晌，趙澤民才收淚咬牙發誓，攫著獨眼蕭石匠，非抽筋剝皮不可。

「您得息息氣，澤民兄。」岳秀峰連長說：「兩軍戰陣上，中伏傷亡是習見的事，賬還是一本賬，總要從頭算起，血債血償，跑不了他們的。您要曉得，射殺震和兄的那挺機槍，我早就懷疑它是我連上的那一挺了，我會儘快了結這宗懸案的。但如今咱們還有要緊的事情等著做，只有把這幾具屍體先運回集上再講了。」

這邊是抱著滿腔悲憤，濕著眼回奔蒿蘆集，那邊的獨眼蕭石匠曉得神槍袁震和業已被他用機槍放倒，嘿，他騎了牲口，押著工伕，一路哼哼唱唱的，到下沙河鎮孫小敗壞的團部裏報捷去了。

築路開了工，孫小敗壞整天像夾尾巴狗似的跟在松下的屁股後頭挨罵受氣，松下總是像吞了大爐熱炭，脾性火爆得很，又埋怨民伕抓得太少，又埋怨孫小敗壞督工不力，馬鞭沒向小敗壞的鼻尖抽下去就算是好的，一整天風沙和太陽，把孫小敗壞整得滿身灰土，臉額晒焦，嘴唇皮都乾裂了。這幾天，松下奉召進縣城去議事，孫小敗壞才敢略爲偷懶，躺下身，燒幾個泡子過足了煙癮，找了夏皋、筱應龍和一個販槍火的女混混，搓起麻將來消遣。正搓著，獨眼蕭石匠進來報告他，說是在牛家蘆塘設伏，把蒿蘆集的鄉團附——神槍袁震和給撂倒了！

「你說什麼？」孫小敗壞起初不敢相信。

「我把袁震和打死啦！」獨眼蕭石匠說：「上一回，他帶人打掉我一隻眼，今天我可算報了私仇了！不但他中了槍，蒿蘆集的巡防隊也叫我放倒五六個，老大，我這一火，打得夠風光罷？」

孫小敗壞一聽，果真有這麼一回事，樂得他把牌也推掉不打了，夏皋跟著筱應龍也喜笑顏開的像吞了順氣丸。

「你它媽真要把袁震和擺平了，石匠，這可算是第一奇功啦！」他說：「誰不曉得喬恩貴手下兩把鉗子，一個是趙黑頭，一個就是袁震和，他的槍法，連三麻子見了都心寒，上回葉大個兒被他追得狼狽跑，誰想到那個煞神會撞到你的槍口上？算你走上狗頭運了！」

「也不是我走運，那挺機槍靈光！」蕭石匠說：「我把機槍架在蘆塘裏，袁震和帶人追上來，正在槍口前面，相距不到廿丈地，機槍一張嘴，他哪有活命的機會？……那些鄉丁拚死搶救，也只是收了屍去。」

「嘿嘿，」孫小敗壞笑得像喝熱湯似的：「這是它媽的天意，要促成我進佔蒿蘆集，你們想想，倒了袁震和，只落趙黑頭一個人，孤掌難鳴，我倒要瞧看瞧看，他有什麼樣的法子擋著我進兵？」

「對呀！老大，」夏皋說：「如今正是撲打蒿蘆集的大好機會，等松下大尉回來，您得跟他說一說，不妨把築路的事暫時擱一擱，先趁機去打蒿蘆集，他若肯把機槍鋼炮拉出去，乒乒乓乓一陣猛轟，咱們準坐到趙岫谷的後花廳去，喝那鎮上的高粱酒去了！」

「那些事兒先甭談，」筱應龍說：「既有這個好消息，老大，您不能不擺幾桌酒，好生慶祝慶祝，討個好彩頭，日後收拾趙黑頭，假如也像這樣順當，你孫老大豈不是後顧無憂，獨定睡安穩覺了嗎？」

「應該，應該，筱兄弟，」孫小敗壞拍著大腿說：「你說的真是一千一萬個應該！」

當天夜晚，下沙河鎮上真是夠熱鬧的；監工的各中隊把那些抓來的民伕都押回鎮上看管著，恐怕他們開溜掉，孫小敗壞著人屠了兩口豬，備了好幾罈酒，分送到各大隊去加菜，獨眼蕭石匠那個機槍中隊打倒袁震和有功，加賞五十塊大洋。

那些饞狼餓虎攫著酒肉，哪還不儘朝肚皮裏裝的？一刹時，猜拳行令的喧嘩，浪捲了整條街道，天還沒到起更時分，滿街都是你攙我扶，斜行橫走的醉蟹子，紛紛灌到茶樓、賭場和窯子裏去享樂去了。

蕭石匠那個中隊，擠在北街中段一條雞毛小巷口的民宅裏，他那個雜湊班的中隊，一共只有廿六七個人，一挺寶貝似的機槍，十一二根步槍，和幾支火銃。天黑時，大夥兒蹲著吃喝一頓，每人喝得醉呼呼的出去兜逛去了，只留下兩個值崗的傢伙，在看管著七八十個民伕。

那些抓來的工伕，不分男女，統被關在一棟兩明一暗的空屋子裏，沒有床榻，沒有被蓋，地上鋪了一層麥草，工伕們就連身躺臥在麥草上，男的睡外間，女的睡內間，裏外各放一隻溺桶；為防伕子鬧事，連他們做工用的鐵器也都收繳了，放在外面，等到二天一早上工時再發。不過，底下的傢伙們對工伕並不那麼疾顏厲色，只要看著他們不溜掉就行，尤獨對於工伕頭兒，多少還帶些奉承。

領著這些工伕的頭兒，是蕭石匠自己在伕子裏挑選的，那人自說名叫鄭強，是青石井董家油坊的師傅，他那黑黝黝的塊頭兒，海碗粗的臂膀，正是做路工難得的好料子，這個鄭師傅做工很賣力氣，一個人抵得上五六人幹，牛腰粗的石骨碌，他一個套上繩索，挺腰就使蕭石匠這個工段的工作，不比其他工段慢半分，蕭石匠不得不給他幹工頭，而且找他談過話，希望在路工築完之後，他能留下來，補個名字吃糧，答允給他個班長幹。

黑大個兒表示出無可無不可的樣子，答允到時候再說，他說：

「咱是北地的浪蕩漢，在油坊掄打油榔頭，憑力氣混飯吃，一個人飽，一家飽，如今油坊歇業了，咱留著看守空屋子，也不是辦法。築路幹粗活，是咱自家願意來的，好歹有口飯吃，在哪兒不是一樣？」

蕭石匠覺得這個人很憨樸，凡事便信得過他，黑大個兒趁機跟蕭石匠進言，要他好生對民伕，蕭石匠苦著臉說：

「不是我姓蕭的存心虧待你們，鬼子要築路，出嘴不出錢，各地拉來民伕上千人，連伙食費都不發一文，你們自帶的乾糧用完了，各中隊全是自掏腰包，我就是有心，卻也是無力呀！」

「話可不是這麼說啊，蕭大爺。」黑大個兒說：「鬼子頭兒成天叉腰站在那兒督工，老實說，哪個工段的活兒幹得怎樣，全在他的眼睛底下，這些民伕吃不飽，睡不足，哪兒來的力氣？您就掄鞭抽打也沒用，活兒幹不起，鬼子頭兒一動火，您這隊長怎麼朝下幹？」

「是啊，瞧不上你這粗人還有細腦瓜子，」蕭石匠轉動他那顆獨一無二的眼珠說：「聽你這麼一說，還真有些道理呢！」

「所以您得貼點兒老本，在鬼子面前落個表現！」黑大個兒說：「至少讓民伕吃得飽，有精神幹活才成。」

這本賬，蕭石匠仔細盤算過，所以才把這些民伕當成人看，黑大個兒受了信任，進進出出，也就比旁人方便得多了。

這天，留下值崗的傢伙，喝得暈頭脹腦的，橫著槍坐在門口打著酒呃，關著民伕的那屋裏，點著一盞菜油燈，燈燄沒精打采的在打著瞌睡，兩人對著燈看久了，也染上瞌睡症，不斷的打起哈欠來了。

「噯，兩位老哥，怎麼啦？」黑大個兒靠在屋角說：「你們都像多喝了幾盅似的？」

「可不是？鄭師傅，」一個團起舌頭：「今天咱們下鄉拉伕子，跟蒿蘆集的巡防隊交手，機槍正巧架對了地方，把蒿蘆集的鄉團附——神槍袁震和給撂倒啦，敗壞頭兒一樂，賞酒肉賞……咱嗨，開了個彩頭！」

「咱們哈（喝）酒，哈的多了，」另一個開玩笑的，把手背橫切到頸子上說：「一直裝到這兒，漾漾的要朝外頭漫，幸好有舌頭堵著，不然就漫出來啦！」

「啊！」黑大個兒微攏著眉頭啊了一聲：「怨不得上午咱們在工地上，聽見西邊響槍，還當是哪兒放炮竹呢！——原來是機槍？」

「嗨嗨嗨，」第二個笑說：「敗壞頭兒一個團，就只咱們一個機槍中隊，機槍中隊裏，單只是這一挺寶貝機槍，——中隊長獨眼蕭他自己扛著。」

「中隊長自己又當機槍兵，怪好笑的，」黑大個兒說：「那麼，今天放倒姓袁的，是你們中隊長親自幹的了？」他的臉半留在燈光映不到的陰黯裏，無聲的笑著，唇邊卻旋起一絲古怪的、悲痛的意味。

「不錯，」第一個說：「他是獨眼龍吊線，——天生有準頭。」

「上頭發了五十塊大洋賞金，他一個人獨吞了廿五，」第二個說：「咱們每人只分一塊錢，意思意思，原想拿它做賭本的，誰知又輪著咱們上崗，真霉氣。」

「不用著急，日後兩位若也能有機槍扛，還愁領不著大筆賞金？」黑大個兒說：「你們蕭隊長原先幹石匠，他打哪兒弄來這麼一挺機槍來著？」

「誰曉得？」第一個說：「聽說這挺槍是敗壞頭兒自己的，當初他抗風避在縣城裏，待在李順時賭場做客，原是個空心老倌，……咱們隨著毛金虎跟他，那時也沒見他有槍。」

「是後來堆頭的胡老三下鄉去拉蕭石匠，才把機槍扛回來的。」第二個說：「咱們敗壞頭兒，就憑他的那點兒老本，才壓得住各股人的，——一挺機槍和幾桿步槍，真不含糊，——全是老中央部隊當下的貨色，不知怎會弄到他們手上的？」

兩個醉糊塗了的傢伙，哪會曉得這個大塊頭鄭師傅，就是喬奇排長？隨口一番言語吐出去，喬奇心裏業已有了底了！……這比他想像的更爲容易，略一探聽，他就已斷定斥堠班失蹤的懸案，是孫小敗壞幹的，至少，胡三和蕭石匠知道底細，這批槍枝，當時不在孫小敗壞的手上，一定是怕引人注目，暫時埋藏了，他等到接了鬼子的番號，才又差人去起槍，照對方的說法猜測，起槍的地點，就在淤黃河崗、蕭石匠的家宅附近，——那兒也極可能是他們做案的地點。

到目前為止，這宗懸案的詳情，業已十分明朗，所差的，就只是他們做案的方法，以及王朝宗班長和那些弟兄們的下落？當然，他無法跟獨眼蕭石匠去探詢這事，不過，想弄明白也並不太難，——只要捉住他們當中的一個，不怕他們不招供。

再據這兩個站崗的所說，獨眼石匠業已用這挺機槍伏擊了蒿蘆集的巡防隊，打死了蒿蘆集鄉團附袁震和，而這挺機槍，原是自己排裏的武器，在機槍兵何順五的手上，曾經經歷過好多次大小戰役，剿過土匪，打過鬼子，自己一天活在世上，就不忍眼見這挺槍落在漢奸歹徒的手裏，讓他們使用這種利器，反過來殘害抗日志士。

許多種念頭在他腦子裏飛快的盤旋著，這該是他潛回蒿蘆集去的時刻了，不過，他不能就這麼扔下這許多被抓來築路的老弱民伕，他得想盡方法，憑他一個人的力量，活捉獨眼蕭石匠，奪回那挺機槍，再掩護這些民伕向西逃亡，……這許多事情，若想一次辦成，非得精密計算不可，萬一算錯了一步，就會把事情弄砸了。

雖說鬼子駐屯上沙河鎮的頭兒松下大尉進縣城開會還沒有回來，築路的工程還是照樣進行著，每天天剛放亮的時刻，各中隊的僞軍就挾著槍，把許多衣破襤褸的民伕押到各個工段上來，挖土鋪路，每個工段都在路邊搭了涼棚，備了茶水，好讓孫小敗壞他們陪同下來監工的鬼子歇腿，那些鬼子軍曹把東洋刀攏放在兩腿中間，疊膝坐著，輕輕搖盪著他們肉紅色的馬靴，以一種僵硬矜持的姿態，喝茶、抽煙，並不時舉起他們掛在胸前的望遠鏡，望著在烈日下絡繹如蟻的工伕。

一發現有人怠忽，立即驢長下臉來，嘰哩哇啦通過譯翻，對陪同的僞軍隊長加以責難，孫小敗壞這夥人，少不了要跑到工地上去，來一陣鞭打洩憤，不過，這種情形，只有在松下大尉在場時居多，松下不在，連那些鬼子軍曹也偷懶，扯下帽簷，歪托著多鬍髭的腮幫，閉目養神去了。

放眼望過去，工段連工段，民伕們總有一兩千人，他們沉默的做工，即使拉動石骨碌壓路，或是用糞箕兒挑土，費盡力氣，也不會發出哼呀喝呀的呼吼聲，他們一樣流著汗，但每個人都有著一股沉默懶散的味道，感覺得出他們是在抗議著，但難以指明是誰在領頭怠工？

在蕭石匠這個靠東的工段上，由於黑大個兒鄭強領工很賣力，監工的鬼子軍曹對獨眼蕭頗爲誇讚，又因他前一天曾經伏擊了蒿蘆集的巡防隊，鬼子衝著他晃過大姆指，更使蕭石匠自覺臉上光采，大出風頭，他當面誇讚做工頭的鄭強說：

「鄭師傅，你真心幫襯我，咱們工段上，伕子並不多，可是工做得比旁人快，伕子又沒有偷溜的，這全是你的功勞。」

「哪兒的話，蕭大爺。」黑大個兒笑露出一口白牙來：「您是在應付鬼子，咱們又不是不曉得，這些在鄉百姓都是忠厚老實人，他們又想早點把路築妥了，好放他們回去，我哪敢居什麼功來？」

「說真箇兒的，」蕭石匠舊話重提說：「憑你這身力道，這副塊頭兒，不混世吃糧多可惜，我還是那句話，望你修完路留下來，我替你補個班長。」

「蕭大爺，您實在太抬舉我了，」黑大個兒說：「您手底下那些人頭，誰不比我這個粗漢子強？」

誰知這麼一句話，勾起蕭石匠心底下的疙瘩來，他搖搖頭，嘆了口氣說：

「你就不曉得了，孫老大手底下的各中隊，就數我這中隊的人頭最雜亂，廿幾個人裏，有些是原來跟毛金虎打縣城裏來的混混，一身皮包骨，只能拿得動大煙槍，可是這幫傢伙極有心計，他們的頭兒毛金虎叫孫老大幹掉了，他們心懷鬼胎，貌合神離的跟著我，誰知背地裏打的是什麼主意？……另一批原是胡老三的人，胡三這回忽然來個窩裏反，轉投張得廣去了，他手下的這些傢伙，更沒有一個可靠的，老大叫我暗地監視著他們，我只一個人，怎麼監視法兒？我這個當隊長的整天把那挺輕機槍扛來扛去，也顧不得旁人笑話，我倒不是愛扛那挺槍，是找不著可靠的人呀！」

「這麼說，您實在是有難處。」黑大個兒說：「弄得不好，他們會暗算掉你也不一定，……那挺機槍太惹眼了，他們扛到哪兒，都不愁沒飯吃。」

「我也想到這一層，所以才來找你的。」蕭石匠說：「你要答允跟我幹，那挺槍，我就讓你扛，有你在我身邊，足能鎮得住他們。」

「這樣罷，」黑大個兒說：「等晚上下工回隊部，我再跟蕭大爺您詳談好了。」

蕭石匠怎會想到他獨眼看人看走了眼？病急亂投醫，把喬奇排長這個巨靈似的黑無常，當成救命的醫生，喬奇是什麼樣精明練達的人物？跟著岳秀峰連長轉戰南北，擒過山賊，伏過巨盜，由蕭石匠的話裏，他已弄清了這個中隊的底細。

孫小敗壞是手狠心辣的人物，胡三手下的人和毛金虎手下的人，雖仍端著他的飯碗，但一個個都膽戰心驚，暗捏一把冷汗，蕭石匠半路出家幹上這個中隊長，其實連一個貼身的心腹全沒有，只有光桿一條，機槍一挺。這個三合頭的中隊，只要花上一番言語，很快就能把它拆毀掉，尤獨是上回徐小溜兒去青石井，那三個人被自己捺進油簍埋掉之後，蕭石匠不知原委，報他們攜械潛逃，更使毛金虎的手下擔心被整，這可是動手的機會！

他計算又計算，鬼子頭兒松下大尉沒回來，下沙河鎮的各股僞軍顯得異常鬆懈，每晚押著築路的民伕收了工回來，不論僞官僞兵，都亂鬨鬨的出去找酒喝，找錢賭，或是陷到娼寮去，被娼婦糾纏住了。孫小敗壞名為一個團，實質是各股頭歸各股頭，一盤散沙，只要槍聲一響，他們就會滿街亂跑，誰也顧不著誰。

正巧這天夜晚，又輪著毛金虎手下的那兩個老幾值崗，喬奇決意發動，他早用耳語傳告那些民伕，說是蒿蘆集今夜會來人救你們出去，等到我發聲叫跑時，你們就穿暗巷，奔西南，翻過圩崗子，踩荒朝黑溝子那邊走，二黃若是追下來，自有人替你們擋著。

把民伕安排妥當之後，他就拿徐小溜兒攜械潛逃的事，說動了那兩個傢伙，他說：

「你們兩個傻鳥，我聽說孫小敗壞業已密令獨眼，就在這幾天，要收繳你們的槍械了，那時你們連命都保不住，你們死到臨頭不知死，還摟著槍替他們值崗？……我老實告訴你們，我是打縣城那邊來的，胡三爺多少還念舊，要你們揹槍過去，穿有穿，吃有吃，混有混的，總比待在這兒死了沒人埋好上萬倍罷？」

「可是，咱們一走，獨眼蕭把機槍拖出來怎麼辦？咱們就是飛毛腿，也跑不贏槍子兒呀？」

「這個，你們放心，姓蕭的由我對付，」喬奇說：「你們儘管先走好了！」

蕭石匠白天跟黑大個兒約妥聊天談事，他吃了晚飯沒出門，在屋裏洗了一把熱水澡，剔亮油燈，一壁看著小唱本兒，歪著腦袋，白字連天的亂哼哼，正哼著，黑大個兒掀簾子進屋來了。

「喝，老鄭，」獨眼蕭石匠跟黑大個兒處熟悉了，存心想把對方收爲心腹，稱呼也改了口，套著熱乎：「你來得正好，我帶你上茶館喝盅茶去。」

「還喝什麼茶呀？蕭大爺。」喬奇一進屋，就發現那挺機槍靠在門邊的牆角上，他先跨了一步，貼近那挺槍說：「事情砸了鍋，——毛金虎的人跑啦，那些民伕也跑啦！」

他這麼一吆喝，蕭石匠果然聽見一陣雜亂的腳步聲，打窗子外面朝外奔湧過去。

「這……這它媽的怎麼辦？」蕭石匠身上只穿一領汗衫，下身穿著短褲，他慌忙扔開小唱本兒，伸手去抓他的軍裝！「我總不成光著屁股去追人啊！我它媽好歹是個隊長呀！」

「您得快點兒，蕭大爺，」對方催促說：「天又黑，跑的人又多，你的隊伍炸了不要緊，我的伕子跑光了，我這工頭還要活不要活？」

「它媽的，全怪毛金虎手下的小混混，我早知他們會出漏子，這不是硬砸我的攤？抓回來，非斃人不可……你等等，老鄭，等我套上褲子！」

「我先去追，蕭大爺，您趕急跟上來好了！——槍我替您扛著！」黑大個兒說著，撈起那挺機槍就朝外跑。逼得蕭石匠不得不趕急拔上鞋子，一邊跑一帶繫腰帶。

黑大個兒扛著機槍，拎著彈夾袋子，穿過西狹巷奔後街，跳得飛快，蕭石匠費力的跟在後頭，跑得上氣不接下氣，那些民伕們跑在他們前面不遠的地方，就這麼像穿梭似的，越出了西南角的圩堆，奔到漆黑無光的曠野上來了。這時刻，黑大個兒才放開喉嚨，邊跑邊叫說：

「你們朝哪兒跑？你們想繞過牛胡莊跑奔蒿蘆集？今夜晚，老子拚著這個工頭不幹了，追到蒿蘆集，也非追上你們不可！」

蕭石匠的身體原算結實的，但黑大個兒這樣的跑法，他那被酒色淘虧了的身子，實在吃不消，兩腿也痠軟麻木，有些跟不上了。

「老鄭，老鄭，你跑慢點兒！」他喘吁吁的在後頭叫說：「甭跟他們囉嗦那些廢話，他們再不站住，就把機槍扛給我架起來掃！」

「不成啦，蕭大爺，」黑大個兒並不停腳，一面掉頭說：「咱們追的是民伕，不是你隊上的逃兵，這些人抓回去，明天還得要去築路的，非得抓活的不行。」

「他們不停腳，怎麼抓法？」

「不要緊，」黑大個兒說：「這些老弱跑不了好遠，咱們追到他們跑不動的時刻，用槍把他們押回去，不就成了！」

倆人仍然這樣朝前跑，天太黑，那些民伕跑著溜著，隨地藏匿著，都已經跑沒了，黑大個兒還是邊跑邊嚷嚷的追過去，蕭石匠不得不緊緊的跟著。

這樣一奔子跑下好幾里地，連背後下沙河鎮上的燈光，也被樹叢掩沒了，黑大個兒這才放慢腳步，回頭去等候累得歪歪的蕭石匠。

「事情看來很糟，蕭大爺。」他說：「民伕逃散掉了，你的隊伍也炸了箍，散了板了，你說咱們該怎麼辦呢？……你我兩個人，都交不了差啦！」

「我總得回去跟孫老大說清楚，」獨眼蕭石匠說：「當初他把這些雜碎編給我，我就曉得帶不住的，要追，他也得另派人手幫助我，叫我一個人扛機槍來追，我到哪兒找人去？」

「我看這事要慢慢商量了！」黑大個兒說：「你蕭大爺好歹是個隊長，又跟團長是叩頭換帖的一把子兄弟，就算出了紕漏，上頭還會替你擔待擔待，我怎麼辦？我是築路的工頭，伕子跑光了，鬼子追究起來，誰能替我硬扛……我要是回去，豈不是自己送腦袋？今天不找回伕子，我是絕不回頭的了！」

「老鄭，老鄭，你甭那麼死心眼兒。」蕭石匠仍然喘著說：「咱們先找個地方歇歇腿，好生商量商量，總得想個辦法才好？你有什麼好辦法能抓回伕子呢？」

「辦法倒是有，不知您覺得妥不妥當？」黑大個兒說：「咱們若想抓人，總得要冒幾分險，我估量這些散在黑裏的民伕，他們旁處無路可走，只有投奔蒿蘆集，咱們帶著這挺機槍，到黑溝子和蒿蘆集兩搭界的地方，找處隱僻的落頭，隱伏著，等到天亮，他們經過時，來一個抓一個，雖不敢說全數抓回去，至少也有個數目，上工時，工地不會空著。」

「對！」蕭石匠想了一想說：「這也是個辦法！」

「跟您說老實的，蕭大爺。」黑大個兒說：「我若不爲您著想，我就不吃這許多苦了！您想想，您的隊伍人多人少，不關鬼子的事，沒有民伕，把工地空著不動工，鬼子監工的軍曹能讓您過關？……所以我說，民伕沒著落，我死定了不算數，您也照樣活不了！」

黑大個兒這番話，把蕭石匠說得口服心服，他說：「真虧你想得周全，老鄭，要不然，我的腦袋掉了，還不知怎麼掉的呢？咱們朝西走，再有幾里地，就有一處大蘆塘，那是牛家蘆塘，——上回我打伏擊，放倒袁震和的地方。咱們就埋伏在那兒，等著抓人好了！」

「那真好極了！」黑大個兒說：「您在那兒得的彩頭，那可是您發旺的地方。」

倆人穿黑朝西走，一腳高一腳低的踩著荒，黑大個兒把那挺機槍推給蕭石匠，換著扛不多久，蕭石匠又推還給黑大個兒，一直走到牛家蘆塘邊，——獨眼蕭行兇殺人的地方，這時，估量著約莫四更天了，喬奇一想，事情依計而行，可說是極爲順當，如今，不但機槍扛了回來，民伕全數放跑，蕭石匠那個雜湊班子砸爛掉，就連獨眼蕭本人，自己也拿他當成護符，安安穩穩離了下沙河，如今到了這個地方，該動手收拾他，彰一彰天理了。

「天就快放亮了，老鄭。」蕭石匠蹲下身子說：「把機槍替我順過來，你等著抓人罷！」

「你弄錯了，蕭石匠。」黑大個兒突然變了聲音：「大爺從來不姓鄭，只怨你有眼無珠，弄錯人了！」

蕭石匠一聽，整傻眼了，蘆葦葉子在黑裏悉悉索索的磨擦著，天黑得看不清黑大個兒的臉，他探起半個身子，一隻巴掌捺在地上。

「你這是怎麼一回事？老鄭。」

「我說過了，大爺我從來不姓鄭。」那個聲音冷冷的：「我要在這兒向你討還公道。——我問你，你這挺機槍是打哪兒來的？」

「你究竟是誰？老兄。」蕭石匠聽他沒頭沒腦的這一問，心裏不由寒冷得發毛：「你！你問這個幹什麼？」

「沒想到罷？姓蕭的，你們的虧心事，你自己心裏明白，用不著還來問我，我只告訴你一句話：你們劫奪槍械的案子犯了！你得跟我到蒿蘆集去錄口供！」

「我弄不懂你在說些什麼？」蕭石匠嚇得心膽俱裂，渾身索索落落的打起抖來：「老兄，我可沒虧待過你，你！你究竟是那條道上的朋友？」

「我嗎？」黑大個兒說：「沒名沒姓，是死過了又活回來的人，追你們的魂，索你們的命來的！甭磨蹭了，起來跟我走罷！」

蕭石匠摸摸地面站起身來，他在電光石火一剎間，腦子裏飛速的轉動過一些念頭；論塊頭，論力氣，無論如何他也不是對方的對手，但他不能就這麼乖乖的被他押到蒿蘆集去，對方業已曉得那檔劫奪軍械的案子，一去蒿蘆集，就等於伸著腦袋挨刀；拚既拚不過，只有趁黑逃命要緊，念頭轉到這點上，他就想到這片深密的蘆葦塘了，只要能滾身滑進蘆葦叢裏去，就有脫身的機會了。

他一咬牙之間，霍地抽出一把貼身攜帶的刀子，朝著對方的朦朧的黑影，呼的就是一刀子；對方彷彿早就防備他有這一著兒，偏身跨步躲了過去，蕭石匠趁機一滾身，想朝蘆葦叢裹滑遁，誰知對方比他更快，倒掄著機槍當成扁擔使，只聽克嚓一傢伙，槍柄就砸中了蕭石匠的身體，蕭石匠只吐出一聲悶哼，便乖乖的躺在那兒不再動彈啦！……喬奇很快的蹲下身子，伸手去摸索。

「糟，」他自言自語的：「這一傢伙，力氣用過了頭，把這雜種龜孫的胸脯砸扁掉了！這不是少了一個作供的活口？」

不過，他噓了一口氣，又喃喃的說：

「姓蕭的，你也是惡貫滿盈，該當死在這兒，前沒多久，你不是扛著機槍在這兒設伏，把袁鄉團附打死的嗎？我這算是替他報了仇，只有借你的腦袋，送到蒿蘆集他的墓頭上去，為他奠奠靈了！」

天色逐漸透出一些黯黯的灰亮來，喬奇排長撿起蕭石匠手裹攢著的那把刀子，把蕭石匠的那顆腦袋硬割了下來，在頸皮上穿了個洞，剝下一條柳樹皮拴妥，掛在輕機槍的槍筒上扛著朝西走，那倒垂著的腦袋，一路上搖來晃去的滴著血，兩眼翻白著，彷彿在怨著什麼。

當下沙河鎮蕭石匠那個中隊出岔兒的時辰，孫小敗壞正跟那個販賣槍火的女混混董四寡婦兩個在談妥交易之後，玩人疊人的把戲。

自打萬大奶子被胡三拐走，孫小敗壞就心氣鬱結，沒動過大葷腥了，倒不是他不好那檔子事，實在因著下沙河鎮上那些賣的貨，全都是粗皮糙膚，引不起他的胃口，董四寡婦這個娘們，原是大碼頭上過來賣槍賣火的，孫小敗壞見她細皮白肉，眉梢眼角處處帶著風情，不禁打上了她的主意。

俗說：閨女犯猛，寡婦犯哄，何況董四寡婦是拳頭站得人，胳膊跑得馬的女混混？他立意要跟她套交情，不惜曲意奉承，寧花高價收買她的槍械，頓飯成席的供養著她，四寡婦是過來人，荒田放著也是放著，多收孫小敗壞這種佃戶，對她是無所謂的事情，她一向把這個看成了皮不破肉不綻，提起褲子就吃飯的行當。

倆人正在興頭上，外頭有人咚咚的擂門，一疊聲的喊起報告來了！

「你們這些混賬加番的東西！」孫小敗壞惱恨的罵說：「半夜三更，有什麼事值得這樣大驚小怪的？天亮再辦不行嗎？」

「不成呀，團長大爺。」外頭的衛士說：「蕭大爺那個隊上出了事，隊伍炸營，拉槍跑掉啦，民伕也跟著跑光啦，街上一片混亂，蕭大爺去追人去了。」

孫小敗壞一聽，立即就想起那挺機槍來，不得不翻離熱被窩，剔燈去穿衣褲，悄聲跟董四寡婦說：「你等著，我去去就來。」

他拎起匣槍，帶人趕到蕭石匠的部隊一瞧，不是跑空了怎麼的?!蕭石匠也真是個死木頭，黑裏出了大漏子，不跑到團部去報告，竟然糊裏糊塗，一個人扛著機槍追了下去？死他蕭石匠不要緊，那挺機槍可丟不得，孫小敗壞一著急，趕緊去叫喚筱應龍和葉大個兒，糾合了幾十條槍追去接應。

天亮時，他們追到黑溝子邊緣的牛家蘆塘，機槍沒找著，葉大個兒的人拖出一具沒有腦袋的屍首，從那身染血的黃軍服判定，他就是獨眼蕭石匠。

「這它媽究竟是誰幹的事呢?」孫小敗壞急得跳腳說:「我想準是胡三那雜種勾人幹的,他投奔張得廣這筆賬,我還沒找他去算,他竟然又磨算起我的機槍?恐不得有人說:把兄弟,狗臭屁,我偏跟他拜把子,不是瞎了眼了!」

「漏子既已鬧出來了,老大,」葉大個兒說:「我看您也不必太著急,——砸爛的攤子,總歸要收拾的,咱們還是先回鎮上去再說。」

「老葉說的不錯,」筱應龍說:「老蕭被人在咱們眼底下割了頭去,好好的一個中隊,也叫人一夜之間拆散掉了,這個臉面,莫講你做老大的丟不起,咱們也都覺得懊惱。說真的,這事不弄清楚,讓他們輕鬆鬧開了頭,咱們這些腦袋,也未必保得了險!」

「話是這麼說,可是這挺機槍是咱們的台柱,萬萬丟不得的,」孫小敗壞哭喪著臉說:「丟了它,咱們還有什麼戲唱?這事傳到佐佐木的耳朵裏去,我丟官,你們也沒得幹的了。」

「依您說,該怎麼辦呢?」葉大個兒說。

孫小敗壞望望那具沒頭的屍首,又勒起拳頭,猛敲他自己的腦門,顯出很頭疼的樣子。「我看只有這樣了!」他說:「你們趕急回鎮,跟平常一樣,要各隊押著民伕,照樣上工築路,關照各隊,千萬甭把這事張揚出去,石匠他那個工段,你們先勻些工伕過去敷衍著,我好再想法子……。」

正因孫小敗壞有這種打算,蕭石匠死後,便連一口棺材也沒睡得著,小敗壞吩咐手下人,把那沒頭的屍首就地掩埋掉,正合上一支童謠,形容混世的惡漢的下場說:「在哪死,在哪埋，只用拖，不用抬，又便宜了餓狗，又省卻了棺材！」

埋掉蕭石匠回到鎮上，又有人來跟他報告，說是蕭石匠隊上的那些傢伙並沒有跑掉，有的當夜在賭場擲骰子，有的宿娼，他們根本不曉得隊裏發生過什麼事！集合點名，只差一個隊長，兩個上崗的衛兵。這樣一來，孫小敗壞又懷疑昨夜的事，是那兩個衛兵夥同民伕幹的，不過，人跑得無蹤無影，來龍去脈，根本沒法子查究。

「這樣罷！」他說：「沒有民伕，築路工還是要做的，叫他們分隊長帶隊，都替我做工去。」

好在鬼子頭兒松下沒回來，這件事情是被孫小敗壞掩飾過去了，但孫小敗壞、金幹、筱應龍、宋小禿子、朱三麻子、葉大個兒、張老虎、夏皋這幫子人，個個心裏明白，下沙河鎮雖是他們人頭槍枝密集的地方，但並不如他們想像的那樣，像一座鐵桶，竟然有人敢搶走機槍，殺掉蕭石匠，這事發生，使每人的脖子都覺得有些寒颼颼的，夜晚派雙崗，萬一有事出門，都得把拉起機頭的匣槍拎上。

有一件事，他們都不敢朝上猜，那就是蕭石匠那挺機槍和他本人的腦袋，是被蒿蘆集派人來拎了去的，因爲蕭石匠用那挺機槍伏擊了蒿蘆集的巡防隊，打死了袁震和，蒿蘆集這樣做，分明是顯點兒顏色給他們看，同時也提出這樣的警告——誰動一動蒿蘆集，蕭石匠就是這個樣兒！

旁人不必說，單說孫小敗壞，他就不再嚷嚷要打蒿蘆集的事了，有人逼著問起他，他也只苦笑笑，縮起脖子攤開手說：

「我們只是端人飯碗，替人幫閒打雜的，這種事，得去問你們後台老板——松下大尉了！他要是在前頭打呢，咱就在後頭跟著，推點兒小波，助點兒小瀾罷！」

不過，董四寡婦對孫小敗壞甘願做縮頭烏龜，有些頗不以爲然，她當著小敗壞那夥把兄弟的面，奚落他說：

「哼！孫老大？你這干弟兄老大老大的呵奉著你，我看，你這老大白當了，沒膽子，不夠料！才不過死掉一個蕭石匠，你就變成不敢出洞的老鼠了！虧你還是混人的人，連女人都不如！……你這團長給我幹，我才不會縮頭夾尾像你這個樣子。」

「我的老姑奶奶，妳就放我一馬好不好？」孫小敗壞說：「我那挺槍弄丟了，等於拆了我的門面房子，妳還逼著我開店，這個店怎麼開法？」

「你到底是土蛤蟆，沒見過大池塘！」董四寡婦說：「輕機槍是啥稀奇玩意？老娘既幹這一行，什麼貨色沒有！你只要肯出價，多了沒有，三挺五挺的，老娘賣給你！我的話是當著你們大夥兒說的，我人在這兒，要是不兌現，你還怕我跑了?!」

「妳當真有這麼大的來頭？」孫小敗壞兩眼發亮說：「連機槍也能弄到手？」

「笑話？」董四寡婦說：「我要是沒有現貨攢在手上，有精神在這兒白費吐沫星兒？只是我要把話說在前頭，——人情送匹馬，買賣論分毫，我開出的價碼，誰也不能撥動一個算珠兒，而且要的是黃貨、現洋、硬盤子，紙幣甭談。」

「我的菩薩娘娘，」孫小敗壞說：「妳這個女人，不是水做的，是鐵鑄的，連說話都剛剛硬，一把捏不動，如今是什麼年成?!現洋倒是勉強湊合，黃貨到哪兒找去？就算我派隊出去催捐逼稅，也逼不出那種玩意來，——鄉下人，哪家有過黃金的？」

「咦，你不是要槍嗎？要槍就得花錢買啊！」董四寡婦偏著臉，昂著頭說：「不怕你們笑話，老娘天生就是這麼個人，——見錢眼開！」

董四寡婦這麼一透露，說她手裏能賣得出機槍，孫小敗壞手底下的各股頭目就起了一陣大騷動；每個人表面上不動聲色，心裏可都在打主意，這年頭混世，首先講究實力，誰的槍多？誰的勢大！他們哪個不巴望自己能有一兩挺機槍，就是打不響的貨色也不要緊，扛出去露臉增光彩總是好的。

「這樣罷，老大，」金幹出面說：「若想擴充地盤，增加實力，機槍總歸是要買的，槍是各隊用，槍款自該由各隊自己設法去籌，籌得足錢，早買，籌不足錢，晚買，……只要董四嫂貨源足，有來路，早晚之間，咱們大夥兒全有機槍扛就是了！」

「嘿嘿，」孫小敗壞說：「人抬人高，水抬船高，我這個老大，全靠諸位好兄弟協力抬舉了！」言下之意，不外是槍要照買，錢他不拿了。

價錢由董四寡婦開了出來，新貨沒有，半新帶舊的貨色，各帶一梭壓膛火，價碼按黃貨算，每挺槍是小條子七根（即黃金七十兩），這真是嚇死人的高價，不過，亂世槍價是沒有譜兒的，物以稀爲貴，董四寡婦一面死抬價錢，一面還擺出人情兮兮的面孔，說是這全看孫小敗壞的面子，要不然，還得另加兩成運費，她說：

「這全是願打願挨的買賣，皺皺眉頭，就請站到一邊去，咱們免談，你們要買槍的，先交訂金，——一挺槍一根小條子，收了訂金，我好著人去發貨過來。」

儘管打的重，挨的痛，金幹還是起出他祖上的老黑贓，訂了兩挺機槍，筱應龍和宋小禿子各訂一挺，其餘各股頭的錢不足，不敢冒冒失失的交訂金，因為董四寡婦不客氣，貨到了繳不上錢，要沒收訂金。

半路殺出來這麼個董四寡婦，開了孫小敗壞買槍添火的門路，使得這夥洩了氣的傢伙，重又壯起膽來，認為只要添了四五挺機槍，對付蒿蘆集的鄉團，那還不是綽綽乎?!

孫小敗壞本人沒買著機槍，又貼了蕭石匠，確實懊惱過好一陣子，但他心窩裏的意思，不便對人說出去，……筱應龍、金幹、宋小禿子這三股辮子，雖由自己一手搓起來的，但他們終究不算自己的心腹，他們有槍有錢有勢力，各求發展，自己無法限制住他們，容他們日益坐大，焉知不會變成另一個張得廣?而被自己認為是真正心腹死黨的朱三麻子、葉大個兒和蕭石匠，如今已三缺其一，連一副麻將搭子都湊不齊全了，以朱三麻子兇悍、葉大個兒的陰狠，絕不比筱、金、宋三個遜色，只怪時運不濟，混到如今，雖領了兩個中隊的番號，也只是七拉八扯湊合些人頭，編在人家大隊裏，聽人使喚罷了！

不過，使人興奮的事也不是沒有，自己能姘上董四寡婦，就是個好兆頭，董四寡婦真是個神通廣大，手腕靈活的女光棍。南北陷區各大碼頭，不論鬼子和維持會頭目，她都夠熟悉，她能把槍枝槍火裝箱，沿著崗哨重重的運河縣，一直發運過來沒有阻擋，她它娘真是肉身活佛，色相菩薩，……多少紅極一時的鬼子頭兒，達官顯要她不揀，偏要跑到下沙河挑上自己?使孫小敗壞對這場飛來艷福受寵若驚，他相信，兩人雖是一對野鴛鴦，既然同鑽一個熱被窩，皮靠皮肉套肉的熱乎過，多少有點兒露水情緣在，自己只要小心翼翼善用這條內線，還怕沒有飛黃騰達，更上層樓的一天？

再說，下了床的董四寡婦雖然像隻雌虎，上了床，她畢竟是個女人，比起萬大奶子更騷更浪，真像一匹活馬，足可填滿他失去萬大奶子之後的那份空虛，他就是白天有些不愜意，一到夜晚也就沖淡了。

孫小敗壞究竟不是簡單的人物，他有著天生的擰性，再怎樣，他也不願意眼看筱應龍、金幹和宋小禿子在他眼前坐大，弄成尾大不掉的局面；他在暗底下召來朱三麻子、葉大個兒兩個，密議再編一個直屬大隊，由他自兼大隊長，至少要單獨擁有三挺機槍和紮實的步槍，這樣，他才有名有實，鎮得住那三大股人。

「可是，咱們腰裏沒錢，度日如年，哪能像金幹那樣買槍添火來？」葉大個兒說。

「主意我倒是想出來了！」孫小敗壞說：「咱們雖然沒錢，但總能借債罷？」

「借債？」朱三麻子說：「老大，您說的倒輕鬆，借債？您要咱們到那兒伸手借去？……那位董四嫂跟你摟著上床了，不算外乎罷？你向她借借看，包管一個子兒也借不到，這年頭，人是人，錢是錢，分得開開的呀！」

「你們兩個只知其一，不知其二，」孫小敗壞說：「如今，鬼子的眼，全看著蒿蘆集，但對伏匿在西北角的黃楚郎絲毫沒注意，他在那兒搞了許多民田，點種鴉片，成包成捆的運到各地去賣，算是摟足了油水，咱們找他借債買槍去打蒿蘆集，等於替他身上拔刺，眼裏拔釘，他還有不願意的？再說，咱們照揹利息，他並不虧本。」

「嘿嗨？」朱三麻子一拍大腿：「對呀，老大，你的腦瓜真靈，主意都比咱們多，又都是絕透了的招兒！」

「我這就寫封信，大個兒你親自去跑一趟，」孫小敗壞說：「即使事兒辦妥了，也是咱們兄弟三人的事，不能透露給旁人知道。」

葉大個兒一去一來挺快當，把黃楚郎的信帶回來了，事情辦得出乎意料的快當，不過，黃楚郎答允借出的不是黃貨和銀洋，而是若干包鴉片煙土。陷區各地，煙館林立，鬼子不但不管，反而明白的慫恿著，煙土的行情俏，出手極爲容易，黑貨也等於黃貨，只不過要去推銷收款，多費一層手續罷了。這樣一來，孫小敗壞算是達到了買槍的心願，但站在另一面說，無形中也就變成了黃楚郎的黑貨推銷站啦！

董四寡婦說話真算數，不到十天，她的頭一批貨色就運到了下沙河鎮上來了！她夾著煙捲兒，疊起一雙小肉腿坐在木箱上，等著收清尾款才准開箱，金幹領到的兩挺機槍，一挺是老牙捷克式，一挺是七九大盤式，又笨又重，但卻是六成新的（大盤式，俄造）。筱應龍領到一挺加拿大，宋小禿子領到一挺歪脖子，卻是打六五槍火的。

「姑奶奶，」宋小禿子抗議說：「價錢都是一樣的價錢，我可沒缺半個子兒，妳給我這種貨，只能擺樣子，——六五口徑的槍火，只有鬼子才有，這一梭子打完了，叫我到哪兒弄槍火去？」

「我的禿哥兒，你急什麼？」四寡婦輕描淡寫的：「老娘既有本事賣槍，就有本事賣火！只要你打蒿蘆集，我會說通佐佐木，配足槍火給你。」

宋小禿子人雖狠，但絕狠不到董四寡婦頭上來，只好捏鼻子把槍領了，孫小敗壞買的三挺槍，因爲訂金交的晚，貨沒到，寡婦說要列爲第二批。

即使二批貨還沒到，下沙河鎭這一夥也夠興高采烈的了，一個黑道股匪拉起來的保安團，一傢伙添了四挺機關槍，這是破天荒的大事，宋小禿子提議，集合隊伍，把四挺機槍扛在隊伍前頭遊街示眾，金幹更主張遊完街，把機槍扛到西郊去，朝蒿蘆集那邊來個輪流試放。

「也讓喬恩貴豎起耳朵聽聽，咱們水浪似的槍聲！」他騷狂的說：「咱們還沒動他，只是先怯怯他的心膽，告訴他，如今改朝換代，——歸咱們當令啦！」

機槍試放的時刻，董四寡婦正躺在煙鋪上，一聽到槍音，她臉上便漾起笑意來。一個聲音在她心裏盤旋著：哼！沒耳朵的傢伙，你以爲你夠聰明？你認出老娘是誰？哪兒來的？那些機槍是什麼來路？……你只是一顆捏在老娘手上的過河卒子罷了！

她是在第二批槍械運到時走掉的，身邊帶足了賣槍所得的款子，全是黃白硬貨。她到縣城裏繞了一個圈兒，買了許多黑市煙酒。

幾天之後，她悄悄的經過沙河北岸，到了燕塘高地，黃楚郎像接上大人似的接她，她跟黃楚郎交代說：

「利用孫小敗壞去打蒿蘆集，我辦得還算順當，不過，蒿蘆集那邊，據我得的一些消息看，並不那麼簡單，在喬恩貴的背後，還有不露面的人物在撐腰，你可不能不防著這一點。」

「政委同志說得是，」黃楚郎恭謙的哈腰說：「我會盡力去探聽，不過，那幾挺機槍鬆了手，本錢似乎下得太重了，……我，我只是這麼想的話。」

「嗨，你的腦瓜子怎麼老是擰不轉來著？」董四寡婦說：「鬼子既然打不到你，你們看重那些破銅爛鐵幹什麼？如今，孫小敗壞業已成了咱們護航的了，打蒿蘆集，由他去打，侍候鬼子，由他去侍候，萬一有個掃蕩什麼的，你就到下沙河鎮的炮樓去作客，如今，你要做的事，就是讓鴉片果子多多出漿！……這兒有部分槍款，你拿去買肥，我要每棵鴉片都要用豬肚肺的涼汁兒澆灌；有了黃貨白貨，什麼槍枝買不到？」

她很大方的給了黃楚郎七根條子。——那只是一挺破爛機槍的價款。

她在鬼子區域裏活動，不能不講究排場，注重打扮。

第八章·用謀

從南方盪來的薰風，把蒿蘆集四野的麥子蒸黃了。

黑頭趙澤民把好幾百桿槍都調集到東邊去，護守著這一季的收割，面對著鬼子的兩面封鎖，和早晚到來的進撲，這季糧食極關緊要。巨靈似的黑大漢喬奇，自打用捷克式機槍挑著蕭石匠的人頭奔回蒿蘆集以來，業已變成遠近轟傳的英雄人物，但除了趙岫老、喬恩貴、趙澤民等少數人，經過岳秀峰連長的介紹，知道他的真底細外，一般人只知道他是董家油坊來的鄭師傅，名叫鄭強。趙澤民拉他擔任鄉團附，暫時抵上了袁震和遺留的位置。

鄭強穿著一領白粗布的小褂子，敞開一排鈕扣，讓他胸前一綹濃黑的、沁汗的胸毛袒露著，腰裏勒著黑腰帶，匣槍斜插在腰帶裏，只看見上面一截槍柄和下面一截槍管，他周近的人槍全都伏在茶棚北面，把槍口對著黑溝子那個方向。

趙澤民帶著一隊鄉丁，把槍枝架在路邊的林蔭下面，一個個捲起衣袖，下田去幫助收割，有些彎腰割麥，有些忙著打麥綑兒，有些趕來牛車，把帶穗的麥綑兒疊到車上去，一車車的運走。

鄭強從竹斗篷的簷影下，望著這兒忙碌收割的情景，使他想起東面不遠的地方，更多民伕們像螞蟻般築路的情形來了，誰為他們收割業已熟透了的莊稼？誰為他們耕犁田地？耽誤收割，就耽誤了一年兩季的莊稼了，即使那些人不死在烈日炎炎的路上，他們怕也熬不過饑寒交迫的冬天。

消息鬼子是封鎖不住的，他剛聽趙澤民說過，說是鬼子頭兒佐佐木中佐，召集駐紮各縣的鬼子駐軍官長、維持會長，開了好幾天的會，要重建佔領區的「和平」秩序，大量委派新的鄉保甲長，同時建立警察局，據說剛投靠張得廣的胡三，已經活動當了警察局的局長。這些風風雨雨的傳聞，他並不覺得驚異，他早已料到鬼子會這樣做，妄圖逐步萎縮游擊區，無論鬼子用什麼方法，假如沒有漢奸們在裏頭作祟，他們就得不到滿意的結果，所以，怎樣砸垮孫小敗壞這夥敗類，才是最要緊的事情。

幾天頭裏，孫小敗壞試放那四挺機槍，頗出他的意料，他怎樣也想不透，原只有一挺機槍的孫小敗壞，哪兒能這麼快就弄到這許多挺機槍？這種事情，也許只有連長和潘特派員能查得清楚了。

這時候，坐在趙岫老後花廳裏的岳秀峰連長，並不比擔任護割的鄉團長和鄉團附輕鬆。潘特派員在趙岫谷擺過香堂議事之後，就護送楊縣長和孫區長到東岸去了，使他只能依據一些零星的消息判斷佐佐木可能的動向。同樣是一場戰爭，但擺在目前的這場戰爭，要比雲台之戰更艱苦，比窪野之戰更複雜，他始終不會忘記，他仍然是一個軍人，上級留給他的任務，他已經盡力完成了。如今，陷身敵後，他不能再以回歸建制爲詞，離開蒿蘆集這兒的許多志士和更多苦難民眾，就算是單獨作戰也好，他必需夥同喬奇排長留下來。喬奇比較簡單，因他還有上級，他只須聽從直屬長官——連長的命令；在這段日子裏，有誰還來命令自己呢？實際上是沒有了，岳秀峰連已經暫時失去了上級，唯一能導引自己的，就只是一首黃埔的校歌，一柄蔣校長賜贈的軍人魂短劍，生是責任，死是完成，當他沉默凝神時，他耳畔縈繞著：領導被壓迫民眾，攜著手，向前行的歌聲……。

「岳連長，您對蒿蘆集鄉團的編練，有怎樣的打算呢？」背著手踱步的趙岫老說。

「秀峰對地方上的情形不很清楚，」岳秀峰連長說：「澤民兄告訴過我，如今奔匯到這兒來的各地的鄉隊和散股民槍，至少有好幾十股人，單是各地鄉鎮長，就有十六七位，有些還是鄰縣來的，這可不是編練新兵，關於人事上的區處，實在是宗大事。」

「不錯。」趙岫老點頭說：「鄉下地方，風氣不開，確有很多事困擾人的，比方同一個族裏人，平素一向講輩分，你若把姪兒弄成隊長，叔伯入列當兵，那，姪兒不幹，叔伯不肯，是想得到的；在家裡的，輩分更講得嚴，師父徒弟弄顛倒了，更不成，這情形，普遍都有的。」

「我看這樣罷，」岳秀峰連長說：「人的事，還是由您自己安排，我只提出個建制表來，您編妥了，我來練，這是減少麻煩的方法。」

「也好。」趙岫老說：「我雖不知兵，至少也曉得層層節制的好處，這樣散佈拉雜的，沒法子熬硬火，打血仗。我這次擺香堂，也曾當著大夥兒把這意思明說了，蒿蘆集如今是這兒一塊乾淨土，大夥既來這兒，就是生死一條船，爲了保鄉保民，不能再計較你是這鄉，我是那鄉，分什麼派系，講什麼地頭了!……他們也都一條聲答允，怎麼編怎麼好的。」

「照蒿蘆集現有的人槍數目來說，足夠編成兩個支隊，另加一個獨立的大隊，」岳秀峰連長打開他捲在手上的表來說：「一支隊，相當於中央建制一個團，三三制到底，也就是三個大隊，九個中隊，廾七個分隊……連官帶兵，約莫一千人左右，兩支隊加一大隊，總合兩千三四百人槍。如今屯集在蒿蘆集一帶的人槍不止此數，咱們可以汰除老弱，另編後備隊，只管運糧運草和後防崗哨，假如近期內，佐佐木不調動大批鬼子來攻撲，我認為兩個支隊都該拉離蒿蘆集，駐屯到近湖地帶去，鄉上只留一個大隊就夠了，這一個大隊，可分出一個中隊到北邊巡防，另一個中隊屯在砂崗上，兼顧東面巡防，街上只要一個中隊維持。」

「恕我打個岔，岳兄。」坐在一邊的喬恩貴大爺說：「你這樣佈置，想必有你的道理在，能否見告一二，讓兄弟長長見識？……這不是客套話，兄弟只打過散股土匪，那不是打仗，那是圍在一堆朝上湧，扯平了開槍。」

「打鬼子，跟打土匪全不一樣。」岳秀峰連長說：「咱們不能死死的守圩子，鬼子調炮一轟，不用幾個時辰，蒿蘆集就變成一片殘磚碎瓦了，咱們要講究散得開，跑得快，讓人生地不熟的鬼子變成瞎眼驢，只能繞圈兒推大磨，卻無法看見人影兒，咱們暗打明，取主動，只有咱們找著對方打，對方卻打不著咱們。」

「有道理。」貴爺笑說：「既然這樣，一個大隊駐屯鎮上，又幹什麼用呢？」

「做觸鬚啊！」岳秀峰連長說：「若想摸清對方的底細，非得跟對方保持接觸不可！這就叫知己知彼，百戰百勝。只要咱們豁命幹，雖說槍枝雜，火力弱，鬼子決計是奈何不了咱們的，消滅孫小敗壞，那更不難。」

「孫小敗壞最近添到六七挺機槍，您該聽澤民兄說過了？」喬恩貴眨著眼說：「我弄不清這批槍，他是怎麼弄到手的？潘特派員又不在這兒，咱們摸不著底細！」

「因由總是有的。」岳秀峰連長說：「我想過些時，我要單獨進縣城去看看，必要時，再走一趟下沙河，鑽進賊窩去探一探信兒，——打這種仗，情報是第一要緊。」

「這，這可不成，」喬恩貴著急說：「您走了，危險不說了，這兒的兵怎麼練法？就算全按您的方法打仗罷，總得有個頭兒才行呀？」

「岫老跟貴爺在這兒，」岳秀峰連長說：「這，我自會安排妥當的，澤民兄很穩當，我那位夥伴喬奇排長，——我該說鄭強鄭師傅，論起膽大心細、精明幹練，絕不下於我，有他在，跟我在蒿蘆集一樣。」

麥季一過，蒿蘆集的各鄉團就完成了一次大改編，由趙岫老出面擔任司令，鄭強出任參謀長兼領一支隊，黑頭趙澤民出任第二支隊長，喬恩貴以蒿蘆集鄉長原職，兼統直屬大隊，李彥西發表爲後備隊長，一切訓練事宜，均由參謀長鄭強統辦。一、二兩支隊一經改編妥當，連夜悄悄拉離了蒿蘆集，由於事情秘密進行，連蒿蘆集上的街坊住民都不曉得這回事情。

而岳秀峰連長在做完這番事情之後，也悄悄的離了集鎮，他的去處，也只有趙岫老、鄭強、趙澤民、喬恩貴四個人知道。

若以腦袋靈活來說，駐縣城的鬼子頭兒佐佐木中佐，絕不是等閒之輩，他是蘇北各縣駐軍頭目裏官階最高的一個，當日軍各戰鬥師團北寇蘭封，進圍開封，圖窺豫北重鎮鄭州時，當西向的日軍進犯正陽關，入寇皖北時，日軍顯得極為空虛的後方佔領地區，就靠佐佐木這麼一個日軍中級軍官苦苦撐持著，由此可知日軍入侵軍總部對他的倚畀。

佐佐木曉得他肩膀上的擔子太沉重，在附近六百里的正面上，日軍只留下自己一個聯隊，分散到各縣駐紮，不錯，經日軍捲掠過的地區已經變為真空，但卻留下了東海岸和蒿蘆集這兩個使人頭疼的地方，像兩塊收不了口的傷疤釘在他的身上。

由於日軍本身兵力太單薄，無法調動較大的部隊出擊，佐佐木只好隱忍著，暫採守勢，把希望寄託在編組偽軍上，以華制華的老路線，雖說沒有把握，至少是沒有辦法當中一項可行的辦法。將近一年的時光耗過去，事情辦得極不如意，因為各地編組起來的偽軍，兵不像兵，隊不成隊，亂糟糟的像一窩沒臉蝗蟲，他們各自佔塊地皮，假協助「皇」軍為名，行吃喝嫖賭之實，有的自號「吃光隊」，有的混稱「胡吃隊」，真是胡七搗八，亂攪一氣，孫小敗壞這一股，在有毛選毛，沒毛選禿子的情形下，比起來還算是好的。

沒有誰比佐佐木更明白，要靠這些雜碎去殺頭賣命找仗打，那是白指望了，他們打領番號時起始，就沒存過殺頭賣命的心，他既不能依賴這些保安團去打仗，就只能把他們用在起碉堡，修公路，拉封鎖這些事上了。為了便於進一步的裹脅民眾，他在開會時，嚴飭各縣維持會長，要重新建立各偽區的行政編組，放派鄉保甲長，更逼令各縣警察局，要差人去鄉區去，成立駐在所，這些做法，雖不能一下挖掉自己身上的爛瘡，起碼是上了點兒止痛藥，先把傷口糊住再說。

縣城裏的維持會會長齊申之，既然粉墨登場蹚了這趟渾水，心裏當然也有一本賬，他明知李順時有野心，但李順時在城裏是個混混頭兒，人頭熟悉，他爲了打聽消息，好向佐佐木邀功，就不能不利用他，由幫忙辦事使他爬到副會長的位置上。這回，黃臉老潘一語提醒自己，自己這才向鬼子進言，把張得廣、蘇大嚼巴、楊志高、時中五、胡三胡四兄弟弄進城來，引爲心腹，主要的，就是要建立自己的實力，把李順時封死。

齊申之是撥慣了算盤的人，他不必跟李順時鬧翻，更無需把孫小敗壞抖弄垮掉，他只要把孫小敗壞擠在北邊各鄉鎮，擋住蒿蘆集，不讓他進城駐紮，和李順時搞在一起就行了，這樣，李順時一個人在自己手心裏攢著，孤掌難鳴，只有聽從擺佈的份兒了。

反過來再計算，不跟李順時鬧翻也有它的好處在，自己可以在張得廣和胡三面前，把李順時和孫小敗壞當成不亮的底牌，以收彼此忌顧相剋之效，張得廣就算腦後有反骨，也必不敢冒失，自己讓他們互相猜疑爭奪，流血火併，正好利用這個夾縫穩保會長的頭銜。

這些，他做起來都不動聲色，緩急進退，也安排得恰到好處。

參加了佐佐木的會議之後，他表現得頗爲積極，當晚在自宅設宴請客，把李順時、張得廣、楊志高、蘇大嚼巴、時中五等一干人全都請到了，新上任的警察局長胡三和他的兄弟胡四，煙土販子尤暴牙，也都成座上客，入席前，坐在齊宅客廳裏，又開起會後的會來。

「諸位甭看佐佐木繁文褥節，囉嗦那麼許多。」他搖著摺扇說：「其實，這卻是咱們發展的好機會，各地的區、鄉、保、甲長，只要你們荐的來，我就朝下放，儘量的塡數，這就叫有官大家做，雞犬也升天。」

「說是這麼說，齊大爺，」李順時說：「其實事情也並不那麼簡單。在城裏，立保甲還容易辦些，那些荒鄉僻角裏，誰肯幹保甲長？好處沒有，要糧要草湊伕子，全找到他們頭上，湊不齊全，槍托搗他們，皮帶抽他們，那根本不是人幹的事。」

「那不成。」齊申之說：「你沒聽佐佐木說過？三個月內，保甲不立得成，就要辦人，尤獨是接近蒿蘆集那一帶地方，要優先辦理，我看，這非得專人督辦不可。」

「談到督辦，」李順時看了胡三一眼說：「胡老三既接了局子裏的差，該說是責無旁貸；再說，他跟孫老大又是換帖的把子，這事交給他最妥當。」

「啊，不敢不敢不敢！」胡三一聽這話，像錐子扎了屁股似的，一呼魯跳將起來，沒口的推辭說：「兄弟承齊大爺瞧得上眼，讓我接了局子的差，其實，還不是在佐佐木的眼皮子底晃晃，值值勤，站站崗，鬼子出出進進，咱們就來它個靠腿立正，敬禮哈腰，呵奉得他們通心順氣，是第一要緊，兄弟假如離開縣城，佐佐木傳喚不到，我這吃飯的傢伙就玩沒了，因此所以……最好是另請高明。」

李順時並不真心要胡三下鄉督辦行政編組的事，卻是有心挫磨挫磨這個跳槽的；孫小敗壞託人帶信給他，大罵胡三兩頭蛇，不是東西，他拐帶萬大奶子的事，李順時也很清楚，故意進言，要齊申之把胡三放下鄉，看胡三怎麼說？——這是窘賊法。胡三做賊心虛，那敢再下鄉去跟孫小敗壞碰面？這一窘真把他窘出一身虛汗來了。

「其實，這倒用不著，」齊申之說：「縣城這邊，我想請張大隊長來辦，胡局長協辦，北邊各鄉鎮，我發公事下去，著孫團長限期辦理也就是了！」

李順時聽得出來，齊申之這兩頭大的做法，明明是把張得廣和孫小敗壞當成一副挑子，讓他一肩挑著走，自己雖空掛著一個副會長的名目，卻只有坐冷板凳的份兒，他既這樣嫌乎自己，再說話就是不知趣了。……當初齊申之有錢沒勢，拉攏自己替他抬轎子，也是言聽計從熱乎過一陣子，小敗壞上台，是自己一力保荐的，如今，孫小敗壞買槍添火混大了，齊申之又防著他，又攏著他，自己在這場賭局裏，算是賠了本。按照賭錢的訣竅：手風不順時，就得忍著，要是捺不住火，急於翻本，說不定連褲子都要當掉。

張得廣呢？他是修煉成精的狡狐，只是瞇著眼，笑得一團和氣，滿面風生，凡是都點頭應好，他明知齊申之和李順時面和心不和，才使他有夾縫好鑽，這回說動胡三叛離孫小敗壞，還是煙土販子尤暴牙幹出來的，齊申之放胡三幹局長，曾在煙鋪上問過他，他只四（是）不五（忤），更把這夾縫弄得寬寬的，替本身留下活動的餘地，他的算盤很容易撥，——槍枝人頭緊抓在自己手裏，齊申之不得不依恃他擠迫孫小敗壞，他不用得罪李順時，就這麼笑著臉混，李順時和孫小敗壞最恨的，不是自己，卻是扯了他們後腿的胡三，他不妨把胡三簇捧上台，替自己當個墊背的，冷眼看著李順時和孫小敗壞，怎樣和胡三胡四兄弟兩個鬥法？等他們鬥累了再講。

算起來，只有胡三的心裏夠複雜的，他進城時，原是要黑槍放倒尤暴牙的，誰知尤暴牙消息靈，先聽著風聲，找著他套交情來了，胡三會說話，尤暴牙那張嘴皮子比他更會說話，先把孫小敗壞的野心掀出來，說是他非打蒿蘆集不可。……「你沒想想，胡三爺，他要飛蛾投火，你也跟著他一起焦頭爛額？蒿蘆集再肥也肥不過縣城，你在這兒跟齊會長搭搭線，找個差事，吃吃喝喝，玩玩樂樂，豈不是比跟在小敗壞屁股後頭打轉，強上八百個帽子，你當真要我腦袋，你就拎去，爲你想，這話我可不能不說，——我跟黃楚郎是一條線上的人，和張得廣毫無瓜葛。」……

尤暴牙這麼一番言語，真把自己說動了，自己活動留在城裏時，齊申之竟然同時把張得廣調進城，安排自己弟兄兩個緝私中隊的番號，做了張得廣的部下，這時刻，尤暴牙又來說：「三爺，這實在是個巧合，但在小敗壞面前，你可是跳進黃河也洗不清了，——他怎樣對待毛金虎，你是曉得的，一個人，要做就做一面人，有齊會長支持你，姓孫的敢把你怎樣？」……挾帶萬大奶子進城，就是一不做，二不休的手段，所以才當得上警察局長，從上到下變成一灘黑，這身黑皮和金光閃閃的肩領章，確乎比當初跟孫小敗壞當警衛連長過癮，但自己手裏人槍缺缺，總怕姓孫的來尋仇，一顆心老是懸懸的吊在半虛空，連做夢也放不落實。

在齊申之佈置得豪華富麗的宅子裏，這頓飯非常的熱鬧，有歌有唱的，有賭有玩的，但各人都暗懷鬼胎，各打各的算盤，一直鬧到三更天，才踉踉蹌蹌的散掉，幫著鬼子去建立佐佐木所謂的「大東亞共榮圈」去了。

第九章・沙河風雲

時間輪輾過去，改變了許多事物的面貌。

這塊淪陷地區發號司令的鬼子頭兒佐佐木中佐，雖仍沒動手拔除蒿蘆集這塊肉刺，至少，有好些舉措使他自覺寬慰的，頭一宗，是由縣城直通上下沙河鎮的公路，終於修築完成了，他認爲這是一宗大事，要隆重舉行通車典禮。其次是他接獲齊申之的報告，說是各鄉鎮的行政編組，大致有了著落，警局也分設了好幾處駐在所，辦理住戶調查，驗發良民證（日軍視為沒有危險的中國居民，均稱為良民）。張得廣的緝私大隊，業經分段設卡，廣徵行商稅，查緝槍枝槍火和各種違禁物品不得西運，……依照佐佐木的料算，這些舉措，都是挖根刨底的作法，只要在包圍封鎖的執行上不出岔，蒿蘆集自會萎縮掉。

通車典禮，是在秋七月裏舉行的，由佐佐木中佐親自率領著四輛半履帶鐵甲車，一小隊騎兵，在前頭作示威式的遊行，維持會長齊申之率領著他的一幫嘍囉，坐黃包車的，騎馬的，騎驢的，一串兒跟在後頭，其中當然有被孫小敗壞一口沒吞掉的張得廣，有隻身脫困的楊志高，被宋小禿子去了勢的時中五，做下虧心事的胡三等等，他們到了縣城，接下新差，大小自比成京官，這回侍候佐佐木，個個都帶著挺神氣的樣子，直放上下沙河鎮去了。

齊申之明曉得他們跟孫小敗壞是冤家對頭，偏慫恿著他們下鄉去，卻把一心想去跟沒耳朵孫碰面的李順時安排在縣城裏留守。他算計過這一點：當著佐佐木的面，孫小敗壞和張得廣兩大股人無論有過多大的嫌隙，也都只能放在心裏嘔著，不會迸發出來，他正好藉這個機會，冷眼觀暗鬥，以便日後找裂縫，掉花槍。

佐佐木出縣城，威風算是擺足了，胡三下令黑狗隊（陷區百姓稱偽警為黑狗）勒迫沿街商戶要掛太陽旗，每段路口掛紅布橫披，鐵甲車經過時，家家都得燃放鞭炮，讓佐佐木白享不花錢的風光……好像這兒已不是陷區，而是他的家鄉扶桑三島。

鐵甲車的帶輪輾轉著，壓過城北的大街，鞭炮聲劈啪炸響過來，一家很有名氣的餐館挑了一串丈把長的大龍鞭，從二樓的屋簷一直拖近地面，一個矮胖墩墩的老賬房，穿著肥大的藍布長衫，手裏端著水煙袋，指縫夾著火紙楣子，瞇起眼朝外望著。

「鬼子過來了！」他跟夥計說：「咱們沒有槍在手裏，被迫掛鞭炮，放了只當轟他的！」

「這是送鬼出門！」夥計說：「老天若是長眼，就該讓佐佐木死在半路上，永世不再回來！」

鞭炮的炸響聲，使樓上雅座臨窗席面的兩位客人不得不停了話頭，把臉轉向窗外去，透過鞭炮迸發的青煙，他們看見那個矮壯蓄鬍子的佐佐木太君（日軍軍官自稱），手握著纏了金色絲穗的東洋刀柄，挺著胸脯，微簇起肩膀，一副死板板的威嚴神態，他那雙大而微凸的眼，在捏成三角形的帽簷陰影裏，亮著一種獸氣的兇光。

「佐佐木要到上下沙河去。」黃臉的一個說：「這是他決意攻撲蒿蘆集的先一著棋，——聽說他還要在那邊閱兵。」

「嘿嘿嘿，」白臉的一個笑了起來：「閱兵，閱誰的兵呢？——等他看完孫小敗壞的那種隊伍，他就會明白，他想用僞軍去打蒿蘆集是行不通的，儘管孫小敗壞最近買到了六七挺機槍，我敢說，連他自己都不會用，只能說是勉強放得響罷了！」

「不過，這條公路要是暢通，對蒿蘆集總是一宗麻煩事兒，」黃臉的說：「對付佐佐木最好的方法，就是切斷這條路，使他建在上下沙河的據點和縣城隔絕，再攫著機會夜襲他們炮樓，使他全部縮伏進城來，……即使一時辦不到，也能耗掉他西犯的銳氣。」

「潘先生真是有見解。」白臉的點頭說：「佐佐木是一隻橫行的蟹，上下沙河鎭就是他的兩把鉗子，斬斷他的鉗子，他就發不起橫來了，……爲這事，我得親自到上下沙河去一趟，探聽探聽他們的虛實。」

「世昌兄，你要是下去，兄弟可以陪你走一趟。」黃臉老潘說：「據我所知，黃楚郎那夥子人，最近在縣城各處活動得很厲害，有個化名董四的寡婦，串得通各縣的僞軍，……她藉著出售槍枝槍火，把邪勢弄大了，她比佐佐木更難對付啦！」

鞭炮聲一路響過去，佐佐木所率的鐵甲車隊業已開上了新築的公路，黃臉老潘轉過臉來。化名黃世昌的岳秀峰連長，也低頭旋弄著手裏的酒杯。他進縣城轉眼兩個月了，透過潘特派員的安排，他以一個療傷養病的教師的身分，寄居在北城門外一座曠園子裏。那是前朝道台的宅第，一年前被日機轟炸過，屋宇和園子都殘圮了，屋主人也已逃往後方，只留下一對老夫婦看守著那座園子。

在佐佐木的統治下，城裏的氣氛緊張恐怖，鬼子的巡邏小隊，日夜穿街過巷，揚起一路靴聲，鬼子的憲兵戴著紅邊帽子，在漢奸引領下，經常破戶捕人，但這些舉措並不能發生什麼作用，張得廣和胡三得過且過敷衍鬼子，粉飾太平，使他在縣城各處的活動非常順利，——那幫混混兒平素最怕遇上教書先生。在那些人的心目裏，教書先生是有地位有學問的人，身上帶著一股正氣，使他們自慚形穢，不得不矮下一個頭皮。這樣，兩個月來，他已經找到當初在窪野之戰時運出的傷患丁永和、黃得勝兩個，使他有了得力的幫手，丁永和混跡在碼頭上，替人跑腿打雜，黃得勝做了擔水伕，胡三警局裏的吃水，就是雇黃得勝擔的，若說鬼子和僞軍這方面的動靜，很難瞞得過自己，但對黃楚郎那幫人的活動，自己可就顯得生疏了。

「這董四寡婦，是個什麼樣的人呢？」

「聽說是那邊的一個政委。」

「嗯。」岳秀峰連長沉吟著：「不是我說負氣的話，這幫人居心惡毒，行事陰險，可算是到了極點，大夥兒在抗日，他們卻在裏脅民眾，收繳槍械，點種罌粟，販賣鴉片，交結僞軍，出賣中央，……上回斥堠失蹤的案子雖說是孫小敗壞幹的，焉知暗地裏不是出於他們的慫恿？這回我去下沙河，非連根拔倒他們不可。」

而佐佐木和孫小敗壞都沒曾想到這個，爲了迎接這個鬼子頭兒，沒耳朵孫威逼出上下沙河的每一家民眾出去接差，每人手執一面三角形的小紙旗兒，肉麻兮兮的歌之以「功」，頌之以「德」，這些人群沿著公路兩邊，排列有幾里路長。

一盆熱火般的太陽，烘著人的頭頂，從早上等過晌午時，好些人熬不住，一個接一個的暈倒在路上，這樣餓著肚子等到日影西斜，才聽得見鐵甲車的隆隆聲。

佐佐木中佐很滿意於這種萬人夾道的歡迎場面，他站在車上，揮舞著他那戴著白手套的手，笑露出他的牙齒，洋鼓洋號齊聲響著，那樂音匯成一朵雲，一剎那，把他浮托起來，使他像上了天一樣的痛快。

他被松下大尉和孫小敗壞迎護到下沙河鎮的炮樓裏去，齊申之顧著的那一幫子人，卻被安排住到下沙河北大廟——沒耳朵孫的團部裏去了。

說來是個滑稽涕突的笑話，孫小敗壞擺酒宴客。竟然把張得廣、胡三、楊志高、時中五這些人和朱三麻子、宋小禿子、金幹、筱應龍弄到一個桌面上來了。兩個月前，這兩股人打得頭破血流，張得廣最恨朱三麻子，朱三麻也沒忘記他的腿傷，口口聲聲要找張得廣算賬；被繳了械的楊志高和被閹了勢的時中五，更把宋小禿子恨得牙癢癢，恨不得剝下對方的皮踩一萬個腳印，這還不說了，單就孫小敗壞記恨胡三來講，何嘗不是這樣的恨法？不過，當著齊申之的面，這些傢伙全都裝著沒有這回事，一樣你兄我弟的套交情。

三杯落肚之後，孫小敗壞說：

「諸位兄台如今都是爺字輩的人物，既然蹚了渾水，就不必那麼認真，過去那些恩恩怨怨，不提也罷！難得齊會長陪佐佐木太君下鄉來，使兄弟我有個做地主的機會，席上有酒有菜，席後有煙有賭，諸位儘管放開心找樂子！……在鬼子眼皮底下，只要不出紕漏就行！」

「對！」齊申之搖頭晃腦說：「有了孫團長這番話，我就放心了！銀錢、槍枝和女人，那些枝枝節節，很容易壞了朋友的交情，不過，這回我帶著張大隊長和胡局長下來，就是要三朝對面，把這個彎子拉直，孫團長既然這麼說，我也就廢話不講，來！大夥兒喝酒！喝酒！」

大夥兒嘴上沒說，各人心裏的那些疙瘩，都還結在那兒，孫小敗壞見著胡三，不打一處來氣，時中五瞧見宋小禿子，更是仇人見面，分外眼紅，倒是張得廣縮著頭，瞇著眼，笑嘻嘻的跟孫小敗壞碰杯，顯出頗有度量的樣子，其實，他是小雞吃米——肚裏有膆（數），曉得這些人裏頭，有些彎子，即使用九條牛也拉不直，儘管佐佐木還在這兒，也不能保險不出事，只是作爲地主的孫小敗壞反而有顧忌罷了！

張得廣料算的沒錯，當天夜晚散了席，二天一早，街上便傳出飛刀宋小禿子被人殺掉的消息。飛刀宋一向強悍野蠻，他明知楊志高和時中五跟他是血對頭，但他彷彿算定這兩個人不敢在這兒向他下手。晚飯後，他做莊推牌九時，楊志高跟他在同一張桌面上打天門，時中五卻在另一桌擲骰子。三更天，散了賭局，飛刀宋帶著幾分酒意，一路踉蹌撞回他的大隊部去睡覺，他的大隊部設在北大街中段，一家三開間門面的茶樓裏，那夜沒有風，天氣懊熱，飛刀宋就把繩床抬在茶樓當街的屋子當中，和衣倒在涼枕上入睡的。

說他疏忽大意麼？那倒未必，當時他在茶樓外邊放的有崗哨，不過，值崗的兵說並沒有看見有人進屋，天亮後才發現飛刀宋被人殺了，禿頭被長凳打裂，一把刀還嵌在他敞開的胸脯上……。

究竟是誰幹的呢？不用問，孫小敗壞業已知道是誰了！——在他接待的客人裏頭，少了一個時中五。

這宗事一鬧出來，胡三和楊志高最先發了毛，怕孫小敗壞會拿他們出氣，當天就向齊申之告了假，老鼠似的溜回縣城了。

孫小敗壞在嘴頭上大罵時中五，說是假如捉到姓時的，一定要活剮他，替飛刀宋報仇！……其實，飛刀宋小禿子一死，得到好處的正是孫小敗壞，逗上佐佐木要來檢閱他的隊伍，他立刻調升朱三麻子爲第二大隊長，端了飛刀宋這口熱鍋。他又以這種事不宜張揚爲名，草草了事，用蘆蓆捲了宋小禿子的屍首，當天就把他埋到荒郊野外去了。

「真它媽沒料到，時中五竟會把飛刀宋給幹掉！」孫小敗壞背著人跟朱三麻子說：「一個算不得男人的人，還有這麼旺的血氣，咱們那位禿哥，死得夠窩囊的。」

「老大，您不覺得這些時，禿頭宋的鋒芒太露了些？」朱三麻子說：「他連著砸爛楊志高，盤掉湯四癩子，使夏皋也併到他手底下混，拿搓麻將來比方，滿貫的牌，得了張子他不胡，硬要等著自摸雙，……他弄掉了時中五的小頭，時中五反整了他的大頭，全是他自找的。」

「你說的沒錯，老三，」孫小敗壞說：「光棍打九九，不打加一，他閹掉時中五，實在做得太絕了一點！也正因這樣，你才有機會接下二中隊，這兒沒旁人，我才跟你說句知心話，……筱應龍、金幹跟咱們究竟隔了一層，不十分牢靠，咱們混到今天，才真握著二大隊這點老本，我做莊，你可是看堆的。」

「嘿嘿，老大！」朱三麻子笑得一臉麻窩子透紅：「照您這麼說，咱們真該謝謝時中五那個小沒鳥的啦！若不是他來了這麼一手，咱們哪能接下二大隊呀？」

「儘管咱們這回在暗中撿著了便宜，」孫小敗壞沉吟說：「但則日後的局面如何？仍然混混沌沌的分不清楚，胡三和楊志高並不足畏，最難對付的，還是張得廣，這老傢伙遇事不形聲色，穩得很，齊申之分明是依恃他來約束咱們，誰知將來他會耍出什麼樣的花招？」

「這個您放心，老大。」朱三麻子翻起三角眼說：「這回他們跟著佐佐木下來，人模人樣的在這兒做客，算是他們走運，日後哪還有這等便宜給他們討？只要老大您吩咐一句，要誰的腦袋，我替您拎來就是了！」

孫小敗壞望著朱三麻子那張霸氣的臉，總算吁出了一口寬慰的氣來。

「這樣罷，」他說：「日後的事情，日後再談，如今，咱們得先把佐佐木應付過去。」

實在說，應付佐佐木要比應付兇暴的松下容易得多，佐佐木來到下沙河鎮，檢閱了孫小敗壞的隊伍，他覺得孫小敗壞能在一年不到的時間，聚起好幾百桿洋槍，一兩千個人頭，一般說來已頗不錯了，何況比起其他縣份，一個擁有六七挺機槍的保安團，他還算是頭一個呢！……

佐佐木在下沙河鎮只停留了一天，就坐著鐵甲車，帶領齊申之那撮子人回縣城去了。臨走時，賞給孫小敗壞一萬塊聯合票子，叮囑他要跟松下中隊密切配合，聽命攻撲蒿蘆集，攻佔蒿蘆集之後，還有重賞。

對於佐佐木這樣的青睞，孫小敗壞真是受寵若驚，他召聚了筱應龍、朱三麻子和金幹，每大隊分發賞金一千，把除下的那七千零頭揣上了腰包。

「有一天，咱們總會攻佔蒿蘆集的，」他說：「佐佐木是慧眼識英雄，比松下那個臭鬍子強得多了！」

「咱們究竟什麼時候去打蒿蘆集呢?老大。」性急的朱三麻子說了。

「你沒聽翻譯傳話嗎?」孫小敗壞說：「佐佐木他要咱們聽命，他一天不下令，咱們就在這兒等著就是了！有吃有喝，有賭有嫖，誰還嫌日子不好捱?……不過，你們樂歸樂，可得留點兒神，要是大而化之樂過了火，飛刀宋就是個例子，——焉知蒿蘆集不會動咱們的腦筋！」

話是沒說錯，不過，孫小敗壞自己就是大而化之那種人物，一躺上煙鋪，坐上賭桌，便把他自己說的話拋到九霄雲外去了！

齊申之回到縣城沒兩天，在佐佐木那兒進言，把上下沙河和蒿蘆集劃為一個新區，委派孫小敗壞兼任區長。接著，放下一個張得廣的緝私分隊，一個胡三的警察分所，一個齊申之自己的田糧征收處，這三個單位，全由縣維持會直轄，這樣，無形中成為一個交換條件，那就是先讓孫小敗壞過一過兼區長的癮，再讓齊申之在上下沙河鎮有插一腳的餘地。

「老大如今是文武大員了！」金幹說：「咱們不能不慶賀慶賀，咱們三個大隊，得聯合宴客，跟老大點綴一番，湊個熱鬧。」

「算啦罷！」孫小敗壞罵說；「齊申之這個狗操的，把個有名無實的區長加在我頭下，活坑人！我如今哪有當團長號令一方那麼爽快?田糧、稅卡，他都要插進來分份兒，我團裏要薪餉，他卻不付一個子兒，便宜豈不是讓他佔盡了?」

「哼！哪有那許多便宜給他佔？」筱應龍冷哼說：「齊申之差來的那麼個傢伙，到咱們地盤上來，就等於在咱們手掌心裏攢著，咱們愛怎麼捏弄就怎麼捏弄他們，搞得不好，黑槍把他們敲掉，他向誰要人？……咱們不但要熱鬧熱鬧，慶賀老大上台，還得把那些傢伙都請來，顯點顏色給他們看看，讓他們學學乖！」

「對！」朱三麻子說：「老大，咱們保你這個兼任的區長有名有實一把抓！稅卡上的進賬，只能送點兒零頭進縣裏去意思意思，其餘的，全扣下來當軍費，胡三差來的那幾條黑狗，跟在咱們屁股後頭，夾著尾巴打蹓可以，他們若敢吱吱牙，一腳踢他們到茅坑裏去！田糧處的幾個，更不必說了，徵許他們徵，徵來的田糧不許運，扣作咱們伙食費，看他齊申之有什麼話說？……他既要用咱們的人槍混充門面，就不能讓咱們勒緊褲帶餓肚皮！」

「好兄弟！」孫小敗壞誇說：「你們這樣捧我，真是太夠意思了！我這就照你們說的辦！我並不在乎姓齊的會把我怎樣！」

齊申之放下來這三批人，是跟張得廣和胡三商議妥了的，張得廣料算到孫小敗壞獨霸一方，趾氣高揚，對緝私大隊、警局和田糧處的插腳，一定極不樂意，故而他事先就把這些人找去，交代他們要極力忍氣，當著沒耳朵的面，不妨裝出恭順的樣子，看他怎麼來？他說：

「沒耳朵的再潑橫，你們不惹他，他總不敢把你們怎樣，他得罪你們，就是得罪齊會長，得罪齊會長，就是得罪鬼子，有松下駐屯上沙河鎮，他們絕不敢明目張膽的動手鏟掉你們，你們不妨就近監視他，儘量拿捏他的把柄，讓他活得不舒坦，心裏滿把結疙瘩，……。」

「張大爺說的是，」胡三也說：「他的把柄愈多，咱們愈好在佐佐木面前上他的勁，要曉得，他那幾股人，合得並不緊，攫著機會，也能把他拆散掉！他那團長兼區長的名目，並不是鐵打的。」

三批人裏頭，緝私小隊由張得廣的堂侄張敘川領著，張敘川原在快馬班跟著白毛虎薛立幹事，人長得猴頭猴腦，一對骨碌碌翻動的三角眼，兩隻小而厚的元寶耳朵，看上去有些猥瑣，但張得廣信得過他，認為他辦事精明圓滑，軟硬不吃虧，拿他去應付孫小敗壞最為合適。胡三派到下沙河去的警局駐在所所長，是跟佐佐木當翻譯的陸小霸的姘頭的兄弟，城裏人見他說話歪嘴，便叫他歪嘴毛陶兒。他姓毛，名叫毛陶，早先他姐姐繼承母業——在上海灘做拉客的野雞，毛陶兒在碼頭上鬼混過，幹過好些說不出口的行當，弄些錢就去風花雪月。鬼子轟炸上海，他姐姐跟著在日商洋行裏跑腿的陸小霸逃到此地來，陸小霸會說日語，投靠鬼子，當了佐佐木的翻譯，毛陶靠著裙帶關係，謀到了這個差使。

胡三計算過，把毛陶放下去幹駐在所所長，有陸小霸做護符，孫小敗壞絕不敢動他半根汗毛，就算孫小敗壞和他手下有那個膽子，打了毛陶的黑槍，陸小霸也會把這筆賬記在沒耳朵的頭上，在佐佐木面前毀他。無論怎樣發展，對自己總是有益無損。

至於那個田糧征收處，壓在地方的頭上，原有疊床架屋之嫌，因為齊申之有個把兄弟田步滿混得很秋氣，總是纏著他討差事，田步滿跟毛陶是賭友，毛陶接了差，力荐他下去幹，齊申之想來想去，就要他坐催錢糧，好歹有那麼一個名目，即使孫小敗壞扣糧，他也落得個經手三分肥了。

「沒耳朵孫有槍枝，有地盤，很容易坐大。」齊申之在他們臨行時一再交代說：「好在有了這條路，來往交通方便，他的一舉一動，你們要加意留神，隨時遞信回來，讓我心裏有個數，要不然，日後弄成尾大不掉的局面，我就難以收拾了。」

「這個您儘管放心，齊大爺。」毛陶兒歪吊著嘴角說：「一切都包在兄弟我身上就是了！」

仗著陸小霸的勢，毛陶下鄉時，帶了三個穿長衫的黑狗，三支簇新的匣槍，包了七八輛黃包車運他的行李，把張敘川的那隊人當成他的護駕，田步滿的那些人當成他的部屬，擺出一副地方首長的態勢，根本沒把孫小敗壞那一團駐軍放在眼裏。

到了下沙河，毛陶選了十字街口的鄭家醬園做他駐在的辦公處，又替緝私隊和田糧征收處賃定了房子，掛起了招牌，人躺上大煙鋪，連遞帖子拜碼頭的事全沒做，好像存心要跟孫小敗壞別別苗頭。

當有人把這事稟告孫小敗壞時，孫小敗壞可火透了，拍著桌子罵說：

「雜種，揹著牌坊賣肉，他——好大的架子！他敢這樣目中無人，老子立刻就要他好看！」

「您甭光火，」筱應龍說：「我去跟他碰碰頭，看他姓甚名誰，有什麼來路，靠什麼爬頭？……齊申之派這種人下來，看樣子，是衝著咱們來的了？若不先給他一個下馬威，只怕日後他更要插翅飛天呢！」

筱應龍帶著兩個雙掛的隨從到鄭家醬園，跟兩個黑狗說：

「去跟你們那位所長說一聲，說是保安團一大隊的筱大隊長會會他！」

「嗯，」一個黑狗大模大樣的說：「你等著，咱們進去通報去。」

筱應龍一伸手，揪住那黑狗的衣襟，把他拎了起來，搖來晃去的說：

「什麼個雞毛子警察所長？端這麼大的架子？就連你們總局長胡三也不敢這樣對待我筱大爺，你快去叫他替我滾出來，要不然，我掐了他的腦袋，連屎肚兒全拖出來，看誰敢吱牙打一聲哼哼！」

正當筱應龍發火的時刻，屏風背後響起一聲輕咳，毛陶自己夾著煙捲出來了，把個嘴角笑得歪吊一邊，衝著筱應龍說：

「你這位朋友請息息火氣，底下人有眼無珠不懂事，還望您朝兄弟身上看，包涵包涵，這兒是兄弟我的片子，請多指教。」

筱應龍人長得白淨，有一股小風流，但把他倒吊三天，嘴裏也滴不出半滴墨水來，把片子倒捏在手上說：

「老子叫筱應龍，保安團一大隊的大隊長，玩不來斯文，你就是那個警察駐在所長不是？你報字號就是了！什麼來路？什麼扒頭？」

「啊！原來是鼎鼎有名的筱大爺？您能到這兒來，兄弟我真是太光采了！……我叫毛陶，相知點的朋友，有的叫我毛歪，有的叫我歪毛，我那姐夫您見過，他就是佐佐木太君身邊的翻譯官陸小霸。」

「嗨，你是陸翻譯的舅老爺，你怎不早說呢！」筱應龍眼珠一轉，換上笑臉說：「這麼一說，都是自己兄弟，你不說，我還以爲你是胡三的人了呢！」

「我跟胡三沒拉扯！」毛陶說：「我姐夫跟齊申之說話，是姓齊的放我這個差事的。臨下來時，我姐夫他還特意跟我提到孫團長、筱大爺、朱三爺、金大爺……說諸位都是混人的，極夠義氣，我這是多仰仗啦！」

「哪兒的話，兄弟，我這就得告訴孫老大，替你接接風！陸翻譯的舅爺到下沙河，還不像到家一樣嗎？」腦瓜子靈活的筱應龍，完全收斂了適才的威風，客氣話說得像水淌似的。

筱應龍客氣，毛陶兒更熱乎了，拉住對方的手說：

「筱大爺，在這個屋裏，我是主，你是客，你既來了，哪有屁股不沾板凳就走的道理？咱們煙鋪上躺著說話，我有兩宗妙玩意兒送給你！」

筱應龍雖說是混家，究竟是土字號兒，沒見過大世面，比不得在上海灘混大的毛陶兒，吃喝嫖賭的門檻兒比誰都精。毛陶兒的煙鋪，設在鄭家醬園的小暖房裏，四壁全用精白紙糊得雪白光亮，德國造的黃銅頂子床，擦拭得耀眼如金。煙具大多是鏤花銀製的，煙槍是透明的溫涼玉刻成的，金漆托盤裏，放著紫砂茶壺，細瓷蓋碗，三炮台廳子煙，四式維揚細點，這種排場，看在筱應龍的眼裏，真跟抽鴉片一樣的過癮。

煙鬼遇上煙鬼，只要把煙槍一順，哪怕是初會面，也會變成生死至交，——至少有這麼一份暈淘淘的想法，毛陶兒抖出他在上海灘時的見聞，直把筱應龍聽迷了，聽呆了，他迷迷盹盹的看著鴉片的煙霧在他眼裏飄騰，毛陶兒所講的那個紙醉金迷的世界，他甭說沒曾摸觸過，連做夢也沒曾夢見過，臨走時，毛陶兒送了他幾樣禮物：一隻德造騎馬人金殼掛錶，一包春藥，一套淫穢的圖畫，筱應龍樂得呲牙裂嘴，像得著無價之寶。

毛陶兒這樣賣交情，筱應龍回去，真的在孫小敗壞面前，大大的談起毛陶兒來，把一個渾身帶著浮滑腥味的毛所長，比成一等一的風流人物。孫小敗壞一聽，這個駐在所長是陸翻譯的舅爺，當然也有極力拉攏的意思，再者，他也有寡人之疾，正苦著沒有本錢，假若毛陶兒也能送他一份禮，——跟筱應龍一樣的妙玩意兒，他不是也可找幾個雌貨來樂一樂了。

小敗壞果真替毛陶兒擺酒接風，把筱應龍、金幹、朱三痲子、葉大個兒、夏皋、張老虎，都約合來了，至於跟著毛陶兒來的張敘川和田步滿，孫小敗壞也不再計較，一律請來喝酒行樂。

毛陶兒的禮物，是早就準備妥當了的，當場送給每人一大包，孫小敗壞得到的那份特別豐厚，除了畫和藥，還有一個玻璃罩兒罩著的洋美人兒，開動機鍵，她就會在音樂聲裏大跳裸舞……。

「嘻，真它媽的妙！絕！好兄弟！」孫小敗壞大樂說：「你可是讓我開了洋葷了！收了你這份貴重的禮物，我該怎麼謝你呢？」

「唉，老大，你這麼說就太見外了！」毛陶兒說：「這點不打眼的小玩意兒，哪當得一個謝字？……老實說：兄弟這回來得太急促，送你的這份禮，並沒準備周全，還差一樣要緊的沒帶來，過幾天，定得替你補上。」

「嘿？差一樣？」孫小敗壞興致勃勃的說：「那又是什麼樣稀奇古怪的玩意？」

「說來也不算稀奇，」毛陶兒說：「只是一個兩條腿的雌貨，讓老大你有用武之地罷了。」

「我說兄弟，你這是明擺的偏心，」金幹叫說：「你單單奉承孫老大，把活貨送給他，我們有沒有呢？」

「有有有！」毛陶兒說：「我認識幾個蘇州幫和揚州幫的老鴇子，乾脆叫她們帶著她們旗下的姑娘到下沙河來開業……一條白銀魚，強過一窩黑泥鰍！」

吃毛陶兒那張嘴天花亂墜的一形容，在座的都直嚥口水，伸頭等著，毛陶兒果然有一手，不到幾天的功夫，他就先把送給孫小敗壞的那個雌貨，帶到北大廟來跟小敗壞磕了頭。

雌貨看上去異常白嫩年輕，一口南方軟語，又香又甜，一股風騷的嗲勁，使小敗壞骨軟筋酥，雌貨姓什麼叫什麼並不要緊，毛陶兒說她的外號叫做活馬三，活馬三的上上下下那一身功夫，使本錢不足的孫小敗壞疲於奔命，沒有藥物，可真騎不上這匹年輕的活馬了。即使如此，小敗壞還是樂透了這份補送來的禮物，他覺得，活馬三要比萬大奶子和董四寡婦不知強過幾個頭皮，簡直真是太它媽的那個了……！

自從歪毛來到下沙河鎮，這段日子，幾乎全是歪毛在安排的，他真的說動兩個蘇揚幫的老鴇子，在街上開設了妓院，把那些白銀魚捧上桌面，讓所有的饞貓都有嘗腥的機會，他設賭局，局上都有半裸的雌貨伺候著，他把當年十里洋場某一面淫靡的風氣，全帶到小敗壞這夥人的頭上來了。

歪毛跟松下大尉翻譯有交情，孫小敗壞又最怕跟小鬍子松下打交道，因此，不得不拜託毛陶兒出面搭橋，毛陶兒真是有本事，居然把松下兜得團團轉，也替鬼子找了幾個肥屁股大奶子的雌物娘們，成立軍妓院，這些雌物專灌松下大尉的米湯，使一向鐵青著臉孔的松下也鬆活下來，有了和軟的笑容。

毛陶兒這種做法，使他在上下沙河混得面面俱圓，他以駐在所長的身分，代管緝私和徵收田糧，把張敘川和田步滿都收爲屬下，又收買槍枝，成立警察隊，和小敗壞分庭抗禮。

不過，毛陶究竟有他鬼聰明的地方，他一面應付齊申之、張得廣和胡三，一面又跟孫小敗壞一夥人互通聲氣，有利大家撈，有錢大家分，孫小敗壞覺得毛陶兒夠交情，並沒有敵意，自然也願意退一步，樂得熱鬧熱鬧。

而上下沙河的老百姓，可就夠苦的了！

這天的晚霞燒得很鮮豔，西半邊的天壁一片璀璨，但下沙河鎮天頂上，卻浮著一團淺灰色的薄雲，這團無根雲，帶來了一場黃昏微雨。一輛黃包車載來一個卅來歲的斯文人物，他的衣著極爲考究，灰色絲質的長大褂兒，英國嗶嘰的西裝褲燙得畢挺，腳上穿著最時新的皮鞋，鞋油打得精光爍亮，手裏抓著一根白藤衛生棍，胸前掛著懷錶，那種莊重高雅的氣派，甭說在鄉角落，就換在縣城裏，也沒曾見過幾個人。

黃包車通過東門崗哨，從東街轉到北大街，一路嘟嘟的按著喇叭，停在大興客棧門口。大興客棧的夥計上來接行李，那位紳士掏出個信封交給夥計說：

「這個交給你們嚴掌櫃的，等歇請他到我房裏去一下……我的房在後進，是潘大爺著人來訂妥了的。」

「不錯。」夥計說：「您是黃先生，您是真的要來下沙河辦學堂？咱們這兒原先有座學堂，房子是嚴家族裏捐的。前兩年局勢亂，先生都走啦，學生也散啦！照如今這種樣兒，怕辦不起來啦。」

「這不要緊，」黃先生說：「我總得下來看看。」

大興客棧座落在北大街中段，一邊鄰近毛陶兒的黑狗隊，一邊靠著孫小敗壞保安團的團部，客棧前面的客堂，兼營吃食生意，第二進的正房，設有賭場，側屋才是客房，那些客房，平常也都變成孫團的兵勇召妓的地方，黃先生搖著衛生棍經過時，滿耳都是吹彈拉唱聲，呼么喝六聲，淫靡的嬉笑聲，他不禁自個兒點著頭，暗暗的哦了一聲。潘特派員形容的不錯，僞軍駐屯的各鄉鎭，不論他們有多大槍枝人頭，裏面都虛浮鬆懈，很容易混進來，孫小敗壞的這一股，並不比旁的地方特別。

他進了後進的客房不久，那位掌櫃的就來了。

「潘大爺他早派人關照過了！」嚴掌櫃的掩上房門說：「不瞞黃先生說，咱們全是自己人，您有什麼吩咐，儘管直說，我會極力替您辦妥。」

「無需嚴掌櫃的多費心，」黃先生說：「您只消拿我這份帖子，送到北大廟孫小敗壞的團部去，讓我有機會跟他那窩子人見見面，我自有道理。」

「您這樣出面，不是太冒險了麼？」嚴掌櫃的接過那帖子說：「據我所知，小敗壞極有心計，又很多疑，萬一……有什麼岔子，您在這兒孤掌難鳴吶！」

「不要緊，」黃先生說：「我這回下來，只是打聽打聽動靜，順便辦一宗小事，事情一辦妥就走，不會出什麼岔子使您擔心。」

「好罷！」嚴掌櫃的噓了口氣，直起腰來說：「既然這樣，我就拿您的帖子，到那邊跑一趟去。」

孫小敗壞接到的這張帖子，上寫「專區教育督辦，弟黃世昌拜」，他不認識黃世昌這個人，也不曉得專區是哪個專區？教育督辦是個什麼樣的職位？對方既然先來遞帖子，也就是誠心來拜碼頭，自己總得客套客套，當下就跟嚴掌櫃的說：

「這位黃大爺如今落宿在你的大興客棧嗎？」

「不錯，」嚴掌櫃的哈腰答說：「這位黃大爺剛剛到，立即就差我送帖子過來，黃大爺託我跟團長關照，他原想親自過來，怕你事忙，又顯得冒失，您什麼時刻有空？他再來拜望。」

「幹嘛這麼客氣？」孫小敗壞說：「既都是檯面上的人物，我該盡地主之誼，你回去跟黃大爺稟告一聲，就說明兒下午，我請他過來吃晚飯。」

一切都在意料之中，這位黃督辦很自然的就跟孫小敗壞這窩漢奸混到一堆去了，晚餐席上，他提起這趟下鄉，是想看看情形；看能不能使上下沙河原有停頓了的學堂早一點復課？孫小敗壞對這個一竅不通又沒有興趣，他笑了笑說：

「上沙河那邊的事，我沒權當家，松下那個鬼鬍子，陰陽怪氣，時風時雨，您得要自去跟他商量才行，至於下沙河的學堂，有幾間屋，被筱應龍拆掉砌炮樓了，餘下的房子，是葉大個兒駐著，您要用那些屋子裝猢猻，我會儘量設法子騰讓給您。」

「其實也不急，」黃先生笑說：「辦學原不是三天兩日的事情，再說，各地教書的先生，都已星散掉了，單是聘教員，也夠張羅的。假如方便的話，我想先看看那房子，若是不能用，貴部就不必遷挪騰讓了。」

「黃大爺要看房子，大個兒，」孫小敗壞跟葉大個兒說：「明兒你找個時間，到大興客棧，接黃大爺過去看看就是了。」

飯罷有餘興，麻將牌是早就擺妥了的，孫小敗壞找了筱應龍和歪毛作陪，硬請黃督辦上桌，這位黃先生舉起雙手直搖說：

「兄弟多年辦教育，變成個書呆子，這一手實在是欠學，欠學！可否請金大隊長代我打，輸了歸兄弟的，我跟葉隊長在煙鋪上躺躺聊聊好了！」

外間燈火通明，兩桌麻將打了起來，麻將歌唱得此起彼落沒停沒歇（抗日期間，陷區打麻將者，多邊打邊哼，以每張牌夾以俚俗言語為一句，謂之麻將歌）。黃督辦和葉大個兒進了內間，橫身躺到煙鋪上，在煙燈晶亮的光暈裏，一壁燒著煙泡兒，黃督辦便找著葉大個兒聊起天來。

「葉隊長，駐紮下沙河鎮夠辛苦了！」黃督辦手捏著煙籤兒，說話時並沒抬眼：「這兒如今平靖不平靖？」

「啥！也無所謂平靖不平靖，橫豎就是那麼一回事兒！」葉大個兒捏著煙捲兒，朝托盤的煙缸裏撣撣灰：「大事沒出過，小麻煩沒斷過。」

「小麻煩？」那個剔剔眉毛。

「說小可也不能算小！」葉大個兒說：「前沒多久，三大隊的蕭石匠叫人弄出去割了腦袋！接著，二大隊的大隊長飛刀宋禿子，又叫人做掉了！說句實在話，黃大爺，蒿蘆集一天不拿下來，咱們一天穩不住局面，……咱們不攻蒿蘆集，他們也會拉槍來打咱們。」

「噢！」那個隨口啊了一聲說：「聽說你們孫老大跟蒿蘆集就很有嫌隙？」

「何止是孫老大跟蒿蘆集有嫌隙，」一提到蒿蘆集，葉大個兒就顯得憤懣起來：「蒿蘆集的喬恩貴從沒把咱們當成人看！想當初我跟朱老三因為犯案立不住腳，去孫家驢店投奔孫老大的當口，姓喬的逼得咱們白天不敢露面，簡直變成了夜貓子，朱老三躲到胡家野鋪，我就窩在一間廢窯裏，假如那時落在姓喬的手裏，現今哪還能眨眼喘氣，只怕早就骨頭生黃銹了！」

「姓喬的當時太認真了！」那個說：「他萬萬沒料到你們這夥人物，會在轉眼之間藉勢竄起來，有一天，也能倒打一耙，把蒿蘆集連根刨掉。」

「他認真也未免認真過火了一點。」葉大個兒說：「咱們當時就算是殺人亡命，案子也不是在蒿蘆集地面上犯的，要他姓喬的狗拿耗子，——多管哪門子閒事？俗說：十個指頭有長短，樹木林落有高低，十年河東轉河西！他當時是把咱們看得太扁了！」

話匣子既然這麼一扯開，葉大個兒針對著蒿蘆集，連說帶罵便沒個完了，對方端起紫砂壺，緩緩斟了一盞濃茶，品呷著，顯出極有興致的樣子，耐心聽下去；葉大個兒說到當時經常圍在一起的一夥人，以孫小敗壞為首，還有朱三麻子、胡三胡四兄弟倆，堆頭的蕭石匠，連他一共六個人，叩頭拜把子，發誓要整倒姓喬的。

「當時，喬恩貴和趙黑子不肯放過咱們，差了袁震和出來抓人，咱們說也可憐，手邊沒有槍枝，缺少混世的本錢，硬被逼得分開來躲避風頭！」葉大個兒說到當時的情形，有些咬牙切齒的意味。

「你們孫老大真不簡單，」黃督辦說：「當時沒有槍枝，竟然能混得起來？我早就聽人說過，說你們當初槍枝雖不多，但有一支算一支，都是硬扎的貨色，尤獨是那挺機槍……」

「嗨，不能提了！」葉大個兒怨說：「咱們當初爲弄那些槍枝，可說費了大手腳，孫老大不該把那挺機槍交給蕭石匠扛的，不錯，他是用那挺槍放倒過袁震和，但轉眼之間，自己也玩丟了性命。……蒿蘆集派人來臥底，殺了獨眼蕭，把那挺槍也扛跑了！」

外面摸完四圈牌，正在搬風換位，孫小敗壞打了個呵欠，用濃濃的鼻音叫喚說：

「大個兒，你來替我摸圈把，我好躺下身過口癮。我它媽四圈牌不抽煙，簡直連字面都看不清了！」

正談著的話頭被打斷了，葉大個兒答應著，歪起身去趿鞋子，黃督辦笑說：

「葉隊長，你說話真夠見性情的，咱們改天有空再聊好了。」

葉大個兒點點頭，掀門簾兒出去了。這位藉著專區教育督辦名義潛至下沙河的神秘人物，兩眼凝視煙燈光亮的晶面，臉上逐漸露出恍然的神色來。不用葉大個兒再朝下說，他已經判斷得出，當初斥堠班失蹤的巨案，確是孫小敗壞、朱三麻子、葉大個兒、胡三、胡四、蕭石匠六個人結夥幹的，六個人裏頭，死了一個蕭石匠，胡三胡四兄弟倆又跟孫小敗壞鬧翻了臉，跟張得廣、齊申之結成一夥去了，……不管他們之間的恩怨如何，按照殺人償命的老律例，都不容這五個喪盡天良、殺人劫械的傢伙活在世上，他們為了跟蒿蘆集有私怨，不惜暗害抗日兄弟的性命，奪取槍械投靠鬼子，既為兇犯，又是漢奸，一死不足以蔽其辜，根本用不著悲憐，不過，自己究竟只是個軍人，不是法曹，如今正是這夥人勢盛的時刻，自己該用什麼樣的方法使他們認罪伏法，卻是一個難題？說是一個個都把他們活捉回蒿蘆集去，那，絕無可能，說是暗中伸槍，用打黑槍的方法，逐個把他們解決掉，似乎要容易得多，但這種方法，用之於殺漢奸可以，用之於殺兇犯就不夠磊落了，至少要讓他們死前明白天理昭彰，他們是因伏法而死的才夠分量。

唯一折衷的辦法，彷彿應該先對這群漢奸作戰，運用蒿蘆集的人槍，盡力撲打他們，萬一打死了這些兇犯，自然算他們該死，如果有不死的，再找機會繩之以法才是正途。正想著，那邊門簾子一掀，孫小敗壞擠著眼，打著呵欠撞進來了。

「黃大爺，您在想啥？」孫小敗壞說：「金幹老弟的手風不順，替您輸了錢啦！」

「輸了是該當的。」黃督辦笑說：「咱們這可是初會，吃了您的，再揣了錢走，像話嗎？……您越發把煙癮過足，多贏些兒，我辦完事就得回縣城去，這回不贏我的錢，下回可就再沒機會了！」

「是嗎？」孫小敗壞笑得嗨嗨的：「若真箇是這樣，真得過足煙癮，狠贏您一筆才成，——錢再多，我也不會嫌它燙手的。」

「您會抽煙，拿煙過癮，」黃督辦說：「我卻有個不情之請，我一路勞頓，昨夜沒睡好，可真有些睏頓，想早些回客棧去，不論金大爺替我輸多少，明兒要人去拿錢，您看如何？」

「您瞧我這個人罷，真是糊塗，」孫小敗壞說：「咱們打牌，留您陪著熬夜，真是太不成話了！」捏著煙槍叫馬弁說：「來人，護送黃大爺回大興客棧安歇去！」

黃督辦辭離了北大廟，一個馬弁拎著馬燈替他照路，馬燈光碎碎的，搖曳微旋，照亮街道兩邊的磚壁，從鹽霜剝蝕的磚面和陰溼中顯出的苔痕，可以看出這集市很古老了，古老的集市在戰亂之前，至少有過若干平靜安詳的日字，如今天塌地陷，群魔亂舞，天黑後，四處悄無聲息，舉眼也難見幾處燈火，真的淪爲陰森鬼市了。

爲了阻滯這些僞軍謀佔蒿蘆集，勢必要用先發制人的方法，分批不斷擾襲下沙河，這樣，雖不能改變整個局勢，至少可以使蒿蘆集地區的百姓，有足夠的時間遷到近湖地方去，減少生命財產的損失。

當天夜晚，他在客房裏獨自沉思，直到雞啼聲起方才入睡，他仔細想過，擾襲下沙河有許多不同的方法，無論用哪一種方法，都必須對孫小敗壞這夥人的人槍及駐地分佈、他們日常的生活情形，各個頭目的特殊嗜好和習慣，挖根刨底弄個清楚，同時要依據各股僞軍的駐紮狀況，劃明進退路線，這樣，才能穩操勝券，讓這夥漢奸曉得游擊隊的厲害。

這位自稱教育督辦的黃先生，便以籌備學堂復課的名義，在下沙河鎮上留了下來，他參與孫小敗壞那夥人的一般酬酢，說話豪爽，出手大方，尤獨對底下人的賞賜特別豐厚，贏得僞保安團上下的好感，他進過筱應龍所築的炮樓，去過金幹的老巢金家老莊，來往上沙河鎮時，也到朱三厤子的駐地施家槍樓歇過腳，對於小敗壞手下的三個大隊駐紮和守備情形，摸得一清二楚，不用幾天，他就把踩探到的消息寫了封密函，託嚴掌櫃的轉送到蒿蘆集去了。

這時候，孫小敗壞和他手下的一夥頭目們，正沉迷在歪毛帶來的一股邪淫的風氣裏，根本不想自拔了。兩家新設的蘇揚幫妓館，出色一點的妓女，全被孫小敗壞、金幹和筱應龍幾個人包了去了。孫小敗壞本錢不多，一個活馬三業已快榨乾他的骨髓，他另包兩個女人，倒不是自己用來虛應故事，而是準備招待客人的。筱應龍跟金幹兩個就不同了，這兩個白臉後生，年紀輕，火性旺，一向又喜歡這種左擁右抱的調調兒，土佬初嚐洋腥味，哪還有不抱定了死啃的？不過，啃娼妓啃多了，總覺缺少餘味，金幹首先看上下沙河南邊一座村落裏的一個閨女，那閨女姓朱，十八九歲年紀，人長得有模有樣像朵嬌花，不過早就壞過了，很懂得賣弄風騷。

金幹很快就吊上了她，等到上了手，才領略到她與眾不同的多種妙味，有一天在街口遇著筱應龍，筱應龍帶點兒譏嘲對他說：

「老哥，放著許多洋麵饅頭你不吃，怎麼倒啃起窩窩頭來啦？那個朱大丫頭有什麼好？你迷她迷成這個樣，好像掉進盤絲洞去，叫妖絲給纏住了！」

快槍金幹笑一笑說：

「她迷不迷人，妙不妙，嚐過了的人才曉得。用得著你空口說白話嗎？」

筱應龍呵呵的笑著，拍打著金幹的肩膀說：

「金兄，照你這麼說法，天生的妙物只好讓你獨享，咱們做外人的，這一輩子無法領會

子裏的曲兒更好聽！」

的了？」

「有甚麼事你們領會不得，」金幹說：「改天我要在她宅子請次客，讓大夥兒嚐嚐她那一手好菜，再讓她當著大夥兒的面，唱幾支時新的小曲兒給你們聽聽，我敢說，決計比唱匣子裏的曲兒更好聽！」

事情就是這麼起的；金幹果真約了朱三麻子和筱應龍幾個，到那朱大丫頭的宅子裏去，吃酒打牌，抽煙唱曲兒鬧了半夜，筱應龍對於女人，一向貪如饞狼餓虎，眼看金幹姘上的這個很鮮嫩，暗暗動上了腦筋，他的炮樓，離朱家的宅子比金家老莊更近，他差人出去打聽，只要金幹一離開朱家，他就趕過去會那丫頭，姓朱的妞兒不敢也不願得罪筱應龍，便兩面開門應付上了，這麼一來，快槍金幹聽著風聲，可就有幾分上火了。

上火儘管上火，快槍金幹可不是那麼莽撞的人，在算盤沒撥空之前，他極不願爲著一個姘頭，跟筱應龍撕破臉鬧翻，在孫小敗壞的團裏，目前形成的三股人槍勢力，筱應龍最強，朱三麻子其次，自己的三大隊最弱，何況朱三麻子一度是姓筱的門客，佔著二對一的優勢，事情鬧大了，對自己不利，若說嚥一口氣忍在心裏，實在也窩囊的慌，姓筱的明知朱大丫頭是自己先姘上的人，他卻硬插上一腳，把一塘清水給攪渾，個把女人不算稀奇，最氣不過的，是姓筱的這種態度，根本目中無人，沒把金某放在眼裏，俗話說：人是一口氣，佛是一爐香，這口氣真難嚥得下去，——除非把朱大丫頭一腳踢開，乾脆讓筱應龍一個人獨佔，要不然，早晚都會碰上，那時候僵著，冷著，面對面就不好說話了。

不論金幹怎麼想，消息總是封不住的，筱應龍和金幹姘朱大丫頭的事，連下沙河鎮的住戶都曉得了，事情到這種程度，即使金幹沒找著筱應龍翻臉，筱應龍卻也有了幾分顧忌。他曉得白臉金幹是個陰性子，並不是好惹的人，他的槍法好，發槍極快，萬一鬧翻了，自己並沒有把握勝得了他，這層顧忌還在其次，主要的是在這宗事情上，自己明明顯顯的理虧，理字一站不住腳，人就難免心虛了。

若說了結這檔子事，嘴上說起來很簡單，當初插上一腳，只是為了好奇，想嚐嚐那個丫頭的妙味，按理講，滋味業已嚐到，就該收攤子了！……人它媽就是這樣主賤，揮不動快刀斬斷貪色二字，女色這玩意兒，比鴉片還要容易上癮，如今自己正在癮頭上，兩條腿不聽話，一到黃昏落日，就想朝朱大丫頭那兒跑，有什麼辦法？

雙方一都有了顧忌，自然而然就冷了下來，逢著去北大廟開會，雙方都外帶護衛的人槍，表面上仍然不動聲色，一樣聊天聒話，但兩人都嚴防對方會猝然動手，怕措手不及吃了大虧。除了公開見面如此，平時出門，兩人碰面身不離短槍，連到朱大丫頭那兒姦宿，也都摘了槍，壓在枕頭底下。

這兩人暗中磨擦的事，很快就傳到歪毛的耳朵裏，歪毛在請黃督辦吃飯時，把這事當成笑話說了出來。

「兩人爭那麼一個閨女的太犯不著了，」毛陶兒說：「難道那雌貨襠裏有糖？遇上這兩人都是愛吃甜食點心的？再照這樣下去，不用多久，就有好戲看了！」

「你不想做做和事佬？」黃督辦笑說：「替他們想個公平妥當的法子？」

「這檔子事，有什麼好法子？」毛陶兒嘴角歪得像抽了筋似的：「除非拿把殺豬刀，把那雌貨一劈兩個半邊，各人分他們一份兒，落得兩人全恨我一個！……咱們只是在這兒說說笑話罷了！」

毛陶兒這話剛說沒兩天，金幹和筱應龍兩個人，果然冤家路狹，在朱大丫頭宅子裏演出一場好戲來，前半場有些像「打麵缸」，後半場有些像「鐵公雞」，合起來就有些四不像了。

那天五更左右，黑裏響起一連串的槍聲，槍聲短促，清脆，很容易辨出是匣槍來。槍聲響過不久，就有人一路奔向北街，慌嘈嘈的大聲叫說：

「不好了！不好了！筱大隊長跟金大隊長倆個，爲爭女人幹起火來了！如今他們倆個光著屁股，拎著匣槍，正在繞著圈子打呢！」

「快去報告孫大爺去，甭再待在這兒嚷啦，」另一個說：「這場笑話看不得。」

說也怪的慌，下沙河鎮的這些老民百姓，平素都縮著腦袋過日子，一遇上這種「看不得」的笑話，反而極有冷眼旁觀的興趣，有人燃起燈籠，有人點亮馬燈，你呼我叫的一鬨上了南旁的圩堆去看熱鬧去了。

天亮後不久，大興客棧的一個小夥計，樂得有些瘋瘋癲癲的，回來說出他所聽所見的。原來昨夜晚筱應龍喝多了酒，心裏想著朱大丫頭，就揣上匣槍，信步蕩過去了，正好金幹不在，朱大丫頭說是金大爺回金家莊去了，筱應龍叫她準備酒菜，打算留下來過夜，那雌兒鎖著眉毛，擔心的說：

「我說筱大爺，吃了飯，你還是早點回炮樓去罷，金大爺他今夜也許會來，倆人碰上面，多麼不好？」

「嘿，有什麼不好？」有幾分酒意在心裏，筱應龍發火說：「不錯，論時辰，他金幹是先來，我筱某是後到，如今我當面問妳，論交情，妳跟誰深？」

朱大丫頭撒嬌說：

「那還用得著問麼？筱大爺，你自己心裏明白，爲什麼還要故意來問我？」

「我就是不明白，才來問妳呀！」筱應龍抖著腿，斜著眼珠說：「我想的不算數，非得妳親口講了才算數，妳講罷！」

朱大丫頭嚶嚀一聲，來了個投懷送抱說：

「跟你說實話，我跟金幹，是受他強迫，跟你才是出自本心的，你說我的心在誰身上？」

「好！」筱應龍說：「只要有妳這句話就行了！趕明兒，我要把妳帶進炮樓去，不讓姓金的再沾染妳一根汗毛，他金幹要是敢吱吱牙，我就要他的好看！」

朱大丫頭不敢再多說話了；她曉得，筱應龍和金幹兩個人都不是好惹的，弄得不好，她會把性命丟掉。她弄了幾碟精緻的下酒菜，陪著筱應龍喝了一陣子酒，筱應龍一邊喝酒，一邊把匣槍摘了壓在桌上，說是酒後要擦擦槍。

「我等著姓金的！」他說。

筱應龍是個玩槍的好手，那管三膛匣槍在他手上，真的變成追魂奪命的利器，幾年前，他憑一手特異的槍法降伏了張老虎，鬥過北方好幾個黑道人物，他能在漆黑的夜晚把匣槍拆卸下來擦拭，遇著情況，只要用一方黑絨布把匣槍零件兜起，邊弄邊裝，不用一支煙的功夫，就能把匣槍重新裝妥，塡彈發射，他使用匣槍極爲熟練，左右兩隻手都能發射，而且一樣的有準頭，在必要的情況下，他能憑單手握槍，利用鞋底、腰帶拉起機頭，朝四面八方潑火，他的匣槍能利用手肘作依託，行步槍式的瞄線，做極爲精確的固定的打法，也能邊跑邊開槍，甩手朝腦後作盲目放射，這種大甩頭的打法，一般說來都是欠準的，但筱應龍朝腦後發槍之準，卻是遠近知名的，有人形容他後腦窩多長了一隻眼，要不然，不會一響槍就倒人。

俗說藝高人大膽，筱應龍就是這樣，只要把那管匣槍帶在身上，他是什麼地方都敢去得。不過，自打編到孫小敗壞的團裏來，在玩槍的技藝上，他算遇上了兩個硬扎的對手，那就是朱三麻子和金幹。

朱三麻子的機警和槍法，蠻悍和猛莽，是他混世起家的本錢，這些年來，他留下許多神秘的傳奇性的故事，使他在這方面的聲名，比筱應龍更爲響亮！至於金幹，既然有了快槍手的綽號，在槍上的功夫也必非尋常，這三個人見面，多少懷著一份戒心，吃酒打牌有之，說笑逗樂有之，你吹我捧的相互標榜有之，但都沒亮出真本領，比一比槍，鬥一鬥準，因爲三個一比，總會分出上下，見出輸贏來，贏了，怕自己的一套絕活別人學了去，輸了，可又丟不起這個面子，正因爲一直沒曾比劃過，誰強誰弱都在未定之天，筱應龍即使有心得罪金幹，也不敢有一絲一毫的大意。

朱大丫頭雖說風騷迷人，她究竟是個年輕的女人家，一見筱應龍在燈底下擦槍，就覺出一股子使她駭怕的兇煞之氣緊緊迫壓著她，她以天熱作藉口，故意寬了衣裳，只穿一件紅綾抹胸和一條印花的短褲，挨身在筱應龍旁邊，一面輕輕替他打扇子，一面勸他停下手，輕鬆輕鬆歇歇涼。有了酒意的筱應龍一時慾火上騰，摟得那雌兒親了個嘴，便推開卸散的槍枝，把她抱到春凳上去了……。

倆人這麼光赤條的輕鬆歇涼，約莫有兩個更次，外頭忽然響起拍門的聲音和金幹的呼喚。筱應龍大吃一驚，時間急迫，使他來不及穿上衣裳，他急忙翻身跳了起來，把內外衣裳和鞋襪捲起一包拎在手上，另外把卸散了還沒拼攏的匣槍和子彈，用那方黑絨布一兜，悄聲跟朱大丫頭說：

「妳放聲應門，我到後門外黑地裏去躲一躲，等我把匣槍拼攏，再要姓金的好看！」

筱應龍剛跨出後門，金幹就進了屋，金幹也是喝得滿嘴酒氣來的，一瞧朱大丫頭赤裸著身子來開門，便一把摟住她親著說：

「好呀，小肉兒，妳這是備妥了鞍蹬等著我來的？這就替我清清火罷！」

還是借用那條春凳，金幹則脫掉衣裳，忽然覺得不對勁，他發現腳下多了一隻鞋子。

「妳快說，是不是姓筱的來過了？」他說。

女人還在裝聾作啞的支吾著，金幹卻把她一把搡開，急急忙忙把匣槍掂在手上，趕過去，咈的一口把燈給吹熄了。

「姓筱的，你替我站出來！」他氣呼呼的喊說：「君子不奪人所好，這樣做法，你未免太絕了！還虧咱們是它娘的把兄弟呢！」

金幹一邊在黑裏叫罵著，嗒的一聲扳起了匣槍的機頭，筱應龍精赤著身子奔出後門，跳進一個豬圈，他不能光屁股就這麼跑掉，他得先把匣槍拼攏，彈匣裝妥，他還得……至少先穿上一條短褲，好歹像個樣子。當然，倆個漢子爭姘一個雌物，爲著爭風吃醋動起槍來，日後傳出去是個笑話。

不過，話又說回來，假如今夜光著屁股跑掉，旁人會以爲姓筱的是被金幹攆跑掉的，若不是老鼠膽子，爲什麼光著屁股跑呢？兩相比較，寧可落個爭風一拚，也不願被譏爲沒膽老鼠。他的耳朵很靈敏，聽得見金幹在屋裏拉槍的聲響，任他筱應龍的膽子再大，當他沒把匣槍逗攏之前，他只能死死的蹲在那兒，不但不敢動彈一下，連大氣都不敢出一聲。

朱家的豬圈裏，躺著一窩奶豬，一地都是臭鬨鬨的豬屎，筱應龍怕自己驚動那窩豬，在金幹的槍口下無法脫身，只有亟力隱忍著，先拼合他的匣槍。

「筱應龍，你站出來啊！這兒還有一隻鞋子，等著你來撿呢！」聽聲音，金幹業已站到後門口來了。

筱應龍還在拼著槍，一不小心，一匣槍火掉在地面上，金幹聽著聲音，絲毫不客氣的叭叭打了一個點放，子彈從筱應龍的頭頂上掠了過去，筱應龍看看光景，曉得豬圈沒法子蹲了！順手撿起一個破豬食盆子，朝東邊一扔，身邊嘩啦一聲響，金幹的匣槍又打了三發，筱應龍趁機跳出豬圈，奔進屋後的林子裏。

金幹一聽腳步聲，才曉得是筱應龍玩的金蟬脫殼，乒乓的連打四發子彈出去，第十發子彈卻卡了膛，拉不出子彈來了。這時刻，筱應龍業已把匣槍拼妥，不過，適才有些心慌意亂，拼槍時不小心把槍機零件丟掉了，匣槍拼妥也裝了彈，但卻沒法子打出去，倆人兩支槍，一個瞎膛，一個缺件，都成了廢物，可是倆人彼此都不知道。

金幹拎著瞎膛的槍，嚇唬筱應龍說：

「姓筱的，你甭跑，我要存心取你的命，你有八個腦袋，也都成了爛西瓜了！如今看在把兄弟的份上，你只要出來跟我磕頭賠禮，我就不計較。」

筱應龍進了林子，膽子壯了許多，抗聲回話：

「金幹，你它媽真是心狠手辣，居然爲了個破爛女人，對拜把兄弟下毒手，連開九槍，我記上數兒了，我也有槍在手裏，可是一槍沒還，你若不跟我磕頭賠禮，你欠我九槍，有一天，我會叫你身上多出九個窟窿眼兒！」

「有種你替我站著，有賬咱們立時就算個清楚！」金幹爲了掩飾他的槍不能發火，故意撲了過去。

筱應龍摸不清對方的虛實，聽到對方追撲過來，只有扯開腿朝北跑，金幹拎槍追過去，兩個人摸出那片林木，天色業已微微的透亮了。金幹瞧見筱應龍精赤著上下身子，拎著匣槍，脅下還夾著衣物，便一面追，一面嘲罵說：

「姓筱的，你會脫掉了褲子玩？老子這回要一直追你到下沙河，讓眾人瞧瞧你的原形，看你是什麼變的?!」

跑著跑著，筱應龍真懊惱剛才沒有機會先穿起衣裳，自己這副狼狽模樣，若真被金幹逼到下沙河鎭上去，那可就洋相出盡，臉面丟光了，這樣跑了一陣子，金幹居然沒有開槍。他靈機一動，把匣槍舉起來，轉回頭去，再那麼一瞅，嘿，金幹也跟自己一樣，精赤著上下身子，一邊跑一邊死力的拉槍栓子，這事瞞不了內行人，筱應龍只消瞧那麼一眼，就明白金幹爲什麼沒再開槍了，——原來他的匣槍卡了子兒，變成瞎火了。

金幹雖是追人的，但他卻是心虛膽怯，一瞧筱應龍站住腳，回頭舉槍，他沉不住氣，立即掉回頭就跑，這麼一來，追人的反而變成被追的了。筱應龍早知自己的槍一樣不能吐火，樂得反嘲金幹說：

「姓金的，我瞄著你的脊樑蓋了，欠我的九槍還不還給我？咱們倆人，是爹兒倆比鳥——一個樣兒！全是洗澡堂失火，光著屁股亮相，你有什麼好說的？」

「筱老弟，筱老弟！」金幹邊跑邊叫說：「你可甭認真！猴子見猴子不跳，……咱們究竟是自己弟兄，剛剛我在黑裏開槍，只是嚇唬嚇唬你，如今是大白天了，你可不能開槍打我！」

「姓金的，你不是愛耍嘴皮兒嘲弄人的嗎？」筱應龍追著喊說：「我看你也不過就那麼一點兒道行，俗說：兔子尾巴四指長，——多一點也沒有了！」

倆人在荒地上你追我，我追你，站在圩崗上看熱鬧的人，全都看得清清楚楚，孫小敗壞瞧著他手下的這兩個大隊長，爲了奪一個女人，竟然幹出這種荒乎其唐的鬧劇來，實在不成體統，便自己騎馬追過去，把兩人截住，忍住氣替他們拉彎子。

金幹一見孫小敗壞，像是遇著救星，口口聲聲責怨筱應龍是根大淫棍，太不講交情，想霸佔他的姘婦，筱應龍受了驚窘，也破口大罵金幹手段太毒辣，把兄弟有事扯不清，總不該先動手開槍，一口氣潑出九發槍火！……孫小敗壞被兩個拜弟氣得牙癢，罵說：

「你們兩人的臉皮全有八寸厚，錐子也戳不透！——穿起褲子來再說不成嗎？想當初，我也風流過，玩掉了兩片耳朵，可沒露出襠下的三件，你們跟我比，算是『等而下之』，你們抬臉瞧瞧，圩崗上是不是站有千把人？……全團集合沒到過這麼多人，全下沙河鎮的百姓，都睜著兩眼在看你們兩個雞毛啷噹的大隊長呢！」

兩人再朝遠處一瞅，可不是站了一大片看熱鬧的，筱應龍套起褲子，金幹卻沒帶衣裳。

「你回屋穿衣裳去，」孫小敗壞說：「把那個雌物娘們一併替我帶到團部來，我好替你們拉直這個彎子！在咱們攻撲蒿蘆集之前，窩裏雞鬧家包子，可不是一宗好事情。」

孫小敗壞對於調解這宗桃色糾紛，業已極爲賣力，他把毛陶兒、黃督辦全都請到北大廟，替兩個爭執不休的人評理，但還是沒法子把兩邊擺平，兩人爭執的焦點，就在朱大丫頭這娘們身上，臉皮既然撕破了，兩個人都不肯把朱大丫頭讓給對方去獨享。

「你們兩個各不相讓，一個是針尖，一個是麥芒，叫我怎麼辦呢？」孫小敗壞雙眉鎖成一把疙瘩說：「毛所長，你的腦筋靈活，你拿個主意試試怎麼樣？」

「噢！」毛陶兒叫說：「筱大爺和金大爺都是有斤有兩的人物，這個主意，兄弟委實……咳咳，委實……不便拿，還是團座您作主好了。」

「黃先生，」孫小敗壞轉朝黃督辦說：「您辦教育，讀了一肚子書，算是大有學問的人，您拿個妥當的主意出來，敢情他們就沒有話說了。」

「這個？我得好生想一想，」黃督辦說：「這可不是我空口說白話的事，得要雙方同意才成。」

「諸位若是拿不出妥善的辦法，我看，只好把這個禍水捆了上秤稱，按照斤兩劈開來，一個人分你們一邊，」孫小敗壞說：「我這主意行不行呢？」

「不不不！」金幹說：「還是等黃先生他想法子好了，只要不失面子就成！」

「我看這樣好了！」黃督辦說：「既然你們兩人都喜歡姓朱的女人，共又不願共，分又不好分，到最後，總有一個得著，一個得不著的，如今，我把這女人作個價，價錢是機槍一挺，外帶槍火兩百發，得著女人的，就該出價給對方，你們看怎麼樣？」

「不錯！」筱應龍附和說：「這倒是個法子，他姓金的要肯送我一挺機槍，兩百發槍火，這個女人，我姓筱的拱手讓了！」

「好罷！」金幹咬咬牙說：「諸位都在這兒聽著，這話可是你筱應龍親口講的！人，我領回金家老莊，從此以後，不許他姓筱的沾邊，機槍和槍火，我立即著人送到團部來。」

一幕鬧劇總算這樣收了場了；金幹把那雌物娘們帶回金家老莊，忍痛著人將他新買的那挺老牙捷克式機槍扛來送了筱應龍。事情在表面上算是結啦，可是，金幹越想越不服氣，他不會忘記，那挺槍，是他花費七根黃澄澄的金條買來的，白白送給筱應龍，擴充了一大隊的實力，當然，女人是自己得了，可是，這女人原就是自己先姘上的，這本賬，怎麼算怎麼虧本……怪誰呢？能怪出主意的黃督辦嗎？只怪自己當時糊塗，點了頭，認了賬懊悔業已來不及了。

筱應龍得了機槍和槍火，高興固然高興，對於打得正火熱的女人被金幹獨吞，多少也有些愁恨，他明白，金幹這回捏著鼻子拿出槍來，嘴上雖沒說什麼，心裏一定是老大的不甘願，他不能不防著對方報復。總之，這事發生之後，筱大隊和金大隊之間，有了明顯的裂痕，金幹無事不敢上街來，筱應龍出門也怕人打黑槍，兩邊防地交界的地方，全都築了伏地堡，各把槍口朝著對方，打雖沒打，也有些劍拔弩張。

「看樣子，該是動手的時刻了！」黃督辦心裏這麼說。他又寫了封信交給嚴掌櫃的，要他著人帶給蒿蘆集的鄭支隊長，他選的是金幹那個大隊，因為那股偽軍的駐地凸出在南邊，形勢孤立，再加上金筱兩人不和，金幹被攻撲時，筱應龍十有八九不會赴援，無論這一火得手與否，蒿蘆集那邊可以進退自如，完全掌握主動，金幹的實力原就最單薄，加上他兩挺機槍去掉一挺，使蒿蘆集有更大的勝算。

天雖進了八月間，秋老虎還在發著炎威。

金幹那個大隊，因為平常貪收過路捐稅的關係，駐得很分散，有一個分隊駐進牛胡莊，一個分隊駐紀家賭場，一個分隊挨著青石井的官道，只有兩個破爛中隊駐金家老莊，人頭倒有一百好幾，槍枝不過七十多桿，其中還有好些支打不響的。

他手下的這些人，平時全是甩手浪蕩的傢伙，靠槍吃飯，儘管套上了軍裝，一樣是我行我素，脫不掉黑道上安盤立寨的老習慣，不是窩賭，就是狎戲；這天晚飯後，他們扣住了一個野戲班子，硬要那班主為他們加一個月光場子。

跟筱應龍鬧翻之後，金幹顯得有些煩惱，原沒心腸看什麼野戲，但朱大丫頭和幾個妓女都喊悶的慌，纏著金幹要看戲，金幹說：

「好罷，要人把前面槍樓頂上打掃乾淨，放上桌椅，切些瓜果，泡壺好茶，妳們要看戲，我就陪妳們看一場罷！」

野戲班子在金家前門外的麥場上響鑼，有人怕月光不夠亮，在四周的樹枒上，掛起五六盞新擦拭過的馬燈，金家的族人和三大隊的那些僞軍，端了好幾張長凳來，坐著看戲，連值崗的也都抱著槍趕過來湊上了熱鬧。

進駐牛胡莊的那個分隊，遠遠聽著鑼鼓響，趕過來看戲的，也有十多個，還有五六個傢伙，因爲打了兩天兩夜的麻將剛下桌子，躺下身就拉了鼾，跟周公敘舊去了。駐屯在南邊的那一分隊，因爲相隔較遠沒有回來，而紀家賭場那邊，跟筱應龍大隊搭界，他們不敢任意拉開，野戲上場的時辰，金幹居高臨下，左擁右抱，笑露出他的金牙，他根本不會料到，由蒿蘆集出動的中央游擊隊，業已在薄暮抵達了黑溝子。

擔任這頭一次對下沙河僞保安團突襲的，是由第一支隊裏挑選出來的敢死隊，人數不多，只有二十六七個漢子，都是身強力壯，久經陣仗的。支隊長鄭強使他們全副便裝打扮，每人一支匣槍，一把七寸匕首，六顆廠造手榴彈，爲了增強手下人的信心，打好這場突擊，他親自率領著這隊人出發，直撲黑溝子，預計在初更後殺進金家老莊，殺對方一個措手不及。

由於這批人裏頭，有好幾個原是下沙河的鄉隊，路徑極爲熟悉，同時，鄭強的消息也極爲靈通，天一黑，他們就撲進牛胡莊，把金幹手下那幾個睡得像死豬似的僞軍，一下子解決掉了。——割了的腦袋裹了草，裝進麻袋抬著。

「支隊長，您聽聽，金家老莊響鑼響鼓的，正在唱戲呢！」一個說。

「走罷，」鄭強說：「咱們也去看戲去！」

一路上，出乎意外的順當，月光白沙沙的，描出彎彎的荒路和遠近林木的黑影，快到金家老莊的莊口，遇著幾個保安團的老幾，有的把槍倒扛著，有的把槍橫扛在肩膀上，一個矮腿麻子手裏拎著麻袋，麻袋裏裝著喔喔叫的雞，另一個提著酒壺，敢情是喝空了又灌上的，幾個人醉得可以，連走路都把不穩腳步，推推捱捱，跌跌撞撞的，他們打叉路上斜撞過來，正好和鄭強領著的一批人撞了個滿懷。

「喂，老王，」麻子伸手拍拍鄭強的腰，舌頭窩團著，含糊不清的說：「你們敢情都是去看戲的，……早不唱戲，晚不唱戲，偏等咱們幾個拚酒時它響了鑼鼓，真它媽的缺德，——一個人看成兩個，地面繞住我打轉，這個戲怎麼看法？」

許多黑影子散散落落跳荒走，那全是敢死隊分散開來的隊伍，透過月光的乳霧，看上去疑真似幻的。

「你老弟認錯人了！」鄭強說：「我從來沒姓過王，絕不騙你。」

「好罷，那你一定是老李。」麻子說：「管它張王李趙，咱兄弟全不是外人，我有宗小事央託，……你們看了戲，明兒有空講給咱們聽聽，我它媽滿腦子天旋地轉，得找處草堆腳歪歪身子去了！」說著說著，兩腳一軟，整個身子朝下萎，像一灘爛泥。

「這兒睡不得，」鄭強伸手撈住他的胳膊說：「地上露水多，潮氣重，躺下去準會著涼。」

「不錯。」麻子迷迷糊糊的接著：「著了涼，不是發燒，就是瀉肚。」

「你曉得就好了！」鄭強朝兩邊一呶嘴，就有兩個人上來接手，抄住了麻子的兩邊胳膊。麻袋悠晃著，幾隻被裝在袋裏的雞倒先覺出情況不對勁，大驚小怪的嘀咕起來了。

金家老莊莊頭的老更房裏，倒有兩個站崗的，不過並不是立正站崗，而是橫著槍坐崗，鄭強手下人架著那幾個醉漢過來，那兩個值崗的正坐在屋裏靠窗的桌上對飲，聽見外頭的腳步聲和咯咯的雞的叫聲，其中一個歪著身子，朝窗外吆喝一聲說：

「誰?是不是麻皮抓雞回來了?」

「麻皮醉得不成人樣了，夥計，」外頭有人說：「雞倒抓了幾隻來，你們來拿去罷！」

兩個傢伙從更房撞出來，就近一瞅，果然是麻子和他那一夥，都醉得軟塌塌的要人扶著，不過，扶人的人卻一個也不認識。

「你們是?」一個略略有些動了疑。

鄭強跨過去接口說：

「哦，咱們都是麻子的朋友，新編到三大隊來的，一邊送他們回來，順道來看戲。」

「你們用麻包抬的啥玩意兒?」另一個說：「看樣子挺重的。」

「西瓜！」鄭強還沒接口，抬麻包的就機警的說：「紅穰黑子大西瓜，是金大隊長吩咐送過來的。」

那個倒伸手摸了摸麻袋，不過，他並沒摸出人頭和西瓜有什麼不同來，一樣是圓圓硬硬的玩意兒，當然該是西瓜了。摸雖沒摸出毛病，看卻叫他看出些毛病來了。

「好哇，夥計！」他叫說：「你們準是在路上摔過跤，你們瞧瞧，麻袋下面，一路滴滴洌洌的淌水，……西瓜怕叫你們給摔爛掉啦！」他嘴裏這麼說著，忽覺剛摸過西瓜的那隻手掌濕濕黏黏的，回身就著窗口的燈光再一瞅，竟然是血？正是驚駭呆怔的時刻，一把攮子業已抵到他的後腰桿上，一個聲音低低的說：

「對不住，夥計，咱們要辦正事，沒法子留你們了！」可憐那傢伙連半聲哎喲全來不及吐出口，一攮子下去，就把他給戳釘在更房的土壁上了。

他的夥伴還沒弄清究竟是怎麼一回事，鄭強便用槍管敲悶了他，把他拖到更房裏去。這當口，打麥場上的野戲正演到精彩的地方，四周圍鬧鬨鬨的，響起一片喝采的聲音……。

如今，金家老莊外圍一切的阻攔全已剷掉了，餘下來的事，就是響槍攻撲，捉拿金幹，鄭支隊長把人槍召聚攏來，蹲在更房背後的林影裏，把突擊的要領再交代一遍，然後說：

「爲怕誤傷看戲的百姓，你們分成幾組，先在四周埋伏妥當，我先響槍驚散他們，你們瞧著手上有槍的就打，這一陣亂過之後，咱們就合力攻撲金幹的宅子，四更天左右，聽到角聲就朝西退走。」

野戲正在演得上勁，忽然朝天響了一聲槍。坐在槍樓頂上的金幹，起初還以爲是誰玩槍不小心，弄走了火呢！罵著叫衛士下去查看，衛士還沒動身，緊接著又響了一個連發，這一來，他曉得事情不妙了。

「一定是姓筱的故意派人來搗蛋的。」他氣得破口大罵說：「下去，把放槍的傢伙替我找出來，我要當場斃掉這個龜孫！它娘的，連看場戲也不讓老子看得安穩，太它娘的小人了！」

金幹罵罵咧咧的坐著沒動，他身邊的那群鶯燕，卻嚇得啊啊尖嚷起來，叫聲帶著苦味，彷彿滲和了她們的膽汁；槍聲和尖嚷聲一起，圍繞在打麥場四周那些看戲的人群，立時便惶亂起來，有的喊有的叫，紛紛朝四邊逃散，那幾盞懸掛在打麥場邊樹枒上的馬燈，使埋伏在暗處的一支隊的兄弟，可以清楚分辨出誰是百姓？誰是偽軍？那些湧來看戲的偽軍，多半是沒帶槍的。

戲場子上的人群一散，四面的匣槍就連著響了！幸好金幹那兩個中隊，都駐紮在他自己的宅子裏，大部分偽軍都趁亂逃回宅去抓槍，有些當時慌亂，沒及時奔回宅子的，繞了個圈兒再回頭，金幹的宅門業已槓上了。……這一陣亂，使看戲的偽軍，至少有廿多個人落到游擊隊的手裏，被麻索綑成一串兒，拴到莊口的更房去囚禁著，退進金幹家宅的幾十個人，紛紛拖槍爬上槍樓和屋頂，開始乒乒乓乓的盲目還擊。打了半晌，也沒有誰弄清楚對方究竟是哪兒來的？究竟來了少人槍？甚至連金幹也以爲是筱應龍差人來搗蛋的。

「你們是哪股的馬子？站出來說話！」他把腦袋貼在槍眼背後，朝外放聲叫喊著。

那幾盞掛在樹枒上的馬燈還在亮著，一刹前還擠滿看戲人群的打麥場，如今空盪盪的，那個唱野戲的班子也逃散了，但還留下一面由木架支著的大鼓，幾口裝行頭的箱子和一簇架起的刀槍把兒，還在亮著。

說也奇怪，一陣槍響過之後，對方突然沉寂下來了，金幹叫了兩遍，不但沒見回應，連人影也沒見著半條。天頂的浮雲掩住了月亮，遠處更沉黯朦朧了。

「搗什麼鬼？」金幹困惑的說。

「金大爺，我看得派人出去看看去！」他新委的中隊長衛時說：「也許對方放了一陣亂槍，早已退走了呢？」

「慢著！」金幹突然想起什麼來：「也許是……是蒿蘆集那邊來的人，那就不好玩了！」他轉身吩咐：「前後門戶都替我槓緊，把機槍架到槍樓上來，今夜定會有一場惡火，不管外頭情況怎樣，宅裏的人都不許出去。」

他剛剛把話說完，外面有人喊著說：

「金幹！咱們是抗日一支隊，蒿蘆集來的，你得放聰明點兒，扔槍投降，要不然，你活不到明早太陽出來，你可聽清楚了？」

「果然是蒿蘆集來的。」衛時僵僵涼涼的說：「您看怎麼辦呢？」

「有什麼怎麼辦？」金幹橫了心說：「扔槍也是死路一條，咱們只有豁著幹，撐熬下去再講，也許下沙河那邊，孫老大聽著槍聲會派人下來，只要能挺過這一夜，到天亮就好辦了！」

好辦嗎？這只是金幹單打單的如意算盤，對方並不想讓他那麼容易撐熬，頭一回攻撲從金家的宅子後面開始了，隨著激烈的槍響，黑影從黯淡的月光裏潮漫上來，許多條嗓子一齊叫喊著，要捉住漢奸金幹活剝皮。……金幹帶著人槍，守在他自以爲堅固的高牆大宅子裏，把大部分槍枝集聚在前院和側院的兩座槍樓上，企圖用槍火鎖住四面的高牆。

他的想法並沒有錯，錯在他過分高估了他手底下那些人的戰力，跟隨金幹的那些股匪，玩槍不能說不久，平素也跟地方的鄉團鄉隊接過火，但對於像蒿蘆集這樣硬扎的游擊隊捨死拚撲的硬火，真還沒會領略過，守槍樓的傢伙大都只知放槍，不懂得吊線，若換大白天，也許能蓋倒攻撲的人，如今，隔著雲層的月光一片朦朧，那些疑真似幻的黑影子一奔而過，沒等他們放射第二排槍，對方業已匿進高牆角下去了。

「姓金的，你再不舉手，要讓你們嚐嚐鐵蘿蔔啦，」一個聲音叫著。緊接著，頭一顆手榴彈就在槍樓的頂上一層爆裂了。

金幹手攢著匣槍，有些難忍的焦灼，手榴彈一顆接一顆的朝裏扔，那種轟嘩的巨響使槍樓被震得亂搖亂晃，沙沙朝下落土。對方既是蒿蘆集來的，看樣子，是想在這一火裏把自己吞掉，雙方剛一接火，自己就陷入挨打的局面，這業已很不妙了，這一夜還長著咧，倒是怎麼撐熬法兒？……不過，使他自覺有些仗恃的是金家老莊距下沙河鎮不遠，孫小敗壞不會聽不見槍聲，只要有人過來應援，那就好辦了。

念頭雖然轉得飛快，可惜仍是遠水救不了近火，眼前這場攻撲，實在太兇猛了，對方的手榴彈投得那麼準，連接著有兩顆扔進側院樓上第二層的槍眼，在轟天塌地的巨響聲中，黑煙捲著紅火，從四面槍眼直迸出來，隱隱的聽見幾聲哀慘的叫號，那邊還擊的槍聲便稀落了一半。

「這不成！」他叫說：「衛隊長，若這樣打法，側院的槍樓眼看挺不住了！」

「有什麼辦法呢？金大爺。」衛時帶著哭腔說：「對方來得突然，咱們沒料著，槍枝人手不齊全，沒法子反撲出去，——對方究竟來了多少人，咱們不曉得，拉槍朝外衝，那更擔大風險了。」

「困守在這兒也不是辦法！」金幹說：「你得著人到馬棚去，火速備幾匹馬，派人衝出去，向孫老大求救，只要外頭有人應援，事情就好辦啦。」

「金大爺您忘啦？」衛時說：「朝北去，要經過筱應龍的駐地，他設上卡哨，把出路給封住了，說他不讓咱們通過，只消留難留難你，咱們就沒法子順順當當到得了北大廟。」

「那，這樣罷！」金幹想了一想說：「那就衝出去兜馬奔東北，到施家圩去求朱三爺，三麻子跟我還不算壞，他總不願見到金家老莊被蒿蘆集的人盤掉。」

「好罷。」衛時說：「我先下去備馬。」

手榴彈還在朝裏扔，方磚大院子被炸得稀乎爛，沿牆有好幾口醬缸，有一口被彈片炸得四分五裂，遍地都是碎缸瓦和黑色的醬汁，一個白鐵皮打成的、尖笠形的醬缸蓋子，叫炸飛到側院的門邊，硜呤硜呤的滾動著，一隻上窩的雞逃出了雞窩，飛落到醬缸當中載沉載浮，無力的拍搧著翅膀，唐太宗當年馬陷淤泥河，還有個薛仁貴捨命前去救駕，這隻雞可沒那種運氣，看樣子，只有等著變成一隻醬雞了。

衛時拎著匣槍跨出槍樓門，想冒險溜到側院的馬廄去備馬，他剛過跨院門跑不到五步地，一顆手榴彈正好落在馬廄外邊，把那一排橫木的欄杆炸倒了，五六匹馬掙脫了韁，咦律律的嘶叫著，迎著衛時奔突過來，衛時爲防手榴彈炸傷，剛好臥伏在地面上，當他聽到馬蹄潑響時，來不及爬起身子，只能抬起腦袋去看，看也沒看著，當先的馬蹄就踢在他的腦門上了，時間湊得那麼妙，簡直像是他把腦袋送到馬蹄上去似的。衛時脫口叫了半聲啊呀，彷彿有一顆手榴彈在他腦袋裏炸開了，砰的一聲巨響之後，天和地都變得漆黑無光了。而那些驚馬並不以此自得，奔到牆邊又旋風般的轉了回來，把仰躺著的衛時著著實實的踩踢了一番，不過，經此一番之後，衛時早已不在乎了。

馬沒備得成，金家的後宅又燒起大火來，那一排連接後院槍樓的舊草頂房舍，原是他們窩票的地方，後來改成隊部，沿牆打上長條的麥草通鋪，供他的手下人睡覺，那些簷口不及人高的草屋，甭說扔上火把，就是沾著一粒火星兒，也會燒得不可開交。

金幹著急的，並不是怕燒掉那排房舍，因為那房舍的一端，緊貼在側院那座槍樓的外壁上，槍樓雖是磚砌的，但每層樓的橫樑和樓板，卻都是乾透了的木料，萬一大火延燒到那一頭去，即使槍樓本身不著火，硬烘硬烤，也會把守在裏頭的烘焦烤黃了！目前情勢雖很危急，只要能保得住兩座槍樓，互為呼應，他自信還能亟力撐持，熬到天亮，但若側院那座槍樓不保，單靠這一座槍樓，那就更挺不住啦。

急歸急，誰敢出去救火呢？不過，金幹這一回又把他手下人的應變能力估低了，那些傢伙要比他想像的聰明得多，一瞧大火延燒過來，苗頭不對，槍樓上立刻挑出一面白被單，搖來搖去的權當降旗。外邊熄了槍火，吆喝著扔槍不打，聽到這種吆喝，裏頭的乖覺得很，一個個搶著朝外扔槍，同時打開槍樓門，雙手抱在頭上出來了。

側院那座槍樓裏，至少有十七八條槍守著，對方還沒衝破院牆，他們就已瓦解掉了！金幹只有乾瞪眼的份兒，他的那一挺七九大盤式俄造老爺機槍空架在槍樓頂上，卻無法開火，因爲槍射手看不見對方，——死角太多了！……側院瓦解後，對方立即壓向前面的槍樓來，口口聲聲喊著要活捉金幹，帶回去剝皮。

「孫老大若是聽見槍響不帶人下來應援，那就太不夠意思了！」金幹發怨聲說：「三股辮子去掉我姓金的這一股，南邊門戶大開，對他們也沒有好處。」

「金大爺，您瞧，三星快當頂了，」一個小頭目說：「下沙河離腳下這麼近，從響槍到現在，快馬能跑十個來回，我不信他們沒有聽見動靜！……咱們能逃，還是冒險脫身罷！」

金幹抬著臉瞧瞧，三星果然已移到正南方，天交三更尾，四更頭了。後屋的火業已掀掉房頂，逐漸轉黯，變成一片紫色的戰慄著的光，刺在人沉重的眼皮上。這光影，也透過槍眼，迴映到堡壁上，一閃一跳的，幻光裏仍看得見騰游的黑煙。他們朝前面壓過來了，他聽見一片碎瓦聲，估量著業已有人翻上二進屋的房脊，清脆的匣槍，一發接一發的打在槍樓磚壁上，受激飛開的流彈，發出尖銳的蟬鳴聲。

「金幹！咱們曉得你在槍樓裏！」一個聲音催逼說：「你自己乖乖的扔槍出來？還是要咱們用火將你燒得朝外爬！」

「那，機槍手！替我掃射！」金幹咆哮說。

七九大盤式的俄製機槍張嘴了，第一盤火打得還算順當，不過好景不長，沒一會兒，撥彈機就出了點兒小毛病，其實也沒卡膛，只是搖搖拍拍打出兩三發，搖搖拍拍又打出兩三發，好像打上了瘧疾——時冷時熱。

這種時冷時熱的打法，要是有準頭，多少還有些威力，偏偏打得又不準，所以，根本擋不住打四面朝上湧的攻撲，一剎功夫，手榴彈便又在槍樓頂上炸開了。正在要命的辰光，外邊響了一陣螺角，攻撲頓然停止，那些突擊者趁著五更暗夜，像一陣旋風似的退走了。

即使這樣，守在槍樓的金幹仍然提心吊膽困熬著，擔心對方是否真的退走？直到天色大亮，他才敢帶著人槍出來查看。

對於蒿蘆集來說，這一火只是牛刀小試，但僞保安團的金大隊可已經是頭焦額爛，槍枝人頭損失了將近一半，中隊長衛時被馬蹄踢得不成人樣，突擊隊將俘虜用繩索捆成幾串，牽到牛胡莊訓完話，全都釋放了回來，那些俘虜的臉上，全都被抹上了黑黑的鍋煙灰。

金幹查看馬棚子，他飼養的十多匹馬，叫手榴彈炸死三匹，有一匹肚腹炸破了，拖出一灘腸子，躺在地上還沒斷氣，其餘的估量都被對方牽走了。

「對方究竟是不是蒿蘆集的？一共來了多少人？」他抓住一個被釋回的傢伙問說。

「他們是蒿蘆集新編一支隊的！」那傢伙說：「人並不多，一共還不到卅個人，由一個黑塔似的大個兒領著，他們都管他叫鄭支隊長。」

「這就怪了？」金幹困惑起來：「蒿蘆集上，那來這麼姓鄭的黑大漢？我可從沒聽說過。……他跟你們說些什麼來著？」

「他起先很兇。」另一個結結巴巴的說：「他罵咱們當漢奸，做走狗，不要臉皮，拎了幾口鍋翻放在地上說：『你們這些不要臉的，替我逐個兒跪在地上，自己把臉給抹黑。』……咱們都抹黑了臉，坐在麥場上聽他訓話，他說：『我不殺你們，也不扣留你們！

只要你們記住，下一回碰上我，一喊扔槍你們就扔，你們可聽懂了？』……咱們齊聲說：『懂了！』他就把咱們全放啦！」

「好哇！你們這些王八操的！」金幹惱火了，飛腳踢說：「你們扔槍像扔燒火棍似的，也沒想想，哪支槍不是老子花錢買來的，讓你們扛去白送禮？」

「不不不，不是的，金大爺！」被踢的那個說：「您不是不曉得，火燒成那種樣子，濃煙熏得人睜不開眼，透不過氣，若是不扔槍，您不單沒了槍，連人也沒了，那可了是更虧本嗎？」

「甭說了！」金幹說：「吊死鬼賣春，你們是死活不要臉，屎不撥弄不臭，你們替我閉上鳥嘴算了！」

那些被釋回的黑臉把嘴閉上，金幹想一想，自己卻忍不住發起牢騷來：「他媽的，這個熊保安團，越發沒幹頭！鬼子在上沙河沒發一槍一炮，還好說是路遠沒聽見動靜，咱們那位孫老大，雖是沒有耳朵，但總還有耳朵眼兒在，他難道也扯得上沒聽到？……我這就得到鎮上去，當面問他一個明白，看他是不是存心要把我玩栽掉了！」

金幹嘴說到鎮上去，人還沒有動身，孫小敗壞卻帶著筱應龍、朱三麻子、葉大個兒、歪毛兒一大群趕的來了，孫小敗壞一見著失神落魄的金幹，就搶步上前拍著他兩邊肩膀，叫說：

「好兄弟，這一夜乒乒五四的這場惡火，使你受了大委屈了！不過，金大隊還能單獨挺得住，足見兄弟你不愧是一把手。」

沒等金幹開腔，朱三麻子接著說：

「聽著動靜時，老大正跟黃督辦他們聊天，我跟筱兄弟都在場，當時就打算糾合人槍過來應援的，誰知有人報密，說蒿蘆集的大隊已拉到下沙河西的圩子外面，天黑情勢混亂，老大他才決定各守各的地盤，等天亮再說，怕咱們一拉動，連下沙河也被他們給搗了！」

朱三麻子說來道理十足，金幹儘管氣得臉色發青，也不方便當面發作出來，咬著牙，鼻孔嘆出氣來說：

「事情過去了，我這個大隊也叫人家操翻了觔斗了，我有的說也變成沒的說了！但，蒿蘆集這回打我，下回不知該輪著誰倒霉了？難道也是各顧各嗎？」

金幹這麼一提，大夥兒都覺有些毛的慌，蒿蘆集早先沒有來過，但這回業已顯出了顏色，俗說：有一必有二，誰知他們會在何時發動第二回突擊來著？幾個傢伙一商議，孫小敗壞決定把人槍集中，除了著朱三麻子以一個中隊分屯施家圩之外，其餘各股人，一律駐守下沙河本鎮，同時加緊防備對方夜襲。

不過，蒿蘆集的第二次突襲很快又來了，孫小敗壞把精神用來防備夜晚，對方卻像摸透了小敗壞的心思似的，忽然改變了方式，把這場突擊改到大白天趕集的時辰，就在北大街的人潮裏，捱近孫小敗壞團部不遠的地方，猝然發動了。

秋節前的朗晴天，四鄉來了眾多趕集的，把下沙河鎮擠得滿滿的，不但是孫小敗壞料不到會出事，他的手底下，沒有一個人相信蒿蘆集的人竟敢在白天混進下沙河來，正因沒有這種想法，所以也就沒有防備。

那天上午，集市上業已擠滿了人，孫小敗壞還摟著活馬三在熱被窩裏睡懶覺，忽然有人慌急的擂門喊報告，聲音啞得像遭了雷劈：

「不好啦，團長老爺……街上街上……起亂子啦！咱們團裏的弟兄，不知爲了什麼事？被人從小吃館裏揪出來，四五根扁擔劈頭亂舞，打扁了！」

「怎麼著？連這些泥腿莊稼漢子也想造反？」孫小敗壞罵說：「你也太草包了。這種屁大的事，也値得這樣大驚小怪？叫幾根槍去把鬧事的亂民押來就是了！」

「大老爺，咱了帶槍去壓，沒壓住！——對方也把匣槍亮出來啦，您聽，這不是開上火了？」

孫小敗壞再聽，可不是乒乓響槍，真的打起來了！

「照這麼說，他們不是莊稼漢子？」

「您還是快點兒穿上衣裳罷，」那個說：「他們全是蒿蘆集來的，混在趕集的人群裏。認也認不出來，誰知他們究竟來了多少？」

一聽說蒿蘆集來的人，孫小敗壞兩隻耳朵眼嗡的一聲，大魂閃乎些從頂上冒走掉，嘴裏罵罵咧咧的生著氣，渾身卻抖抖索索的像發了瘧疾。

「快找幾個大隊長，帶槍到街上去抓人！」他說：「豈有此理，大白天，拉屎拉到人臉上來了！」

孫小敗壞還沒有走出北大廟，整個下沙河鎭的前街後街以及很多條小巷裏都起了大混戰，由於防守南邊的筱應龍和防守西面的金幹一開始就下令關閉圩門，街上炸了集，打四鄉湧來趕集的百姓逃不出去，街上的情勢就更顯得混亂。

在前街的各酒館、賭場和茶樓裏，原有許多僞保安團的兵士留連著，金幹、葉大個兒、朱三麻子，也都待在一家酒館裏，對方的突擊隊最先並沒拉槍露面，只因筱應龍手下有兩個邪皮，調戲一個挑擔子賣碗攤販的閨女，那賣碗的上前去理論，兩個邪皮惱羞成怒，使槍托一頓亂搗，把一整擔的磁碗全給砸爛了不說，更施蠻耍橫，要把那閨女拖進炮樓去，跟那碗販說：

「你的閨女還是你的閨女，咱們只是借去用一用，用完了還給你。」

閨女尖聲嚎叫和那碗販苦苦哀求，都沒能說軟那兩個邪皮的心腸，反而用槍托把那碗販打倒在那攤碎碗瓷上，這一來，旁邊的人起了公憤，一聲喊打，就上來五六根扁擔，兩個傢伙的槍被打落，其中一個當場砸成肉餅，另一個被逼到牆角，跪地求饒。這當口，筱大隊的僞軍得著消息，拉了十多條槍過來鎮壓，先開槍把碗販打死了，人群裏突然有人拔出匣槍，一個雙響打倒兩個僞軍，他一面放槍，一面對人群叫喊說：

「諸位鄉親不要驚慌，咱們是蒿蘆集的人，這回突擊下沙河，是漢子，抄起傢伙，跟著咱們，殺盡這幫漢奸狗腿子，老弱婦孺，找地方蹲身避一避，槍子兒呼呼不長眼，免得刮著受傷。」

筱應龍的人槍追逐那個開槍的漢子，人群裏又有更多人拔出匣槍來，一剎時，前街後巷，到處都像放連珠炮似的響著槍；人群太多，一遇著這種驚天動地的突變，頓時亂成一團，大夥兒有的避進民宅，有的擠進沿街的店面，還有的沒地方好躲，只能儘量捱身貼緊在走廊的廊柱下面和門壁旁邊。

筱應龍拎著匣槍，帶了一大群人在大街上抓那些突擊隊，趕集的百姓那麼多，誰是突擊隊呢？臉朝著他們時，那些人個個都是老百姓，一掉臉，那些老百姓也都變成突擊隊了！

槍戰一直不斷的這樣進行，筱大隊橫屍在街上的，轉眼已有十好幾個，有些是被突擊隊開槍打死的，有些卻是在後巷子落了單，被趕集的百姓用磚塊、車棍砸死的，筱應龍正覺得鎮不住的時刻，朱三麻子也把人槍帶到大街上來了，大槍上了刺刀，喝令街兩邊的百姓把手舉在頭上，凡是年紀輕些的漢子，都逐一搜身，他這樣一來，大街上才略爲安靜了一些。

等到做團長的孫小敗壞出來，突擊隊業已衝破西南角，拉槍退走了。

這一回，突擊的時間很短，孫團各部的損失也不太重，一共也不過倒下廿多個人，並沒丟失什麼槍枝。朱三麻子在一家茶店裏，打死了一個突擊隊員，因爲那人在朱三麻子率眾沿街搜身時，悄悄退進茶食店，朱三麻子眼尖，一個箭步竄過去，一把揪住那人的衣領，另一隻手朝下襠抄過去，那人襠裏夾著一支精肚匣槍，正待掏出來，朱三麻子死命抓住對方的胳膊，不容他有掏槍的機會，兩個人一路糾纏著，翻滾著，從櫃台外打到櫃裏，又從櫃台裏滾至內廳，那人終於把摘出的匣槍擦上了火，但朱麻子扭住那人的腕子，使他兩發子彈打穿了屋頂，那人的力氣不如朱三麻子，被三麻子推得貼在牆上，招呼左右的人用刺刀捅戳，硬把那漢子兩脅戳出好多血窟窿。

此外，筱應龍也略有所斬獲，他率槍追趕兩個拎匣槍的，追到西塘邊小土地廟附近，那兩個漢子的槍火打光了，把槍扔進塘裏去，叫筱應龍攫住，捆送到北大廟去。孫小敗壞也不理會那兩個人喊冤枉，先著人把兩個捆到廟柱上，說是等他審出口供，就把他們給拖去埋掉。……守西圩一帶的金幹，抓住的更多，但凡是趕集的百姓他覺得可疑的，他都把他們捆住，不找保就不放人。

「我說老大，蒿蘆集這夥人，膽子可是越玩越大了！」金幹說：「這樣零敲麥芽糖，用不了幾回，咱們手上的人槍就被他們敲光了！您非及早拿出妥當的主意對付他們不可！」

「有什麼主意好拿呢？」孫小敗壞說：「除非把蒿蘆集猖獗的情形，向上沙河鎮的松下報告，但是，松上那個鬼傢伙根本不通氣，你一向他報告這些，他反而會說咱們無能。」

「我倒有個主意，」葉大個兒說：「咱們何不央託毛所長進城，通過陸翻譯，直接去佐佐木面前煽火，讓鬼子來替咱們出氣。」

「不錯，」孫小敗壞拍著大腿說：「這事行得通！咱們跟毛陶兒的交情不算壞，這個忙他該幫得，何況目前他也駐這兒，跟咱們一樣擔風險，他就不爲咱們，也該爲他自己著想。」

毛陶兒極願幫著孫小敗壞去說話，因爲這次白晝突襲，他的駐在所首先受到波及，有人扔進一顆手榴彈，炸傷了替他揹匣槍的黑狗。他隔鄰的田糧徵收處也挨了一顆，但是沒有爆炸，即使沒爆，也使肥胖的田步滿受了傷，因爲那個沉重的鐵玩意，打中了田步滿的脊背，使他一路爬著喊爹叫媽。

孫小敗壞拜託了毛陶兒，轉過頭審問那兩個突擊隊，那兩個傢伙硬得很，刀架在脖子上死逼，他們還是那句話；凡事都回不知道！小敗壞差人把他們押到西門外去埋，誰知一出西門，就被人把兩個人犯截走了，倒貼上兩個埋人的人。

他們這才曉得，蒿蘆集的游擊隊的勢力，一真擴展到下沙河的土圩子外面，使他們變成一隻只能縮在甲殼裏的烏龜。

第十章・汪政府出台

到了深秋風季，砂飛石走的風日夜呼嘯著，迷眼的黃沙煙，籠蓋了上下沙河這兩座灰色的鎮集，孫小敗壞愈是縮伏不動，愈顯出蒿蘆集那批人的活躍來，他們不但經常襲擊下沙河的僞軍，更利用夜暗，擾襲鬼子松下的防地。有些特殊的夜襲，經過當地百姓在暗中悄悄傳講，繪聲繪色之外，再加上一份誇張，簡直就變成傳奇性的神話了。

有一夜起大風，鬼子松下中隊的炮樓外面響起螺角，鬼子的崗哨看見遠處漆黑的野地上，到處都是火把的亮光，同時，機槍和步槍都朝炮樓這邊猛射。松下惱火萬分，下令開炮轟打。

鬼子的小鋼炮，轟嘩轟嘩的朝那邊連著掀，遠近的地面都起了搖晃，這樣轟了兩個更次，少說也耗了幾百發炮彈，松下站在堡頂上朝外眺看，那許多火把，仍然零零落落的亮著。他這才發現受了騙，那些火把都是插在地上的。

當松下把精神用在防止夜襲時，上沙河安靜得連狗都睡不醒。突然有一天，替松下中隊運補給的輸送車隊，在半路遇上了伏擊，好幾輛卡車掉進陷阱，又中了集束手榴彈，起火燃燒，使若干押車的鬼子變成黑炭；這樣一來，松下中隊不得不派兵去護路，游擊隊卻又竄回來，真的襲擊上沙河，放火燒掉鬼子的馬廄。……這種說大不大，說小不小的襲擊，一直沒有斷過，而且有著變不盡的花樣，這些奇特的襲擊方法，多半是松下大尉從沒有遇著過的，他們用巨大的竹竿做彈簧，用浸滿桐油的棉花球當彈子，點上火彈射，這種紅火球呼啦呼啦的飛過天空，能隔著幾百尺遠，飛落進日軍的陣地。他們會用繩床架子，覆上六七床濕了水的厚棉被，做成防彈板，掩護他們趁夜挖坑，逼近日軍外圍碉堡，再用手榴彈塞進碉孔去爆炸。他們化裝成一般百姓，以牛車載運糧草進入上沙河，牛車肚子底下捆著槍枝。日軍無論是巡邏或是放哨，都不能落單，一落單就會突然失蹤，再也找不著了。

「巴格牙魯！」松下咬牙切齒的罵著。

光罵也於事無補，游擊隊的消息極為靈通，大小事件似都經過精密籌劃和細心計算，從來沒有失手過，這使松下連孫小敗壞那股人是否靠得住也懷疑起來了。

這一年的冬天，蒿蘆集的行動極為順利，由縣城通向上下沙河的公路，經常被破壞得無法通車，新豎立的電桿經常被炸斷，使松下中隊和偽保安團陷入孤立的被圍困狀態。

天落大雪的時辰，神秘的董四寡婦突然來到了下沙河，跟孫小敗壞兩個人，關上門密談起來。

「我的老姑奶奶，妳這一向都上哪兒了？」孫小敗壞說：「如今我正走霉運，槍枝人頭，補的還不及耗的多，松下大尉受了攻擊，把一腔子怨氣都發在我的頭上，弄得我有苦沒處說，若不是佐佐木還算通氣，我這個熊團長，早就垮桿啦！」

孫小敗壞用訴苦的腔調，把這半年來蒿蘆集活躍的情形說了一番，董四寡婦說：

「你們連鬼子在內，全是些木頭人，閉上兩眼，捂住耳朵跟旁人鬥，怎能鬥得贏人家？……你以為蒿蘆集只是地方上的一些鄉團鄉隊，和你們一樣的，儘是些木牛木馬？人家老中央的情報單位有人在裏頭策運不說，那個黑大漢鄭強，原是中央五十七軍的軍官，你哪兒是他們的對手？」

「竟有這等事兒？」孫小敗壞的心，不由朝下一沉：「窪野那一火，五十七軍最後一個連，不是早就熬光了麼？他們哪還有人活在這兒？」

望著董四寡婦臉上那種撲朔迷離的笑意，孫小敗壞不禁想起當初那宗謀奪槍枝，坑害掉一群中央士兵的案子來，這是他久想忘卻的事，但這卻像一塊烙在心上的老疤痕，永也無法忘卻。在當時，總以為得著那些槍，便能很快的在黑道上竄起，壓倒蒿蘆集，獨霸一方，如今，兩年過去了，自己也領了鬼子的番號，槍枝人頭多過當初所夢想的很多，但這又怎樣呢？一樣提心吊膽放不開，這山望著那山高，人，總它媽的不如意。

「也許只是謠傳罷？」董四寡婦壓低聲音說：「據傳窪野那一戰，中央的岳連長並沒有死，他身中好幾槍，昏厥過去，他的排長把他揹離戰場，當地老百姓又把他們送進了縣城的醫院，……如今他們都回到蒿蘆集，那邊的游擊隊，就是由他們訓練的。」

「啊，妳這一說，我可就明白了！」孫小敗壞噓了一口氣說：「怪不得蒿蘆集最近的打法跟他們早先的打法不一樣！原來他們有了行家。」

「他們不但領兵打仗有了行家，」董四寡婦說：「而且，那個黃臉老潘，就是中央的特派員，他經常留在縣城裏，你們的一切，蒿蘆集全瞭如指掌，雙方開起火來，對方哪有不贏的？」

孫小敗壞點點頭，認真想著說：

「不錯，早先確有那麼個老潘，也常到上下沙河來賣豬賣酒，這個人，我在賭桌上見過，他不是跑單幫，混碼頭的嗎？」

「是啊！」董四寡婦恨聲的說：「我說的，就是那個老潘，那傢伙跟我作對，可不是一天了！尤獨是這一回，我先訂下的一批槍枝，卻都被他用高價挖了去，運往蒿蘆集去了！……更可惡的是張得廣那傢伙，他明明曉得老潘的身分，卻不動手抓他，咱們若是聽著蒿蘆集進槍進火，他們就越滾越大了。」

「可惜我沒抓著憑據，」孫小敗壞說：「要不然，告密告到佐佐木那兒去，整倒張得廣，正是個機會！」

「告黑狀哪還要什麼憑據？」董四寡婦笑起來：「若真要憑據，佐佐木他自己也會找啊！」

「我得想想辦法，」孫小敗壞說：「最好連張得廣和那黃臉老潘，來它個一網打盡！說真話，我帶著人槍，被困在下沙河打不開局面，長此下去，也總不是個辦法，非得動一動不可。」

「動一動是沒錯的，」董四寡婦說：「在鬼子這方面，局面早晚也會有變動，他們老早就喊著以華制華，也成立過北方的『臨時政府』和『維新政府』，如今，他們正積極湊合人頭，要在南京成立新的政府，像你們這些縣保安團，原是維持會所屬的地方團隊，團長業已頂了天，沒有什麼好發展的了；假如鬼子在南京弄出新政府來，把你們換番號，一改編，那可就有了苗頭，你有本錢在手裏，一升就是旅長啦。」

這一回，董四寡婦並沒停留，她爲孫小敗壞帶來許多消息，也替他畫出升官發財的遠景，當然，她的道理是可以引申的，孫小敗壞想升官，就得買槍添火湊合人頭，買槍添火，就得要跟四寡婦做交易，他斂聚的錢，只消在槍火合同上劃個十字，就流到董四寡婦的荷包裏去了。

四寡婦經過下沙河，慫弄孫小敗壞買槍添火，設法捉拿黃臉老潘的事，很快就傳到寓居大興客棧的黃督辦的耳朵裏，在這些日子，下沙河鎭孫小敗壞那些人一聚頭，就談論起老中央的軍官幫著蒿蘆集練兵的事，可見自己跟喬奇排長的行蹤，或多或少的露了些底兒了！……這事由董四寡婦的嘴裏說出來，足見這個女人有她刨底挖根的能耐，也由此看得出她圖謀蒿蘆集的用心，她是明明顯顯的使用借刀殺人的方法，唆使各地僞軍一致對付蒿蘆集來的了！按照日軍的氣燄，這場戰爭還得有幾年好打，蒿蘆集的處境，也會越來越艱難，自己在下沙河打聽日僞內部消息，供給喬奇出擊，這方法固然很好，但絕非長久之計，時間再拖下去，孫小敗壞終會懷疑到自己頭上來的。

轉眼又到滴水成冰的大寒天了，風雪一鎖住道路，陷區的這些鄉集上，就顯得分外肅殺蕭條，連外界流來的消息，也幾幾乎被隔絕了，不過，孫小敗壞確乎買通了歪毛，一面透過翻譯陸小霸，在佐佐木面前告了張得廣的黑狀，一面用迅雷不及掩耳的手段，把緝私大隊派在下沙河的這個分隊繳了械，把張得廣的姪兒張敘川扣押，對松下大尉說是張敘川勾通蒿蘆集，非得槍斃不可，說斃人，立時就斃，可憐張敘川臨死還不知是怎麼死的？

縣城有人下來，在大興客棧說起張得廣也叫鬼子憲兵攫了去，先來一頓大摔包，再唆狼狗咬，逼他交出他跟黃臉老潘的關係來，張得廣說不出於其然，佐佐木便把他裝進麻袋，墜上石塊扔下了河，他的緝私大隊長的職務，改由胡三的兄弟胡四接替了。

而佐佐木要抓的老潘，卻一直沒有抓著。

孫小敗壞找藉口斃掉張敘川，又用告黑狀的方法整倒了威脅他後背的張得廣，總說應該得意了，但在新的局面沒形成之前，齊申之仍舊是他的上司，他原力荐葉大個兒去接緝私大隊長，好鉗住胡三，誰知姓齊的把這個缺安排給了胡四，使胡三兄弟倆白撿了便宜，這樣一來，使他更不得安心，他覺得胡三胡四弟兄倆原就很難對付，何況乎他們已把張得廣的全部人槍都握在手裏，日後就是正面火併，他也沒有必勝的把握。

若干煩惱困惑著他，孫小敗壞的舉措變得很瘋狂了，他集中人槍到四鄉去濫抓人，抓著年輕泥腿的漢子，一律當成蒿蘆集的游擊隊，三五成群的拖出去遊街，然後把他們槍斃掉，三天兩日貼出一張槍斃的佈告，在當中劃個紅的「戒」字，好像唯有用這種血腥的鎮壓方法，能治療他長期煩惱失眠的病症。

「我它媽不相信，我殺不光這些搗亂份子！」他皺著眉毛說。孫小敗壞濫殺人，還不願白殺，每次下鄉去抓人，他就要對上下沙河的百姓開徵保民稅，表示他之掃蕩四鄉，全是爲了保民才幹的。

有一回，夏皋中隊裏有個趙侉子，出發後帶回來一顆血淋淋的人頭，他把這顆人頭放在大興客棧的櫃檯上，逼著嚴掌櫃的，要他拿出十塊大洋，若拿不出洋錢來，這顆人頭就不准動。嚴掌櫃的沒辦法，只好拿出十塊大洋，又請這些凶神惡煞喝酒，他們才肯把這顆人頭拎走，又去訛詐別家。

「我說，黃大爺，您是親眼看到的，孫小敗壞的保安團，變本加厲的胡作非爲，實在叫人忍不下去了！……陷區百姓過的，哪還是人過的日子？難道咱們就這樣眼睜睜的看著他們這樣橫行！」

「天亮之前，總會黑一黑的，」黃世昌嘆口氣說：「人到像小敗壞這樣瘋狂的時刻，也就離敗亡不遠了！不過，這一陣子黑，看來非咬牙苦忍不可……依我料想，天時一轉暖，可能就是鬼子大舉攻撲蒿蘆集的時辰！」

化名黃世昌的岳連長沒有料錯，開春不久，鬼子正式宣佈在南京成立了僞國民政府，以大漢奸汪兆銘出面擔任主席，各地維持會撤消，改爲縣政府，保安團一律改編爲和平軍，爲了慶祝這個傀儡政府開鑼，鬼子抽調了整整一個師團的兵力，計劃用一個月的時間，大舉掃蕩各游擊區，完成所謂完全的佔領，分配到蘇北一個聯隊，專門用以佔領蒿蘆集，這個聯隊，在四月初便開拔到上下沙河鎮來了。

「嘿嘿，」孫小敗壞接完了差，召聚他手下的頭目說：「老子當年不知受蒿蘆集多少冤氣，等著這一天，可等得夠久了！這回鬼子攻打蒿蘆集，老子願意領頭，去砍喬恩貴的腦袋，拔掉趙岫谷那老頭兒的鬍子！」

當孫小敗壞這夥人興高采烈的辰光，一直寓居下沙河大興客棧的黃世昌卻悄悄的離開了那裏，繞道青石井，逕回蒿蘆集來了。對於鬼子佔領蒿蘆集的行動計劃，岳連長業已從鬼子下達給孫小敗壞的命令裏得到個梗概，他一到蒿蘆集，就和趙岫老、喬恩貴、喬奇、趙澤民研究，暫時把集市上的民眾撤退，放棄這個集鎮，等到鬼子的聯隊退走，將蒿蘆集防務交給孫小敗壞時，再作相機反撲的打算，這樣，避免和鬼子大部隊決戰，可以減少槍枝人員的損失，使得鬼子除了佔領一個空集鎮外，別無所得。

「事實上，咱們正怕孫小敗壞不過來，」他說：「孫小敗壞若真移駐蒿蘆集，離開鬼子更遠，他就更形孤單，使咱們有更多的機會吃掉他！」

「對，」喬恩貴鄉長說：「既然時間很迫促了，咱們就按照您的意思辦，連夜把住民撤出去，好在這批攻撲蒿蘆集的鬼子，只是臨時抽調來的，限期一過，他們就得開拔，孫小敗壞那夥子毛人，並不在咱們眼下，到他單獨駐屯時，咱們進出蒿蘆集，還不像走大路一樣的方便？」

時間真的夠緊迫的，蒿蘆集上的軍民趕夜撤離那裏，到二天早晨，鬼子的松下中隊就已經糾合孫小敗壞的隊伍，作爲攻撲的先頭，開始炮轟蒿蘆集撤空了的市街，引發了一場無人施救的大火。鬼子的杉內聯隊跟在松下中隊的後面，根本沒經作戰，就浩浩蕩蕩的開進了餘火未盡的蒿蘆集。

「好哇！」領著衛隊進了蒿蘆集大街的沒耳朵孫，得意揚揚的跟筱應龍和金幹說：「趙岫谷苦心經營了多年的老窩巢，沒想到幾炮一轟，就叫轟跑了！一個松下中隊他們都挺不住，看樣子，佐佐木向上頭請調杉內聯隊來，真有些脫褲子放屁呢！」

正因杉內聯隊兵不血刃就把蒿蘆集給佔領了，聯隊長杉內又是好大喜功的人，所以他決定在限期內把隊伍開下鄉去，十足的亮亮威，多燒幾個莊子，多拎幾個人頭，表示他的隊伍徹底清鄉，把搗亂的毛猴子統統給抓來砍掉了，不過，杉內清鄉的方向有了點問題，他並沒直朝西指，去追擊蒿蘆集那兩個抗日的游擊支隊，卻轉向西北，越過大溝，直搗燕塘高地去了。

土共頭目黃楚郎正接待了董四寡婦，等著看蒿蘆集的笑話，他們根本沒料著鬼子杉內聯隊會來這一手，因為黃楚郎早跟孫小敗壞有過默契，照平常狀況，鬼子下鄉都是由二黃領路的，哪曉得這回卻豁了邊？孫小敗壞還沒來得及差人去通知，鬼子的炮兵和馬隊，就已踩踏過大片的罌粟花田，朝燕塘那一帶開炮猛轟了。

杉內聯隊大肆蹂躪燕塘的第二天夜晚，董四寡婦、黃楚郎和胡大吹那一夥人，都夾在難民群裏，悄悄逃到蒿蘆集孫小敗壞新設的團部裏來了。

「我說，孫老大，這回你真太不夠意思了！」黃楚郎一見沒耳朵孫，就馬下臉來抱怨說：「平常我哪兒對不起你，煙土成麻包的朝這邊送，讓你統買統銷，賺得飽飽的，你怎麼慫恿鬼子下去搗我的老窩來？」

「哎呀，黃大哥，您息息氣好不好？」孫小敗壞苦著臉說：「你這樣責怨我，我真是天大的冤枉，……您要曉得，像佐佐木和松下，他們都是家鬼，比較能說得上話，杉內聯隊不是駐防軍，算是臨時調來的野鬼，連佐佐木也調度不了他們，我有什麼辦法？」

「你沒辦法團哄那些野鬼，咱們可就慘兮兮了！」董四寡婦說：「這一季罌粟，幸虧早採過了漿，但咱們囤積的那些煙土，全叫大火燒光啦！」

「甭著急，我的老嫂子。」孫小敗壞用肉感的親暱聲：「如今不比從前啦，我孫某人坐穩了蒿蘆集，哪會眼睜睜瞧著妳吃虧的道理？那兒是個大集鎮，妳來開兩處煙館，不就很快賺回去了嗎？」

正如孫小敗壞所形容的，杉內聯隊那群野鬼，姦淫燒殺鬧了廿多天，把蒿蘆集附近鬧得天翻地覆，有些鬼子弄到大疊的冥紙幣，上面明明印有「四川酆都銀行」的字樣，他們偏偏要拿它當錢使，當地的百姓又不敢說那是鬼錢，只好拿他們當鬼待，照樣收下來，背地裏焚燒掉，咀咒這些鬼子早死早超生。有些鬼子患了變態狂、專門姦淫老婦人，受辱的老婦有投繯上吊的，也有吞金服毒的，有幾個色情狂的日軍到了一處村落，勒逼女人脫光身子橫躺在地上，他們在那裸婦的肚皮上打紙牌消遣；還有更多殘虐和歹毒的殺人爲樂的事，使傳講的人都吞淚咬牙。

而孫小敗壞對鬼子的舉措，顯得絲毫無所謂，他跟筱應龍和金幹說：

「讓蒿蘆集附近的人都罵我好了！我它媽是橫豎戒不了大五葷，修不成正果的壞蛋了，我它媽想修行也不當著他們的面修行，這些年來，我恨透了蒿蘆集這一帶的人，連做夢都在挫牙……讓他們也在我孫某眼下應一應劫，我看這都是活該！」

眼看四鄉的人被鬼子姦淫燒殺，孫小敗壞還覺不夠洩恨，又縱容他的隊伍四出去搶劫擄掠。

「這些人，跟我蹩在下沙河這麼久，糧沒糧，餉沒餉的窮熬，如今打開了蒿蘆集，老子要他們來個自拿錢，也肥上一肥！」

孫部這麼一開搶，四鄉沒來得及退走的老民百姓可慘了，金銀財寶是沒有的，孫小敗壞手下那些灰老鼠，個個都長著尖牙，什麼東西都對上他們的口味，有的揹走了人家的糧食種子，有的牽來人家狗大的驢駒兒，還有扒活人衣裳的，脫死人鞋襪的，更有些傢伙，把錫壺都搶來賣破爛。

開搶了兩三天，也不知是哪一股，竟然把孫小敗壞的老家，——孫家驢店也給劫了。

孫小敗壞是在孫家驢店根生土長的人，牽牽掛掛，扯扯拉拉，有一大串親戚故舊，這些人因爲不齒小敗壞平素爲人，一向很少和他來往，自打小敗壞投靠鬼子，當上了漢奸，他的那些三親六故更和他斷絕了。這回孫小敗壞引領鬼子佔據了蒿蘆集，他的這些親戚們集議過，莫說他當了僞團長，就是當了僞旅長，也沒人願意沾他半分光，他們總在想，孫小敗壞再狠毒，也不至於欺逼到孫家驢店附近來的。

誰知這個算盤並沒撥準，孫小敗壞的手下，居然就搶到孫家驢店來了，這些人先搶驢店背後一排住戶，搶的個精大光，連煮飯的鐵鍋也照拎不誤。然後轉到東南拐的唐家莊，首先抄劫唐二爺的家宅，那個唐二嬸是孫家的姑娘，算起來是小敗壞的親堂姑媽。

那夥僞軍吆吆喝喝的闖進宅子，使槍托一頓亂搗，遇著略爲看得上眼的東西，伸手就拿，有個三角眼的傢伙使腳踢開木籠子，籠裏飛出三四隻透肥的雞，三角眼叫喚他的同夥一道兒攆雞，雞朝後屋跑，那幾個跟著追，追到二進屋的過道那兒，一個老太婆圍著圍裙，兩手叉腰把人給攔住了。

「你們這些鬼，是打哪個亂葬坑跑出來的？扛著槍，就成了兇神惡煞了嗎？」那個老太婆翻著眼，恨聲的罵開了：「你們犯了惡狗星？好好的要攆這些雞？」

「咦？這個老殼子，怎麼這樣兇？」三角眼說：「妳的雞，老子吃不得？」

「你們是土匪？」老太婆抗聲說：「你們仗著誰的勢，公然打家劫舍？」

「咱們是跟孫大爺幹的！」一個說：「妳的這隻雞，咱們吃定了，有本事，妳到蒿蘆集去找孫團長好了！」那個說著，上前把老太婆杈開，又去攆雞。

唐二嬸一聽來的是孫小敗壞的隊伍，氣得咬牙跺腳，直罵說：

「好哇！死沒耳朵小天殺的東西，六親不認倒也罷了！怎敢唆使手下來打劫我？今天我拚著老命不要，也非到蒿蘆集去，當面問他一個明白不可！」

那些傢伙一肚子饞蟲，哪還理會一個老太婆的窮嘀咕？摸著木棍一頓橫砸，把活雞砸成死雞，灌進麻袋拎走了，不久，他們就搶劫孫家驢店對面的尼姑庵，扛走了她們裝有香火費的錢櫃，還把一隻豬屎泡套在老尼姑的頭上，差點把老尼姑悶死掉。

他們這樣一搶劫不怎樣，可把孫小敗壞的三親六故全給搶遍了，唐二嬸忍不下這口氣，糾合十幾個孫小敗壞的長輩，一直鬧到孫小敗壞的團部門口來了。

「沒耳朵的，小砍頭的，你替我滾出來回話！」唐二嬸跳腳嚷罵說：「孫家祖上作孽啦，燒香燒到廟後去啦，生你這個沒出息的邪貨，你以爲你衣錦榮歸了，就作威作福當了官強盜。」

「小敗壞，我是你舅公，」另一個白鬍老頭子說：「咱們沒拖你欠你的，你就是討債，也不作興這樣討法！俗說：兔子不吃窩邊草，你就差刨起祖墳賣棺材了！」

孫小敗壞被這些老人一頓臭罵罵了出來，打躬作揖，滿臉堆笑，大舅公、二姑媽的呼喚著說：

「諸位老長輩，大爺二姑媽，我哪兒得罪了你們，儘管說，不要罵得這麼血淋淋的，好不好？」

「你還在裝個什麼佯？」唐二孀說：「你的人闖到孫家驢店，把咱們都給搶啦！」

「啊！有這等事情？……這都怪我，怪我當時沒交代清楚，這完全是個誤會。」孫小敗壞厚著臉說：「諸位能否把損失的東西，列個單子下來，我集合底下，替你們逐一追回來，萬一追不齊全，我包賠。」

「你要弄明白，小敗壞，」唐二孀說：「咱們老遠跑來，倒不是追贓來的，只要問問你，你手下當土匪，搶劫你的三親六故，是不是你唆使的？」

「我的二姑媽，我哪兒敢？」

「既不是你唆使的，你總該管一管了?!」

「我管，我管！」孫小敗壞沒口的答應說：「這些搶劫孫家驢店的傢伙，我一定要追查明白，揪出幾個來砍腦袋，把人頭掛給你們瞧瞧！」

這一回，孫小敗壞說的倒是真話，他有他的聰明，自覺假如不辦幾個人，得罪這些窮親戚倒在其次，這些搶紅了眼的傢伙，真能把自己的祖墳給刨掉，當上團長，若連家窩也保不了，傳出去讓旁人笑話，那豈不是丟盡自己的面子了嗎？

好不容易把他大舅公、二姑媽團哄走了，他立即召集全團到他新設的團部——趙岫谷的宅子面前，席地圍成個大圓圈兒，他爬上石骨碌去，連訓帶罵說：

「我把你們這些瞎了眼的混球！我帶你們來到蒿蘆集，放你們的假，要你們手上略爲寬鬆點兒，誰知你們搶紅了眼，把老子的家窩——孫家驢店也給搗翻啦……我就是沒交代，你們難道也耳塞驢毛，不曉得我是哪兒的人嗎？這好，你們把老子的大舅公、二姑媽、三叔、四嬸……全給搶掉了，他們鬧到我的團部來，大嚷大叫的壞了我的名聲，這本賬，該怎麼算法？」

「老大，你先息息氣。」筱應龍說：「大水沖倒龍王廟的事，並不是沒有過，咱們各大隊回去查一查，凡是在孫家驢店順手牽羊弄來的，逐一退還也就是了！」

「這不成！」孫小敗壞惱火說：「這回我得辦幾個人，我不能讓我家窩的人罵我是土匪，……旁人罵，不要緊，搶，也它媽要搶得有分寸，分個三六九等，這回我再不辦人，下回難保他們不挖老子的祖墳，你們說，叫我怎麼混？」

「好啦，老大，」朱三痲子說：「就如你所說，辦幾個人也是很簡單的事，咱們總不能讓你做老大的下不了台，犯不著生那麼大的氣呀！」

「隊伍先替我解散帶回去，」孫小敗壞說：「各大中隊的隊長留下，到屋裏說話，無論如何，人是要辦的。」

隊伍解散之後，孫小敗壞把他這群把兄弟帶到屋裏，指著他們的鼻尖說：

「如今沒有旁人在，你們替我講實話，搶劫孫家驢店，是你們哪一股人？……我它媽並不想追根到底找著那幾個犯案的，可是，我那二姑媽是個辣椒脾性，當年連我老子也怕她，你們替我拿個主意，總要在面子上敷衍得過去才行，要不然，她真會張起八面鑼來，大喊我孫小敗壞是土匪，我可拿她沒辦法。」

「孫家驢店是我那股人搶的，」筱應龍說：「早上聽說有人鬧到團部來，我當時就把東西追出來了，再要辦人，恐怕不妥當，……這兒沒有油水好撈，大夥兒就會拉槍退股，走黑道，幹本行去了；如今咱們雖佔了蒿蘆集，喬恩貴的人槍實力卻一分沒損，控得太緊，攏不住人，也不太好罷？」

「我倒有個妙主意。」葉大個兒說。

「你有什麼妙主意呢？」筱應龍說：「只要可行就聽你的。」

「這很容易，」葉大個兒獻計說：「老大既然非辦人不可，咱們就交人給他辦好了，辦誰呢？當然不能辦自己身邊得力的老人，要辦就揀幾個外碼頭，比如當初跟毛金虎來的那些城裏的混混，跟胡三來的堆頭上那些土佬，或是外地在這兒沒親沒故的，或是排骨架子癆病鬼，或是平素不肯聽話的回鍋老油條，……這些人，留著也不放心，唯恐他們拐了槍枝潛逃，如今，正好拿它們當做槍斃砍頭的好材料，一舉兩得豈不很妙？」

「嘿嘿！妙！真它媽的妙透了！」朱三麻子撫掌大笑說：「這有個名目，叫做『出砍頭的公差』！而且只出一回，下次永輪不著他們啦！」

「對對對！」夏皋附和說：「把這些該死的公差送到團部，砍完頭，掛腦袋，另外再用老大的名義張佈告，表示咱們孫部隊紀律很好，號令嚴明，——搶歸搶，搶完了，砍頭還砍頭，頭都砍了，老百姓也沒有屁放。」

「照這樣說法，咱們得多預備一些砍頭的公差養在那兒，」金幹說：「下回搶過了，再砍兩個，每回照例辦理，咱們肥了還不落土匪名聲，您說是不是？老大。」

「好！」孫小敗壞滿意的點著頭說：「咱們決定這麼辦好了，頭一回，咱們不妨加倍，先砍四顆腦袋，分掛四門，也算四四（事事）如意，討個吉利，開個彩頭！你們這就回去，替我把砍頭的公差派出來，每大隊出一個，我團部湊合一個，告示由金幹老弟找人去寫，不妨把所有搶劫的罪名都加在死人頭上，事後買點紙箔燒燒，找幾個和尙超度超度，他們若還不閉眼，替我把他們的眼皮捏上就是了！」

孫小敗壞眞佩服葉大個兒，居然有這等靈活的腦瓜子，能想出這種絕主意，既損人，又利了己！他遣走各大中隊長，剛躺上大煙鋪吸了兩個泡子，各大隊業已把幾個砍頭的公差派出來了，這幾個傢伙到團部立正靠腿喊報告，只以爲是來出公差的，並不曉得這趟差出得太遠，——要經過黃泉路，直奔酆都城，找閻羅王討馬虎湯喝去了。

「要他們進來。」孫小敗壞捏著煙桿說。

幾個公差進來了，站在煙鋪前面。

「團長找咱們有事？」筱大隊派來的那個說。

「不錯。」孫小敗壞說：「事情等歇再辦不遲，我想認識你們，你是筱大隊長要你來的？叫什麼名字？多大年紀了？」

「我叫許阿保，南邊人，今年五十七了。」那個叫許阿保的，是個瘦乾乾的小老頭兒，一臉細密的皺紋，笑得帶著三分苦相，孫小敗壞在他將要和頸子分家的腦袋上冷漠的瞄了兩眼，覺得這傢伙年過五十不爲夭，倒有些像是個天生的死囚，筱應龍真它媽的會挑揀，挑出這麼一顆爛桃子。

他把臉轉朝朱三麻子挑來的一個，噴了一口煙。

「你呢？」他問說。

「孫大爺，您不認得我了？我是裏下河的人，叫金榮勝，早先跟毛金虎幹過您的衛士，那時刻駐紮三官廟，我站崗就站在您房門的呀！」

「嗯，不錯，」孫小敗壞想起來了，金榮勝這個傢伙，是一根老煙桿，初駐三官廟時，自己要他煮過煙土，熬過煙膏子，這傢伙在沒有煙吸的當口，常挖煙桿裏的煙灰吃，他的癮頭太大，使他站崗時不吞乾煙泡，就會歪頭淌口水，渾身萎頓蹲下去，不朝他臉上呵幾口煙，他就不會醒，這種廢物，割了腦袋也淌不出半滴血來，迷迷糊糊的，怕也不太疼，這回就是他罷。

「你是三大隊派來的？」他轉朝第三個。

「是！」那是個矮子，短短肥肥像一口肉罈子：「我叫胡二罐，牛胡莊的人，我才跟金大隊長幹事三個月，我吃得多，金大隊長說我是大肚漢。」

「好了，好了！」孫小敗壞笑笑：「既到團部來，我會讓你先吃個飽的。」

金幹這個狗操的，真它媽的「精」明能「幹」，孫小敗壞想：他是捨不得浪費糧食，才把這傢伙送來的，我不得不成全他到底，讓他做個飽死鬼算了。四個公差還差一個，這最後的一個該由團部特務連來出了，派誰呢？只能由胡三留下的人裏來挑了。

孫小敗壞皺皺眉毛，想起一個人來，那是卞小四兒的兄弟卞小五兒，如今特務連的副班長。卞小四兒好猛悍，如今跟著胡三，成爲縣警局的紅人，日後不難成爲刑事組長，這個卞小五兒很不穩，何不趁這機會，動手把他給明正典刑，殺隻雞給猴子看看，也好試一試胡三的反應如何？對！就是這個主意。

「來來來！」他招呼貼身的衛士說：「你去把卞副班長替我找的來，我有事交代他辦。」

不一刹功夫，卞小五兒進屋來了，問團長找他有什麼事？孫小敗壞說是沒有旁的，新調三個公差到團部來，要卞小五兒帶他們去開飯，菜是四葷四素，另開一大罈子酒，卞小五兒不曉得怎麼一回事，只曉得有酒有肉，團長賞的，那就吃了再講罷！

一罈子酒喝到晌午過後，四個砍頭的公差舌頭都醉短了一截，東倒西歪站不起身來，孫小敗壞把這差事交給了金幹和葉大個兒兩人去辦，寫有大紅戒字的佈告貼上牆，墨跡還沒有乾透，這四個砍頭公差的腦袋，業已高高掛在蒿蘆集的四門上了。

金幹的佈告寫的挺堂皇，硬指這四個人好色貪財，姦淫搶劫，經查屬實，法理難容，故明正典刑，懸頭示眾……不過，葉大個兒對於砍頭缺少研究，這四顆腦袋，並不是用大砍刀砍下來的，而是用小刀亂刺亂割下來的，四周很顯然有些毛毛躁躁，一副急就章的樣子！

儘管如此，對於那些不明就裏的四鄉百姓來說，多少總算是差強人意了。

既有了葉大個兒的這種妙策，使得孫小敗壞有恃無恐，於是乎，他就放膽的唆使部下開搶，撈足了油水之後，再殺掉兩個冤種抵命，使他的部隊變成有紀律的土匪，在蒿蘆集上，穩穩當當的駐紮了下來。

俗說：飽暖思淫慾，孫小敗壞也不會例外。按照孫小敗壞那種早被酒色淘弄虧了的身子，有了萬大奶子、董四寡婦在前，和活馬三曲意逢迎在後，也該算是差不多了，但他還是自覺不足，要翻出點兒新的花樣，在偶然之間，他想到了留在堆頭的胡三的老婆。

「好哇，胡三，你它媽拐走了我的萬大奶子，這口氣，老子一直在心裏沒處出，這回攫著機會，老子可要報復在你老婆的身上了。」他這樣的自言自語說。

胡三的老婆並不是什麼樣出色的美人胎子，只是個平頭整臉的女人，還帶著兩個女兒，胡三被萬大奶子那種新鮮的貨色迷溺住了，雖然當上了縣警局的局長，並沒把老婆接了去，享受縣城裏的那種富貴榮華，這消息有人打探著了，告訴了孫小敗壞，孫小敗壞一時動了興，起了變態的淫慾，就著人把胡三的老婆拖進蒿蘆集，玩了個霸王硬上弓。

事畢後，孫小敗壞說：

「妳也甭哭哭啼啼，像它娘死了人似的，胡三要是正經人，他會拐走我的姘頭？把妳扔在破瓦寒窯似的胡家野鋪，理會全不理會？這它媽是一報還一報，老子要讓他親眼瞧瞧他自己的現世報，妳就乖乖的跟了我罷！」

胡三的老婆並沒顯出三貞九烈，不但沒尋死上吊，反而搽粉戴花，跟著孫小敗壞過起日子來，著人把兩個女兒帶進城，送還給胡三去了。

孫小敗壞既佔了蒿蘆集，借故殺掉卞小五兒，霸佔胡三的老婆，這些過激的做法，顯然存心要跟胡三攤牌，誰知有人傳消息給孫小敗壞，說是胡三曉得這些事，根本沒動火，反而笑著說：

「誰願傳話到蒿蘆集去，告訴孫老大，我胡三是拿沒底杯子斟酒，——量大倒不是量大，只是沒辣著心！我那個黃臉老婆，正愁沒人養活！他要撿起那雙破鞋趿，我真還願意補送一份禮呢！他斃掉卞小五兒，要跟卞家灘的人結仇，跟我又有什麼相干？」

孫小敗壞聽著胡三的話，也笑說：

「不錯，老子是存心找著他來的，這種人，沒膽老鼠，連它娘的奪妻之恨，他都捏著鼻子活受了，他又哪點兒有出息？」

杉內聯隊燒殺四鄉之後，整個開拔了，鬼子松下大尉也帶著他的中隊退回上沙河鎮去了，把這一大片新佔領的地方，整個抛給了孫小敗壞，讓他帶著他這一團的人槍，在這兒當上了土皇帝。這樣的日子，原是他多年來所夢想的，他一直處心積慮要攀爬到這個地步，他沒唷過什麼書本，自幼他就生活在邪路上，很鄉氣很蠻野的那種調調兒，是他極熟悉的，他熟悉鴉片煙燈，燈燄綠綠的，像一粒發光的豆子，流瀉在煙霧裏的那些荒緲的傳言，直到如今，他還欽慕著那些蒼黃又帶著病白的人臉，鬆浮泛黑的嘴唇，那是他的啓蒙師，告訴他混人頭，見世面，觀風望色的方法，告訴他張獻忠那個黃虎怎樣殺人盈野，李自成怎樣靠著風水做了短命大順皇的故事，而他的夢想並沒有那麼大，沒想要佔千里地，沒想擁過百萬兵，他只要能在這塊方圓幾十里他能叫出名字的地面上，做一個亂世裏的小小人王。

「老子不是土龍，不能騰雲絞水，」他常常這樣帶著自嘲的意味跟人談論：「老子只是一條地頭蛇，食纏，食咬，誰犯著我，他都撿不著便宜。」

這倒不是說孫小敗壞沒有那種翻江倒海的大野心，他聰明也就聰明在這種地方，曉得他自己只是塊地頭蛇的材料，假如他佔的地比蒿蘆集更大，他就控制不了，如今他佔了蒿蘆集這座幾乎見不著人的空集鎮，業已到了他夢想的頂點了。

「真它媽的，下一步棋，我該怎麼走呢？」

他縮窩在趙岫谷的寬敞的宅子裏，有些瘋瘋癲癲，成天皺著眉毛，對著鴉片煙燈的綠燄，焦慮著，思索著，莫名其妙的怨憤著，喃喃的自說自話。

在他心裏曾有這樣的譬方，——蒿蘆集就是他夢想的京城，老中央是一個朝代，趙岫谷那個白鬍老頭，是這塊地上的老皇帝，他自己卻是李闖王那樣的叛逆，如今借著鬼子的勢，以及四寡婦和黃楚郎的幫襯，攆走了那個老皇帝，自己上了台，進了宮，登了龍位了。但是，趙岫谷的這座很堂皇的大宅子，他想霸佔，住進來卻是又憎惡，又不安。

他沒有忘記，當年曾在這座方磚鋪砌的大廳裏，朝趙岫谷跪拜，兩眼不敢朝上抬，只能看著椅子角和趙岫老的那雙鞋的鞋尖。他更不會忘記，為了偷姘萬大奶子，他怎樣被捆到這兒的台階下面，被快刀割掉兩隻耳朵，正因當年他在這屋裏受過挫辱，疤痕烙印般的烙在他的心上，他見到這兒的一草一木，一磚一瓦，都像見著趙岫谷、喬恩貴和黑子趙澤民一樣的憎恨。

比較起來，他目前的處境，似乎還比不得進了北京的李闖，闖王總還算逼死了崇禎，開了大順朝的年號，而他並沒能撂倒趙岫谷、喬恩貴和趙澤民三人當中的任何一個，而老中央這個老朝代並沒有倒下去，鬼子佔了地，可也沒打穩萬年長樁。拋開這些不說了，單就縣城裏的胡三胡四兄弟倆個，在齊申之的支持之下，拉槍崛起，自成局面，論人槍實力，也不在自己之下，自己不但要防著蒿蘆集游擊隊的明槍，還要隨時提防胡三在背後施放暗箭，就算能躲得過這些明槍和暗箭罷，還有一點暗室虧心的事，始終纏繞著他，那就是奪槍害命，坑掉老中央那幾個斥堠兵的案子……也不知怎麼地？他總忘不掉犯案那夜，在胡家野鋪拖屍埋人的情景。

鬼子杉內聯隊一開走，留在孫小敗壞那兒作客的董四寡婦、黃楚郎和胡大吹一干人，也要告辭回燕塘高地去收拾爛攤子了。小敗壞心裏煩悶，又覺空的慌，在董四寡婦臨走之前那一夜，特意要伙房燒了幾樣下酒的菜，端上一壺好酒，把四寡婦約來夜敘，從桌上敘進被窩，四寡婦發現孫小敗壞雖仗著酒力，也是越來越不濟事了！

「你這個蠟槍頭，」四寡婦說：「敢情是耗在活馬三身上耗的太多了，沒本錢還找老娘來賭？」

「哎呀，妳不曉得，」孫小敗壞垂頭喪氣的說：「這些時，我心裏煩躁的慌，實在不是滋味，原想黃連樹下彈琴，苦中作樂的，誰曉得還是樂不起來！」

「你有什麼好煩躁的？」四寡婦說：「蒿蘆集業已拿下來了，趙岫谷和喬恩貴也叫攆離了窩，你的隊伍由縣保安升了格，沒誰擋著你擴充，你有了活馬三，又跨壓了胡三的老婆，再加兩個蘇幫的婊子，樂成了一隻走馬燈，甭在老娘面前再擺苦臉了！」

「妳說得倒輕鬆，姑奶奶！」孫小敗壞說：「我移駐蒿蘆集之後，總覺兩眼漆黑空的慌。妳想想：胡三跟我有老賬沒算清，趙岫谷和喬恩貴，難道就這麼把蒿蘆集丟給我就算了？鬼子松下中隊一退回上沙河，這麼大的新地盤，要我帶著這撮子人頭獨撐，我不知道怎麼撐法？」

「這些事，都不太難辦。」四寡婦說：「你只要不斷斂錢買我的槍枝槍火，擋著蒿蘆集的人，胡三和胡四倆弟兄，我替你安排人用黑槍把他們打掉，你再活動活動，做個順水人情，保荐毛陶兒升任警局局長，用葉大個兒領緝私大隊，這不是一鍋端了嗎？」

「妳真肯幫我辦這個？」孫小敗壞兩眼發起亮來。

「那當然。」四寡婦說：「不過，跟我做交易，我得開個價錢，我也不想多賺，只有一個條件。」

「妳甭賣關子好不好？什麼條件，妳先開出來，咱們好談。」

「好罷！」四寡婦說：「這事辦成之後，全縣事實上由你孫老大一把抓了，我只要你多幫襯，由我統設煙土販賣局和各地的煙館，賺了錢，你吃一成紅，就當是保護費，你覺得怎樣？」

「咱們一言爲定，就這麼辦好了！」孫小敗壞說。

「錢我固然要賺，」董四寡婦這才指明了正題：「我把我的人散佈到各處去販煙走土，並非光爲做交易。我不妨老實告訴你，我要藉此廣佈耳線和眼線，捉住那個黃臉老潘，追究隱在蒿蘆集那群人裏的兩個中央的軍官，有他們在，咱們無論幹什麼，都不會順心如意的。」

「噢，原來是這等的？」孫小敗壞說：「人常說是：一個被窩筒裏，不睡兩樣的人，咱倆這可算是名副其實，共穿一條褲子。」

「那樣還是不夠親密，」四寡婦顫聲說：「像這樣，連褲子都小開。豈不是更熱乎？」

一夜纏綿當中，孫和董定了密約，孫小敗壞事實上全被董四寡婦使軟套子軟住，變成她手裏捏著的一顆棋子兒了，他騎在老虎背上下不來，既然佔了蒿蘆集，就得咬牙硬撞硬挺下去，未來會演變出什麼樣的局面，他不曉得，怎樣對付趙岫谷和喬恩貴？他一時還拿不出好主意，同時，更沒有賭得贏的把握，不得已，使他只有依靠智多謀足的四寡婦。

四寡婦既在孫小敗壞身上下足本錢，用足功夫，當然也願意幫他除掉胡三胡四，她打出的一張牌不是旁人，卻是先跟張得廣稱兄道弟的同路人，——煙土販子尤暴牙！

第十一章・女色懸案

在縣城裏，照說應該是春風得意的縣總局長胡三，卻常常焦灼的推打著他自己的後腦瓜子。維持會改爲縣政府之後，原先的會長齊申之當上了首任縣長，姓齊的有財勢，懂得摸索鬼子頭兒佐佐木的心理，馬屁從沒拍錯過地方。佐佐木不是個粗人，既然駐屯在陷區指揮防軍，被一群靠日軍吃飯的漢奸奉爲太上皇，也逐漸習慣了養尊處優，講究消閒遣性，沾上點兒所謂支那式的風流味道。而這種風流，多半是齊申之誘發和培養出來的。佐佐木喜歡在清晨到城郊去騎馬。齊申之立即送給他一副極講究的中國的鞍蹬；佐佐木表示喜歡鳥雀，齊申之慨然送給他一籠會說話的八哥，一籠鳴聲清脆的金絲雀。佐佐木愛聽幾句京戲，齊申之不惜重金，到上海去禮聘出色的戲班子來掛牌演唱。齊申之平素嗜好的聲色犬馬，佐佐木只要略沾一點邊，很快就入了迷，像打麻將、捧戲子、玩交際花、吃中國菜，收藏古玩字畫，請人相命打卦，……佐佐木無不喜歡，他往往透過翻譯陸小霸，表示出他的需要，這是文雅一點的說法，實質上就是軟敲竹槓。齊申之完全明白這些，但他很樂意把錢財花費在佐佐木身上。

齊申之研究過佐佐木中佐這個人，發現他具有雙重性格，在某一方面，他是個冷酷又帶有一些瘋狂氣質的黷武者，神化了他們的天皇，更有著海島民族短視的、盲目的，自以爲超人一等的狂傲，總把中國人視爲支那賤民，只配聽受指使和奴役。當他抓起一截白色的籐鞭發號施令的時候，他是一個粗暴的魔君，他說出的話，毫無討價還價的餘地，他監督編組行政機構，調度各地防軍，籌謀封鎖東海岸和蒿蘆集的鄉野游擊勢力，搜捕支那抗日地下份子時，會採取斷然或是激烈的手段，他略顯矮小但非常結實的身軀，被套在閃光的絲織軍服裏，配以擦拭得一塵不染，裝有灼亮馬刺的馬靴，以及金絲纏柄的長刀、僵硬、挺直，自有一種機械式的威風。

也許因爲烽火連綿，長年不息罷？佐佐木中佐似乎難以忍受那種一成不變的、黷武軍人機械的生活方式，當日軍的戰鬥部隊分陷在遠處戰爭的泥淖裏，他這算是駐守在後方，雖然不很平靜，可也沒有什麼大仗好打。

有時候，一種超常的沉寂，幾乎能把人悶死，因此，他開始需要鑽出硬殼子，找點兒軟性的調劑，開始他在日本本國裏找尋，他親自蒐集軍郵郵便（即明信片），他沉醉在郵便背面彩印的風景裏，他也搜聚若干日製的火柴匣子，經常獨自把玩著，他臉上嚴肅的表情逐漸融解，他凝視的眼神裏，便會顯出一些兒童趣味的光采來。

齊申之把握了這一點，拚命把他拖入另一種軟性的生活裏，因爲，一進入這種生活，佐佐木就變得很親和，甚至有些掩飾不住的自卑，使他不自禁的把齊申之提高一格，當成平等地位的密友看待，這樣一來，無形中使齊申之在胡三、胡四以及孫小敗壞那夥人面前，要高出幾個頭皮來。齊申之究竟沒有槍枝實力握在手上，他只有一意攏絡住佐佐木這個日本駐防軍的首腦人物，才能保持住他既有的地位。

半路出家的混混兒胡三還不夠領略這種微妙的關係，他總在懷疑著齊申之有什麼特別的神通？能夠坐著他那輛裝飾華麗的包車，一路響著喇叭，直進直出的往來於佐佐木的私宅？甚至能在大多數公開的場合，和佐佐木太君平起平坐，談笑風生？……自己說來也是個縣警總局的局長了，比起齊申之來，頂多相差一級罷，在一般人面前，幾乎和齊申之一樣的神氣，但在有佐佐木在座的任何場合，自己立刻便從雲端直摔下來，垂手立正的跟前跟後，連屁股沾板凳的資格也沒有。心裏有那麼一層意思，真不好意思自比出口，——簡直就變成一隻看門狗了！

當看門狗倒也罷了，搖著尾巴挨踢，這種滋味可不大好受，胡三總是想讓自己有些丑表功的機會，幹幾宗漂亮的，能使佐佐木放下笑臉來，點頭讚許一聲，也甭說是怎樣好，怎麼紅，只要能及得齊申之一半也行。誰知越是想邀功，越是惹厭，佐佐木總是用鼻孔朝人，根本沒把自己當作人看。

正因這樣，好處沒得著，狗屁倒灶的事情，幾乎全落在自己的頭上，哪兒有人打架鬧事，找胡三，他這警局管的就是治安；哪兒有人暗中集會了，找胡三，他原就兼管肅清地下的抗日份子，佐佐木去戲園子聽戲，找胡三，他得親自率領許多嘍囉上大崗，——從頭到尾立正，不敢稍息……疲於奔命的結果，換來的是佐佐木聲色俱厲的指責，治安不夠良好，抗日的搗亂份子太多，好像他賣的力，跑的腿，都是白忙乎了。

即使受盡委屈，胡三還得捏著鼻子，打起精神幹下去，他曉得，爲了搶奪萬大奶子，他跟孫小敗壞早已變得水火難容，孫小敗壞如今硬被齊申之運用手腕，擠到鄉下去；做爲對付蒿蘆集的擋箭牌，但總有一天，他會回頭來找自己算賬的，自己弟兄倆和張得廣舊部的這幫人，必得要保住現今的職位，才能抗得了他，一旦被鬼子把烏紗帽摘掉，那可全完啦！

反過來說，他姓孫的，同樣也不在佐佐木的眼裏，他那團長兼區長，究竟能幹多久？也看他對付蒿蘆集的游擊隊的手段如何而定，自己沒討得鬼子的好，他也未必賣得了乖，兩邊在耗著，鹿死誰手？還在未定之天。孫小敗壞走的是歪毛的路線，自己有齊申之做靠山，一樣是半斤對八兩，那就耗著再別苗頭罷！

胡三既有這樣的念頭，自己猛擱自己後腦瓜子，也就算不得一回事了。

孫小敗壞佔了蒿蘆集，消息傳進縣城來，胡三又加重了一層心思，一天夜晚，胡三在他自己宅子裏，邀集了胡四、尤暴牙、楊志高、蘇大嚼巴，和業已成了半殘廢的薛立，犯了案的時中五，大夥兒一道來商量對策。

「諸位要明白，沒耳朵的如今拿下了蒿蘆集，氣燄更盛了！」胡三說：「他的人槍，跟滾雪球似的越滾越大，而咱們限於編制，總是老樣兒，這樣耗下去，他隨時會耍手段併掉咱們，這非得早拿主意不成！」

「三爺說得對。」楊志高說：「在座的每個人，跟孫小敗壞那夥人都有深仇血段兒，事實上是勢不兩立，老時這回使黑槍打掉宋小禿子，孫小敗壞更耿耿在心，他藉機買通了歪毛，告了張得廣大爺的黑狀，又剷掉了張敘川，已經對咱們露了顏色，咱們再不打定主意，轉眼就成了甕中之鱉了。」

「我清楚孫小敗壞之所以能夠坐大，是他背後有人在撐腰，」薛立說：「他從黃楚郎那兒轉售煙土撈錢，又打董四寡婦那兒購買槍械，……他跟土共勾搭在一道兒混，咱們當然比不過他。」

「他能跟土共攪和，這條線，咱們又何嘗不能搭？」胡三思忖著說：「縣城裏商戶多，逼錢容易，咱們一樣能買槍添火。」

「買槍添火是一回事。」亡命的時中五說：「三爺你還得動腦筋，替咱們另行活動和平軍的番號，有了酒，也得有壺裝才成啊！」

「這個？我是不成的！」胡三說：「我得央託齊申之齊大爺幫忙，他的交際廣，熟人多，非得由他在當中穿針引線不行。老實說，這個忙他該幫，幫咱們，等於是幫他自己，咱們要真垮在姓孫的手裏，於他絕沒有好處，——咱們究竟是順著他大腿摸卵子的人，而孫小敗壞是跟李順時捻股兒的。」

「我看，請番號倒不是什麼難事！」坐在一邊的尤暴牙說：「南京政府的汪主席不是樣說過？說要在半年之內編練一百萬和平軍，好接替鬼子的防，他們手裏握著大把的番號，朝外推還怕沒人要呢？……至於跟黃楚郎打交道麼？這就很難說了。」

「尤大爺，你有話不妨明講，」蘇大嚼巴說：「用不著勒住話頭犯疑難，你幹的是販煙走土那一行，不是跟黃楚郎他們很熟悉麼？」

「熟悉當然很熟悉，」尤暴牙說：「不過，我聽說這些日子，他們正在跟老中央的一個姓潘的特派員在鬥法，咱們插在當中，怕會有是非……。」

「這個你甭操心，」胡三急切的說：「按照目下來說，縣城總是咱們的地盤，即使有是非，咱們也吃不了大虧，你若能跟那邊搭上線，我讓老四去跟他們當面談談，先做好擴充槍枝的準備。……這跟請番號，須得雙管齊下才行！」

胡三這麼一說，在座的幾個，全央懇著尤暴牙趕緊答應進行搭線，時中五更露骨的說：

「尤大爺，咱們的處境你明白，咱們全是跟著張得廣張大爺混的，如今，連頭兒全叫姓孫的整倒了，再不想辦法自保，全都要栽觔斗，咱們這些人渣兒，碰上中央也沒命，一旦失了勢，四鄉百姓，一人吐一口吐沫也會把咱們淹死，不管土共怎樣難纏，目前咱們業已走投無路，只好以毒攻毒，……不，該說是飲鴆止渴了！」

尤暴牙抿了抿嘴唇，仍然露出他那口暴牙來，帶著一種陰冷的笑意：

「老時，這話可是你說的，你要飲鴆止渴，問題是飲了鴆止不止得了渴？兄弟可沒有把握；不過，只要胡三爺願意，我就去試探試探。」

散會之後，尤暴牙果真替胡三辦起收購槍枝槍火的事來，隔不上三兩天，他就跟胡三回話說：

「三爺，線是搭上了，不過，那邊派來的人聽說您要的是整批貨色，一時還不敢立即答允，他們說，您只消多備黃貨，您分批交款，他們分批交貨，這事還是行得，至於合同，那得要您親自去定，至少委託一個可靠的人跟我一道兒當面去跟他們談，價錢的高低，貨色的好歹，我是作不了主的。」

「好罷，」胡三說：「這兩天，我正在忙著活動領番號的事，我讓老四跟你一道兒去好了。」

胡三心眼兒窄，輕易不敢相信外人，凡事靠著胡四替他去闖，粗皮黑臉的胡四腦瓜紋路少，一旦做了緝私大隊長，更是膽大潑橫了，胡三一方面藉他兄弟的膽子張勢，一面把胡四推來使去的當成擋箭牌，正因胡四粗魯，也就可以信靠，若沒有這個得力的親兄弟，讓他單獨和孫小敗壞爲仇，他就更沒那個膽子了。

「老尤，咱們要到哪兒去會見那邊的人？」胡四說：「他們派在城裏負責的，到底是誰？」

「這個，我也弄不清楚。」尤暴牙做出神秘的樣子說：「我不是說過嗎？如今咱們打起鬼子的旗號，在縣城裏，算是檯面上的人物，他們和中央都在檯面下邊，他們防著那個姓潘的，不得不時時更換面孔。這一回和我和他們接頭的，是在叉河心的夾灘上開木材行的老板，人都叫他孫長腿，——他並不是主兒，能代替黃楚郎說話的傢伙，連我也沒見著呢！」

「這回你要我跟你去見孫長腿嗎？」

「是啊！」尤暴牙說：「咱們只能兩個人，悄悄的上渡船，過河到夾灘上去，先見孫長腿，再讓孫長腿領咱們轉到另一個地方，才能見著黃楚郎派來的人。」

「脫掉幾層褲子去放一個屁，有這麼麻煩的事？」胡四皺起一腦門的疙瘩說：「當初你爲什麼不跟孫長腿關照一聲，要他把那位仁兄領到我的大隊部裏來談呢？一頓飯我總請得起。」

「話不是這麼說，我的四老爺，」尤暴牙把苦笑掛在臉上說：「當著三爺的面，我還得再說明白點兒，要是中央那個潘特派員，曉得咱們一面活動領番號，一面向土共進行槍火交易，那事兒能順順當當的辦得成嗎？……腦袋玩掉了還不知是怎麼掉的呢？」

「好了好了，」胡四說：「算你腦瓜靈，門檻兒精，我是一條笨驢，我跟你一道兒去夾灘，成了罷?!」

胡四跟著尤暴牙，是在當天傍晚時分坐上擺渡船去夾灘的，第二天一早，有人跑到局子裏來，急喘喘的要見胡三，說是那邊出了事了。來人說他是孫榮記木材行的老板孫長腿，沒等胡三開口，他就說：

「胡三爺，出了岔兒啦，尤大爺他帶著個人到我那兒去，剛下渡船，就叫人挾持住啦，當場戳死一個，屍首仰臉八叉的挺在河心木排上，直到今兒大早才有人發現，認出他就是胡四爺！」

胡三一聽，頂門上嗡的一聲走了大魂，人晃裏晃盪的站起來扶住桌角，嘴張著，眼瞪著，好半晌沒說出話來，撐過那兩眼青黑的一陣暈眩，他無力的說：

「那尤暴牙呢？」

「沒見著，」孫長腿說：「據渡船的船家說，說是那幾個傢伙戴著禮帽，壓低帽簷兒，是跟尤大爺和胡四爺一道兒過渡的，那時天已茫茫黑了，船到夾灘，他們下船後，就沒見著他們回頭，依我猜想，尤大爺即使沒死，也被他們弄去了。」

胡三兩腿一軟，身子癱落在背椅上，用兩隻拳頭擊打著太陽穴說：

「反了！真它媽的反了！是誰？竟敢在縣城裏戳緝私大隊長的黑刀，又把尤隊長給綁走？」

「您也甭急，三爺。」孫長腿說：「您想想看，尤大爺談起那檔子事時，有沒有旁人在？……我看，八成是漏了底了，我敢說，這事，十有八九是姓潘的派人幹的，……他不願意眼見咱們做成那筆交易。」

這時候，胡三腦子嗡嗡叫，也沒有心思定下來推究這些，胡四這一倒下頭，等於砍斷了他一支得力的臂膀，他總得親自趕去料理這件事。他帶著卞小四兒一班隨從，趕至叉河口，再搭渡船過河到夾灘上去。

這座夾灘，實際上是兩條叉河夾住一條長長的沙嶼，約莫有半里寬，三里多長，灘上叢生著低枝的矮樹，也停靠了許多南來北往的船舶，正因長灘兩面臨著河，便成爲木材交易集散的地方，從灘頭到灘尾，一共有十四家木材行，他們在臨河處築起木屋，闢出碼頭，收購上游放下來的排木，這些積屯的原木被鎖連在河灣裏，密密挨擠著，整個覆住了水面，胡四的屍首就仰陳在排木上，胸口被捅了好幾個血窟窿，從一路迤邐的血跡看來，對方是在岸上動的手，捅倒胡四之後，再把他拖到排木上晾著的。

胡三跳到浮木上去，仔細察看過胡四胸前的傷口，又把兇案現場察看了一番，他仍然摸不著頭緒，猜不透這案子是誰做的。他把整個夾灘封鎖住，反覆搜查，也傳問過兩邊渡口的船伕，所得到的供述的線索，仍和孫長腿說的一樣，只不過北面渡口的船伕，說是他曾爲那些漢子擺渡罷了。

「嗯，」胡三說：「這樣說來，尤暴牙是落到他們的手裏去了？」

在日軍屯駐的縣城裏，鬧出這種大案子，竟然有人敢把僞緝私大隊長胡四捅倒，拖在河灣的排木上晾屍，這可算把耳巴子硬摑在當警局局長的胡三臉頰上，儘管胡三不願張揚，當天就把胡四的屍首草草殮了，但這種事是遮掩不住的，街頭巷尾都有人在悄聲議論著。

胡三雖是氣恨得咬牙，兔死狐悲之餘，也暗暗懷著一份恐懼，心想那些人既敢對胡四下手，何嘗又不能動自己的手？正因爲有這份恐懼，他才決心要破這個案子，若不把那些人攫著，自己便連睡覺也睡不安穩了。除了這點說不出的原因之外，他還得對佐佐木和齊申之有個交代，莫說胡四還是自己的兄弟，換是旁人，他這當警局局長的，冤也要冤上幾個，把案子破了才能保得住飯碗。裏一層加上外一層，逼得他非要把這案子弄出個眉目來不可。

他找來蘇大嚼巴、楊志高、薛立和時中五商議著，出動所有的槍枝人手，散佈到縣城各處去搜查可疑人物，一面去見齊申之，依照孫長腿的猜測，硬把這件事推在那個姓潘的頭上。

「佐佐木聽著這事，又得要罵我。」胡三說：「齊大爺，你想想，死的是我的親兄弟，我哪有不盡心破案的道理？只是縣城這麼大法兒，六七萬人口，一時到哪兒去找作案的人去？再說，這可不是普通的案子，這不單跟姓潘的，只怕跟蒿蘆集那方面都有牽連……。」

「我說，胡老三，你以爲把事情朝老中央頭上一扯，你就卸了責，這就想左了。」齊申之說：「我老實告訴你罷，越是這樣扯，佐佐木的火氣越大，你倒不如隻字不提姓潘的事，把它當成普通的命案辦，……只要不是死鬼子，佐佐木不會太追究了。」

「佐佐木萬一動起火來，您得多替我說話呀，齊大爺。」胡三哀懇說。

「這當然。」齊申之說：「不過，這案子你無論如何要破，若不然，對方的膽子越弄越大，怎麼得了？日後他們豈不是會在你我的脖子上磨刀？」

「你說的是！」胡三連著哈腰說：「我正也這麼擔心著，所以，已經派人到處踩探去了，尤暴牙如今還在他們手裏，生死不明呢。」

「嗯，」齊申之摸著下巴，沉吟著，彷彿在想著什麼心事：「胡四被晾屍，你怎能確定是中央派人幹的？你並沒把握住線索，提出證據啊？」

「這事就不能不跟你稟明，」胡三說：「前幾天，我找尤暴牙去跟黃楚郎那邊搭線，想從他們手上添置槍枝槍火，他們販鴉片撈錢，派人拿去做槍火生意，專把槍枝賣給咱們，明顯是想借咱們的手去打蒿蘆集，中央的人曉得，當然不願意，胡四跟尤暴牙倆個，就是在去找黃楚郎派出的人的當口，被人截住了動手的。你想想，這不是姓潘的幹的，還會有誰？……土共正等著跟咱們做買賣，總不至於截殺買槍的主顧罷？」

「不！」齊申之搖頭說：「事情不會如你推想的那麼簡單，這裏頭學問可大了。」

聽齊申之這麼一說，胡三困惑起來。他伸著頸子，翹起下巴，急切的俯身就過去，連連眨著眼。

「你要弄清楚，兄弟，」齊申之說：「你甭忘記，土八路本身，就是一群窮叫花子，自己還都破爛兮兮的勒著褲帶過日子，他們靠著種罌粟，販鴉片，撈得大把黑錢，撥出一批來販賣軍械給咱們，這一點，你算是弄懂了，但你是只知其一，不知其二。」

「你這話又是怎麼說呢？」胡三追問說。

「關鍵可就在這兒了。」齊申之分析說：「早我就聽說過，孫小敗壞和董四寡婦、黃楚郎和胡大吹勾得很緊，小敗壞團裏的機槍，就是打四寡婦那兒進的貨，上一回，鬼子杉內聯隊掃蕩燕塘高地，那窩子土共就躲到蒿蘆集孫小敗壞的翅膀拐兒底下。四寡婦牽著小敗壞鼻子走，賣槍給他，是專一對付趙岫谷和喬恩貴用的，他們若是賣槍給你，把你養肥了，使孫小敗壞腹背受敵，他們會幹嗎？所以我思前想後，才覺得這裏頭有文章。」

「不錯。」胡三想了想，點頭說：「當初我跟小敗壞在一道混世，這情形，我約略曉得一些。我投奔縣城，小敗壞便把我當成眼中釘，前不久，他佔了我的老婆，又打死跟我混的卞小四兒的兄弟，這都是存心衝著我來的。不過，黃楚郎那幫人很狡猾，犯不上蹚這個渾水呀。」

「案子既已鬧下來了，你腦筋不妨放靈活點兒，」齊申之說：「你得多方面去踩探，能把尤暴牙給弄回來，也就不難查出真相了。」

「查，我會全力去查。」胡三說：「不過，假如查出跟姓潘的，或是跟黃楚郎他們有關，我該怎麼辦？……這倒是個很犯難的事情，當然嘍，爲了替胡四報仇，我很想豁著幹，不願便宜他們，但若弄豁了邊，他們報復起來，我這吃飯的玩意兒，只怕也不大穩當。」

「這宗案子鬧得太大了，」齊申之說：「佐佐木中佐那邊，你得有交代，儘管到目前爲止，他還沒有問過這件事，他可不瞎不聾，治安亂成這樣，你脫不了責任。」

「我說，齊大爺，我央託您幫忙請領和平軍番號的事，您得多多費心，一旦有了番號，我想，我這個局長，還是讓旁人來接替的好，——看門狗太難當了，幸好這回死的我那兄弟，要是死了鬼子，我不能破案，豈不是要把自己這條命給貼上？」

「嗨，這些事，放著日後再談罷，」齊申之嘆了口氣說：「目前我心裏也煩亂得像一把亂草，省裏的人事也是亂糊糊的一片，總而言之，鬼子雖然佔了沿海一大片城鎮，也是浮著沒扎根，動盪得很，你我吃了這口浮食，只能走一步算一步，你只要能把你的人槍和張得廣留下的那股人團攏集合，握在自己手心裏，抑住孫小敗壞，不讓他把勢力伸進城就算好的，其餘的，都可緩一步，……就算是見風轉舵罷？也得把風向摸清了才行。」

從齊申之那兒辭出來，胡三心裏也嘈雜得很，案子毫無頭緒，胡四業已埋下土去了，這個局長給了他一些什麼呢？兄弟貼進去，老婆也貼上，平素耀武揚威對待城裏的小民百姓，想想誰都跟自己結了仇啦！這種日子，哪及得當開野鋪的辰光？人它媽就是不能踏錯步子，黏上一腳幫的臭屎，跺不脫了。

正自己懊惱著，門外站崗的跑來報告，說是佐佐木身邊的翻譯陸小霸來了。胡三一聽，嚇得脊骨發麻，急忙哈著腰出去，把陸小霸給迎了進來。

「哎，胡老三，你這是怎麼弄的？」陸小霸一進門，就指著胡三打起官腔來：「說你是飯桶不帶把子，——提都沒法子提了。你那幹緝私大隊長的兄弟，可是你保舉的！你它媽沒緝著，胸脯叫人捌透了風，你這當局長的，究竟是幹什麼吃的？只會在這裡乾捶桌面嗎？」

「陸大爺，您請甭發火，這完全是意外，」胡三陪笑說：「我正全力辦這宗案子。」

「我發什麼火？」陸小霸翻白著兩眼說：「佐佐木老闆他發火發的大了，你要曉得，這一針戳在他眼皮子上，他還能閉著眼嗎？……有一天，要是鬼子丟了命，佐佐木能把你割成碎塊兒，拿去餵狼狗！」

胡三嚇得渾身哆嗦，忙不迭的說好話，親自點煙奉茶，並且暗示，只要陸小霸幫忙在佐佐木面前美言，使這事得以緩和，他願意多多孝敬。胡三這帖膏藥總算貼對了對方，陸小霸的臉色立刻鬆軟下來，親熱的拍打著胡三的肩膀，顯出極爲關切的樣子說：

「剛剛不是我發火，我只是在替你著急，縣城裏的治安亂得不像話，佐佐木老闆火氣冒有八丈高，剛剛吩咐我趕過來跟你遞話，說是假如再不破案，他要你自己到鬼子憲兵隊去報到！……我們都是混人的人，我能讓你去吃那個排頭？咱們弟兄，即該互相幫襯，既富得了你，就窮不了我，嘿嘿，一窩腳爪，都是朝裏彎的。」

陸小霸的話，親切裏帶著些曖昧，不知不覺，軟軟一竹槓就當頭敲下來了，對於這種事，胡三可一點兒也不傻，他曉得陸小霸一向是李蓮英型的人，你只要肯塞錢，就能買得著他那種義氣，好在羊毛出在羊身上，案子鬧出來，花錢不怕花錢，只要能消得了災就成了！

耐著性子，把好處允出口，這才把陸小霸給送出大門。陸小霸臨走告訴他：

「不必認真，兄弟，好歹抓兩個倒楣鬼，拉去一斃，再做個冠冕堂皇的結案報告，朝上一呈，裏外死的也不是鬼子，死多死少，佐佐木還會心疼？你照我這個法子辦，我包你過關。」

胡三想，報不報兄弟胡四的仇，是另一碼事，但爲目前之計，這個飯碗還得端下去，案子既沒頭緒，看光景，也只好依照陸小霸的這個法子辦了。先把佐佐木那方面穩住，有空子，再消停的盤根結底，唯有把暗裏的來龍去脈摸清楚，自己的頸子才不會發涼，如其不然，對方再依著葫蘆畫隻瓢，兄弟倆不是栽到一個坑裏去了?!

正想著，站崗的又來喊報告，說是尤暴牙手底下的一夥人，有急事要見局長。胡三吩咐把他們傳進來，來的是尤暴牙貼身的隨從和幾個分隊長，他們跑得氣喘吁吁的，滿頭冒熱氣。

「胡大爺，胡大爺！」那個隨從說；「案子有了眉目了！」

「怎麼樣？」胡三說：「有話快講啊！」

「是這樣的，三爺，」尤暴牙的那個隨從說：「咱們奉你差遣，到外頭去查案，查案查到土城外三里地的一處雜樹林子，在林裏發現一座小茅屋，嘿，咱們推開門一看，咱們的尤大爺被人蒙著眼，捆著手腳，放在屋角的麥草上呢！」

「有這等事？」胡三有些驚詫：「你們當時是怎麼區處的？抓著疑犯沒有？」

「咱們當時先把尤大爺鬆了綁，」一個分隊長接著說：「尤大爺說是他的嘴被塞著，眼被蒙著，連兩耳都叫人封了蠟，只曉得有幾個漢子輪流看守著他，說話都是北地口音，他並不曉得自己身在何處？……正巧咱們去的當口，看守的人出去了，咱們心想，等他回來捉個活口，案子豈不就破了？……於是，咱們就匿伏在小茅房附近，等著活人上鉤。」

「嗯，不錯。」胡三說：「這事應該這樣辦！後來怎樣了呢？」

「說咱們會動腦筋，誰知對方比咱們更聰明，」尤暴牙的那個隨從說：「對方竟然帶著獵狗當成護身，人沒回屋，狗卻先回來了，那條狗機伶得很，嗅著生人氣味，便立即轉頭朝回奔，一面汪汪亂叫，咱們舉眼見不著人影，只有端起槍去追蹑，那條狗向東跑一陣，轉頭奔北，朝鹽河岸邊跑，咱們沒命的放開腳步去追，遠遠的，似乎瞧著個人影子，那時天快落黑了，看不清對方的身材、年歲，他是背朝著咱們朝前跑的，只能看見他穿著老藍布衫子的脊樑背，根本沒法子看他的面貌，那時，他跑在咱們前頭至少有半里多路，咱們眼看追不上他，只好放亂槍一陣猛蓋，心想：捉不到活口，至少也抬個死的回來好交差，……誰知一排亂槍沒蓋著他，叫他一頭溜進河去了！」

「可惜！可惜！」胡三噓嘆說：「你們這群飯桶，把個好端端機會失掉了，不但活的沒捉著，連個死的沒抬回來，還你娘的有臉表功呢？真是吊死鬼賣春，——死不要臉！」

「報告局長，」那個分隊長說：「咱們接著又開第二排槍，人雖沒打著，卻把那條狗給打中！那條死狗被咱們用草繩脖子，一路拖了回來，如今正扔在大門口的牆腳邊，請三爺您親自驗看。」

「驗你媽特個皮！」胡三大光其火，板起臉孔罵說：「一條死狗，有什麼好驗的？難道牠頭上刻的有字，標明誰是兇手？你們這幾個，都是飯桶！草包！混蛋加一番！你們的槍是怎麼瞄的？硬把快破的案子弄砸掉了！你們能把一條死狗拖到局裏來，我能把牠再拖到佐佐木那邊嗎？……那個鬼子頭兒，又不是愛吃狗肉的。」

「是！」尤暴牙的隨從說：「咱們混蛋。」

其餘幾個雖沒自承混蛋，不過，也跟著聳肩，挺胸，靠腿，立正，表示樂意接受，全無異議。胡三雖然氣得發暈，恨得牙癢，拿這幾個也沒有什麼辦法，轉過臉衝著那隨從說：

「你們尤大爺他人在哪嘿？」

「他他他……手腳被捆久了，有些青紫，」另一個結結巴巴的說：「他腿肚子挨人用皮鞭修理，帶了點兒傷，咱們把他送到盧外科醫院去了。」

「好了，好了，」胡三皺起眉毛，不勝其煩的揮手說：「你們都替我滾，我這就著人備車去看他，也許從他那兒能得著一些線索，這案子不破，對不住我那兄弟是一回事，我這個局長，就它媽吹了燈啦！」

揮退了那幾個傢伙，胡三坐上自備的黃包車，到東關的盧外科醫院去，見著了尤暴牙。尤暴牙被悶在黑屋裏一些日子，臉色比早時更顯得黃白，兩眼呆滯，顯出沒精打采的樣子，一瞅胡三進屋，兩隻眼眶兒一紅，便淌出熊人淚來了。

「三爺三爺，我真還沒想到，我尤暴牙還能活著回來。我以爲業已踏到鬼門關口，死定了！」他說：「若不是三爺你追案追得緊，我手下那幾個傢伙碰得巧，我只怕已被他們扔下河，進了魚肚子了。」

「你能回來最好，」胡三說：「上頭盯這案子，盯得好緊，那個翻譯陸小霸剛剛還在傳佐佐木的話，罵得我狗血淋頭，如今我急著來看望，就是想從你這兒得些線索，當時的情形是怎樣的？」

尤暴牙的胳膊和腿上都纏著紗布，走動時一歪一拐的，顯出很痛楚的樣子，他噝噝吸了兩口氣說：

「那天黃昏時，我跟四爺倆個過渡去夾灘，上船時，我就瞅出光景有點不對，——有四五個年輕力壯的傢伙，把帽簷壓得低低的，跟著咱們上了船，那些傢伙穿著黑褂褲，硬是一前一後把咱們夾住，他們腰勒寬腰肚兒，隱隱看出是帶有短傢伙的。當時不方便說話，我只好急急忙忙的朝四爺丟了個眼色，告訴他情況不太妙，囑他多留神戒備，四爺把那些人看了看，並沒怎樣理會。那時船早離了岸，撐過河心了。我轉念想一想，也許自己太小心火燭了？……這是在鬼子腳底下，他胡四爺是緝私大隊長，誰不要命了？敢在咱們頭上打歪算盤？誰知我想左了，剛一踏上夾灘，離開渡口不到百丈地，那些人就動了手。他們先把走在後面的我給扼住，一把攮子逼到我的脖子上，胡四爺轉頭瞧見，撲過來解圍的，對方有一個一旋身遞出一攮子，就戳進他的心窩去了！」

聽到這兒，胡三插了句嘴，問說：

「後來怎樣？你聽著他們說什麼沒有？」

尤暴牙神色之間，猶帶殘存的恐懼：

「四爺初挨一攮子，並沒倒下去，他還掄著拳頭擂人，但立時就有兩個人撲過，一起朝下胸窩遞刀，他終於支持不住，仰臉躺了下去。其中有個穿黑香雲紗褂褲的漢子，朝兩邊一呶嘴，說：『你們趁黑把他押過河北去，倒下的，由我來收拾。』……他們當時便用黑布蒙了我的眼，又用毛巾把我的嘴給堵住，我看也看不見，喊也喊不出聲，只隱約聽見他們提到過姓潘的，我猜想他們十有八九是跟蒿蘆集有關，您想挖根刨底去破這宗案子，看是太難了！就算是趙岫谷和喬恩貴幹的，咱們又能把他們怎樣呢？連佐佐木對他們也是大眼瞪小眼，越看越傻眼，你追案追得急了，他們也許會把警局也給炸掉。」

「這樣罷，」胡三很爲難的說：「你先歇上一兩天，案子雖逼得緊，咱們還好從長計議，無論如何，能把你挖回來，案子也算破掉一半了。」

「三爺，」尤暴牙熱切的說：「我這點兒傷，根本不要緊，已經包紮上了就成了，我跟您一道兒上警局，要拿主意，就得立時弄妥，早早把案子結掉再說。」

尤暴牙在警局裏關起門密議，他出的點子夠絕的：他慫恿胡三，當夜在一處賭場裏找了兩個外地的賭客，趁天黑，押送到鹽河邊，開槍打落水，然後再把屍首撈起來抬進城。他教胡三寫報告送到佐佐木那兒去，報告上寫的是一篇堂而皇之的破案經過，說是某月某日，一群毛猴子混進城，趁機作案，截殺了緝私隊的胡大隊長，又擄走了尤隊長，本局得訊後，全力偵辦，掌握破案線索，終在土城外雜樹林中發現窩人的茅屋，立時佈置逮捕疑犯，誰知疑犯狡獪異常，放犬示警，測知變故，返身逃遁，我辦案人員開槍追捕，並喝令疑犯束手就擒；詎知該疑犯兩名公然拒捕，並冀逃出警網，跳河泅泳圍遁，當經追捕人員開槍射殺……云云。

翻譯陸小霸事先得了胡三的好處，便在佐佐木面前加油添醋，把胡三如何佈置？如何追捕的經過說得天花亂墜，佐佐木一高興，吩咐把疑犯的屍首懸掛示眾，又叫陸小霸傳話下去，要胡三好好的幹，等日後再有這樣的表現，一併給予獎賞。

胡三貼掉他兄弟胡四的一條命，換來一塊抹在鼻尖上的糖，雖沒甜進嘴，好歹總算聞著些兒甜味了！歸根結柢，還虧尤暴牙拿的好主意，因此，胡三對尤暴牙不能不另眼相看，死鬼胡四留下的那個緝私大隊長的缺，按道理，原該輪著張得廣舊屬蘇大嚼巴去頂的，齊中之找胡三一商議，胡三說蘇大嚼巴口齒不清，不宜幹這宗差事，尤暴牙資格老，見了鬼子會應付，還是提升尤暴牙比較妥當，這一來，倒使尤暴牙因禍得福，聳肩扛腦袋，當起緝私隊的第三任大隊長來了。

其實，幹不幹這個緝私大隊長，尤暴牙自覺無所謂，截殺胡四的案子了結，他倒真喘出一口大氣。不是胡三不夠聰明，是這案子經尤暴牙親自策劃，實在彌縫得天衣無縫，尤獨是尤暴牙用了苦肉計，胡三再怎樣也不會懷疑到他的頭上。打草而不驚蛇，這還不算，自己安排放倒了胡四，還把這事嫁禍到中央那個潘特派員頭上，這才是他自鳴得意的絕招呢！

尤暴牙這個緝私大隊長上台之後，胡三更對他盡力拉攏，準備攬著張得廣留下的這股人槍，日後好對付孫小敗壞。而尤暴牙心裏別有算盤，當胡三把熱臉貼過來的時刻，他又把腦筋動到怎樣整倒胡三的事兒上來了。

胡三所住的那座宅子，座落在一條深巷裏，原是一個鹽商的住宅，縣城淪陷，那鹽商棄家去了後方，那宅子被交託給一位遠親照看，胡三當了局長，需得一幢寬敞點的房子安頓萬大奶子，左右的混混兒打聽到這座屋，胡三一看就中了意，錢還是一文沒花，只打了一張借條，就把房子給佔了。

尤暴牙常到胡三的宅裏走動，對那宅子前前後後摸得透熟，胡三最是個沒膽的傢伙，除了到局裏上班多帶隨從，怕有人打他的黑槍外，夜晚回到宅子裏，也怕有人動他的手，他一共在局裏調了八個人，專門看守他的住宅，夜夜輪著上雙崗，若想在他宅裏動手，恐怕未必成事，再說，他打掉胡四用的是明法兒，若是接連不斷的用這種方法，準會驚動鬼子，萬一查出是誰幹的？自己便再難蹲得穩了，那時即使能逃脫鬼子的搜捕，但回到燕塘，一樣活不了。明幹沒有把握，只有換個暗法兒，緩緩的動手，便宜胡三在世上多活幾天。

他打聽到胡三從孫小敗壞那兒拐來的姘婦萬大奶子，常去城隍廟後一處江湖郎中那兒替胡三配製某種藥物，那個江湖郎中姓蔡，專賣秘製的房中藥物，賺得的錢，不是花在煙上，就是花在賭上，尤暴牙本人也是煙蟲賭鬼，倆人氣味相投，早就結了交情，姓蔡的郎中在煙鋪上談起萬大奶子常來配藥的事說：

「這個淫貨，也算沒長眼，早先她跟孫小敗壞住在李順時賭場的時刻，就常來我這兒配藥了！孫小敗壞簡直是個空殼子，若沒有我的藥補養著他，只怕連骨髓都叫這淫貨榨乾了，如今她換了戶頭，跟上胡三，單看表面，咱們那位胡局長倒是白白胖胖的，好像比小敗壞強些，誰知骨子裏也是一泡鼻涕，一樣要靠我藥物幫忙。」

臨著尤暴牙想暗整胡三的時刻，他首先就想到姓蔡的身上。正好臨到梅雨季，縣城上空，雲重天低，整日整夜的落著不大不小的雨，又單調，又悶寂，鬼子頭兒佐佐木中佐，不知爲了什麼事，突然坐著小火輪離了轄區，據說是去南京開什麼軍事會議去了。

這天夜晚，有兩輛扯下油布雨篷的黃包車，停到尤暴牙的住處門口，兩個漢子跟門崗打了招呼，便一逕進宅會見了尤暴牙。尤暴牙一瞧，來的是燕塘的胡大吹和孫小敗壞的心腹葉大個兒，不等他們開腔，就知他們是爲什麼來的了。

「是葉大爺？我真沒想到?!」尤暴牙翹起一排暴齒說：「什麼樣一陣風，吹來您這位稀客？我想，你們那位孫團長在著急了。其實也沒有什麼好著急的，胡四業已埋下去啦！」

「尤大爺，您辦這宗事，真是辦得夠麻利的，一點兒沒留痕跡。」葉大個兒說：「咱們老大風聞胡三正活動領番號，想跟咱們分庭抗禮，他是巴望早一天能把胡三給收拾掉，胡三不比胡四，他是膽小又工於心計的，所以，咱們老大特意差兄弟來這兒，為您送份薄禮，您若有什麼吩咐，兄弟願意聽候差遣。」

「你們孫老大太客氣了。」尤暴牙說：「其實，我只是奉命行事，談不上一個謝字，老胡他曉得，上級有意讓我辦這事，胡三就算是我親老子，我也得辦。」他轉朝胡大吹苦笑笑說：「上頭有什麼話沒有？」

「還有什麼旁的話？」胡大吹說：「政委她嫌你拖泥帶水，案子做得太慢了！」

「我說老胡，你不知辦這事有多難？」尤暴牙說：「假如叫我捅了人，拔腿就走，莫說只有胡三兄弟倆，再加十個八個也不在話下，做案容易，彌縫得毫無痕跡，那可太難了！何況我還得在縣城裏站住腳，作長久打算呢！……並不是做完這上兩宗案子了事的。」

「你跟我叫苦，我又跟誰叫苦去？」胡大吹笑得更苦：「扳開族譜，胡三胡四還都是我老姪兒，一沾你們『八』字頭的邊，嘿嘿，就得六親不認。」

「你聽著，大吹。」尤暴牙說：「你不妨回去跟政委說，就說我業已把除胡三的法子都想好，我要讓他在床上舒舒服服的閉眼。」

尤暴牙接著說出他心裏的打算：他要找那姓蔡的郎中，託他在萬大奶子去配藥時，把藥料加重，使服了藥的胡三欲罷不能。

「主意倒是好主意，尤大爺。」葉大個兒說：「不過，容兄弟插句嘴，……就算這姓蔡的跟您熟識，你叫他幹這種擔風險的事，他肯不肯還是個問題？何況乎胡三是台兒上的人物，歪歪嘴就勾得了他的命的。」

「嗨，這個您放心。」尤暴牙說：「我幹事，若沒十足十的把握。就不會說出口了！姓蔡的大老婆死了，如今他和小老婆住城裏，身邊還有一個七歲大的兒子，我得先把他兒子窩到手上，再跟他談，他答應幫我配藥，我就答應替他找回兒子，再說，胡三死後，我這緝私大隊長爲大，案子即使犯了，我也不會追到姓蔡的頭上，況乎胡三就是因爲吃藥丟命，案子也不會犯，——那種藥究竟不是毒藥，誰叫他愛風流來著？」

「武戲唱完了，你又唱這場文戲，」胡大吹說：「這叫慢工出細活，算你尤大爺有腦筋！」

「不瞞尤大爺說，我葉大個兒也是老幹這一行的，如今既來到城裏，見您辦事，自覺手癢，是否能向您討個差？綁架那江湖郎中的兒子，讓我去幹算了。」

尤暴牙想了一想說：「行！但在動手之前，我得替您安排一個窩人的地方，你們兩位，權且委屈點兒，就在兄弟這兒暫歇兩天，俗說：三個臭皮匠，賽過諸葛亮，有些事，還得靠兩位多拿主意呢！」

尤暴牙這個燕塘高地放出來的爪牙，由於經常販煙走土的關係，在縣城裏紮下了極深的根鬚，一般人眼裏的尤大爺，是八面玲瓏的光棍，柔的時候柔成一團發麵，狠的時候像一柄淬了毒的匕首，但很少有人曉得他是幹土共，踢得翻祖宗亡人牌位的毒蟲。他把胡大吹和葉大個兒暫時安頓之後，立即召聚他手底下的嘍囉替他分頭辦事。他唯一顧慮的是那種藥物不是毒藥，未必一下子就把胡三了斷掉，萬一有了變化，自己也有退路。

隔一天，他跟葉大個兒說：

「葉大爺，您是領兵打頭陣的，窩人的地方，我業已替您預備妥了，您是生面孔，辦這種事最適宜，爲了怕您不熟悉，我讓跟我帶匣槍的徐魯貴侍候你，他對姓蔡的熟得很，會替您指明的。」

「好哇，你們全有事幹了，」胡大吹說：「我該幹點什麼事呢？」

「這兒沒有你的事，」尤暴牙說：「你要回燕塘，你就請回，你若願留在城裏等消息，我給你找一套緝私隊的軍裝，你去打你的馬浪蕩去好了！」

「既沒我的事，那我就去鬆快鬆快也好。」

胡大吹一直是替黃楚郎跑腿幫閒的，若論說話搓攏，他那兩撇老鼠鬍子和一張薄薄的嘴唇皮，倒是很上勁；若論辦事做案子，他根本沒有那個膽子，尤暴牙既不分差使給他幹，他樂得躲在一邊乘涼。身上有了一身緝私隊的老虎皮，口袋裏又揣的有大把的洋銀，他應浪蕩到哪兒去呢?有句老話，胡大吹記得挺熟的，那就是「單嫖，雙賭」。

他既落了單，便選上了一個嫖字。

葉大個兒打尤暴牙那兒領了綁票的差使，興沖沖的跟著徐魯貴進了城門，徐魯貴先帶領他到窩人的地方，原來那是一條深巷裏的一戶人家，青磚劖牆中露出一扇窄窄的紅門，門左門右的磚面上，不知被誰畫了些白粉的畫兒，「米」字中間加個圈兒，變成王八樣兒，葉大個兒嘴裏沒問，心裏業已明白了。

「嗯，好地方！」他說：「原來是個半開門的（指暗娼）。你們尤大爺真夠意思，曉得我茹素久了，存心讓我沾點葷！」

「您可真會猜，葉大爺。」徐魯貴說：「這個雌物，說來也是咱們尤大爺的老相好，除掉年紀大了幾歲，旁的簡直沒好挑剔的，有人替她取個渾號，叫她洋麵饅頭，又鬆又軟，又白又肥，你嚐了才曉得味道。」

徐魯貴走上去敲門輕三慢兩的打出暗號來，洋麵饅頭把門打開了，徐魯貴捏她一把說：「這位就是葉大爺，尤大爺他爲妳拉來的好戶頭，妳瞧葉大爺的這種塊頭兒，能不能蒸得熟妳這個饅頭罷?!」

葉大個兒把洋麵饅頭這個暗娼仔細一瞧看，乖乖，她真像徐魯貴所形容的，肥得冒油，白得像刮了毛的豬，業已徐娘半老的年紀了，眉梢的那股騷勁兒，還像一盆水似的澆潑著人。

「啊唷，葉大爺，您請裏面坐著歇罷，」洋麵饅頭笑呵呵的像捧寶似的把葉大個兒朝裏央說：「尤大爺已著人來關照過了，您儘放心，我這兒很僻靜，包不會誤您的事兒，再說，我這張嘴，是用鐵鎖鎖著的，不會透露出半點兒風聲，徐魯貴他曉得，我幫著尤大爺做這類事，也不止這一回了。」

「她說的不錯。」徐魯貴說：「人要黑，兩面黑，她是個得過錢財，蹚過渾水的老窩家，風聲走漏出去，她首先遭殃。」

「嘿，」葉大個兒點頭說：「我對尤大爺的安排，放百廿個心。」

葉大個兒進屋，穿過一條黝黑的通道，見著一小塊天井，洋麵饅頭所住的這個宅子，地方並不大，只有兩暗一明三間屋，拐頭處是一間低矮的灶房，和前屋相對著，形如一把豎著的長鎖，鎖把兒就是正門對面那道長牆。他邊走邊看，在天井裏兜著圈子，洋麵饅頭告訴他，這兒前面臨著僻巷，長牆那邊就是城隍廟後進的菜畦，灶房有後門，門外是一片直達城腳根的荷塘，在正屋的山頭，砌有一道夾牆，因被灶屋擠住，極為隱秘，壓後，她向葉大個兒拋了個曖昧的眼色說：

「甭看這小小的夾牆，連老虎全裝得下，何況一個把抓大的孩子？」

「這地方雖小，卻是單家獨院，」徐魯貴說：「尤大爺他選上這兒讓您落腳，還有一層近便處，那就是這兒離姓蔡的住處，只隔一條街，更有好些曲折的小巷道連著，姓蔡的丟了兒子，要打聽他也會到遠處去打聽，不會懷疑到眼面前來。您先歇一歇，今晚上，我再來帶您去指認地方，最要緊的，是認得那個孩子，萬一弄錯了，那可就麻煩啦！」

「好罷！」葉大個兒擠擠眼，一面把手搭在洋麵饅頭肥厚的肩膀上：「俗說：人是鐵，飯是鋼，等我啃過了這個洋麵饅頭再講罷！」說著，他盪出一串慾火騰焚的，急色的哈哈來。……

徐魯貴再來時，業已到掌燈時分了。葉大個兒披了衣裳，跟對方一道出門，只是三彎兩繞的功夫，便繞至城隍廟另一側的一座巷子裏，徐魯貴指著巷口頭一戶敞門面，櫃台上亮著燈的草藥鋪兒說：

「這就是姓蔡的郎中開設的店鋪，他賣草藥只是個幌子，賣那種藥物，才是他的老行業，……您瞧，姓蔡的本人花天酒地，不是進賭場，就是躺煙鋪，成天難得回家，那個長髻站櫃台的，就是他的小老婆，……再瞧，那穿紅背心兒，懷裏抱貓的，就是蔡郎中的獨生兒子，您只要把他弄到手，交給洋麵饅頭，就完了事啦！」

「好！」葉大個兒站在小街對面門廊的暗影裏說：「我看清楚了，趕明兒，我會等機會動手的。」

再難的事，也難不倒葉大個兒這老謀深算的老賊，何況只是綁架這麼個把抓大的孩子？他像老貓逼鼠似的等了兩天，等那孩子獨個兒到荷塘邊待的當口，他便上去，用一支糖葫蘆作餌，連牽帶哄，把那孩子抱到洋麵饅頭的宅子裏去了。

尤暴牙從徐魯貴那兒得著消息，曉得葉大個兒已經得手，立即便下了他的第二步棋，帶著兩個揹匣槍的，逛街逛到蔡郎中的草藥鋪去，蔡郎中的小老婆發覺孩子失了蹤，正在那兒東尋西找窮叫喚，尤暴牙喚住她，故作不知的問說：

「怎麼了？小嫂子？」

那女人一抬頭，她是熟識尤暴牙的，便惶急的說：

「我家的小毛頭，平素在門口玩慣了的，今兒不曉得怎麼弄的，我看著號子沒介意，一晃眼，他就不知玩到哪兒去了，一等再等也不見回來，我怕出了岔兒啦！」

「不會罷？」尤暴牙說：「這是在城裏，一向很少出事故，也許他貪著看什麼熱鬧，走遠了，迷了路，……蔡郎中不在鋪子裏？」

「哎喲，尤大爺，您甭提那個死鬼了！」女的埋怨說：「他賺了錢，整天逛蕩，哪還有一份心放在家裏，又不知死到哪兒濫賭去啦！」

「不要緊，我差兩個人幫妳找一找！」

尤暴牙吩咐帶匣槍的隨從徐魯貴和稀毛劉分頭幫著去找人，把附近的街巷都找遍了，哪見得著小毛頭的影子，稀毛劉怕那孩子滑進荷塘去了，沿塘尋遍濕地，並沒見那孩子的腳印兒，徐魯貴危言聳聽地說起怕是被人綁架了，這一說，小女人可著了急啦，白著臉央求尤暴牙替她趕緊想辦法。

「這樣罷，」尤暴牙說：「我的事情很多，沒辦法老耽擱在這兒，妳最好把蔡郎中找回來，要他立即到我大隊部去一趟，不過，我有件事情必得交代妳，假如妳的孩子真是叫人綁架了，妳千萬不能報案，也不能亂張揚，到那時，事情鬧僵了，我反而幫不上你們的忙，……妳若報案，對方準會撕票的。」

對方吃他這一嚇，臉嚇得白刷刷的沒一絲人色，像磕頭蟲似的，連連點著頭說：

「是的，尤大爺，我決意照您的吩咐做，只求能讓孩子平平安安的回來就好了，我這就去找小毛頭他爹，讓他立時到您那兒去。」

「妳也甭著急，小嫂子。」尤暴牙說：「我在縣城裏，各方面的人頭還算很熟悉，不是綁架便罷，若是綁架，只要我一出面，很快便會弄出頭緒來，對方有什麼樣的盤口，放出話來，就好談了。」

女人千恩萬謝把尤暴牙送走了。

尤暴牙拿話把女人穩住，便穩坐在大隊部裏，等著蔡郎中來上鉤，前後不到兩個時辰，徐魯貴跑來報告，說是蔡郎中來了。尤暴牙說：

「來了，就請他進來罷！」

蔡郎中剛一進屋，屁股還沒沾板凳，尤暴牙就帶著怨聲說：

「兄弟，你靠賣春藥發了財，就胡天胡地的整天在外頭吃喝嫖賭，把個家全扔到腦後去了！你兒子失蹤了，正巧我遇上，能不管嗎？憑咱倆的交情，我若見著了不出頭，那會讓人說我尤某人不夠交情。」

「您說的是，說的是，尤大爺，奇怪的是我那個孩子一向都不離家前屋後，這一回，不知怎會走失了的？可憐我就是這麼一個獨種寶貝，聽說他失了蹤，可把我急壞了。」蔡郎中說：「尤大爺，看在咱們朋友的交情份上，您得幫忙幫到底，無論如何，幫我把孩子給找著。」

「嗨，」尤暴牙一口氣嘆到底說：「我跟小嫂子說過了的，你家的孩子離奇失蹤，有多少種原因在，也許是迷了路，也許受人誘騙，被拐走了，也許是真的有人綁架勒索，也許失足掉下水，咱們如今還不能決定他出的是哪一種意外？縣城這麼大，找一個孩子，哪有那麼容易！不管怎樣，你夫妻倆都要有耐心，光急也不是辦法。」

「我，我簡直不知該怎麼辦才好？」

「依我看！這事也沒有什麼大不了。」尤暴牙說：「假如他是迷路，那好辦！只要孩子會說話，自然有人把他送回家來。要是遇上土匪綁票抬財神，那也簡單，他們會找你開盤子要價，你肯花錢消災，也就成了。怕就怕的是遠地過路的老拐子，把那孩子拐離城，逃到外埠去，或是跌下井，滑下塘什麼的。你不妨先貼些尋人帖子，請人再分頭找找看，實在找不到，咱們再商議。」

尤暴牙明知蔡郎中心急如焚，偏拿緩圖方法吊住他；蔡郎中請人到荷塘到處打撈過，也把尋人帖子貼遍全城，過了三四天，還是沒見一點兒動靜，蔡郎中沒辦法了，只好又回到尤暴牙處來，哭喪著臉說：

「尤大爺，這事越弄越豁邊了，我看，我那小毛頭，硬是叫綁去當肉票啦！……我平素並沒有得罪過什麼人，他們怎會綁票綁了我的孩子？論有錢，在縣城裏的大戶可多得很，怎麼輪，也輪不到我頭上。您說過幫我忙的，這主意，全得仰仗您來拿！」

尤暴牙兩眼微瞇著，緩緩的說：「這話叫我怎麼講呢？……綁了你兒子的，是孫小敗壞手底下的人，咱們惹它不起。」

「您打聽過了？」蔡郎中說。

尤暴牙搖搖頭：「沒等我去打聽，那邊就派人來跟我遞了話，他們是開門見山，把條件都開了出來，要我把話轉傳給你，這一來，我夾在當中，可為難透了。」

「其實，這也沒有什麼好為難的，」蔡郎中聽說孩子有了下落，反而一塊石頭落了地，安起心來：「小敗壞當初住在縣城，兄弟也跟他一個鋪上吸過煙，一個桌面上賭過錢，多少有點兒交情，他犯不著用這樣的方法對待我，他要錢用，我張羅給他就是了。」

「嗨，這你就不明白了，兄弟。」尤暴牙說：「單單要錢，他何必找你？如今四鄉八鎮都在他手裏，他哪會在乎你那點兒錢？」

「那？那他找我有什麼事呢？」

「咱們躺到煙鋪上，讓我消停說給你聽罷！」尤暴牙打了個呵欠：「這裏頭的恩恩怨怨，曲折得很，不是三言兩語就能談得透澈的。」

尤暴牙把蔡郎中引到一間密室裏，一面吸煙，一面談到深處去，他說起胡三拐走孫小敗壞的姘婦萬大奶子，投靠齊申之，跟張得廣結夥對付沒耳朵的，孫小敗壞無日無夜不在計算他。如今，張得廣、張敘川叔姪業已叫姓孫的設計整倒了，胡三的弟兄胡四，也跟著入了土，只落胡三一個人，陷進孤掌難鳴的困境，這一回，孫小敗壞要整掉胡三，勢在必行，若用白刀子進，紅刀子出的老方法，怕驚動鬼子，引起軒然大波，故而要換用一種方法，讓胡三悄悄的倒下頭……

「這全是那邊來人跟我這麼說的！」尤暴牙壓尾作結說：「他們曉得萬大奶子常到你那兒去，替胡三配那種藥物，便想找你，在藥物裏動些手腳，又怕你不肯答應，才把你孩子弄了去，迫你就範。話，我是這樣照轉，肯不肯，還得由你自己酌量。」

「不是我不肯，尤大爺。」蔡郎中憂形於色的說：「這宗事情，實在太扎手了！……我在縣城有家有室，有產有業，胡三如今正在台上，這宗事，萬一弄豁了邊，我不是替人墊刀口嗎？」

「事情若不難辦，沒耳朵孫就不會處心積慮的找上你了！」尤暴牙說：「莫說你爲難，我可跟你一樣的爲難，你想想，我跟張得廣張大爺，當年併著肩膀混事，我跟胡三弟兄倆又都有很厚的交情，按理說，我該站在胡三這一邊的，……人在世面上混，得要觀風望色，放機伶點兒，姓孫的如今聲勢太大，我只能朝旁邊站站，不能再衛護姓胡的了！至於你，卻無須顧忌那麼多，你賣你的菜，他是願打願捱找上門來的，即使出了點兒岔子，我願意出面替你扛著，你要曉得，你若不對胡三使手腳，你孩子的命，可就未必保得了險啦！」

蔡郎中逼於形勢，沒法子不答應，他不放心的追問尤暴牙說：

「我答應辦這事，他們什麼時刻肯放我兒子呢？」

「那當然得等到事情辦妥了才行。」尤暴牙說：「他們謀算胡三，不是一宗小事，他們自然也有他們的顧慮，俗說：人心隔肚皮，虎心隔毛衣，若先放回你兒子，怎敢保險你按照他們的料算辦事？萬一你把這事透露到胡三耳朵裏去，甭說你們，連我也脫不了牽扯。」

尤暴牙這著棋，硬是將了蔡郎中的軍，他雖嚇得要死，怕得要命，也得硬起頭皮，回宅去配藥，好等萬大奶子再來取藥時，交付給她。事情辦到這一步，可說是極爲順當，尤暴牙以爲胡三倒下頭，只是晚間的事了。如今，他只是等待著萬大奶子到蔡郎中那兒去取藥。

果如他的料想，隔沒幾天，萬大奶子就坐了自備的黃包車，到蔡郎中那兒取走了那批特製的貨色，尤暴牙更以爲事情已到十拿九穩的程度，急忙召聚胡大吹和葉大個兒，商議著替胡三料理後事，但是，事情弄到末尾，倒下頭來的，並不是做局長的胡三，而是一向被胡三倚爲心腹的卞小四兒。

「這好？秤鉈掉進雞窩，——砸了蛋了！」胡大吹說：「卞小四兒死在胡三的床上？算是哪一門兒？」

「事情確實不妙！」葉大個兒說：「胡三不是白癡，萬大奶子偷人出了事，胡三只要捆住她盤問，立時就會查到姓蔡的頭上，姓蔡的再一鬆口，您尤大爺也不得脫身，這一串都是鎖著來的。」

「咱們不必追究萬大奶子偷人的事，」尤暴牙說：「主要是要趕的在胡三前面動手，先把蔡郎中夫妻倆做掉滅口，這樣，胡三再怎樣追案，也追不出結果來的。」

「尤大爺，我是個火燒雞毛的脾氣，說幹就幹！」葉大個兒說：「咱們今晚就動手好了！」

尤暴牙這邊在打算殺人滅口，胡三那邊，也集聚了一夥人，在處斷卞小四兒暴斃的案子。

卞小四兒死在胡三的床上，渾身上下沒一根布紗，明眼人一瞧，就曉得是走精脫陽死的，那晚上，胡三到齊申之公館去商議事情，晚飯後搓了八圈麻將，人還沒下牌桌，電話鈴就響起來了，胡三接到的電話，是公館裏值夜的打來的，說他巡查到後院子裏，聽見有女人的驚叫聲，急忙跑過去探視，就見局長太太衣衫不整奔出來，那時房門大開著，房裏亮著燈，進屋再瞧，一具裸屍挺在床上，後來才看清是卞隊長。

胡三丟下話筒，請人替了他的牌局，急匆匆趕回來一看，火就大了……這事明擺著，是萬大奶子背著自己，又跟卞小四兒有了勾搭，這種賣騷的雌物，壓根兒改不了她的本性，當初在堆頭，也是她先找著自己來的，若不是爲這個女人，自己跟孫小敗壞也不至於這麼快就鬧翻，而且弄到仇深似海的程度。憑心而論，自己對她算是很不薄了，無論穿的吃的，花的用的，哪樣不順她的心，如她的意？真是：要個天，許半邊，就差沒把她頂在頭頂上扛進扛出，誰知這個騷貨竟背著自己，又把卞小四兒弄上了床，難道不該千刀砍，萬刀剁嗎？

「她跑到哪兒去了？那個賤貨！」

「您是問太太？」值夜的剛一開口，就被胡三印了一鍋貼，臉被打腫了，用手捂著說：「她……跑出去了！得問門崗才曉得。」

「替我傳話下去，所有的人集合，先把那賤貨找回來，老子非要親口問話，親手剜了她那塊騷肉不可！」

胡三派人出去，過不了一個時辰，就把萬大奶子給揪回來了，揪人的跟胡三報告，說是在碼頭上找著她的，當時萬大奶子要跳下河去，水淺淹不死，又哭著朝回爬，如今渾身上下都濕淋淋的，說著，叫人把萬大奶子給帶了上來。

胡三沒等萬大奶子說話求饒，一疊聲催人去取他的馬鞭來，沒上沒下，出手就是幾十鞭子，打得萬大奶子滾地狼嚎，大小便迸了一褲襠。

「妳它媽天生淫賤的胚子！」胡三抖著鞭子罵說：「當初妳嫌丁大頭不好，搭上小敗壞，整掉他的耳朵，又來勾引我，妳是肉多嫌肥吃膩了，又找上卞小四兒！妳它媽在城裏鬧出這種事，把我的面皮全扯碎了，妳說我該怎麼辦妳罷？」

女人被一頓鞭子抽得死去活來好幾遭，把個尖嫩的喉嚨都叫啞了，渾身的衣裳叫皮鞭抽成一絲一絲的破布條兒，一身白淨的皮肉上盡是青紫的鞭印兒，她咬著牙，用手肘撐地，半趴半跪的支起身子，爬了半步說：

「胡三，你這個賊強盜，你是在逼問口供？那我就告訴你好了！不錯，我跟卞小四兒相好，業已好幾個月了，那是因爲你不能再算個男人，吃了藥像喝白水，你何必人模人樣的把我霸佔著，咱們只是軋姘，可不是夫妻，我就準備一百頂綠帽子，也上不了你的頭，你用得著這樣下毒手，拿馬鞭子抽打我？」

「我打妳就算了？」胡三說：「等歇我還要剮妳呢！妳這個不要臉的淫貨。」

「要剮要砍，隨你的便！」萬大奶子也許知道自己這一關難過，兩眼紅紅的，變得倔強起來：「憑你胡三，欺侮我這麼個女人，也算不得英雄好漢，有本事，是漢子，你該去找孫小敗壞去，他霸佔你的老婆，你全縮了頭當烏龜，你在我面前擺什麼不相干的威風？」

萬大奶子這番話，觸到了胡三的痛處，他不願再當著眾人的面，讓萬大奶子掀他尾巴根兒，臉色氣成鐵青，冷哼一聲說：「先替我把她捆送進屋去，我得把這弄個清楚。」

胡三不弄清楚還好些，一弄清楚，反而覺得這裏頭並不像表面上那樣單純；萬大奶子當初跟孫小敗壞過日子，小敗壞竭力奉承，求諸藥物，使那婆娘食髓知味養成了習慣，輪到自己上陣，不用藥就踹下了她的營盤，而若把人身當成田地，那種藥物就是烈性的火肥，一時拔得了地氣，長得了莊稼，過後不久，地氣拔盡了，連骨髓也榨出去應付局面，那時，再怎麼也撐不起竿兒來了！……這一回，這個婆娘幸好是把藥物用在卞小四兒身上，讓他成了替死鬼，若她不背著自己偷人養漢，這回死在床上的，可不是變成自己了麼？想來雖仍妒恨，卻慶幸這是因禍得福，平白的撿回一條命來呢！

繼而他又想到姓蔡的郎中，他為何要配這種烈性的藥物？是受了萬大奶子的託囑？還是別有用心？這也非查明白不可！他著人搖通尤暴牙的電話，託尤暴牙去攫姓蔡的，尤暴牙一口答應去辦，但不到一個時辰，尤暴牙就搖電話回來，跟他說：

「三爺，咱們晚了一步，姓蔡的夫妻倆業已被人割了腦袋，他那草藥鋪裏，只落下一雙沒頭的屍首！」

胡三沒有辦法，儘管他朦朦朧朧的覺出有些隱秘難解的事正圍繞著他打轉，而他差出去的耳目都顯得笨拙不靈，姓蔡的夫妻倆一死，他能覓得的一絲線索也斷了，他回過來胸煙鋪，整夜嚴訊萬大奶子，他用燒紅的煙籤兒在婆娘身上戳了許多焦糊的小洞，但總問不出名堂來，萬大奶子只供認她和卞小四兒通姦屬實，殺剮聽便。

胡三一陣氣恨過去，著人把卞小四兒用蘆席捲了抬去埋掉，內心的恨火一熄，反而變得心寒了。這算是什麼呢？人槍在自己手裏握著，屋然有人把自己兄弟整掉，由蔡郎中被人殺掉滅口來看，他配製那種藥物，明明是受人唆使，用來暗害自己的。誰在暗中磨算自己的呢？朝深處一想，幾乎沒有誰是可靠的！——萬大奶子那麼甜言蜜語，結果偷人養漢，卞小四兒是自己貼身心腹，結果搭上自己的姘婦，誰都不可靠，這就是活證據。

這一串使胡三有刻骨之痛的事件，放在縣城裏看，卻是稀鬆平常得很，在一個淪陷的城市裏，每天死上三五個人，實在不算一回事兒，若是死了當地的平民百姓，還有人燒幫紙箔，出來哭幾聲，至於那些吃喝嫖賭吹大煙成性的僞軍僞警自相殘殺敲破了腦袋，旁人連看都沒有心腸多看一眼，推下河去就算了事。有人更傳出一宗更駭怖的秘密，說是在鬼子憲兵隊裏，養了好幾十條軍用狼狗，那些養得肥壯的狼狗，經常喝的是人血，吃的是人肉，有人說得好：這年頭，跟鬼子勾結了出來混世的傢伙，十有八九都是狼心狗肺反了常的，明爭暗鬥的事，哪能免得了？總有一天，會殺光死絕了的。

被這一串事件整得頭暈腦脹的胡三，忽然自覺對萬大奶子這種黏膩的女人失去了胃口，假如萬大奶子說幾句軟話，他真想揮揮手放掉她，由她去選漢子去，但萬大奶子算是鬼朦了心竅，對他這個業已算不得男人的男人，出口就是怨毒已極的挖苦，他一鎖眉毛，便叫人把她灌進痲袋，捆上幾道鐵鍊，趁黑扔到河裏去了。

事實上，這些懸案不了結也得了結，因爲出去開會的佐佐木中佐升了大佐，又回到原駐地來了，不管他覺得如何孤單，如何煩惱，他也得擺出笑臉，到碼頭上去站班迎接，埋頭翹屁股，表示他對於皇軍的效忠，然後，偷瞥著佐佐木那兩撇上翹的鬍子，豎起兩耳聽候新的差遣。

他不敢忘記他的身分——一條黑狗。

請續看《狼煙》卷下

司馬中原經典復刻版

狼煙(卷上)

作者：司馬中原
發行人：陳曉林
出版所：風雲時代出版股份有限公司
地址：10576台北市民生東路五段178號7樓之3
電話：(02) 2756-0949
傳真：(02) 2765-3799
執行主編：朱墨菲
美術設計：吳宗潔
行銷企劃：林安莉
業務總監：張瑋鳳

版權授權：司馬中原
初版日期：2018年7月
ISBN：978-986-352-565-3

風雲書網：http://www.eastbooks.com.tw
官方部落格：http://eastbooks.pixnet.net/blog
Facebook：http://www.facebook.com/h7560949
E-mail：h7560949@ms15.hinet.net
劃撥帳號：12043291
戶名：風雲時代出版股份有限公司

風雲發行所：33373桃園市龜山區公西村2鄰復興街304巷96號
電話：(03) 318-1378
傳真：(03) 318-1378
法律顧問：永然法律事務所 李永然律師
北辰著作權事務所 蕭雄淋律師

行政院新聞局局版台業字第3595號 營利事業統一編號22759935

定價：380元

國家圖書館出版品預行編目資料

狼煙 / 司馬中原著. -- 臺北市 : 風雲時代, 2018.03
冊；　公分. -- (司馬中原經典復刻版)

ISBN 978-986-352-565-3 (上冊 : 平裝)

857.7　　107003591